오모리 후지노
FUJINO OMORI
일러스트 카카게
KAKAGE
캐릭터 원안 야스다 스즈히토
SUZUHITO YASUDA
김민재 옮김

"자아—— 간다,
『우르스』."

크로조

아르고노트
후장 영웅운명
ARGONAUT
던전에서 만남을 추구하면 안 되는 걸까
영웅담

© Kakage

Is It Wrong to Try to Pick Up
Girls in a Dungeon?
ARGONAUT

CONTENTS

"유쾌하게, 우스꽝스럽게 웃자!
그리고 모두가 배를 잡고 웃게 하자!

자아, 미노타우로스,
너도 웃어라!"

© Kakage

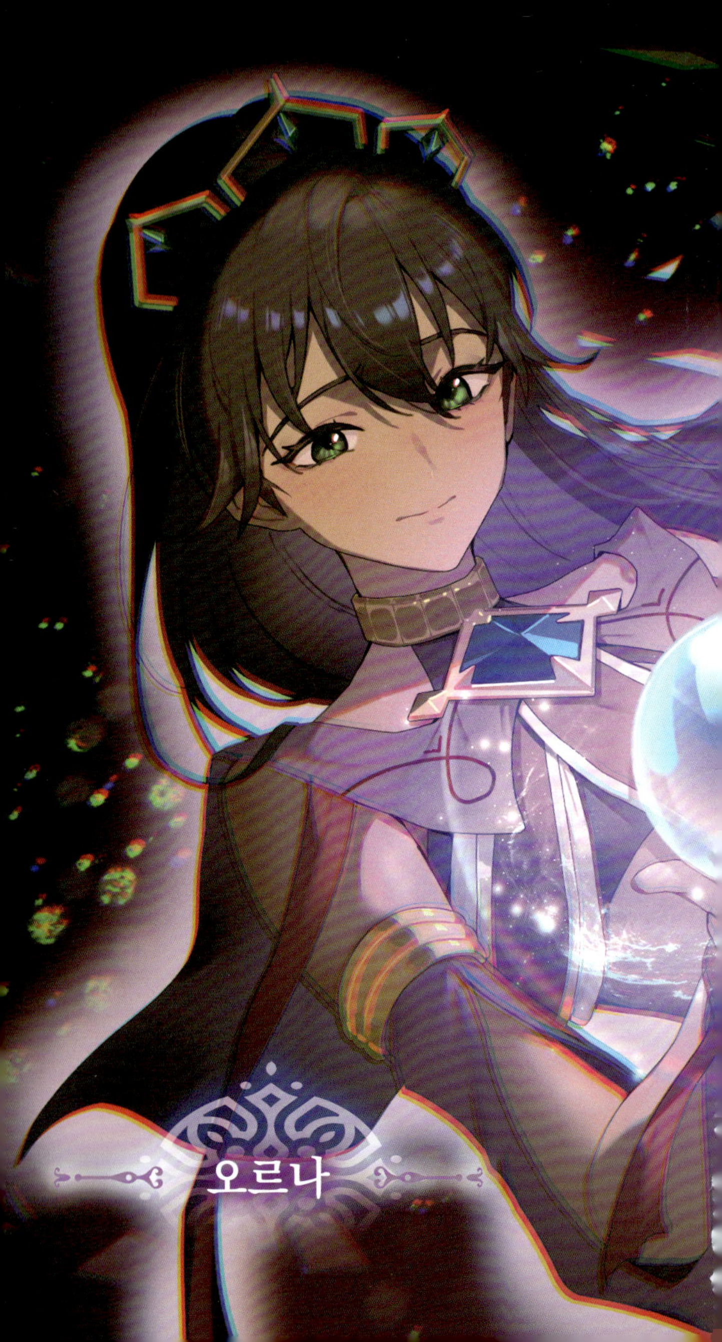
오르나

"이것이 우리의 마지막 『희극』이다!"

© Kak

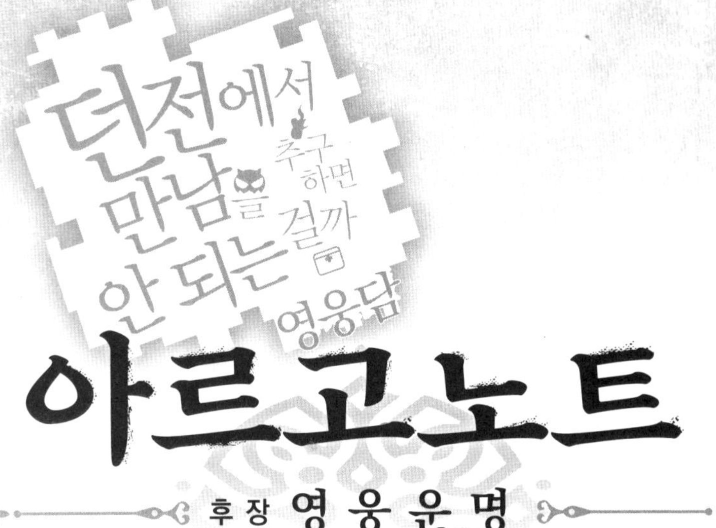

아르고노트

후장 영웅운명

ARGONAUT

피나

하프엘프 마도사이며 아르고노트의 여동생.
16세.

『섞인 피, 그것이야말로 고결의 증거.』

아르고노트

평인 청년이며 광대.
17세.

『춤을 추면 불꽃 같고 노래를 부르면
우레 같으니, 그리하여 광대는 영웅으로.』

가름스

『영웅선정』 의식에 참가한 굴강한 드워프.
18세.

『울려 퍼지는 한 줄기 승리의 포효는
이윽고 천의 개선가로.』

유리

냉철하고 침착하며 의리 있는
웨어울프 청년. 20세.

『달이 진노할 때,
대행자는 『늑대』 단 한 마리.』

오르나

라크리오스 왕국의 빈객이며 점술사 소녀.
17세.

『어쩔 수 없잖아.
나도 희극의 포로가 되고 말았으니까.』

아리아드네

왕도 라크리오스에서 아르고노트가 만난
금발벽안의 소녀. 15세.

『붉은 피, 붉은 실, 붉은 도표.』

크로조

아르고노트 일행 앞에 나타난
평인 대장장이. 19세.

『그자 하나만 있으면 충분하다고
착각하면 곤란하니, 기록은
남기지 않겠다고 결심했지.』

엘미나

『영웅선정』 의식에 참가한
아마조네스 암살자. 24세.

『표백할 수 있는 과거 따위 없다.
그렇지 않고서야 망집이
태어날 리 없으니.』

류루

하프를 연주하는 엘프
음유시인. 87세.

『문자가 노래를 건네준다고
한다면, 노래가 육지와 바다를
건너는 것 또한 도리.』

Characters

커버, 삽화 일러스트 | **카카게**   캐릭터 원안 | **야스다 스즈히토**

이것은 그저 『희극』.

『희극』이기를 바랐던 광대가 자유롭게 춤추고, 자유롭게 노래하는, 끝내주는 촌극.

그러니까, 맞아—— 이것은 광대의 『영웅담』이 틀림없어.

아르고

후장 영웅

노트

운명

PROLOGUE

프롤로그

희극재연
~The Harmonious Blacksmith~

늘 꿈에서 본다.

불바다에 휩싸이는 고향을.

옛 도시에서 어마어마한 이형의 그림자가 춤을 추고, 무시무시한 발톱이 선혈의 비를 쏟아내며, 겹쳐지는 비명이 대지의 탄식처럼 하염없이 울려 퍼졌다.

무너져내리는 성곽이며 성하마을은 과거의 영광을 잃은 거인의 주검처럼 보였다.

하늘은 차갑고, 어둡고, 멀었다.

창연한 밤하늘은 붉은 불꽃의 파편에 물든 채 검은 연기를 둘러 허망한 화장(火葬)을 방불케 했다.

죽은 이의 장례라면 그나마 구원이 있었으리라.

사람과 사람 사이의 싸움이라 해도, 승자와 패자를 남길 수 있었으리라.

그러나, 그것은 단순한 『식사』.

무시무시한 마물들이 뱃소리를 내며, 높고 두꺼운 성벽 안쪽에서 몸을 맞대고 있던 먹잇감들을 혀로 핥고 걸신들린 듯이 먹어치운 것에 불과했다. 시체조차 남지 않았다. 승자와 패자도 생기지 않는다. 비웃듯이 주둥이와 목을 울리는 마물의 위장을 채울 뿐. 인간의 일생 속에서 가장 보답 받지 못하는 순간이 있다고 한다면, 그것은 분명 이 순간일 것이다. 하늘로 돌아갈 수도 없는 사람들의 원한을 씻어줄 이는, 이 꿈속에는—— 과거의 기억 속에는, 끝끝내 나타나지 않았다.

늘 생각한다.

세상을 창조한 신들이 있다면, 이 잔혹한 향연을 내려다보며 웃을까, 하고.

사람이 이제까지 가축에게 부과했던 사명. 그 사명이 이번에는 사람에게 부과되었을 뿐. 그렇게 말할까?

무정한 도리다. 그러나 진리이기도 하다.

지배자의 지위에서 굴러떨어지면, 사람도 아인도 금세 피정복자가 된다.

폭력에 굴하는 자들의 운명이란 바로 능욕과 유린. 그것이 세계의 불문율. 그렇기에 신들은 피조물인 우리를 구원하지 않는다. 그것이 평등. 그것이 공평. 누군가가 말했듯, 매우 납득할 수 있는 논리. 그것을 받아들이지 않는다면, 사람들은 자신을 구원해주지 않는 전지전능한 존재를 증오하는 것 말고는 할 수 있는 일이 없다. 멸망을 기다리는 절망의 시대에서, 이것이 숙명이라고 말하며 전부 포기해버리는 것이야말로 현자가 살아가는 방식이리라.

그렇기에, 항상 도달하는 것이다.

그런 현자의 삶을 거부하는 이야말로——『영웅』이라 불리는 자들이라는 답에.

위선이라 해도, 의미를 남기지 않는 저항이라 해도, 끝까지 싸우는 이들을 가리켜, 사람들은『영웅』이라 부른다.

『영웅』들은 말하리라. 그 용맹한 뒷모습으로 보여주리라.

이것이 신들이 정한 운명이라 하더라도.

다른 생물들을 탐욕스럽게 먹어치워 온 인류의 속죄라 하더라도.

『저항하라』고, 그렇게 외치리라.

짐승이라 한들 잡아먹히지 않고자 끝까지 이빨을 드러낸다. 가축이라 한들 끝까지 날뛰는 것은 마찬가지다.

그렇다면 사람도 저항해야만 한다.

그래서 소년은 계속 달리고 있었다.

한쪽 손으로는 자신보다 조그만 손을 붙잡고, 다른 손으로는 한 권의 책을 꽉 끌어안은 채.

이리저리 도망치는 사람들 사이를 헤치며, 때로는 엇갈려 지나치며, 바로 뒤에서 잡아먹히는 단말마의 비명을 희생양 삼아, 공포와 눈물과 싸우며, 앞으로 앞으로 달리고 또 달렸다. 흐느끼는 소녀의 손을, 두 번 다시 놓지 않는 것은 아닐까 착각이 들 정도로 꽉 움켜쥔 채, 필사적으로.

둘 다 아버지와 어머니를 잃은 아이들의 말로, 비호를 잃은 작은 생명들의 운명? 그딴 것은 받아들이지 않았다. 그런 악착같은 면모가 소년과 소녀의 목숨을 이어주었다. 한 권의 책에 기록된 가르침에 따라, 소년은 세계의 진리라는 것에 보기 좋게 저항했던 것이다.

그렇다면 소년은 『영웅』이었을까?

그렇지는 않았다.

『영웅』이라면 『열』을 구했으리라.

『영웅들』이라면 『백』이든 『천』이든 구할 수 있었으리라.

『영웅』이 아닌 소년이 지킬 수 있었던 것은, 단『하나』.

통곡이 끊이지 않는 고향을 탈출하여, 사람과 마물의 기척이 사라진 절벽 위, 지옥의 가마솥처럼 불타오르는 도시를 바라보며, 그 조그만 몸은 두 무릎을 꿇고, 손을 짚은 채, 실의에 빠졌다.

바로 곁에는 울다 지쳐 잠든 한 소녀.

후회 따위 해서는 안 될 소년의 위대한 공적.

그리고 자신의 현실을 깨닫게 된 엄연한 상징.

무력함을 저주하기도 전에, 먼저 자각했다.

가늘고 무력한 이 팔은 결코『영웅』의 팔이 아니며, 구할 수 있는 것은 기껏해야 눈앞에서 자고 있는 소녀와 같이『하나』가 한계라는 것을.

손에서 미끄러져 떨어진 한 권의 책이 소리를 내며 불타고 있었다.

알아차리지 못한 채 불똥을 뒤집어쓰고, 불길이 퍼져나가, 당장이라도 불타 없어지려 했다.

그 책 속에는『영웅』이 있었다.

많은 이를 구했지만, 그럼에도 수많은 이들을 지키지 못한 채,『멍청이』라 불리면서, 그럼에도 몸과 마음을 깎아가며 싸우고 또 싸웠던, 위대한『불의 영웅』이.

그렇기에.

그렇기에.

그렇기에.

소년은 생각했던 것이다.

이때, 분명히 맹세했던 것이다.

이야기 속에서 자신을 구해준『영웅』도『멍청이』라 매도당할 정도라면, 자신은 그보다도 더『어리석은 존재』가 되겠다고.

가령, 이런 것은 어떨까.

『영웅』이 되지 못한 주제에, 스스로를『영웅』이라 자청한다면.

그렇게 누구보다도 어리석은 자신을 보면, 자신보다 힘 있는 자나 용감한 자들은 분노하고, 웃고, 일어나려 하지 않을까?

『하나』밖에 지킬 수 없는 자신의 곁에『열』을 살릴 수 있는 사람이, 그 사람 뒤에는『백』을 구하는 사람이,『천』을 구제하는 사람들이 계속 이어진다면, 그것은 빛의『항로』가 될 것이다. 그리고 세로와 가로, 시간과 세계를 건너가면, 언젠가『항로』는 순환하는『신화』가 된다.

그렇게 남의 힘에 의존해, 원대하면서도 이루어질 리 없는 공상을 절망의 밤 속에서 몽상하며, 생각하고 또 생각했다.

그리고 결코 해가 뜨지 않던 어둠을 넘어, 지평선 너머에서 태어나는 찬란한 아침 해를 보고, 한 줄기 희망과 겹쳐 보았다.

그 시작의 아침, 소년은 포기하는 것을 포기했다.

그날부터 소년은『영웅선망』을 품었다.

소년의 이름은 어리석은 자.

그의 이름은 광대.

그 정체는 영웅을 바라는 배—— 아르고노트.

늘 꿈에서 본다.

그때의 비극은 결코 눈꺼풀 속에서 사라지지 않는다.

그날의 참극은 마음 깊은 곳에 새겨져, 지금도 자신의 영혼을 떠민다.

그 광경을 지워버릴 수 있는 희극을 찾아서.

그렇기에.

이제까지도, 그리고 앞으로도, 광대 아르고노트가 추구하는 것은—— 우스꽝스러운 희극인 것이다.

"⋯⋯⋯⋯⋯⋯⋯⋯⋯⋯⋯으."

눈꺼풀이 떨리는 것이 느껴졌다.

붉게 타오르던 꿈이, 다 타버린 한 권의 영웅담과 함께 끝을 맺고, 애매했던 의식이 급속히 떠오르기 시작했다.

눈꺼풀에 쌓인 어둠을 밀어내고, 천천히, 몸부림치듯 두 눈을 떴다.

"⋯⋯⋯⋯⋯하늘?"

시야에 펼쳐진 것은 별들을 거느린 달이 뜬 하늘.

바짝 마른 목과 입술에서 중얼거리는 목소리가 흘러나오고, 혈액이 순환하며 생각의 톱니바퀴를 돌리기 시작했다.

희미하게 부는 바람, 그와 함께 느껴지는 찬 공기, 흙냄새, 시선을 빨아들이는 듯한 별빛.

오감이 빠르게 정보를 수집하기 시작했다.

"여기는……."

밤, 야외.

몸은 드러누운 상태.

겨우 시간과 장소를 파악하고 있으려니.

"정신이 드냐?"

"!"

누군가의 목소리가 들렸다.

아르고노트는 얼굴을 옆쪽, 오른쪽 어깨 방향으로 기울였다.

제일 먼저 눈에 들어온 것은, 눈을 찌를 정도로 새빨갛게 타오르는 불꽃의 색깔.

그리고 모닥불 속에서 지금도 불의 세기를 조절하고 있는, 붉은 머리의 청년이었다.

"당신은…… 윽……!"

"움직이지 않는 게 좋을걸. 어이없을 정도로 지독하게 다쳤으니까. 꽤 신나게 두들겨 맞았지?"

상체를 일으키려 하자 온몸에 통증이 퍼졌다.

등이 바닥에 깔린 망토로 다시 돌아갔다. 고통에 신음하는 아르고노트를 보다 못한 청년은 모닥불 옆을 돌아 다가갔다.

"게다가 그런 몸으로 하수도를 지나왔다고? 파상풍은 내『힘』으로 막아놨지만…… 지금은 얌전히 있어."

욱신거리는 관절의 소리에 청각이 마비되어, 미간에 힘을 주며 눈을 감고 있던 아르고노트는 잠시 후 숨을 크게 내쉬었다.

어떻게든 고통을 참아내고, 속눈썹을 떨며 청년을 올려다보았다.

"……당신은, 분명…… 크로조, 였지?"

"그래. 대장장이 크로조이고, 너희들을 구한 생명의 은인이지."

의식을 잃기 전의 마지막 기억을 떠올리며, 시선의 끝을 그 이름과 연결했다.

크로조는 전혀 잘난 척으로 들리지 않는 설명과 함께 선량한 미소를 지었다.

"너희들……?"

자극하지 않으려고 신중하게 선택한 단어였지만, 아르고노트는 중요한 사실을 떠올렸다.

크로조가 구출한 사람은 자신만이 아니었다.

"그녀는, 오르나는?!"

왕도 라크리오스의 성하마을, 분수 광장.

수많은 병사들에게 포위당한 자신을, 끝까지 감싸주었던 소녀.

그녀를 포함해, 자신들의 상황을 명확하게 떠올린 아르고노트는 이번에야말로 고통을 떨쳐내며 상체를 일으켰고,

"깨자마자 자신이 아니라 다른 사람을 걱정해? 어이없는 위선자야."

바로 옆에서 비아냥거리는 목소리가 들렸다.

"오르나……! 무사했구나……."

"당연하잖아. 나는 다치지도 않았는걸. ……당신이 훨씬 중상이었으면서."

크로조와는 반대편에서 아르고노트를 내려다보던 오르나는, 내내 언짢은 말투인 것 같았지만, 조그맣게 덧붙인 마지막 말에서는 불안의 기색이 엿보였다.

땅바닥에 무릎을 꿇고, 이제까지 본 적이 없는 연약한 태도를 내비치는 소녀에게, 아르고노트는 잠시 어리둥절했다가 이내 부드러운 미소를 지었다.

"걱정해줬던 거야? 고마워."

"……응."

청년의 미소와 감사의 말에, 소녀는 이내 화난 표정을 지었다.

모닥불에 비친 갈색 뺨이 빨갛게 달아올랐다.

"그런데 여긴……."

아르고노트는 고개를 좌우로 돌리며, 다시 한번 주위를

둘러보았다.

넓은 들판이었다. 『황량한』이라는 수식어도 붙는다.

벌겋게 드러난 지면은, 지금은 밤하늘 아래에서 어스름한 호수처럼 검푸르게 보였다.

낮고 가파른 언덕으로 삼면이 에워싸인 반원형의 공간. 모닥불은 그 한복판에서 타오르고 있었다. 언덕이 가로막은 세 방향 너머는 당연히 아무것도 보이지 않았고, 남은 한 방향도 어두운 밤하늘에 잠긴 능선이 희미하게 보일 뿐이었다.

"왕도 외곽의…… 황야인가?"

"맞아. 더 자세히 말하자면, 수도에서는 꽤 멀어. 여기서는 모닥불을 피워도 왕도 쪽에서 발견할 걱정은 없을 거야."

크로조는 선 채로 고개를 돌려, 연기가 피어나는 모닥불을 흘끔 보았다.

"사실은 침대가 있는 방이 좋겠지만, 사정이 있지? 네 동료도 수도에서 나가 달라고 채근하더라고."

"…………."

다시 고개를 돌린 크로조가 오르나를 바라보았다.

소녀는 입을 다문 채 언짢은 표정으로 얼굴을 휙 돌렸다.

"……우선, 고맙다는 인사를 할게. 초면인 우리들을 도와줘서. 나는 아르고노트라고 해."

상황을 완전히 파악한 아르고노트는, 왕도에서 자신들

을 피신시켜준 청년에게 감사를 표했다.

아픈 몸을 앉힌 채여서 제대로 된 인사를 할 수 없는 것을 안타까워하고 있으려니, 크로조는 전혀 신경 쓰지 않는다는 듯 씨익 쾌활한 미소를 지어 보였다.

"그래, 저기 있는 여자한테 들었지. 늘 장난만 치고 시끄럽지만, 어느 샌가 눈을 뗄 수 없게 된 녀석이라고."

"그런 소리는 안 했어."

"이미 기억하는 것 같지만, 나는 크로조. 시시한 대장장이다."

날카로운 눈빛으로 불쑥 중얼거리는 오르나에게 미소로 대답하면서, 대장장이 청년은 허리춤을 두드렸다.

벨트에 매달린 것은 여러 개의 자루였으며, 그 속에 망치며 정이 꽂혀 있었다. 그의 복장 자체는, 마물로부터 몸을 지키기 위한 두 팔의 장갑이며 무릎받이 등을 제외하면, 스커트처럼 보이는 새빨간 에이프런을 걸친, 그야말로 기술자 같은 차림이었다.

"지금 왕도는 전쟁이 한창이잖아? 그렇다면 내 작품이라도 팔리지 않을까 해서 와봤는데…… 좀 귀찮은 일에 끼어들게 된 것 같군."

"그건……."

크로조는 아까의 미소와는 달리, 이쪽을 신경 쓰는 듯한 웃음을 짓고, 아르고노트는 말을 흐렸다. 오르나도 입을 다물었다.

자신을 도와준 은인을 이쪽의 사정에—— 왕도의 어둠에 끌어들여도 좋을지 판단할 수 없었던 그때.

『우오오오오오오오오오오오오오오오오오!!』

흉포한 포효가, 평화롭게 춤추던 모닥불을 흔들었다.

"마물?!"

"게다가 숫자가……! 하필 이럴 때……!"

흠칫 튕겨지듯 돌아본 오르나와 아르고노트의 시선 너머, 어스름 너머에서 떠오르는 것은 여러 개의 안광이었다.

그레이울프, 코볼트, 그리고 대형급인 홉고블린도 한 마리.

피나가 없는 이 상황에서는 절망적인 숫자.

점술사인 오르나는 원래 싸우지 못한다. 그녀를 지키기 위해 아르고노트는 얼른 일어나려 하지만, 쓰러질 뻔해서 "무모한 짓 하지 마!"라고 오히려 오르나에게 부축을 받는 꼴이 되고 말았다.

그럼에도 마음을 다잡은 아르고노트는 전의를 놓지 않고, 허리에서 나이프를 뽑았지만.

"아아, 너희는 쉬고 있어. 내가 알아서 할게."

크로조가 가벼운 어조로 그렇게 말했다.

마치 혼자서 식사를 준비하는 것처럼, 선뜻 앞으로 나왔다.

"알아서라니…… 저 숫자가 안 보여?!"

"뭐, 두고 보라고."

등 뒤로 날아드는 오르나의 목소리에도 여유를 잃지 않는다.

마물 무리와 대치한 청년은 자연체 그대로 조용히 눈을 가늘게 떴다.

변화는 그 직후에 일어났다.

크로조의 몸에서 희미한 빛이—— 불꽃의 파편이 흩날리기 시작한 것이다.

그야말로 화로 앞에서 단련을 하는 대장장이처럼.

"몸에서, 불똥이……?!"

눈을 의심하는 아르고노트의 옆에서, 오르나는 흠칫했다.

"우리를 구해줬을 때의 불빛과 같은……?"

그것은 왕도를 탈출하기 직전.

병사들에게 포위당한 아르고노트와 오르나는, 바로『불꽃의 힘』덕에 목숨을 건졌던 것이었다.

"설명해 나중에 할게. 자아—— 가자,『우르스』."

놀란 아르고노트와 오르나를 흘끔 쳐다본 크로조는 정면으로 몸을 돌렸다.

활활 타오르는 빛을 내뿜는 대검을 한 손으로 가볍게 어깨에 걸머지고, 자신의 내면에 속삭이듯 말했다.

그 순간, 거친 홍련의 불꽃이 청년의 몸에서 뿜어져 나왔다.

폭약이 터진 것으로 착각할 만한 불꽃의 전개에 아르고노트와 오르나도, 마물들도 무심결에 몸을 벌렁 젖히는 가

운데, 사람의 윤곽──자세히 보면 여성의 형태를 띤──
『불꽃의 환영』이 청년의 몸에서 솟아났다.
『오, 오오오오오오오오오오오오오오오오오오오오오?!』
마물의 비명.
동시에 솟구치는 화염의 포효.
가장 먼저 **폭발한 것은** 선두에 있던 그레이울프.
불꽃의 갑옷을 두른 대검의 수직 일격을 맞아, 흔적도
없이 날아가 버렸다. 흩날리는 재조차도 불타 사라지는 가
운데, 이어지는 큰 수평 일격이 초고온의 화륜(火輪)을 만
들어내, 대검의 궤적에 있던 코볼트들이 남김없이 불타버
렸다.
귀에 거슬리는 비명과 불타는 소리가 주위 일대를 뒤흔
드는 동안에도 크로조의 움직임은 멈추지 않았다.
수인으로 착각할 정도의 몸놀림으로 뛰어올라, 높은 상
단에서 내려치는 일격.
분쇄. 맹염. 절규.
파괴와 겁화를 만들어내는 붉은 머리의 청년에 의해, 그
많던 마물이 금세 소멸해갔다.
『크, 키이이이이이이이이익?!』
마지막까지 남아 있던 홉고블린은 공포에 사로잡혀 도
망쳤다.
하지만 헛수고였다.
크로조가 어깨에 걸머지고 힘을 모았던 대검을 대각선

으로 긋는가 했더니, 초승달 형태의 불꽃 칼날이 순식간에 거리를 좁히고 마물을 등 뒤에서 양단해버렸던 것이다.

비스듬한 검광에 갈라진 홉고블린은 단말마의 비명조차 남기지 못한 채, 활활 소리를 내며 타오르는 고깃덩어리가 지면으로 굴러갔다.

"순식간에……!"

아르고노트와 오르나는 끝까지 놀라기만 했다.

주위에 더 이상 마물이 없는 것을 확인하고 대검을 어깨에 걸머진 채 돌아오는 크로조에게, 경외심 가득한 시선을 보낼 수밖에 없었다.

"게다가 그 불꽃은, 피나의 『마법』과 비슷한…… 아니, 그 이상일지도……?"

"……너무 강한 거 아냐? 말도 안 돼."

"봐, 괜찮다고 했지?"

크로조는 가볍게 말하고, 오르나는 숫제 전율을 넘어 넋이 나간 채, 죽여도 죽지 않는 괴물을 보는 듯한 눈으로 그를 쳐다보았다.

"하지만…… 잠깐만. 어째서 엘프도 아닌 당신이 그런 힘을…….."

종족 자체가 마법종족인 엘프라면 몰라도, 인간은 『마법』을 사용할 수 없다.

학습이나 수행의 여부와 상관없이, 자질의 유무 때문에 불가능한 것이다.

아르고노트가 당연한 의문을 제기하자, 크로조는 마치 작은 새를 부르는 것처럼 오른손을 들었다.

"전에 마물에게서『정령』을 구해준 적이 있거든. 그때는 나도 제대로 죽을 뻔했지만……."

다음 순간, 그『불꽃의 환영』이 다시 허공에 나타나, 장난을 치듯 크로조의 오른손에 불꽃의 손가락을 얽었다.

"하필이면 구해준 정령에게서『피』를 나눠 받아 목숨을 부지했어. 이런『체질』이 된 건 그때부터였고."

"정령의『피』?!"

"그래. 이젠 요정이 아닌데도『마법』을 쓸 수 있고, 진심으로 만든『무구』는 불꽃이며 얼음 같은 것을 뿜어낼 수 있게 됐지."

"설마…… 정령의『기적』?"

아르고노트와 오르나, 두 사람의 경악이 달밤에 울려 퍼졌다.

『정령의 피』를 머금은 평인.

그것이 크로조의 정체이자, 압도적인 힘의 비밀이었다.

이 시대에『정령』은『기적의 화신』이라고도 불린다.

불이며 물, 번개며 바람 등 대자연의 힘을 다스리며, 하나같이 자아가 희박하다. 우연히 만나 인정한 인간에게만 힘을 베풀고, 평생의 반려처럼 곁을 지킨다고 알려져 있다. 의사소통은 가능하지만 동물 같은 동작 정도가 한계이며, 그들이 어떻게 태어나고 어디에서 왔는지는 조금도 알려지지 않았다. 다만 마물을 물리치는『기적』을 베풀기 때문에『하늘의 사자』, 『신의 사도』라 부르는 사람들도 있다.

확실한 것은, 『정령』은 마물과 대립하는 존재이며, 인간이나 데미휴먼과는 다른『신비의 주민』이라는 것이다.

"이게 내『힘』이고, 『비밀』이야."

전혀 신경도 쓰지 않는 듯 가볍게 말하지만, 『정령』의 피를 물려받은 인물이라니, 아르고노트와 오르나는 들어본 적도 없었다. 『후천적』이라는 단서가 붙는다 해도, 말하자면 그것은『반정령』이라고 할 수 있는 존재가 아닐까?

크로조의 입장에서 보자면, 『정령』을 구해줬다는 말에는 그밖의 어떤 의미도 없겠지만, 대체 어떤 경위가 있었는지 구체적으로 듣고 싶다는 충동이 들었다.

"그럼 이번엔 너희 사정을 말해봐. 아직 못 들었으니까."

하지만 아르고노트와 오르나가 묻기 전에 크로조가 먼저 파고들었다.

"이래 봬도 생명의 은인인데, 물어볼 권리 정도는 있겠지?"

어깨를 으쓱하는 동작에 맞춰 불꽃처럼 새빨간 머리카락이 흔들렸다.

웃음을 머금은 짓는 크로조에게, 아르고노트는 잠시 입을 다물고 있다가, 고개를 끄덕였다.

"……그래, 여기서 말하지 않으면 도리가 아니겠지. 사실은——."

아르고노트는 말했다.

『영웅 후보』의 유치에서 시작된, 왕도에서 일어난 사건들을.

상승장군『뇌공 미노스』의 정체.

이제까지 다른 나라나 마물의 군대를『식량』으로 먹어치웠던 미노타우로스.

모든 문제의 근원이며 원흉인 아티팩트『신비의 사슬』.

그리고, 미노타우로스를 사역하는 사슬의 제물로 바쳐지려 하는 왕녀 아리아드네.

그녀를 구하려 했던 아르고노트는 함정에 빠져, 여동생 피나를 비롯한 동료들과 갈라지고 말았다.

오르나가 끼어들지 않고 잠자코 지켜보는 가운데, 왕도의 정체와 자신들의 상황을 모두 털어놓았다.

"그랬군. 그런 일이 있었다니……."

이야기를 들은 크로조는 눈을 감고 여유로운 미소를 지었다.

곱씹듯 음음 고개를 끄덕인 후, 눈을 번쩍 떴다.

"──라고 침착하게 받아들일 수 있겠냐고?! 미노타우로스? 제물? 이봐이봐, 왕도란 곳은 낙원이 아니었던 거야?!"

"당신 반응이 재밌네……."

갈팡질팡하며 반박하는 대장장이 청년에게, 오르나는 어이없다는 시선을 보냈다.

반면 아르고노트는 진지한 표정을 지우지 않은 채 대답했다.

"전부 사실이야. 그래서 나도 이미 왕도에서는 극악인 취급이라고. ……믿는 건 당신에게 달렸지만……."

"……믿어. 이래 봬도 사람 보는 눈은 있다고 자부하거든. 너희가 거짓말을 하는 것 같진 않아."

그야말로 죄를 면하려 하는 죄인의 헛소리처럼 들릴 수도 있는 황당무계한 이야기를, 크로조는 한 점도 의심하지 않았다.

장인을 자청하는 그 사내는, 자신의 눈으로 가늠한 것만을 믿는다.

그런 그의 올곧은 모습에 구원을 받은 기분이 든 아르고노트는 희미한 미소를 지어보였다.

"그래서 이제 어떻게 할 생각이야? 공주 말고 네 여동생도 수도에 남아 있다며?"

"…………."

"……시간을 줘. 그 일이 있은 후로 아직 하루도 안 지났어."

잠시 암담한 표정을 숨기지 못하는 아르고노트의 곁에서, 이제까지 끼어들지 않았던 오르니가 말했다.

"이젠 나도 왕도에서 쫓기게 됐는걸. 충동적으로 이런 남자를 감싸는 바람에 지금은 후회하고 있다고."

"그런 것치곤 열심히 간병하지 않았어?"

“아……안 그랬어!!”

오르나는 얄밉게 말했지만, 크로조의 말에 뺨을 수치로 물들였다.

아르고노트는 의외의 것을 봤다는 듯 눈을 깜빡이다가, 옆구리에 빠른 팔꿈치 지르기를 맞고 비명을 질렀다.

“푸헉?!”

“하하핫.”

그렇게 어딘가 기묘한 분위기를 풍기는 두 사람에게 크로조는 웃음을 터뜨렸다.

“뭐, 하기야 시간은 필요하겠지. 내가 불침번을 설 테니까, 너희는 좀 더 쉬고 있어.”

“……미안해. 그리고 고마워, 정말로…….”

아르고노트의 진심 어린 감사에, 대장장이 청년은 이번에도 그저 웃을 뿐이었다.

마치 나이 많은 형처럼.

“뭘. 여행은 길벗이 있으면 든든하다잖아.”

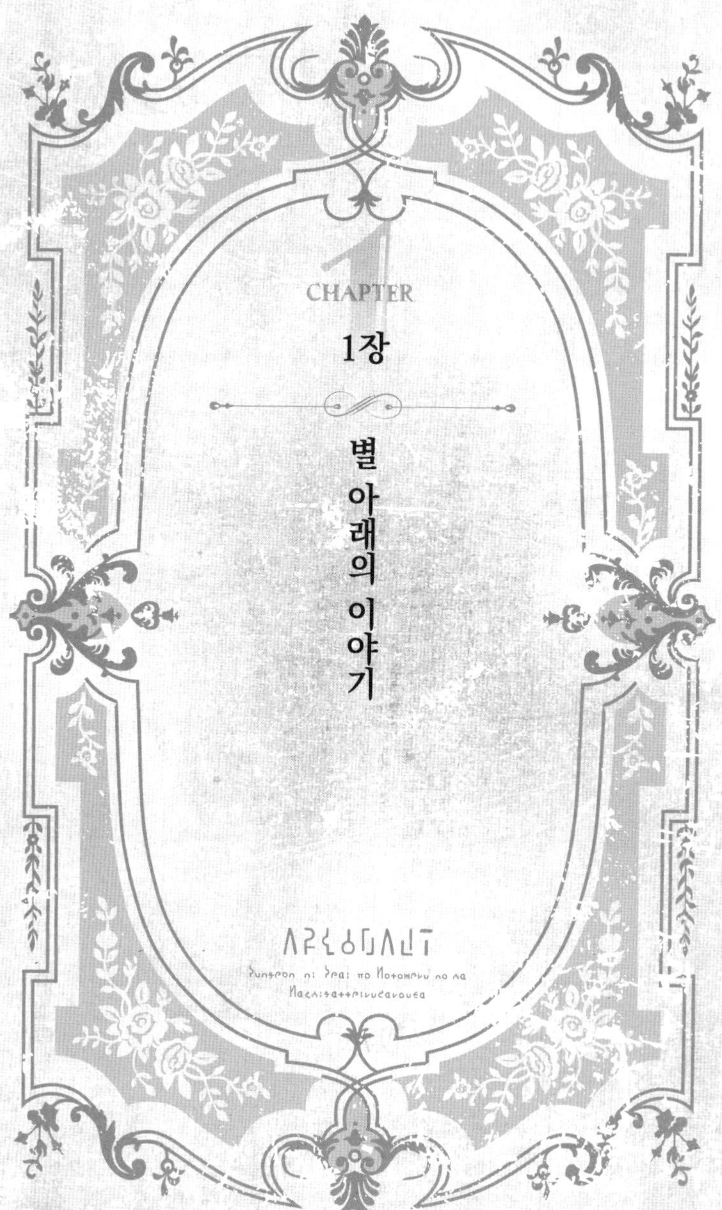
CHAPTER

1장

별 아래의 이야기

ARROGANT
Dungeon ni Deai wo Motomeru no wa
Machigatteirudarouka

별이 빛나는 하늘 아래, 타닥타닥 울리는 모닥불 소리는 온화했다.

땅바닥에 앉은 크로조가 마른 나뭇가지를 던질 때마다 불똥이 피어났다. 자신들이 피운 것보다도 따뜻하고, 이렇게나 다정한 빛을 밝히는 것은 정령의 힘 덕분일까? 크로조의 등 뒤에서 희미하게 떠오르는 정령의 윤곽을 멍하니 바라보며, 아르고노트는 생각했다.

언덕에 삼면이 에워싸여 있다고는 하지만 바람은 흘러들어온다. 원래 같으면 부상당한 몸에는 매우 좋지 않은 환경이지만, 그것조차 모닥불이 마치 결계처럼 막아주고 있었다.

난로가 있는 집과 같은 안도감에 에워싸인 가운데, 한동안 생각에 잠겨 있던 아르고노트는 몸을 부스스 일으켰다.

"오르나, 아직 안 자? 할 얘기가 있는데."

"……그래, 알았어."

"난 여기 있을게. 너무 멀리는 가지 마라."

"그래, 고마워."

크로조가 빌려준 로브를 지면에 깔고 태아처럼 몸을 웅크리고 있던 오르나도 몸을 일으켰다. 불침번을 서며 말을 거는 크로조에게 감사를 표한 두 사람은 야영지에서 멀어졌다.

우회하듯 이동해, 밤하늘에 에워싸인 언덕 위로 향했다.

바람의 흐름이 빠른지, 창연한 밤인데도 떠도는 구름이

선명하게 보이고 숨어 있던 달이 얼굴을 드러냈다.

보름달이 가깝구나. 이지러진 고요한 빛을 한동안 바라보던 아르고노트는 그렇게 생각했다.

"그래서, 뭐야? 할 얘기란 건?"

"………오르나. 나는 역시 미노타우로스를 쓰러뜨려야겠어."

발을 멈추고 천천히 돌아본 아르고노트의 말에, 오르나는 눈을 크게 떴다.

"피나도 구하고, 유리나 다른 동료들에게도 사과하고…… 그리고 공주도 구해낼 거야."

"……방법은? 뭔가 생각이라도 있어?"

"방법은…… 아직 생각나지 않아. 하지만 쓰러뜨려야 해."

결연한 눈빛은 숫제 존엄하기까지 했다.

그러나 관찰하듯, 오르나는 물었다. 그리고 돌아온 청년의 대답에 일말의 실망감을 숨기며, 냉엄하게 단언했다.

"설령 수단이 있다 해도, 나는 이렇게 말하겠어. 아르고노트…… 당신은 미노타우로스를 쓰러뜨리지 못해."

"…………."

"그래, 몇 번이든 말하겠어. 너는 『영웅』의 그릇이 아니야. 괴물을 퇴치하는 이야기의 『영웅』이 되지 못해."

——만인을 명을 구하는 『영웅』은, 결코 될 수 없다.

소녀의 잔혹한 말이 밤바람에 쓸려갔다.

하얀 머리를 찰랑이는 아르고노트는 잠시 시선을 오른

손으로 떨구었다.

두 사람 사이에 차가운 바람 소리만이 울리는 가운데, 그는 고개를 들었다.

입술에는 미소를 머금고.

"──그러면, 나는 역시『하나』를 택할래."

"뭐?"

그리고 말했다.

"사실은, 나도 알고 있어. 아니, 내가 제일 잘 알지. 아르고노트는『영웅』은 될 수 없다는 걸."

아르고노트는 당당하게도 그렇게 말했다.

처음 만난 후로 계속『영웅선망』을 내세우던 청년의 고백에, 소녀는 곤혹스러움을 느꼈다.

"아르고노트에게는 자격이 없어. 소질이 없어. 아르고노트라는 남자는, 잘해야『하나』밖에 구할 수 없어. 그러니『백』을 구하는 일은 다른 사람에게 맡길게."

"……무슨 소리야?"

그것은 안타까움이 담긴 진실이었다.

그러나 미소를 지우지 않은 채, 아르고노트는 진리에 손을 뻗었다.

"『고뇌의 결단』에 직면했을 때, 나는 늘 생각해. 하나냐 백이냐의 선택에 사로잡혔을 때, 왜 선택하는 건 당사자뿐일까 하고."

그것은 비유하자면, 이야기의 일막.

혹은 영웅담 속에서 찾아오는 비극.

그리고 지금, 이 세상 곳곳에서 일어나고 있을 현실.

고난에 사로잡혀, 싸우고 또 싸웠던 자에게는, 반드시라고 해도 좋을 정도로 이상을 용납하지 않는 부조리가 찾아온다.

"왜 그곳에는 손을 빌려줄 누군가가 없었을까 하고. 『하나』가 버림받았을 때, 다른 누군가가 『하나』를 구해주었으면 됐을 텐데."

그런 부조리한 현실에, 아르고노트는 이의를 제기했다.

싸우고 또 싸우고, 무릎을 꿇고, 너덜너덜하게 상처 입은 사람들을 등 뒤로 감싸며, 두 팔을 벌리고 호소한다.

"『영웅』 하나에게 맡길 게 아니라, 『모두』가 맞서면 돼."

이번에야말로 오르나는 헛숨을 들이켰다.

"혼자서는 사실 할 수 있는 일이 아무것도 없어. 하지만 둘이면 할 수 있는 일이 있지. 셋이라면 더 많이. 모두가 함께라면…… 그야말로 뭐든지 할 수 있어."

그것이 아르고노트의 대답.

영웅은 있다. 하지만 그와, 혹은 그녀와 함께 싸우고 지탱하는 것은 누구나 할 수 있다.

검과 방패, 지팡이를 들지는 못해도, 그 뒤를 따르며 목소리를 높일 수는 있다.

──웃음소리를 내고, 어두운 공기를 날려버리고, 선택받은 자들에게는 성원을!

──싸우지 못하는 사람이라도 할 수 있는 일은 얼마든지 있어!

──목소리를 내지 못하는 자에게 내일은 찾아오지 않아!

언젠가 벌인『광대 논쟁』에서도 그런 말을 했던 것이 오르나의 기억에 떠올랐다.

그리고『광대』처럼 행동하던 사내의 진의를 어렴풋하게나마 접한 기분이 들었다.

"……나는『하나』밖에 구하지 못한다. 그러니 다른 누군가에게 맡긴다. 그거, 철저하게 남에게 의존하겠단 소리인 거 알아?"

"알지. 내가 누구든 구할 수 있는『영웅』이었다면 좋았겠지만."

흔들리는 본심을 들키고 싶지 않은 오르나가 귀염성 없는 가면 속에서 비판을 던지자, 아르고노트는 쓴웃음을 지었다.

가늘어진 청년의 눈에 과거의 정경이 스치고 지나갔다.

불타는 성하마을. 불꽃과 비명으로 물들었던 비극이.

그럼에도 그는 시선을 위로 들었다.

커다랗게 빛나는 달을 따르듯 조그만 빛을 뿌리는, 수많은 별들을.

절망에 의해 죽어가는 세계 속에서, 이 하늘만은 아직 빛을 잃지 않았다.

별이 가득한 이 하늘이야말로 아르고노트가 꿈꾸는『이

상』의 축소판이다.

그는 저 별 중 중 하나가 되기를 바랐으며, 많은 이들이 같은 별에 이르기를 바랐다.

"어이없어……. 정말, 어이없어."

"그럴까?『백』을 구할 수 있는 영웅은 반드시 있을 거야. 그렇다면 나는 그들이 저버린『하나』를 구할 남자가 되고 싶어."

어디를 봐도『광대』밖에 되지 않는 모습에 오르나가 한숨을 쉬어도, 아르고노트는 비탄이라곤 한 점도 보이지 않고 말했다. 오히려 자신의 역할을 자각하고, 그것을 바라는 허심탄회함마저 보였다.

"그리고 내가 지금 구하고 싶은『하나』는…… 너야."

"!!"

그러면서, 놀란 소녀를 향해 말했다.

"미노타우로스를 쓰러뜨리지 않는다면『백』을 구해봤자 너는 구할 수 없을 테니까. 네가 웃을 수 없을 테니까."

"아……."

"네가 웃는 얼굴을 보고 싶으니까."

다정한 미소였다. 우스꽝스럽지도, 태평하지도 않았다.

마치 영혼의 깊은 곳에서 스며 나온 것처럼, 소박하고 투명한 미소였다.

눈을 크게 떴던 오르나의 뺨이 금세 붉게 물들었다.

갈색 피부에 그 선명한 붉은색이 두드러져, 소녀는 갈팡질팡하며 뒷걸음질쳤다.

“뭐, 뭐야, 그게, 느닷없이…… 사, 사, 사랑이라도 맹세
하는 것처럼, 그런 소릴──.”

“──그리고 같은 이유로 아리아 공주도 구할 거야!”

“아?”

그리고 순식간에 극한의 냉기를 머금었다.

늠름한 표정으로 각오를 설파하는 아르고노트는 소녀의
분위기를 조금도 알아차리지 못했다.

“제물을 구한다! 공주의 미소를 본다! 그것이 지금의 나
의 이상! 이 외에는 인정하지 않는다!”

“……『하나』가 아니라『둘』이 됐잖아.”

“아, 진짜네. 그럼 난『하나』밖에 구하지 못하는 아르고노
트가 아니라『둘』을 구할 수 있는 아르고노트가 돼야겠다.”

째릿, 하는 소리가 들릴 정도로 두 눈을 날카롭게 뜨는
오르나에게, 아르고노트는 웃음을 지으며 의지를 새로이
다졌다.『영웅』과 함께 전열에 합류할 거라면, 오늘의 자신
보다 조금이라도 더 강해져야겠다고.

“……당신은 정말 광대구나. 아니, 저질이야. 느닷없이
이상한 소리나 하고…… 혼란스럽게 만들고…….”

오르나는 그런 아르고노트를 노려보며 중얼거렸다.

들리지 않을 만큼 작은 목소리로, 입술을 죽이듯. 혹은
부끄러움을 숨기듯.

“…………좋을 대로 하든가. 뭐가 됐든 내가 말릴 수는

없을 테고.”

잠시 후.

한숨을 쉰 오르나는, 처음부터 답은 정해져 있었다는 양 자포자기한 것처럼 말했다.

“난 그딴 뒤틀린 나라는 망해버리면 좋겠다고 생각했어. 진심으로. 하지만 지금은, 설령 망한다고 해도 뒤틀린 나라가 아니라 인간이기를 관철한 나라이길 바라.”

“…….”

“결국, 나는 아무것도 바꿀 수 없었어. 그러니까 당신이 뭘 할지, 내 눈으로 지켜보기로 했어. ……뭐, 열심히 해보든가?”

속내를 토로하던 소녀는, 마지막에는 솔직해지지 못하는 새끼 고양이처럼 얼굴을 획 돌렸다.

“——그래! 고마워, 오르나!”

아르고노트는 천진난만한 웃음으로 대답했다.

소년처럼 티 없이 활짝 웃는 청년을 보며, 오르나는 움직임을 멈춘 채 그에게 시선을 빼앗기고 말았다.

“………….”

“……? 왜 그래? 엄청 비난하는 듯한 눈빛으로 쳐다보는 것 같은데…….”

방심했던 자신을 저주하듯 얼굴을 온통 불만으로 물들인 오르나에게, 광대는 당황하며 자기도 모르게 쓴웃음을 지었다.

“일어난 후로 계속, 여느 때와 분위기가 다르잖아. 뭐야 대체. 광대 아르고노트는 어디로 갔어? ……맥 빠져.”

“어…… 그랬나? 그럴지도 모르겠네. 너무 피곤해서 그런가…….”

오르나의 지적에, 아르고노트는 아차 하는 표정을 지었다.

막 정신을 차린 데다 그 후로도 여러 가지 일이 있어『어울리지 않는』추태를 보이고 말았다는 양.

“잠깐만 기다려봐. 원래대로 돌아갈 테니까. 아~ 아~, 음~ 음~!”

오르나는 발성연습을 시작하는 청년을 오르나는 째릿 노려보고 있었다.

“……평소의 광대는 본성이 아닌『가면』이었단 거구나.”

“하하, 무슨 소린지 모르겠는데! 나는 언제나 광대 아르고노트라고! 좋아, 원래대로 부활!”

이내 아무 일도 없었던 것처럼『광대』의 높은 웃음소리가 울려 퍼졌다.

이내 욱신거리는 몸을 붙들며 “아야야……!” 하고 비명을 지른 아르고노트는, 지금도 냉랭한 시선을 보내는 소녀에게 깔깔 웃으며 말했다.

“오르나, 오늘은 그만 쉬자! 푹 자는 거야! 뭐, 하룻밤 지나면 좋은 생각이나 기똥찬 작전이 떠오를 거야! 아마도!!”

“하아…… 활달하고 낙관적. 시끄러운 아르고노트가 돌

아왔구나.”
　“그게 바로 나지! 그러니 엮어주마, 『영웅일지』!”

　『아르고노트는 비참한 실패에서 일어나, 무시무시한 마물을 쓰러뜨리기로 결심했다!』

　품에서 꺼낸 일지에 문장을 써나간 아르고노트는, 문득 생각에 잠긴 기색을 보이더니 새로운 한 문장을 덧붙였다.

　『별난 두 명의 친구를 얻고!』

CHAPTER
2
2장

정령의 사당

길었던 밤이 마침내 물러갔다.

왕도에서 함정에 빠져, 그대로 굴러떨어져 먹구름 아래에서 허우적대던 아르고노트는 드디어 눈 부신 햇살을 올려다볼 수 있게 되었다.

산릉에서 모습을 드러내는 태양을 바라보며, 시원한 공기를 가슴 한가득 들이마셨다.

"해가 떴는데…… 그래서 이제 어떻게 할 거냐?"

"음, 푹 곯아떨어진 채 꿈에서 계속 생각해봤는데……."

"재주도 좋네……."

모닥불을 확실하게 끄는 크로조의 앞에서 아르고노트는 눈을 감은 채 팔짱을 끼고, 오르나는 어이없다는 듯 딴죽을 걸었다.

광대는 이를 흘려넘기며 검지를 척 세웠다.

"『정령의 사당』에 가보는 건 어떨까?"

"『정령의 사당』?"

"그래, 소문으로 들었거든! 왕도 어딘가에 정령이 잠들어 있다고! 거기에 가서, 정령에게 엄청난 힘을 얻는다는 간단한 이야기야!"

되묻는 크로조에게, 아르고노트는 손짓, 발짓을 섞어가며 설명했다.

왕도로 출발하기 전에 머물던 마을에서 피나에게도 말한 적이 있다.

──게다가 『왕도』 근처에는 『정령의 사당』이 있다는 전

설을 들었거든! 그쪽에도 꼭 가보고 싶어!

아르고노트는 사실 영웅소집이 원래 목적이었고 『정령의 사당』은 덤 정도로 생각했지만, 이렇게 된 이상 매달릴 수 있는 것은 모두 매달려보기로 했다.

"당신, 날 얼마나 어이없게 만들려는 거야……? 미리 말해두겠는데, 그건 왕도에서는 『전설』 취급이거든?"

그런 사내의 『신에 의지하는』 것과 같은 어리석은 생각에, 오르나는 이번에야말로 몸에서 힘이 쭉 빠져나가는 것을 느꼈다.

"진위를 확인하기 위해 병사들이 몇 번이나 파견됐다는 기록이 있어. 그런데도 전혀 발견되지 않았단 말이야. 분명 헛소문일걸."

"소문의 출처는? 전설의 기원은? 아무도 본 적이 없다면서 『사당』이라는 구체적인 문언이 있는 건 이해가 안 가는데? 난 거기에 진실성이 있다는 생각이 들어!"

그래도 아르고노트는 굴하지 않았다. 오히려 미소를 지으며 추궁했다.

왕도에 직접 방문하면서, 아르고노트는 정령의 일화를 『근거 없는 소문』에서 『혹시나 어쩌면』이라는 기대 쪽으로 기울이고 있었다.

왜냐면 아리아드네 왕녀와 함께 성하마을을 둘러보면서, 『정령을 모티프로 한 분수』처럼 정령에 관한 조형물이 왕도 곳곳에 보였기 때문이다.

이것은 과거의 수도 주민들이 남긴 당시의 기록에 따른 것이 아닐까 하고 추측하기에는 충분한 재료였다.

아르고노트의 설명과 지적에, 오르나는 한순간 당황했다.

"……분명, 여행자가 하늘에서 떨어진 빛을 발견해서, 그곳으로 가보니 『사당』이 있었다는 이야기였지. 당시 마물의 지배가 일시적으로 약해지면서 정령이 강림했던 건 아닐까 하는 이야기가 그럴듯하게 돌기는 했는데…… 하지만 그게 다였을걸."

"아직 다른 단서가 남아 있을 거야! 잘 떠올려봐 오르나! 힘내 오르나! 뭣하면 점으로 그 장소를 밝혀내 오르나!"

"억지 부리지 마!"

기억의 실마리를 더듬어 왕도의 역사를 되새겨보는 오르나에게, 아르고노트는 부조리에 가까운 후덥지근한 성원을 보냈다. 오르나는 당연히 눈살을 찌푸리며 고함을 질렀다.

남자와 여자가 아침부터 꽥꽥 소란을 피우고 있으려니,

"네가 찾는 『사당』일진 모르겠지만…… 『정령』이라면 이 근처에 있는데?"

크로조는 아무렇지도 않게 말했다.

"『피』가 반응하고 있어. 나를 구해준 정령의 『동족』이 틀림없이 여기 있을걸."

"……엥? 정말? 진짜로? ……참고로 안내 좀 해줄 수 있을까요?"

“왜 갑자기 존댓말이야? 해줄 수 있어.”

세 번 숨을 쉴 동안 정적이 으르고.

아침 해가 지평선에서 반짝인 것과 동시에, 아르고노트는 홍소를 터뜨렸다.

“……하, 하하하하하하?! 계산대로다! 봤지, 오르나! 이게 바로 만남의 힘이라는 거야!”

“말도 안 돼…….”

하늘에서 뚝 떨어진 행운, 이라기보다는 처음 만난 후로 계속 보여주는 크로조의 『정령』에 관한 힘. 아르고노트는 반쯤 충격에 빠진 채 억지로 기뻐하고, 반면 오르나는 기뻐하기보다는 어이없어했다.

“이 만남도 분명 신의 뜻! 자아, 가자! 성스러운 『정령의 사당』으로!”

“좋았어~!”

“………뭐 이렇게 무책임한 파티가 다 있담.”

오르나의 끊임없는 피로감과 함께, 일행은 행동 목표를 정했다.

크로조가 육포 같은 식량을 나눠주어, 그것으로 아침을 때운 후 출발했다.

반응을 보인다는 『정령의 피』에 의지해, 그들은 왕도의 동쪽으로 향했다.

라크리오스 주변은 날씨가 좋았다. 많은 지역이 세계의 행방을 비탄하는 듯한 먹구름과 탁한 대기로 하늘을 더럽히고 있지만, 지금도 하늘은 맑게 개어 있었다. 그것은 무시무시한 맹우가 탁기나 유해한 독소를 뿌려대는 마물을 왕도에 접근하는 족족 전부 살육하고 있기 때문이라고──라크리오스의 어둠을 알게 된 후에는 그렇게 여겼지만, 어쩌면 이 지역에 사는 『정령』의 가호와도 관계가 있을지 모른다. 맑은 창공을 바라보며, 아르고노트는 그런 생각을 했다.

풀과 꽃이 거의 사라진 들판, 혹은 구릉을 나아갔다.

그리고 마물과도 마주쳤다.

네발짐승이, 불꽃의 새가, 때로는 거대한 뱀이 아르고노트 일행의 앞길을 막고, 가차 없이, 몇 번이나 덤벼들었다.

"으랏차!"

『끄와아아악?!』

하지만 모두 크로조가 해치웠다.

이글이글 빛나는 붉은 대검으로 갈라, 대량의 재로 만들어버리고, 때로는 검신에서 넘쳐나는 불꽃으로 한꺼번에 불태웠다.

그 전투 방식은 좋게 말하면 호쾌하고, 나쁘게 말하면 거칠었다.

유리나 가름스처럼 노련한 전사들과 비교하면, 그의 『기술과 허허실실』은 한 발 미치지 못할 것이다. 하지만 그의 『출력』은 그런 전장의 기술을 보완, 아니, 숫제 압도할 정도로 탁월했다.

유리나 가름스의 백병전 능력과 피나의 마법 포격력이 합체한 듯한 『싸우는 대장장이』.

말만 들어도 청년이 얼마나 이단적이며 뛰어난지를 알 수 있었다.

"끝났어!"

언덕의 바다 한복판에서, 두껍고도 날카로운 칼날이 마물에게 꽂혔다.

거구를 자랑하던 호랑이 마물은 천천히 기울어지더니, 쿠웅 소리를 내며 대지에 쓰러졌다.

"정말, 말도 안 될 정도로 강하네……. 게다가 『정령』까지 찾을 수 있다니. 이 남자는 대체 얼마나 규격에서 벗어난 거야?"

"엄청 도움 되니 그거면 된 거 아닐까!"

이제는 어이없어하는 것도 지친 오르나가 말라버린 한숨을 쉬고 있으려니, 타산적이기 그지없는 아르고노트는 이 쾌적한 상황을 크게 환영했다.

"남자가 자존심도 없어?"라며 소녀가 째릿 노려보는 것도 화려하게 무시하고, 이마의 땀을 닦는 대장장이에게 다가갔다.

"정말 고마워! 내 입으로 말하기는 뭣하지만, 이렇게 수상쩍은 우리를 도와주다니!"

"나까지 묶어서 말하지 마."

"뭐, 이미 끼어 들어버렸으니까. 너희 이야기를 들은 시점에서 마지막까지 어울릴 각오 정도는 했거든. 게다가 너희하고 같이 있으면 재미있을 것 같고."

요즘 들어 점점 사양하지 않게 된 오르나가 뺨을 실룩거렸지만, 그래도 아르고노트는 웃음을 지었다. 크로조는 큭큭 웃으며 어깨를 떨었다.

옥신각신하는 두 사람을 바라보던 대장장이 청년은, 그 대신이라는 양 제안을 건넸다.

"그보다 아르라고 불러도 될까? 아르고노트는 발음이 어려워서……."

"상관없어! 사실 친한 사람들은 모두 나를 아르라고 부르거든!"

"그렇군! 그럼 새삼스럽지만 잘 부탁한다, 아르!"

"그래, 크로조!"

가슴 높이로 들어 올린 크로조의 오른손을, 아르고노트의 왼손이 힘차게 붙들었다.

눈을 흘기며 그 모습을 바라보던 오르나가 불쑥 중얼거렸다.

"이게 남자들의 우정? 후덥지근해……."

"말은 그렇게 하면서 부러워하는 오르나 군! 잠깐 이야기 좀 해도 될까?"

"부러워하긴 누가! ……무슨 얘기인데."

크로조의 손을 놓은 아르고노트는 진지한 표정으로 오르나를 바라보았다.

“『정령의 사당』에 가기로 결정은 했지만 여유를 부릴 시간은 없을 거야. 공주가 미노타우로스의 『제물』이 될 때까지 얼마나 남았을까?”

“……큰 『식사』가 끝나면, 그 마물은 꼭 긴 잠을 자. 왕녀는 전쟁이 끝난 후에 바쳐질 예정이었고. 시간은 아직 있어.”

조용한 표정으로 오르나가 말해, 아르고노트는 일단 안도했다.

“그렇구나……. 근데 넌 정말 모르는 게 없는걸. 역시 나라의 어두운 부분에 관여할 만한 점술사란 건가!”

아르고노트가 아무 사심 없이 칭찬하자.

긴 흑발을 찰랑이던 오르나는 눈을 내리깐 채 자조적인 웃음을 머금었다.

“……나에게 별을 보는 힘 같은 건 없어. 당연히 나라의 미래도 점칠 수 없고.”

“……? 그럼 그 나라는 왜 널 요인으로 맞이한 거야?”

“글쎄? 이런 쓸모없는 여자를 살려둘 이유가 대체 뭔지, 내가 묻고 싶을 정도야.”

소녀는 얄궂은 미소를 지었다. 마치, 이제는 보이지 않게 된 저 아득한 구릉의 바다 저편, 낙원이라는 가면을 쓴 뒤틀린 왕도를 경멸하듯.

그런 모습을, 아르고노트는 입을 다문 채 바라보았다.

“그저 나를 『새장』에 가둬놓고 싶은 자들이 거기 있으니까. 그뿐이야.”

토해내듯, 소녀는 말했다.

🦇

"오르나 공은 찾았나?!"

왕의 격앙이 옥좌의 홀에 쩌렁쩌렁 울려 퍼졌다.

뼈와 가죽만 남은 늙은 몸 어디에 그런 힘이 남아 있는 지, 공기를 뒤흔들 정도의 갈파에 에 도열한 병사들이 위축되었다.

항상 냉혹했던 라크리오스 왕이 보이는 정신이상에 가까운 모습은, 그 몸에서 넘쳐나는 분노를 말해주고 있었다.

"죄, 죄송합니다! 아마도 그에게 도움을 준 것으로 보이는 여행자, 그리고 아르고노트와 함께 도시 밖으로 도망친 것이 아닐지…….."

"이 얼빠진 것들! 당장 병사를 풀어 오르나 공을 찾아내!"

"아, 알겠습니다!"

라크리오스 왕이 옥좌에 앉는 것도 잊은 채 소리를 질러대자, 온몸을 칠흑색 갑옷으로 감싼 기사장 사내는 서둘러 홀을 빠져나갔다. 그의 뒤를 따르듯 병사들도 허겁지겁 퇴실했다.

그와 거의 동시에, 그들과 자리를 바꾸듯 나타난 것은 한 명의 아마조네스였다.

"왕이여, 내가 가겠다! 오르나는 내가……!"

어깨에 걸린 검은색 머리를 흔드는 엘미나.

그녀의 목소리에는 여유가 없었다.

아르고노트 같은 이들 앞에서는 항상 얼어붙어 있던 표정이, 지금은 조바심을 머금고 있었다.

"닥쳐라! 네놈 같은 짐승 한 마리 풀어놓는다고 찾을 수 있겠느냐! 병사들에게 맡겨라! 그 외에는 방법이 없어!"

"큭……!!"

왕은 엘미나의 요구를 내쳤다.

그것은 마치 자신에게도 들려주고 있는 말인 것처럼, 지금의 상황에 대한 짜증이 담겨 있었다. 『여동생』을 걱정하는 『언니』는 갈색 주먹을 꽉 쥐고, 얼굴 아래쪽을 가리는 베일 밑에서 입술을 깨물었다.

"그보다도 『영웅 후보』 놈들을 감시해! 광대와 놈의 여동생에게 정이 든 것들이 무슨 짓을 할지 모른다!"

"……쯧!"

내뱉듯 혀를 찬 암살자 여자는 모습을 감추었다.

늙은 몸으로 계속 소리를 지르던 라크리오스 왕은, 어깨로 숨을 쉬면서 겨우 왕좌에 앉았다.

털썩 하는 큰 소리를 내고는, 오른손으로 얼굴을 움켜쥐었다.

"네놈, 광대……! 얌전히 죽기나 할 것이지, 그것을 데려가기까지……!"

교활한 가면이 벗겨지고 있었다.

엘미나와 마찬가지로 평정심을 잃은 라크리오스 왕은, 마른 나뭇가지처럼 가느다란 손가락 사이로 드러난 눈을 시뻘겋게 충혈시켰다. 그 눈은 마치 보물을 빼앗긴 용과도 같았다.

"용서하지 않겠다, 절대로 용서하지 않겠다……! 아르고노트……!"

그 눈에는 뚜렷한 광기와『망집』이 존재했다.

바스락, 바스락.

앞을 계속해서 가로막는 나뭇잎의 벽을 헤치며 앞으로 나아간다.

앞을 보면 녹색이 가득 펼쳐져 있고, 위를 올려다봐도 같은 색이 하늘을 뒤덮었다.

발 디딜 곳도, 시야도 좋지 못했다. 거미줄처럼 얽힌 나무뿌리가 신발을 휘감다시피 해 체력을 빼앗아 갔다.

간단히 말하자면 그곳은 수해(樹海)라 불리는 곳으로, 광대와 점술사와 대장장이 세 사람은 그 녹색과 과 나무껍질 색의 미로 속을 나아가고 있었다.

"……이 근처인데."

비경이라고 해도 무방할 만큼 깊은 숲속에서 발을 멈춘 크로조는 주위를 두리번거렸다. 그 바로 뒤에서는, 아르고노트가 땀을 뻘뻘 흘린 채 긴 나뭇가지를 지팡이 대신 짚고 처량한 목소리로 말했다.

"헥, 헥…… 수해에 뛰어들어, 계곡을 건너고, 폭포를 넘고……! 도저히 사람이 드나들 곳이 아니야아……!"

어깨를 씨근덕거리며 귀에 거슬리는 숨소리를 내는 아르고노트의 불평. 옆에서 따라오던 오르나는 진저리를 내는 표정을 지었지만, 그녀 자신도 잔소리를 할 여유가 없었다.

아르고노트의 말은 틀림없는 사실이었다. 지금 있는 수해에는 짐승길조차 없어서, 우회해 지나치려 해도 그 너머에 제대로 된 길이 있을지는 알 수 없는 상황이었다. 크로조가 가진 『정령의 피』만이 유일한 단서이자 『나침반』이었다. 그 결과, 그가 일직선으로 나아가는 길을 아르고노트와 오르나가 헐떡이며 따라갈 수밖에 없었던 것이다.

"이런 곳은, 왕도의 수색대도 다가오려 하지 않을걸……. 마물하고도 몇 번이나 마주쳤는지……."

"이쪽에 『기척』이 있으니까 어쩔 수 없잖아. 게다가 『정령』이란 것들은 비경 같은 곳을 좋아한다고 하니까."

지쳐서 원망스러운 눈길을 보내는 오르나에게, 혼자서 태연한 크로조는 어깨를 으쓱했다.

스스로 선두에 서 덤불이니 나뭇가지를 헤치거나 베어버리고는, 숲 속으로 더 깊숙이 나아가며 비틀거리는 아르고노트와 엘미나를 안내했다.

"이렇게『뭔가 나올 것 같은 곳』이 그럴듯하다니까. ……오, 저긴가?"

『목적지』에 도착한 것은, 이제까지의 여정을 돌이켜 보면, 너무나도 허망할 정도였다.

발을 멈춘 크로조의 시야 저편, 약간 탁 트인 수해의 분지에 그『구멍』이 존재했다.

"이건……."

"……사당이 아니라 동굴이잖아."

아르고노트와 오르나도 그쪽을 보며 힘없는 목소리를 내고 말았다.

거목의 나무뿌리가 펼쳐진 대지에 뻥 뚫린 것은, 오르나의 말대로 동굴이었다.

완만하게 내리막을 이루는 어두운 길에는, 『사당』에 해당하는 것이라곤 하나도 보이지 않았다.

"『이 너머』에 있다는 소리겠지."

웃음을 머금은 지은 크로조는 한쪽 팔을 빙글빙글 돌렸다.

동굴 앞까지 다가가 숨을 고르는 아르고노트와 오르나를 위해 충분한 휴식을 취한 후, 그는 말했다.

"준비는 됐어?"

"……그래, 가자!"

고개를 끄덕인 아르고노트는 『정령』이 사는 곳으로 발을 들여놓았다.

"무슨 수를 써서라도 역적 아르고노트의 단서를 찾아내라! 왕도에서 그리 멀리 가지는 못했을 거다!"

부대가 황야를 가로지르고 있었다.

갑옷으로 몸을 감싼 라크리오스 병사들이 한데 모여 이동하는 가운데, 병사장의 큰 목소리가 터져 나왔다.

"병사장님, 몸은 괜찮으십니까……? 오르나 님에게 베인 상처가, 아직………."

"지금 그런 생각을 할 때냐! 폐하의 역정을 산 지금, 가만히 있다간 우리가 괴물의 먹이가 될 판인데!"

부하들의 근심하는 목소리에 돌아오는 것은 노성이었다.

아직도 욱신거리는 가슴을 억누르며 의구심을 토로하는 병사장의 모습에, 병사들은 얼굴을 가린 투구 사이로 공포를 흘렸다. 왕가가 대체 무엇을 키우고 있는지, 이 부대에서는 모르는 이가 없다. 행군하는 그들의 발걸음은 논쟁의 여지없이 빨라졌으며, 눈을 크게 뜨고 왕도에서 도망친 아르고노트 일당의 발자국을 찾아다녔다.

"그딴 왕도의 어둠에 먹힐 줄 알고……! 무슨 수를 써서라도 찾아내야 해……!"

뇌리에 떠오르는, 끔찍한 소의 머리를 가진 그림자.

병사장이 갑옷 밑에서 식은땀을 흘리고 있을 때였다.

"병사장님, 이쪽으로 와 보십시오!"

병사 중 한 명이 뭔가를 발견했다.

그곳은 황량하고 넓은 들판.

야트막하지만 가파른 언덕에 에워싸인 한곳에, 그것이 있었다.

"야영의 흔적…… 이용한 흔적으로 보건대, 인원은 약 세 명. 아르고노트 일당이다, 틀림없어!"

모닥불의 뒤처리를 한 후이기는 했지만, 흔적은 분명했다.

병사장에게 그것은 신이 내려준 복음과도 같았다.

"잘했다! 발자국을 따라가라! 그 너머에 아르고노트 일당이 있다!"

""예!""

남자의 지시에 따라, 병사들이 행군을 재개했다.

아르고노트 일행이 출발한 지 반나절도 지나지 않았을 때였다.

세 개의 발소리가 메아리로 돌아오고 있었다.

아르고노트, 오르나, 크로조는 주위를 둘러보며 동굴 안을 나아갔다.

"동굴 자체는 자연적인 것 같은데…… 이 창백한 빛은

뭐지? 동굴 안에 있는데도 잘 보여……."

"기껏 준비한 횃불도 필요 없게 됐군……. 게다가 어딘가 신비로운 느낌이야."

오르나는 당황스러워하면서도 흥미진진하게 주변을 둘러보았다.

입구는 좁았지만, 이제는 어른 대여섯 명이 나란히 서도 여유롭게 지나갈 만큼 넓어졌다. 특히 주목할 만한 것은 천장과 벽면에 맺힌 빛의 입자였다. 하늘의 별처럼 푸른 빛의 입자들이 흩어져 있어, 어둠에 휩싸였을 줄 알았던 동굴 내부는 마치 창연한 밤하늘 아래에 있는 듯했다.

오르나와 마찬가지로 눈길을 빼앗겼던 아르고노트는, 역할을 잃은 횃불용 나무 막대를 대롱대롱 흔들다 허리의 벨트에 꽂아 넣었다.

"『정령』의 마력이란 거지.『정령』이 여기 살면서 동굴 전체에 퍼졌을 거야."

선두에서 걷던 크로조는 어깨에 걸머졌던 대검을 내렸다.

"……덕분에『좋지 않은 것』도 끌려온 것 같지만."

그가 중얼거린 목소리에 반응한 것처럼, 땅이 울리기 시작했다.

동굴 전체를 뒤흔드는 진동에 아르고노트와 오르나가 긴장하는 사이, 한 거구가 동굴 안쪽에서 모습을 드러냈다.

"마물……! 심지어 왕도 주변에서는 한 번도 본 적이 없는 종류야!"

오르나의 시선 너머에 늘어선 것은, 암석으로 이루어진 거인들이었다.

넓은 동굴 안인데도 천장에 닿을 듯한 회색의 바위 몸. 팔다리를 이룬 우툴두툴한 바위 덩어리는 살의로 넘쳐났으며, 머리에서는 외눈이라고 해야 할까, 수상쩍은 빛이 무기질적으로 일행을 응시하고 있었다.

"도중에 만난 괴물들과는 수준이 다른 것 같군. 내가 앞으로 나가서 치겠어!"

"그래, 나는 후방 지원에 전념하지! 오르나 씨도 용감하게 앞으로 나가도록 해!"

"당신도 싸워!"

용감하게 뛰어나가는 크로조 뒤에서 비전투주의자인 광대가 응원의 태세를 보이고, 점술사의 노성이 백발의 뒤통수를 후려쳤다. 그러는 동안 붉은머리 대장장이는 바위 괴물과 접촉해 치열한 전투가 펼쳐졌다.

몽둥이를 다섯 개쯤 묶어놓은 듯한 적의 두 팔. 좌우로 휘두르는 그 팔은 일반인에게는 분쇄의 상징이겠지만, 크로조는 "엽! 핫!" 하는 기합성과 함께 쉬엄쉬엄 회피했다. 오히려 일정한 거리를 유지한 채, 적의 큰 공격을 유도해 마물들끼리 서로 부딪치도록 만들었다.

진동과 함께 엉덩방아를 찧거나 나자빠지는 바위 거인들에게 기회를 놓치지 않겠다는 양 달려들어선,

"타아아아아아아아아아아아아아아아아앗!"

『고오옷?!』

높은 상단으로 든 대검을 호쾌하게 내리찍어.

갑옷보다도 단단한 바위의 몸을 별 어려움도 없이 파쇄했다.

가슴이 박살 난 바위 괴물은 대량의 잿더미로 변했다.

"이야~ 진짜 강한걸. 혹시나가 아니라 역시나, 크로조 하나만 있으면 피나도 공주도 구해낼 수 있지 않을까?!"

"아무리 그래도 그건 너무 남에게 의존하는 거 아냐? 『영웅』을 논하기 전에 인간으로서 문제가 있어……."

그렇게 날뛰는 모습을 뒤에서 바라보던 아르고노트는 미래가 밝다는 양 소리를 질러댔다. 오르나는 쓰레기를 보는 듯한 표정을 지었지만,

"게다가 그의 힘에는……『제한』이 있는 것 같아."

대장장이의 등을 다시 바라보며 중얼거렸다.

"『제한』? 저 정령의 힘이?"

"잘 표현은 못 하겠지만, 중요한 순간에만 사용한다고 해야 하나…… 그의 몸에 깃든『정령』의 흔적 자체가, 행사를 제한하고 있는 것 같기도……."

오르나의 견해를 듣고, 아르고노트는 기억을 되짚어 보았다.

실제로, 크로조가 적을 불태울 정도의 불꽃을 사용했던 것은 간밤의 전투 때 단 한 번뿐이었다. 그것도 아마, 아르고노트와 오르나에게『정령의 힘』을 보여주고 설명하기 위

해 사용했을 것이다.

"듣고 보니, 『포격』을 쏘면 쉽게 끝낼 수 있을 텐데, 최대한 검으로 상대하고 있는 것 같기도……."

이곳에 오는 동안에도, 지금도 마찬가지였다.

크로조는 최대한, 무기인 대검만으로 상대를 해치웠으며, 불의 힘은 사용하지 않았다. 그것은 오르나가 말한 것처럼 크로조 자신이 힘의 사용을 자제하고 있는 것 같기도, 『정령』 자체가 활동을 자숙하는 것처럼 보이기도 했다.

"흐음."

아르고노트가 조금 전과는 다른 시점에서 전투를 관찰하고 있으려니,

"──아, 이런. 빠져나갔다."

""어?""

크로조의 그런 중얼거림과 함께, 그의 좌우로 몇 마리의 마물이 우르르 지나갔다.

그들이 향한 곳은 물론, 아르고노트와 오르나의 방향.

『『『크아아아아아아아아아아아아아아아아아!!』』』

"허거어어어어어어어억?! 상당히 절망적인 숫자의 마물이 이쪽으로 몰려온다─?! 오르나 도망쳐─!!"

"저, 저기?!"

굵은 침방울을 흘리며 달려오던 것은, 송아지와 분간이 가지 않을 만한 체구의 맹견 무리.

그 광경에 아르고노트는 망설임 없이 도망치기 시작했다.

소녀를 버린 채.

오르나는 눈이 한껏 크게 뜨고 있었다.

황급히 청년의 뒤를 따라가며 필사적으로 달리고 달리고 달렸다.

"도망가지 말고 어떻게 좀 해봐! 당신 미노타우로스를 쓰러뜨릴 예정이잖아?!"

"그러고 보니 그랬지! 좋아 오르나, 유인 작전이다! 넌 미끼야! 난 도망칠게!"

왔던 길을 역주하면서 소리를 지르는 모습은 꼴사나웠다.

그리고 소녀의 지적에 이내 고개를 끄덕인 청년의 판단은, 쓰레기였다.

조건반사적으로 가속해, 아연실색한 오르나를 다시 한 번 방치하고, 자신은 옆의 동굴로 뛰어들었다.

뒤에서 몰려드는 마물의 무리에게 혼자 표적이 된 소녀는, 갈색 피부를 새빨갛게 물들였다.

"아르고노트~~~~~~~~~~~~~~~~~~~!!"

분노에 찬 고함이 울려 퍼졌다.

혼자 수평굴에 몸을 숨기고 위겨 모면했던 아르고노트는 고개를 내밀더니 "아" 하고 중얼거렸다.

"이런. 피나하고 있을 때의 버릇 때문에 나도 모르게……."

평소의 말투도 잊고, 변명도 되지 않는 소리를 지껄이는 광대를 내버려둔 채 타오르는 노성이 터져 나왔다.

"당신은 쓰레기야 아르고노트! 진성 쓰레기!! 쓰레기쓰레기쓰레기쓰레기쓰레기쓰레기!!"

"아흐응! 안 돼, 이러다 무언가에 눈을 뜰 거 같아!!"

평소에는 쌀쌀맞은 미소녀의 과열된 매도에 아르고노트는 몸을 뒤틀어댔으나, 금세 달려왔다. 크로조는 아직 동굴 깊은 곳에서 대형 마물들과 싸우고 있으니, 지금은 자신의 힘으로 어떻게든 해결해야 한다.

"장난하지 말고 진지하게 싸울게! 기다려 오르나아—!"

"절대용서하지않을거야절대그냥안둘테니까똑똑히기억해!!"

이제 와서 용감하게 외쳐봤자 돌아오는 것은 원한에 찬 고함뿐이라, 아르고노트는 몸을 부르르 떨었다. 피부에는 소름이 돋았다.

하지만 조건반사라고는 해도『습관』이란 무서운 것이었다.

오르나가 표적이 된 탓에 마물들은 아르고노트에게 등을 돌리고 있었다. 도망치는 재주도 포함해 다리 하나만은 빠른 아르고노트는 금세 그들을 따라잡아, 텅 빈 마물의 등에 달려들다시피 해 나이프를 꽂았다. 『끼앙?!』하는 비명이 솟았다.

마물은 몸속에『핵』을 가지고 있다.

지금까지 아르고노트는 수많은 괴물의 시체를 해체했던 경험을 통해 그 사실을 잘 알았으므로, 빈틈없는 광대는 약삭빠르게 그 급소를 노렸다.

정확히 말하자면, 그곳을 찌르지 않고선 아르고노트가 마물을 혼자서 쓰러뜨리기란 불가능했다.

그리고 결론적으로 말하자면, 약한 아르고노트라도 기습에만 성공하면 마물을 없앨 수 있다.

"!"

아직도 필사적으로 도망치던 오르나가 놀라 돌아보는 동안에도 두 차례, 세 차례 마물의『핵』을 나이프로 찌르고는 몇 번씩이나 땅바닥에 나뒹굴었다.

그 모습은 빈말로라도 훌륭하다고는 말할 수 없었다. 흙투성이였고, 숫제 비참할 정도였다.

하지만 그것이 바로 아르고노트였다.

우스꽝스럽다고 비웃음을 사도 최선을 다하고,『백』에는 미치지 못하더라도『하나』를 구해내려 하는 것이 청년의 전부였다.

이를 흘끔 본 크로조도 눈을 크게 뜨고, 광대를 관찰하는 눈빛에 변화가 찾아왔다.

청백색의 빛이 깃든 동굴조차도 무언가를 즐기듯 춤추는 빛의 입자를 피웠다.

"후오오오오오오!"

그렇기에『습관』이자『조건반사』.

원래는 오르나가 있어야 할 곳에 피나가 있고, 한 쪽을 미끼삼아 적의 허점을 노리거나, 혹은 마법의 힘으로 적을 불태워 버린다. 우스꽝스러운 행동으로 사람뿐만 아니라 마물까지도 기만하는, 광대의 **전장** 처세술이었다.

또 한 마리, 허를 찔린 마물의 등에 칼을 꽂는다.

멋지다고는 말할 수 없는 기합성을 내며 날린, 『혼신』과는 거리가 먼 『발악』의 일격. 흩날리는 대량의 재.

그러나 역할에 맞지 않는 분투는 거기까지.

고기가 부드러워 보이는 오르나를 쫓던 맹견들이, 그제야 이변을 깨닫고, 줄어든 동료의 수에 분노의 고함을 질러댔다.

네 발로 지면을 깎으며 급정지하는가 싶더니, 일제히 아르고노트에게 달려들었다.

"크윽――?!"

총 7마리의 발톱과 이빨.

평범한 광대가 나이프 한 자루만으로 막아낼 수 있을 리 없었다.

땅바닥에 구르며 간신히 첫 공격을 피했지만, 그다음은 무리였다.

사방에서 몰려드는 마물들에게 속절없이 죽고 마는 것이 남은 결말.

"으랏차아!"

『쿠오오오?!』

하지만 그런 결말을 걷어차 버릴 견제공격이 들어왔다.

대검을 든 크로조가 끼어들어, 팽이처럼 한 바퀴 돌며 거대한 붉은색의 궤적을 남기고 마물의 무리를 한꺼번에 베어 날려버렸다.

절망의 비명이 살점과 함께 퍼지고, 울려 퍼지던 전투의 선율은 완전히 끊어졌다.

"괜찮냐, 아르!"

"어, 응…… 고마워."

"아냐, 나도 도우러 오는 게 늦었어. 수가 많아서 애를 먹었거든. 미안해."

바닥에 엉덩방아를 찧은 채 넋이 나가 있었던 아르고노트는 안도의 숨을 내쉬었다.

오른손을 내밀어 그를 일으켜 세운 크로조는, 한참 그를 바라보더니 미소 지으며 어깨를 몇 번이나 팡팡 두드려주었다. 흙먼지로 얼굴이며 팔다리가 완전히 지저분해진 아르고노트는 휘청거렸으나, 자기도 모르게 고개를 갸웃거렸다.

"그건 그렇고 이 동굴에 눌러살던 정령 말인데…… 이거 암만 봐도 일부러 마물을 불러들였군."

"마물을 불러들여……? 무슨 말이야?"

"『시련』이란 거지. 정령 중에는 자기한테 맞는 『반려』를 선택하기 위해, 장애물을 준비하는 녀석들이 있다고 하거든."

천천히 주위를 둘러보는 크로조에게, 숨을 헐떡이던 오르나가 합류해 물었다.

대장장이 청년은 대검을 고쳐메었다.

"자신을 만나고 싶다면 힘을 보여라, 이거지."

"힘을 판단하는 의식이란 말야? 심술궂지만…… 역시 근본적으로 정령은 우리에게 힘을 빌려주는 존재로 있으려 한다는 걸까?"

"그건 나도 잘 모르겠다. 아무튼 앞으로 나아가면 어떤 『정령』이 있는지도 알겠지. 가자고."

자신의 팔과 겹쳐지듯 떠오른 정령 우르스의 팔, 불꽃의 반신과 장난을 치며 크로조는 안쪽으로 향했다.

크로조가 선두가 되고 아르고노트, 오르나가 그 뒤를 이어 동굴 안을 나아갔다.

"…………."

"왜 그래? 아까부터 입을 꾹 다문 채로."

"어, 아니…… 피나 때도 늘 생각했던 거지만, 꼴사납게 남에게 도움만 받는 자신이 못났다는 생각이 들어서……."

오르나가 의아하게 생각할 정도로 아르고노트가 침묵을 지키자, 크로조는 뒤를 돌아보았다.

아르고노트는 살짝 얼버무리려 했으나, 솔직하게 속내를 털어놓았다.

"이건 정말로, 비꼬거나 그런 게 아니라 솔직한 마음이지만…… 크로조, 당신은 『영웅』 같아."

"『영웅』? 내가?"

"당신은 대단해. 혼자서 마물의 무리를 물리치고, 불도 뿜을 수 있고…… 정말로 이야기 속에 나오는 『영웅』 같아."

오르나가 잠자코 귀를 기울이는 가운데, 아르고노트가

그렇게 말하자, 크로조는 미소를 지었다.

"나는 시시한 사람인데? 여기저기 떠돌며, 만든 작품이 안 팔리면 풀이 죽는, 평범한 대장장이니까."

청년은 진심으로 그렇게 말하고 있었다.

일반인이 압도될 만한, 혹은 부러워할 만한 힘을 가졌으면서도, 자만심은커녕 전능감에 빠지지도 않는다. 『자신』이라는 그릇을 잘 알고 있는 것이다.

"내기해도 좋아. 만약 내 이름이 후세에 전해지더라도, 절대 『영웅』으로 칭송받지는 못할걸."

"그렇지는……."

"나는 내 목숨을 내 마음대로 쓰고 싶어. 그리고 인류가 멸망한다면, 그건 그거대로 어쩔 수 없는 일이라고 생각해."

"!"

당황하던 아르고노트는, 이어지는 크로조의 말에 깜짝 놀랐다.

"사라질 거라면 사라지고, 남을 거라면 남겠지. 모든 것은 있는 그대로…… 난 그렇게 되는 대로 살아가는 사람이야."

"…………."

그것은 무기를 만드는 『대장장이』의 사고방식일지도 모른다.

장인인 크로조와의 시각 차이에, 아르고노트는 당혹감을 느끼고 말았다.

당혹감을 느끼면서도, 그의 말을 똑똑히 듣고 이해하고

자 노력했다.

은인인 그에 대해서.

"난 말이야, 아르.『무기』나 마찬가지야."

"무기……?"

"아까도 말했지만, 난 세상을 구할 만한 그런 거창한 그릇이 못 돼. 평범하기 짝이 없는 시시한 사람이지. 내가 어떻게든 할 수 있는 일은 눈앞에 있는 일 정도야."

단호한 생각은 오히려 현실적이어서, 누구보다도『사람다움』이 느껴졌다.

그리고 다른 사람을 도울 수 있는 크로조에게는, 평범한 사람들보다도『의협심』과『상냥함』이 있었다.

"그러니까, 내가 돕고 싶다고 생각하면 나는 그 사람의 동료가 될 거고, 무기가 되어줄 거야. 세상을 구할 수는 없지만, 나를 휘두를 사람의 힘은 될 수 있지."

꾸밈없는 크로조의 말은 한 마디 한 마디가 아르고노트의 가슴을 두드렸다.

격렬하게 휘두르는 단련의 망치가 아닌, 소리굽쇠를 두드리는 투명한 수정처럼 깊이 울려 퍼지며.

"뭐, 결국 그런 소리야."

"크로조……."

"『영웅』인지 뭔지 하는 게 있다면, 나는 너 같은 녀석이『영웅』이 됐으면 좋겠어."

──약해도, 힘이 없어도, 누군가를 위해 몸을 던질 수

있는 사람.

광대가 지키려 하던 오르나를 흘끔 쳐다보고, 그런 말도 덧붙였다.

아르고노트는 그것이 빈말임을 알았지만, 그렇게 기쁘게 여겨지는 말은 처음이었다.

"그리고, 말이지. 내『힘』같은 건 대부분 내 게 아니니까."

마지막으로 크로조는, 형처럼 웃었다.

"만약 나처럼 되고 싶다면—— 우선『정령』에게 인정을 받아야지."

마물의 습격은 그 후로도 이어졌다.

어디에 숨어 있었는가를 따지기 전에, 이 동굴이 어디까지 이어지는가 하는 의문이 솟아났다. 결코 지각변동으로 생긴 자연적인 것은 아니다. 그렇게 확신할 만큼, 동굴의 모양은 복잡하고 미로 같으면서도, 『사람』이 지나가기에는 딱 좋은 모양이었다.

이곳에 눌러앉은, 인지를 초월한 존재——『정령』의 소행임을 아르고노트도 오르나도 어렴풋이 알아차린 가운데, 크로조는 마지막 마물을 베어버렸다.

수정으로 이루어진 사마귀의 거대한 몸이 수많은 파편이 되어 무너진 곳.

그곳에 펼쳐진 것은, 지금까지보다도 훨씬 더 광대하고 밝은 공동이었다.

"여기가 동굴의 가장 깊은 곳……이라면, 저것이……?"

오르나는 좌우로 돌리던 시선을 정면으로 향했다.

거대한 홀과도 같은 공동의 한복판에, 그것이 앉아 있었다.

"그래, 틀림없어. 저게 『사당』이다. 『정령』은 저 안에 있다."

그것은 석영과 비슷한 남색의 결정으로 이루어져 있었다.

거의 삼각형을 이루듯, 커다란 방패 정도 크기의 결정 덩어리가 겹쳐져 있다.

둔중히 빛나는 결정 속에서, 마치 지금도 무언가가 갇혀 있는 것처럼, 푸른색으로도 녹색으로도 보이는 광채가 넘쳐나고 있었다.

"아름다운 빛……. 이것이 『정령』의……."

넋을 놓은 아르고노트가 무심결에 한 걸음, 두 걸음 다가가자, 결정이 깜박이듯 빛을 발하기 시작했다.

"반응이 있는데? 아르, 한번 불러봐. 번거로운 시련을 넘어서 여기까지 왔다고 말이지."

오르나와 함께 뒤에서 발을 멈춘 크로조에게, 아르고노트는 얼굴만 돌려 쳐다보고 고개를 끄덕였다.

대담하게, 큰 걸음으로 다가갔다.

그때마다 결정에서 빛이 새나왔다.

마치 수천 년 이상이나 고대했던 것처럼, 『사당』에서 빛의 입자가 솟아나기 시작했다.

"……나는 아르고노트! 친구들의 힘과 지혜를 빌려 여기까지 왔다!"

발을 멈춘 아르고노트는 결연히 입을 열었다.

"나에게는 해야 할 일이 있어! 그리고 구해야 할 사람이 있어!"

한번 시작된 말은 막힘없이 흘러나왔다.

아르고노트는 광대. 무대 위에서의 행동은 전문분야다.

관객이 없는 신비한 동굴이 됐든 무엇이 됐든, 한번 올라가면 그곳은 극장으로 바뀐다.

무엇보다도, 그의 마음속에 숨겨진 의지에는 거짓이 없었다.

"그러니 정령이여, 모습을 드러내다오! 부디, 나에게 힘을━━━!!"

지금은 힘이 없는, 의지를 가진 어리석은 이가 호소했다.

의지 없는 힘이 아닌, 의지를 깃들인 힘을 갈망하듯.

여기에, 『정령』은 응답했다.

"━━━!!"

『사당』이 빛을 발했다.

강렬해서 눈이 타버리는 것 아닌가 싶어지는 마력의 광채가 공동 내에 소용돌이쳤다.

두 손으로 얼굴을 가린 아르고노트는 헛숨을 삼켰다.

그리고 이내, 억누를 수 없는 고양감에 사로잡혔다.

'드디어 내 앞에 정령이⋯⋯! 미녀일까? 미소녀일까? 아니면 미인일까──!!'

셀 수 없는 빛의 입자와 함께 소용돌이치는 망상의 바다.

반짝반짝 빛나는 흑발에 키가 작고 나이스바디인 자애의 화신 같은 미소녀 여신이, 눈을 게슴츠레하게 뜬 아르고노트에게 미소를 지었다.

망상 속에서.

『여기까지 잘 와주셨습니다, 영웅 아르고노트. 자아, 이제부터 저와 영원한 맹세를──.』

'왔다────?! 나의 시대가 와버린다─────?!'

흥분이 절정에 달한 청년은, 바보의 전형처럼 인생의 절정이 찾아온 데에 환희했다.

그런 가운데, **파직**, 하고.

"⋯⋯저기, 아까부터 이상한 소리 나지 않아?"

"나는구만⋯⋯ 위험해 보이고 불온해 보이는 소리가 파직파직 하고⋯⋯.

파직파직, 하고.

뒤에서 바라보던 오르나와 크로조의 말대로, 예리하고 날카로운 소리가 울리기 시작했다.

구체적으로는 『사당』과 아르고노트를 중심으로 전류가

번뜩이는 대전(帶電)의 소리가.

"잉?"

고조되는 『뇌전』의 소리에, 아르고노트도 뒤늦게 깨달았다.

광대가 황급히 고개를 좌우로 돌리거나 말거나, 황금의 번개는 이제 억제할 마음 따위 내팽개쳐버린 것처럼 거칠게 몰아치기 시작하고, 그다음 순간——.

"흐, 흐와아아아아아아아아아아아아아아아아아아아아아아아아아아악?!"

섬광이 작렬했다.

아르고노트의 비명을 길동무로 삼은 번개의 광휘가 공동 안을 가득 채우고, 오르나와 크로조의 시야까지도 새하얗게 물들였다.

가공할 전류가 거친 채찍이 되어 날뛰고 있는가 싶더니, 마지막에는 귀가 먹먹할 정도의 우레가 『사당』에서 **떨어지는 것이 아니라 솟아올라** 바위 천장을 꿰뚫어버렸다.

동굴 전체가 굉연히 흔들리고, 방대한 양의 흙먼지가 솟아났다.

번개가 작렬한 천장에서는 적지 않은 양의 토사가 연신 쏟아졌다.

땅바닥에 힘차게 내팽개쳐진 아르고노트가 멍하니 몸을

일으키고, 『사당』이 자리 잡았던 곳을 바라보고 있으려니…… 흙먼지 속에서 떠오른 『그것』이 입을 열었다.

『하————————앗핫핫핫핫하!!』

정확하게는, 날뛰고 있었다.

번잡하다는 듯 연기를 훅 불어 날려버리고, 미녀와는 거리가 먼 가가대소를 터뜨렸다.

『부름을 받고 튀어나와 짜자자잔—! 마침내 내 차례가 왔구나 내 인생의 봄! 지금부터 시작될 나의 시대에에에!!』

내부에서 폭발한 것처럼 날아간 『사당』의 잔해 바로 위, 그곳에는 눈이 부셔서 직시할 수 없을 정도로 빛나는 번개가, 부풀어오른 팔뚝이며 다부진 흉곽의 윤곽을 그리고 있었다.

하반신이 존재하지 않는다는 것을 제외하면, 그것은 그야말로 근육질 거한이었다.

"…………."

"…………."

"………………………………………………."

오르나, 크로조, 아르고노트까지 모두 같은 표정을 지었다.

벌어진 입이 다물어지질 않았다.

구태여 차이를 거론한다면, 아르고노트의 충격은 어마어마해서 세상 그 자체를 거부하듯 숨 쉬는 것도 잊은 채 얼어붙은 시간 속에 있었다.

『아니, 뭐고~? 나를 불러낸 건 귀여운 아가씨가 아니잖나~? 체엣, 기대해서 손해봤군~.』

그런 아르고노트 일행의 존재를 알아차리고 머리 위에서 내려다보는 시늉을 하는『번개의 빛』은, 틀림없는 실망의 목소리를 냈다. 위엄이라곤 한 점도 없는, 지금이라도 코를 후빌 듯한 목소리로.

오르나의 뺨이 일부 경직되었다.

"……이 귀에 거슬리는 걸걸한 목소리는……."

"……남자로군. 번개를 두르고 있는 걸로 봐선 번개의 정령 같다만…… 분위기로 보건대『영감』같아……."

그녀의 옆에서, 크로조마저 땀을 삐질삐질 흘렸다.

청년은 뚝뚝 떨어지는 땀방울을 팔로 닦아내며, 장이 끊어지는 듯한 심정으로 단언했다.

"게다가 빛 너머에 희미하게 보이는 저 모습…… 근육이 불끈불끈하고 공연히 떡대가 있는 영감이다……!"

넘쳐나는 번개, 그 속에서 보일 듯 말 듯한 실루엣.

얼굴은 연기와 후광에 가려져 보일 듯 말 듯한 절묘한 라인.

"에…………엑………………?"

그 무정한 현실을 견디지 못하고, 비틀거리며 일어난 아르고노트는 망가지려 하는 오르골처럼 중얼거리고 있을 수밖에 없었다.

『내 이름은 주우피터어어어어어어어어어—! 나를 불러낸

것을 짜릿짜릿할 정도로 후회하게 만들어주마아!』

굵은 목소리에, 쓸데없이 혀를 굴리며 내뱉은 말은 압도당하는 것을 넘어서 공포 그 자체였다.

말할 때마다 파직파직 전류가 울부짖고, 넋을 놓은 채 서 있는 아르고노트의 옆구리를 미친 뱀처럼 휘감았다.

평인 청년은, 오르나가 본 적이 없을 정도로, 그리고 불쌍하게 여겨질 정도로 입을 딱 벌린 채, 턱에서 힘을 잃고 절망해버렸다.

"거, 거짓말, 이건 아니야…………『정령』은, 여자애밖에 없는 거 아니었어…………?"

『그렇지 않답니다~~~~! 노움처럼 수염이 덥수룩한 아저씨도 있답니다아~~! 아름다운 낭자라도 기대하셨나? 기대해버렸겠지? 기대했겠지 이 엉큼한 놈!! 하지만 안됐군요오오~~~~~~~~~~~~~~!!』

정곡이었다.

귀엽고 아름다운 미녀 미소녀 정령과 꺅꺅 우후후하는 미래를 꿈꾸었던 얄팍한 사나이의 꿈은, 근육 마초 정령의 굵은 팔에 래리어트 봄버로 날아가 버렸던 것이었다.

아직도 현실을 받아들이지 못한 아르고노트는, 한참동안이나 얼어붙은 시간 속에서 헤맨 후, 떨리는 입술을 비집어 열었다.

"…………………………바, 바꿀래요."

『무우~~~~~~~~리~~~~~~~~~~~~!! 교환 환

불 불가아~~~~!!』

　다시 말해 희열이었다.

　파직파직, 눈앞이 아찔해질 정도의 번갯불 속에서 틀림없이 잇몸을 드러내며 웃는 정령에게, 아르고노트는 선 채로 기절할 듯이 흰자위를 까뒤집었다.

　"어떡하지? 무슨 말을 하는 건지 하나도 모르겠어……."

　"일단은 온 힘을 다해 관여를 사절하고 싶어지는 종류의 정령이라는 건 알겠다……. 우리 우르스는 미녀 정령이라 다행이야……."

　『거기서 제멋대로 떠들어대는 두 사라암! 미리 말해두겠다만 이 몸은 어마무지 강하다고! 정령 중에서도 최강에 속하거든!』

　멀리 떨어진 곳에서, 자기도 모르게 목소리를 낮춰 소곤거리던 오르나와 크로조에에, 귀도 밝은『정령』이 목소리를 높였다.

　『왜냐면 나는 슈퍼 파워를 가진 대정령이니까! 흐하하하하하하하!』

　"『대정령』…… 이건 또 터무니없는 정령이 잠들어 있었네. 하지만 정령은 자아가 희박한 것 아니었어……?"

　"…………………………………………………………………………."

　"그런 것보다도 아르가 지옥 밑바닥에 처박힌 토끼 같은 얼굴을 하고 있는데……."

　『대정령』—— 번개의 정령 주피터가 홍소를 터뜨리고,

오르나는 아까부터 끊이질 않는 전류의 광채에 눈을 가늘게 떴으며, 아르고노트는 여전히 넋을 놓고 있었으며, 그에게 다가선 크로조가 어깨를 흔들어주었다.

완전히 신성함을 잃은 동굴에서, 사인사색의 반응이 펼쳐지고 있었다.

까놓고 말해, 혼돈 그 자체였다.

『오, 가만 보니 거기 있는 건 갈색 미소녀가 아닌가. 헤이, 거기 있는 거얼~? 네가 나의 계약자가 되어 주지 않겠느이?』

"……됐어. 온 힘을 다해, 됐어."

"쳇, 그럼 하는 수 없군. 뭐, 간신히 중성적이라고 해야 할까 귀엽게 생겼으니, 계약자는 이 코찔찔이 꼬마로 참아 주지!』

"——어, 어, 어라? 맘대로 계약 당하는 거야?!"

그제야 겨우 정신을 차린 아르고노트였지만, 흘려넘길 수 없는 말에 당황했다.

하필이면 아르고노트 못지않게 여자를 밝히는 모습을 보인 번개의 정령 주피터는 아쉽다는 듯 오르나에게서 시선을 돌리고, 아르고노트에게 불쑥 다가갔다.

크로조는 누구보다도 빠르게 물러나 피난했다.

사실은 그에게 깃든 우르스가 『저거한테 가까이 가지 마』라고 말하듯 몸을 잡아당겼던 것이다.

『기뻐하거라 계약자여! 이 내가 직접【검】으로 화하여 너의 무기가 되어주마!』

"잠깐, 맘대로 진행하지 말고 기다려봐앗?!"

『한번 내 검을 쥐면 그 자는 신의 은총을 받은 것과도 같이 초인의 힘을 손에 넣을 수 있지! 나의 기적을 받아들이거라아!』

"아뇨됐어요괜찮으니까돌아가주세요제발이에요?!"

『이것으로 우리는 일심동체!! 내가 부서지면 너는 죽고 네가 죽으면 너만 죽는다!』

"사람 말 좀 들어어어어어어?! 부탁이니까 얘기 좀 들으라고ㅇㅇㅇㅇㅇㅇㅇ?!"

비난도 탄원도 전혀 받아들이지 않은 채 하고 싶은 말만을 시원하게 늘어놓고 강요하는, 인지를 초월한『댕정령』의 행위에 광대의 비명은 끊이질 않았다.

『흐하하하하하하하하!! 간다, 트랜스포ㅇㅇㅇㅇㅇㅇㅇㅇㅇㅇㅇㅇ————옴!!』

흥분의 볼티지가 최고조에 달한 주피터의 포효.

만류하는 아르고노트의 목소리는 걸걸한 가가대소에 휩쓸려버렸다.

그리고.

"아아아아아————————————————?!"

다시 번개가 작렬했다.

눈부신 뇌광, 굉음, 그리고 비명이 공동을 가득 채웠다.

시각, 청각, 온갖 세계를 특대의 번개가 뒤덮어버리는가 싶더니, 가장 먼저 돌아온 것은 정적이었다.

다음으로 찾아온 것은, 눈을 감아도 전해지는 따뜻한 빛이었다.

아르고노트가 눈을 떠 보니, 시야의 중앙에 **떠 있는 것은** 한 자루의 검이었다.

"……검이, 허공에……."

놀란 표정을 지은 세 사람의 마음속 목소리를 대변한 것은 오르나였다.

무너진 『사당』의 위에, 마치 눈에 보이지 않는 좌대에 꽂힌 것처럼, 파직, 파직 전류를 띠고 찬란히 빛나는 검이 떠 있었다.

신기한 형태였다.

가로 폭은 넓어서 두꺼운 브로드소드를 방불케 했다.

검배(劍背)에 해당하는 부분은 위아래 두 곳이 빈 공동으로 되어 있어, 도저히 실전용 무장으로는 보이지 않았다. 잘 쳐줘야 예식용 검이다. 검신 그 자체는 번개를 굳혀 깎아낸 것처럼 황금색으로 빛나, 크리스탈 검이라 해도 납득이 갈 정도였다.

전투에는 적합하지 않은 형상과 외견이었지만, 같은 『정령』을 가진 크로조만은 속지 않고 눈을 가늘게 떴다.

"황금빛을 띤 무기……『뇌정(雷霆)의 검』인가?"

대장장이는 정령의 무기에 담긴 힘을 간파했다.

그것은 그야말로『구현화한 우레』그 자체였다.

크로조가 씨익 입가를 틀어 올리는 가운데,『뇌정의 검』에서 가장 가까운 곳에 서 있던 아르고노트는 힘이 쭉 빠져나가는 기분이었다.

"……하아~~~~~. 내가 휘둘리다니, 말도 안 되는『정령』이네……. 계약도 제멋대로 하고, 검이 되어선…… 난 아직도 뭐가 뭔지 모르겠어……."

그가 내뱉는 커다란 한숨은 진심에서 우러나온 것이었다.

찬란한 천상의 빛을 올려다보다가 계곡에서 데굴데굴 굴러떨어진 기분이었다. 희망과 악몽이 한꺼번에 덮쳐들어, 체력도 정신력도 송두리째 빼앗긴 듯한, 그런 감각.

그러나 잠시 후, 아르고노트는 입가에 미소를 머금었다.

분명히 오래도록 함께 하게 될, 그『정령의 검』을 바라보며.

"……!"

그때였다.

한때의 고요함에 에워싸여 있던 동굴에, 수많은 거친 발자국 소리가 들려온 것은.

"이 소리는……."

"……어디의 어떤 놈들이 이쪽으로 몰려오고 있는 것 같군. 그것도 꽤 많은 수가."

"설마?!"

아르고노트와 크로조는 귀를 기울이고, 오르나는 낯빛을 바꾸었다.

그리고 소녀의 예감은 적중했다.

수많은 병사가, 그들이 있는 동굴에 나타난 것이다.

"찾았다, 역적 아르고노트! 그리고 오르나 님!"

"왕도의 병사들……!"

갑옷으로 무장한 군세를 보고, 오르나는 씁쓸한 표정을 지었다.

자신의 무기에 손을 뻗으며, 크로조도 대치한 병사들을 바라보았다.

"야영지에서부터 흔적을 추적당한 건가. 부주의했군. 동굴의 장애물도 마침 우리가 다 없애 버렸으니……."

그의 추리가 맞았다.

어쨌거나 마물의 침략에 시달리던 낙원을 이제까지 지켜온 병사들이다. 일개 여행자, 그것도 대장장이의 흔적을 좇는 정도는 마물을 사냥하는 것보다 훨씬 쉬운 일이었다. 험난한 여정에 혀를 내두르기도 했지만, 일행이 지나간 흔적을 따라가며 피로를 최소한도로 줄이고, 그들보다 수월하게 진행하여 이렇게 따라잡을 수 있었던 것이다.

"나에게 번번이 수치를 안겨주다니! 네놈들은 여기서 지옥에 빠뜨려주지!"

집단의 중앙 앞에서 부하들을 통솔하는 병사장은, 투구로 가린 얼굴을 보지 않더라도 분노에 사로잡혀 있다는 것을 손에 잡힐 듯 알 수 있었다.

노성 한 마디 한 마디마다 스며나오는 것은 초조함이었으며, 동시에 안도감이기도 했다.

라크리오스 왕에게 탈환 명령을 받았던 목표, 즉 오르나의 모습에 가슴을 쓸어내렸다. 다음으로는 입맛을 다시는 짐승처럼 가학적인 눈빛으로 역적들을 노려보고, 병사들에게 포위를 명령했다.

"병사의 수가 너무 많아. 도망칠 곳도 없어⋯⋯! 이대로는⋯⋯!"

순식간에 자신들을 에워싸는 병사들의 벽을 보며 아르고노트는 씁쓸한 심정을 머금었다.

이 공동은 동굴 가장 깊은 곳에 있으며, 막다른 길이다. 출구는 병사장의 등 뒤에만 있다. 크로조가 아무리 강해도, 상대는 같은 인간이다. 마음 착한 그는 살생을 주저할 것이다. 그 사이에 오르나나 아르고노트가 인질로 잡히면 상황은 최악으로 치닫게 될 것이다.

짐짝이 둘이나 있는 지금 상황에서는 그런 사태가 얼마든지 일어날 수 있다.

30명이 넘는 라크리오스 병사의 물량에 아르고노트가 자기도 모르게 움츠러들려 했을 때,

"아르, 뽑아! 그 검을!"

"!"

이 세상에서 가장 단순하기 그지없는 계시를 내려주듯,

크로조가 외쳤다.

"그걸 위해 여기까지 온 거잖아? 『영웅』이 되기 위해."

그가 건네는 미소에, 아르고노트는 흠칫 놀랐다.

시선을 뒤로, 다시 말해 무너진 『사당』의 바로 위로 돌려 보니, 지금도 허공에 뜬 『뇌정의 검』이 가느다란 번개를 파직파직 뿜고 있었다.

언제까지 내버려 둘 생각이냐고 말하듯.

"……아아, 그랬지. 취향을 따질 때도, 이러쿵저러쿵 잔소리를 할 때도 아니었어."

이미 자격은 보였다.

열쇠는 보물상자의 자물쇠에 꽂혔으며, 돌아가기를 이제나저제나 기다리고 있을 뿐.

아무리 우스꽝스러운 광대라 해도, 여기서 보물을 내팽개치고 도망치는 것은 말이 안 된다.

"번개의 정령, 주피터. 나는 너를 뽑겠다. 너를 뽑아 이상을 이루겠다. 너를 가지고 공주들을 구하겠다."

희극을 노래하는 광대가 취해야 할 행동은, 호화찬란한 보물의 내용물을 몸에 걸치고, 자신이야말로 『영웅』이라고 착각하며 세상에 보여주는 것이다.

가슴 높이까지 내려온 검의 손잡이에, 아르고노트는 손을 뻗었다.

"무슨 뚱딴지 같은 소리를 하고 있어! 애들아, 해치워라!!"

쩌렁쩌렁 울려 퍼지는 명령과 함성.

사방에서 일제히 덤벼드는 병사들.

몸을 움츠리는 오르나, 자세를 잡는 크로조, 쇄도하는 수많은 검과 창.

그 모든 것들을 무시하고, 번개의 광채만을 눈에 비추며, 아르고노트스는 검을 잡았다.

"힘을 빌려다오——『뇌정의 검』이여!"

그날.

그때.

그곳에서.

남자는 전설을 시작했다.

"아니?!"

뇌광이—— 작렬했다.

황금과도 같은 번갯불이 부풀어 오르고, 솟아났다.

눈이 멀기 직전, 병사장이 본 것은 청년의 그림자가 검을 뽑는, 그 한순간뿐.

그다음에는, 지상에 현현한 우레가 휩쓸고 나아갔던 것이다.

하늘을 달리는 번개를 육안으로 따라잡을 수 없듯, 땅을 달리는 우레는 그 누구도 포착할 수 없었다.

잔상은 생기지 않았다.

단 한 줄기의 궤적이 예각으로 구부러지면서, 포효와 함께 공동 내를 뒤흔들었다.

병사와 병사 사이를 빠른 속도로 훑고 지나가며, 말 그대로 한 줄기의 섬광이 참격이 되어 검을, 창을, 심지어 갑옷까지도 파괴했다.

"우아아아악?!"

"끄익?!"

막대한 힘을 지닌 검에 쓰다듬어진 모든 것이 부서지고, 뇌전의 빛에 닿아버린 것은 방패를 들었든, 갑옷을 입었든 모조리 감전되었다.

투구 속에서 비명을 지르는 자들이 속출하고, 실이 끊어진 인형처럼 차례차례 쓰러졌다.

번개의 참광이 번뜩였다.

눈을 크게 뜬 오르나에게는 유성우처럼 보였다.

마치 장대한 이야기의 시작을 알리는 듯한, 수많은 빛의 연쇄.

창연한 밤하늘과도 같이 어두운 동굴 속에서, 빠르게, 눈 부신 번개라는 이름의 별의 광채가 수없이 달려갔다.

"번개를 몸에 두르고…… 너무 빨라! 게다가 이게 일격의 위력이라니……!"

"하하…… 이거 굉장한데!"

그 처절한 광경에 오르나만이 아니라 크로조도 경악을 넘어 갈채했다.

그야말로 번개의 화신.

압도적인 힘의 파도가 되어, 몇 초도 걸리지 않아 적들을 하나, 또 하나 땅바닥에 쓰러뜨렸다.

"끄아아아아아아아아아아아아아아아아악?!"

금세.

마지막 병사가 튕겨져 날아가고, 등부터 쓰러졌다.

남은 것은 아연실색해 서 있는 병사장뿐.

"저, 전멸……?! 그 많던 병사들이, 순식간에?!"

눈앞에서 펼쳐진 현상을 있는 그대로 외쳐버린 병사장은 현실을 거부하려 했다.

그러나 그럴 수 없었다.

천둥소리를 동반한 황금의 섬광은 멈추지 않았다. 마치 스스로도 힘을 주체하지 못하는 것처럼, 온몸을 우레로 바꾸어 공동 내부를 쉴 새 없이 오가며, 병사장의 눈과 코 앞, 사방팔방 아슬아슬한 곳을 스쳐나갔다. 그때마다 병사장은 "히익?!" 하고 비명을 지르며 몸을 움츠렸다.

"말도……말 도 안 돼에에에에에에에에에에에에?!"

지면에서 벽으로, 천장으로, 다시 지면으로.

마치 동화에 나오는 천마처럼 커다란 호를 그리며, 마침내 정면에서 육박하는 빛의 분류에 병사장은 절규를 질렀다.

"——흡!!"

그리고 번개를 두른 아르고노트가 수평 궤도로 검을 휘둘렀다.

"커허억?!"

그것으로 끝이었다.

번개의 작렬과 함께 병사장의 갑옷이 부서져 날아가고, 우레의 포효와 함께 힘차게 벽에 처박혔다.

흰자위를 까뒤집은 거구의 사내는 전류의 그물에 감겨, 이따금 몸을 경련하며 의식을 잃고 축 늘어졌다.

번개의 정령 주피터가 출현하며 뚫렸던 천장의 구멍으로부터 지상의 빛이 쏟아져 내렸다.

동굴 밖은 이미 밤의 장막에 덮여 있을 것이다.

신비로운 달빛. 다시 말해 하늘에서 내려오는 조명을, 청년은 공동 가운데에서 한 몸에 받았다.

흘러들어온 바람이 장난을 쳐 청년의 망토를 휘날리게 했다.

전류가 춤을 추며 새로운 정령의 주인을 축복했다.

뇌검을 든 뒷모습은, 그저 고요하고 늠름했다.

오르나마저 매료되어버릴 정도로.

"아르……?"

마치 먼 세계로 떠나버린 것처럼 미동도 하지 않는 뒷모습을 보며, 오르나는 불안감에 사로잡혔다.

손을 내밀려 하며, 무대 한복판에 조용히 서 있는 청년에게 말을 걸었다.

마침내, 청년은 뒤를 돌아보았다.

아르고노트는 눈을 감고 있었다.

눈을 감은 채, 엄숙하게 입을 열었다.

"……가."

"가?"

오르나가 되묻자,

"강해에에에에에에에에에에에에에에에?! 나 완전 강해에에에에에에에에에에에에에에에에에에에 에에에에에에에에에에에에에에에에에에!!"

번쩍! 하고 눈을 크게 뜨며 고함을 질렀다.

"이게 정령의 힘?! 내가 적을 두들겨 패는 날이 오다니! 정령 끝내준다아아아아아아아아아아아아아아아아아 아아아아아아아아아아아아아아아!!"

마치 자신의 꼬리를 쫓는 강아지처럼, 옆구리며 등이며 발바닥, 두 팔, 아무튼 자신의 온몸을 몇 번이나 확인한다.

수많은 병사를 쓰러뜨리던 용감한 모습이 지금도 믿어 지지 않는 듯, 아르고노트는 신이 나 떠들어댔다.

"신났구만."

"하아……."

그 모습에 크로조가 씨익 웃고, 오르나는 한숨을 쉬었다.

불만스러운 듯한 소녀의 얼굴은, 당장이라도 내 걱정 물 어내라고 말할 것만 같았다.

"이거라면 가능해! 공주를 구출하는 것도, 미노타우로스를 쓰러뜨리는 것도, 분명!"

오른손에 든 『뇌정의 검』을, 구멍이 뚫린 동굴의 천장 너머, 하늘을 향해 찌르듯 치켜들었다.

달이 뜬 밤하늘에 맹세하듯, 아르고노트는 목소리를 높여 선언하고 미소를 지었다.

"자아, 돌아가자! 모든 결판이 기다리는 왕도로!"

천둥이 응답한 것처럼, 정령의 무구는 황금색 광택을 뿜어냈다.

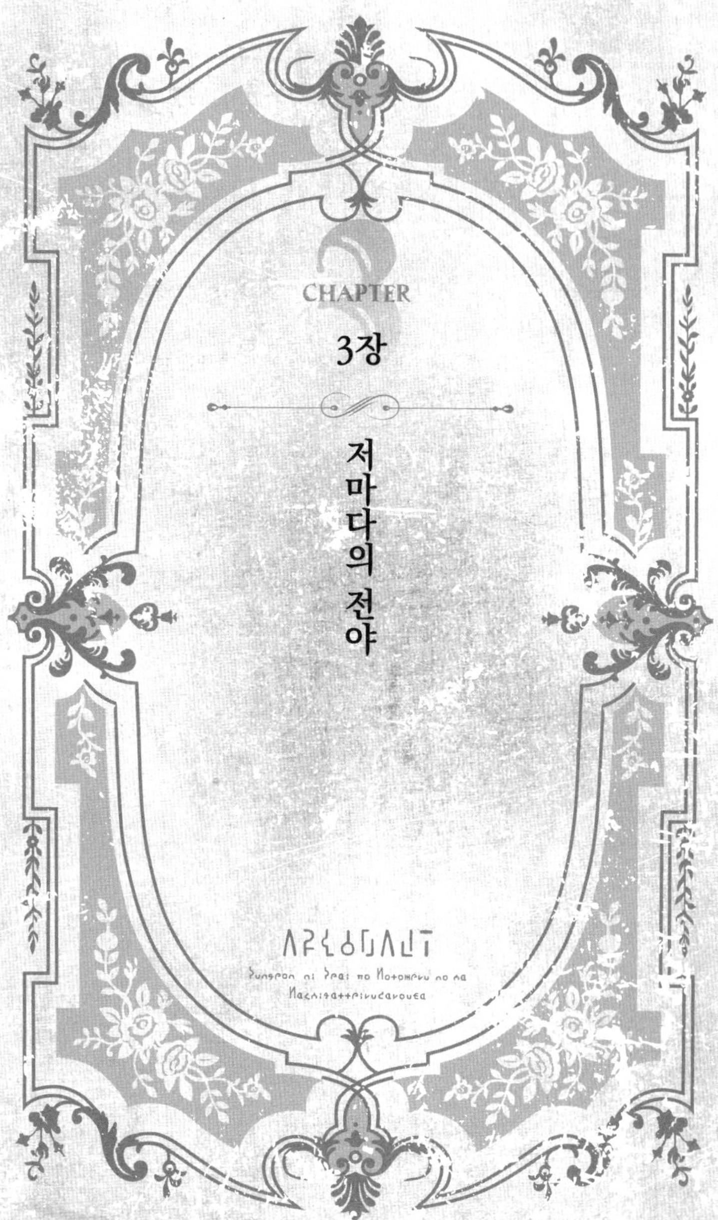

CHAPTER

3장

저
마
다
의

전
야

“보고드립니다! 병사장 이하 수색대의 소식이 끊어졌습니다!”

라크리오스 왕성, 옥좌의 홀.

한 병사가 뛰어 들어와서는 무릎을 꿇고, 겁에 질린 기색을 감추지도 못한 채 정보를 낭독했다.

“연락은 두절되어, 아마도 역적들에게 역습을 당한 것으로 보입니다……! 오르나 님의 행방도 여전히……!”

“이 무능한 것들!”

그 직후에 울려 퍼진 소리는, 호화로운 팔걸이에 주먹을 내리치는 소리였다.

“히익……!”

“꺼져라! 당장!”

라크리오스 왕의 험악한 목소리에, 병사는 바짝 움츠러든 채 간신히 인사말을 고하고 옥좌의 홀을 뛰쳐나갔다.

그 모습을 가증스럽게 노려보던 라크리오스 왕은 혈관이 불거진 머리를 감추듯 한 손으로 얼굴의 절반을 덮었다.

“라크리오스 폐하…… 어떻게 하시겠습니까?”

“……아르고노트의 여동생을 『처형대』에 올려라.”

홀로 옥좌 옆에 서 있던 기사장 사내가 묻자, 약간의 침묵을 거쳐, 왕은 그 단어를 입에 올렸다.

“사람들을 모으는 거다. 대대적으로, 광대를 낚을 『미끼』로 삼아서! 찾으려 해도 못 찾겠다면, 놈들이 찾아오도록 유인해주지!”

마녀의 것처럼 우툴두툴하고 가느다란 손가락 사이에서, 증오에 물든 눈을 요사스럽게 빛내며 왕명을 터뜨렸다.

"오오……! 역시 위대하신 라크리오스 폐하!"

"온 왕도에 포고를 내려라! 놈들도 수도의 동향을 파악하기 위해 정찰은 할 테니!"

감탄한 기사장은 갑옷 소리를 울리며 재빨리 옥좌의 홀을 떠났다.

홀로 남은 노왕은 집착 깊은 원령처럼 저주의 말을 내뱉었다.

"놓치지 않겠다, 아르고노트……! 네놈이 나타나지 않는다면 여동생의 목을 베어주마!"

⊡

감옥은 그저 어두웠으며, 무겁고 괴로운 분위기만이 감돌았다.

햇빛이 닿지 않는 지하 감옥.

통로 끝에 놓인 촛불만이 이 차가운 세계의 유일한 광원이다.

창살의 그림자가 이따금 생각났다는 듯이 살짝 흔들렸다.

벽에 달라붙은 핏자국은 고문에서 비롯된 것일까, 혹은 자살을 시도한 흔적일까. 뭐가 됐든 처참한 미래가 기다리고 있으리라 상상하기는 어렵지 않았다.

“………….”

감옥 안에서 피에 젖은 벽을 한 번 쳐다본 피나는, 눈을 내리깔았다.

절반이라고는 하지만 엘프의 피가 섞인 소녀에게, 숲은 커녕 자연과도 무관한 감옥에 갇히는 것은 고문이나 다름없었다. 태양도 달빛도 닿지 않는 지하 감옥은 소녀의 가녀린 몸에서 활력을 빼앗아갔다.

주문을 외워 감옥을 파괴하는 것도, 지금은 불가능하다.

정확히 말하자면, 마법을 발동할 만한 정신력이 존재하지 않았다.

아르고노트를 대신해 날뛰고 난 후, 이 지하 감옥에 갇혀 몸과 마음이 제대로 회복되지 않은 상태였다. 식사는 제대로 할 수 없었으며, 주어지는 음식이라곤 요정에게서 정신력을 빼앗는다고 전해지는 『마고(魔枯)의 자초(紫草)』뿐이었다.

설령 감옥을 파괴하고 탈출하더라도, 다시 수많은 병사들에게 붙잡힐 것이다.

피나는 패기를 잃어버린 얼굴을, 꼭 끌어안은 두 무릎 사이에 묻었다.

“피나 공.”

지하실의 문이 열리는 소리, 이어진 발소리 뒤에, 자신을 부르는 목소리가 긴 귀를 흔들었다.

감시병 외에는 아무도 없는 지하 감옥에 더해진 기척은,

피나가 갇힌 감방 앞에서 발을 멈췄다.

“……류루 씨”

고개를 들자, 과연 거기에는 녹색의 긴 머리를 묶은 요정이 서 있었다.

음유시인 류루였다.

『영웅 후보』── 아니, 왕이 부여한『시련』을 넘어『영웅』의 지위를 인정받아, 이곳에 들어올 수 있게 되었을 것이다. 절대 피나의 탈옥을 돕지 못하도록 병사들이 감시하고 있겠지만, 그녀의 신분은 객장(客將) 정도쯤 될까.

순혈이란 점에서 피나의 부러움을 사기도 했던 음유시인은, 이제까지와 다를 바 없이, 이 감옥의 분위기와는 어울리지 않는 밝은 미소를 머금고 있었다.

“감옥에 갇혀서 기분이 우울해지지는 않았나요? 제 노래라고 괜찮다면 얼마든지──.”

“제 처우가, 결정된 거죠……?”

피나는 류루의 활달한 말을 가로막았다.

모든 것을 알아차린 그 시선에, 류루는 짧은 한숨을 내쉬고 단념했다.

“……네. 당신의『처형』은 사흘 후입니다. 아마도 아르공과 오르나 공을 유인하기 위한『함정』이겠죠.”

“…………”

“가능하다면 당신을 구하고 싶지만…… 어디에 있는지 모를 무서운 암살자의『눈』이, 끊임없이 우리를 감시하고 있습니다.”

보초를 선 병사들 외에, 지금도 엘미나의 시선이 자신을 꿰뚫고 있음을 알려주었다.

피나는 운명을 받아들이려는 듯 한동안 입을 다물었다가, 천천히 눈을 떴다.

“……류루 씨, 저를 죽여주실 수 있나요?”

“!”

그다음으로 떠오른 것은 미소였다.

입술과 눈가에는 슬픔을 감추면서.

“저는 오빠의…… 그 사람의 족쇄가 되고 싶지 않아요.”

“……그런 일은, 아르 공이 용서하지 않을 겁니다. 지금도 분명 당신을 구해내려 하고 있을 텐데요.”

“네, 그런 사람이니까…… 죽지 않았으면 좋겠어요. 여기로 돌아오면, 그때야말로 오빠는…….”

그녀의 절실한 호소를, 류루는 진지한 표정으로 거절했다.

피나의 웃음은 사라지고, 얼굴에는 비통함만이 남았다.

사이를 가로막은 철창 너머에 사로잡힌 소녀의 모습을, 류루는 가만히 바라보았다.

“피나 공. 괜찮으시다면, 알려 주실 수 있을까요? 당신과 알 공의 관계에 대해.”

“네?”

“처음부터 계속 궁금했답니다. 두 분의 깊은 유대감에 대해. 아버지 혹은 어머니가 다른 형제인 것도 아닐 테지요.”

이 절망의 시대에, 온 대륙을 여행하며 많은 것들을 보았던 음유시인의 눈에도 여전히 피나와 아르고노트의 관계는 신기하게 비쳤다.

평인과 하프엘프라 해도, 핏줄이 이어지지 않았다는 것은 용모를 관찰하면 쉽게 알 수 있다.

"두 분은 어떻게 만나셨습니까?"

"…………."

류루의 물음에, 피나는 한 번 입을 다물었다.

잠시 후, 천장 너머를 바라보는 것처럼 고개를 들며, 추억에 손을 뻗듯 이야기를 시작했다.

"제가 태어난 곳은 『일코스』라는 나라였어요. 다정한 왕이 많은 난민을 받아들이고, 서로 다른 종족이 공존하던 보기 드문 도시였죠."

사람들을 지키는 두꺼운 성벽, 우뚝 솟은 왕성.

웅대한 고원에 세워진 평인의 왕국은 요즘 시대에는 믿을 수 없을 정도로 공기가 맑아, 대성수와 이에 보호받는 마을을 최고로 여기는 엘프들도 ──마물에 의해 숲에서 쫓겨난 자들까지도── 『제2의 고향』이라는 말을 속으로 품었을 만큼 청정한 정원이었다. 깐깐한 종족이 정착했을 정도니, 다른 아인들에게도 당연히 살기 편한 곳이었다.

당시 왕의 선정 덕에 난민을 받아들일 수 있을 만큼의 국력을 보유했던 『일코스』는, 이곳 라크리오스와는 달리 틀림없는 『낙원』이었다.

눈을 감으면, 피나는 지금도 떠올릴 수 있다.

늘 배를 채울 만큼 풍요롭지는 않았지만, 성하마을을 오가는 이들이 하나같이 내일을 위해 열심히 살아가고, 자신들의 낙원을 지키려 했던 하루하루를.

덧문 사이로 항상 엿보던, 아무것도 모르는 아이들이 웃음을 나누는 풍경.

피나는 그것을, 라크리오스에 오기 전까지 본 적이 없었다.

"……하지만 저는 혼혈. 평인 아버지와 엘프 어머니 사이에서 태어난 반쪽. 부모님은 박해가 두려워서, 오랫동안 저를 집에 숨겼어요."

"혼혈에 대한 차별…… 어리석은 짓이지요."

그러나 많은 아인이 정착한 도시이기 때문에 더더욱 그랬을까. 금단의 사랑을 품고 서로 섞여 사는 이들도 적지 않았다. 피나의 부모님도 그랬다.

마물 침공 이전, 다른 종족과의 교류가 진행되지 않았던 세계에서는 혼혈에 대한 차별이 뿌리 깊이 박혀 있었다.

마물이 온 대륙을 헤집고 다니고, 각 종족의 국경은 물론 공동체의 경계선조차 붕괴된 현재, 아이러니하게도 평인과 아인들과의 접촉은 싫어도 증가하고 있다. 그러나, 그럼에도 불구하고, 차별은 여전히 남아 있다. 특히 선민사상이 강한 엘프들에게서는 그런 경향이 현저하다.

이야기를 듣던 류루가 탄식을 감추지 않고 있으려니, 피나는 고개를 살짝 가로저었다.

"그래도 행복했어요. 정말 작은 상자정원이었다 해도, 부모님에게 많은 사랑을 받았으니까요."

그곳은 피나가 사랑을 누릴 수 있는 곳이었다.

좁은 집에서, 마음 착한 아버지는 머리를 쓰다듬어 주었고, 어머니는 항상 안아 주었다.

작은 침대에서 서로 몸을 맞대고 잠들던 그 집이 피나에게는 소소한 낙원이었다.

어디를 떠올려도 상냥한 추억의 정경에, 소녀는 작은 미소를 지었다.

"하지만 그날…… 수도가 불타버렸던 거예요."

하지만 소녀의 입가에 피었던 미소는 금세 사라졌다.

"몰려든 마물들에게 성벽이 무너지고, 왕성은 순식간에 함락됐어요……. 성하마을도 불바다로 변해, 많은 사람이 마물의 먹이가……."

피나의 낙원은 덧없이 무너져버렸다.

지금도 생생히 기억난다. 공포에 휩싸인 남자들의 절규와, 그 위로 겹치는 마물의 포효, 그리고 찢어지는 듯한 여자와 아이들의 비명.

끔찍한 이형이 내뿜는 숨결은 수도를 붉은 불꽃의 폭류로 태워버렸다.

늘 덧문 안에서 바라보던 성하마을이, 불길에 휩싸여 완전히 변해버렸다.

피나는 부모님의 손에 이끌려 위험한 바깥세상으로 뛰쳐나갔던 것이다.

"저도, 거기서 부모님을 잃었어요……."

문 하나를 사이에 두고 있었던 바깥세상은 너무나도 잔혹했다.

하늘을 나는 날개 달린 마물에게 부모는 찢겨졌고, 그들이 감싸준 피나만이 불꽃의 색으로 물든 길가에 나뒹굴었다. 그 전후의 기억은 더 이상 떠오르지 않는다. 머리가 거부하는 것이겠지. 흉악한 불똥이 춤추는 어두운 밤의 저편으로 사라지던 두 사람의 모습도, 그 뒤에 쏟아졌던 것 같은 붉은 비도, 망각의 소용돌이에 밀어 넣지 않았다면 피나의 심신은 버티지 못했을 것이다.

정신이 들고 보니, 피나는 울면서 불타는 도시를 달리고 있었다.

"혼자가 된 나를, 평인도 엘프도 챙겨주지 않았어요. 도와주는 건 자기네와 종족뿐. 울부짖는 반쪽 따위는 아무도……."

비명은 끊이지 않고, 건물은 속속 무너져 내렸다.

춤을 추는 마물의 그림자는 싫증내지도 않고 사람들을 잡아먹었다.

그런 지옥 속에서, 피나는 이리저리 도망치는 사람들의 물결에 튕겨나, 넘어져, 움직이지 못하게 되었다.

평인들은 모른 척하고 지나갔다.

용감한 엘프는 동포 여성을 안아들고, 피나는 방치했다.

비참하고 고독한 피나는 고통의 눈물을 흘리며, 더 이상 괴롭고 싶지 않았기에 부모님의 곁으로 가려고 했다.

"하지만——."

그때, 그녀에게 내밀어진 손이 있었다.

『이제 괜찮아. 내가 널 도와줄게.』

그것은 과거의 백발 소년이었다.

슬픔에 잠긴 피나를 심홍색 눈으로 바라보며, 그 소년만이 그녀의 손을 잡아주었다.

"그 사람만이 제 손을 잡아주었어요. 그때, 그 사람은 틀림없이 나의 『영웅』이었어요."

"…………."

"둘이서만 어떻게든 도망친 후, 저는 화를 냈어요. 어머니도 아버지도, 살 곳도 잃어버린 채, 울면서."

류루는 잠자코 그 이야기에 귀를 기울이고 있었다. 어느샌가 미소를 머금은 채.

당시의 광경을 떠올리는 피나의 입술에도 어느샌가 힘이 풀려 있었다.

"왜 반쪽짜리인 나를 구해준 거냐고. ……그랬더니 그 사람이 뭐라고 했는지 알아요?"

『그 몽톡하니 뾰족한 귀, 나는 좋아. 꽃 같은 너에게 정말 잘 어울려.』

작고도 가련한 꽃이 피어나는 것처럼 미소를 머금고 있었다.

"아아…… 정말 그분답군요."

류루는 눈을 가늘게 뜨고 고개를 끄덕였다.

두 사람의 옛날이야기에, 지금만큼은 리라 소리도 울리지 않았다.

"구원받았어요. 슬픔과는 다른 눈물을 흘렸어요. 정신이 들고 보니 언제부터인가 저는 그 사람을 『오빠』라고 부르고 있었죠."

그것이 피가 이어지지 않은 『오빠』와 『여동생』의 시작.

처음에는 서먹서먹하고, 비난을 해버렸던 죄책감 때문에 어떻게 해야 좋을지 몰랐던 『여동생』도, 광대처럼 우스꽝스러운 『오빠』의 행동에 아연실색하며, 목소리를 높여 웃게 되었고, 두 사람 사이의 거리는 사라져버렸다.

"그 후로, 둘이서 여러 마을을 전전하며…… 곧잘 사람들을 난감하게 만들고, 가끔은 누군가를 돕고, 많은 사람을 웃게 하고……."

그 시작과 여정은, 피나에게 그 무엇과도 바꿀 수 없는 것이었으리라.

얼굴을 보면 알 수 있다.

추억이 된 광대의 행동이 지금도 그녀를 웃게 하고 있으니까.

"그 사람은 저를 웃게 해주었어요. 분명 앞으로도, 저 같은 사람들에게 웃음을 주겠죠."

그렇게 말한 피나의 얼굴이 흐려졌다.

"하지만 그 대신…… 오빠는 울지 않아요. 누군가를 웃게 하기 위해, 자신도 계속 웃고 있죠."

"…………."

"오빠는 분명, 저라는 『하나』만이 아니라 『열』을 구하고 싶었을 거예요. 하지만 수도가 불타버린 날, 깨달았을 거예요. 자신은 『열』을 구할 수 없다는 것을."

피나는 아르고노트의 속마음을 제대로 알고 있었다.

오랜 세월 함께 기쁨과 슬픔을 함께 한 『여동생』으로서, 누구보다 깊이.

"……그가 광대처럼 행동하게 됐던 건, 당신과 만난 다음부터인가요?"

"네…… 늘 『영웅』이 되고 싶다고 하면서, 책에 우스꽝스러운 일상을 적고."

추억을 하나하나 되짚어 보던 피나는 먼 곳으로 시선을 돌렸다.

"저는 오빠가 무슨 생각을 하고 있는지는 모르겠지만……그래도 그건 분명, 모두의 웃음을 위해서일 거예요."

"웃음을 위해……."

"저는, 오빠가 울어주기를 바랐어요. 함께 울고, 슬픔을 나눠주기를 바랐어요."

시작은 독백이었다.

광대 앞에서는 결코 털어놓을 수 없는, 광대에게 구원받았던 한 소녀의 속내.

"하지만 그 사람은 지금도 계속……."

말은 거기서 끝났다.

소녀의 근심은 싸늘한 감옥에 갇힌 채, 갈 곳을 잃었다.

눈을 내리깐 소녀의 이야기를 다 들은 류루는 피나와, 그리고 이곳에 없는 광대를 대신해 웃음을 지었다.

"……두 분의 관계를 겨우 이해했네요. 그리고 그 이야기를 듣고 확신도 했어요."

"네?"

"그는 반드시 당신을 구하러 올 거예요."

눈을 크게 뜬 **동포**에게, 성수의 계시처럼 선언했다.

"『열』을 구하지 못하는 광대 아르고노트는, 결코 『하나』를 저버리지 않을 테니까요."

왕도 상공.

그곳에는 먹구름이 끼어 있었다.

달은 보이지 않는다.

차라리 보이기라도 했다면 달빛에 미쳐버릴 수도 있었을 텐데.

미간에 주름을 새기며, 유리는 그런 무의미한 말을 가슴 속으로 내뱉었다.

"웨어울프."

그런 그에게 드워프가 찾아왔다.

왕성의 복도에서 밤하늘을 올려다보던 유리는 무시하려고 했다.

하지만 그럴 수 없었다.

"그 하프엘프의 처형이 결정됐다더군."

"……!"

"형 집행은 사흘 후. 십중팔구, 광대를 유인하기 위한 미끼일 거다."

미간의 주름이 깊어지고, 두 손은 주먹을 쥐었다.

악다문 이는 지금이라도 턱과 함께 부서져 버릴 것만 같았다.

그런 청년의 모습을, 가름스는 가만히 바라보며 물었다.

"넌 그대로 있어도 괜찮은 거냐?"

"……괜찮다는 게 무슨 소리지? 내가 하는 일은 처음부터 부족을 위한……!"

"이제 와서 무슨 소리를 한담. 지금 어느 쪽이 잘못된 건 진 확실할 텐데."

가름스는 씁쓸함에 물든 짐승의 헛소리 따위 들어주려

고도 하지 않았다.

남자는 전사의 표정으로 긍지에 호소했다.

"나는 그 아가씨를 구할 거다. 외도의 앞잡이가 돼서 되찾은 고향에 무슨 가치가 있겠냐. 죽어간 동포들에게도 낯을 들 수 없지."

유리는 그 말을 다 듣기도 전에 고개를 숙이고 있었다.

두 주먹에 더욱 힘이 들어갔다.

그 사실을 알면서도 가름스는 추궁을 멈추지 않았다.

"다시 한번 묻지. 너는 어떻게 할 거냐?"

"──네가 뭘 안다고 그래!"

그것이 격앙의 불씨.

"모든 것을 잃고 짊어질 짐도 없는 드워프 따위가!"

발화점을 쉽게 넘어버린 분노는 매도로 이어지고, 가슴속에 쌓였던 갈등을 터뜨렸다.

"온몸이 상처투성이가 되어 깡말라 버린 부족의 비원을, 꿋꿋하게 웃으며 나를 보내준 동포들의 마음을, 네가 어떻게 안다는 거냐!"

가름스는 알 수 없었다.

그는 늑대가 아니기에.

"그런 부족에게 어떻게『희망』따위 없다고 말할 수 있겠나! 왕도는 마굴이었다고, 그대로 평원에서 죽어달라고, 어떻게 말할 수 있어!"

가름스는 말할 수 없다.

유리의 말대로, 그에게는 지켜야 할 벗도 가족도 없기에.

"끝까지 죽고 싶지 않다고 울던 여동생의 최후를 지켜본 내 한을……! 너 같은 놈이 어떻게 알겠어!!"

가름스는 역시 알 수 없었다.

보이지 않는 눈물을 흘리는 늑대의 격정은, 늑대만의 것이기 때문이다.

"……그래, 네 말대로다. 나는 너와 달리 더 이상 지킬 것이 없어. 마음에 들지 않으면 스스로 한 맹세를 저버리는 것도 쉽지."

그러나 같은 『전사』로서, 알 수 있는 것도 있다.

"하지만, 너와 같은 처지였다 해도, 나는 끝까지 『자랑스러운 드워프』로 살 거다."

"!!"

유리의 모습, 그리고 그 긍지 너머에서 보이는 늑대의 부족은, 그와 같은 고결한 전사들일 거라고 확신할 수 있었다.

가름스는 두 눈썹을 치켜 올리며 다가섰다.

"각오를 다져라, 웨어울프. 그 왕에게 검은 사슬로 묶이면서까지 살아남을 거냐?"

"큭……!"

"그건 바로 『가축』이다. 이빨과 발톱은커녕, 자존심을 잃은 야수들은 『짐승』으로 전락할 거다. 네 부족은…… 네가 지키고 싶다던 자들은, 정말로 그걸 좋아할까?"

그 바위처럼 커다란 주먹을 유리에게 얹는다.

주먹질을 하지도 않고, 늑대의 심장 위로, 뜨거운 피가 흐르는 드워프의 자부심을 얹었다.

유리의 얼굴이 일그러졌다.

맨살을 통해 전해지는 드워프의 열기에 심장 고동이 아플 정도로 흔들렸다.

"나는…… 나는……!"

유리는 고개를 떨군 채, 말로 바뀌지 않는 심정을 몇 번이고 입술에 올렸다.

가름스가 주먹을 뗀 후에도, 늑대 전사는 갈 곳 없는 번민을 토로하고만 있었다.

"바쁘신 와중에 실례."

그 때.

변덕스러운 바람처럼 가벼운 목소리가 두 사람 사이에 던져졌다.

밤의 어둠 속에서 나타난 류루였다.

"뭐냐, 음유시인. 어디의 광대처럼 분위기 파악도 안 하고 나타나선."

"조금 여쭙고 싶은 것이 있어서요. 여러분은 앞으로 어떻게 하실 생각이신지?"

전사의 갈등 따위 아랑곳하지 않고 끼어든 엘프에게, 반쯤 어이없어하는 표정을 하던 가름스는 그 질문에 표정을 바꾸었다.

지금도 고통에 몸부림치는 유리를 바라본 후, 먼저 시선으로 되물었다.

네 속셈은 뭐냐? 라고.

"저는 각오했답니다. 이제부터 왕의 계략을 분쇄하기 위해 이 몸을 바치기로요."

"……네놈도 꼬드기러 온 거냐. 그 하프엘프를 구출하라고——."

그 대답에 유리는 자기도 모르게 대들듯 말했지만——류루는 천천히 고개를 가로저었다.

"아뇨. 잠자코 지켜봐 주셨으면 합니다."

"뭐……."

아연실색하는 유리의 곁에서 가름스도 같은 표정을 지었다.

음유시인은 웃음을 머금으며 하늘을 올려다보았다.

"『바람』이 느껴지지 않나요? 이 왕도로 불어오는 『파란의 바람』이."

먹구름은 변함없이 달을 가린 채.

그러나 피리 소리 같은 바람의 울음이 희미하게 들렸다.

맥동을 머금은 불온한 밤의 기운이.

"저의 착각일까요? 아니요, 틀림없이 바람의 방향이 바뀌었습니다! 그는 아르고노트니까요! 이렇게 끝날 리가 없죠!"

류루는 입가를 올리며 낭랑하게 외쳤다.

파트너인 리라를 연주하며.

엘프의 성수에서 태어난 악기의 선율이, 흥분한 시인의 노래와 동조했다.

"그는 잃을 것이 없고, 되찾을 것밖에 없으니! 그렇다면, 오리라! 아아, 오고말고!!"

예정조화가 아닌, 예상 밖의 희극을 추구해.

엘프는 무대로 뛰어오를 배우의 이름을 알렸다.

"광대 아르고노트가!"

"하아아아아아아!"

찢어지는 듯한 함성이 울려 퍼졌다.

펄럭이는 망토와 함께 달려나가는 것은, 번개를 동반한 참격이었다.

아르고노트가 날린 일격에 가로 일렬로 늘어섰던 다섯 마리의 마물들이 갈라져버렸다.

『오오오오오오오오오오?!』

이제까지 인류의 목숨을 탐식하던 이형의 말로는 덧없었다.

절단된 몸은 미친 듯이 날뛰는 전류에 모조리 먹혀버리고, 모조리 윤곽이 스러지며 대량의 재가 되어 흩어졌다.

순식간에 몰아친 번개의 유린에, 개의 머리를 가진 인간형 마물들이 완전히 소멸했다.

"마물 상대 수고했어. ……그래서, 어때?『정령의 검』에는 익숙해졌어?"

"아직 휘둘리기는 하지만…… 겨우 익숙해진 것 같아."

뒤에서 다가오는 목소리에 몸을 돌렸다.

이쪽으로 걸어오는 오르나를 향해, 아르고노트는 쓴웃음과 함께 대답했다.

"솔직히 말하자면, 그 호호할배 목소리가 언제 실수를 지적할지 몰라서 긴장하고 있었는데…… 말을 꺼낼 기미도 없네."

병사들을 물리치고『정령의 사당』에서 출발한 지 벌써 이틀이 지났다.

왕도로 돌아가는 도중, 아르고노트는 마물과 몇 번이나 싸웠다.

그리고 조금도 질 기미가 보이지 않았다.『정령의 가호』는 진짜임을 실감할 만큼, 지금의 자신에게는 전능감이 넘치고 있음을 인정했다.

한편, 전능감의 원천은 사당에서 있었던 일이 거짓말이었던 것처럼 조용하기만 했다.

"무기화한『정령』은 존재하던 약간의 자아마저도 사라진다고 들었어. 막대한 힘을 주는 대신 말이지."

"……."

"그『정령』은 말 그대로 사용자를 위한『검』이 된 거야."

오르나의 설명에, 아르고노트는 입을 다물었다.

쓸쓸함과는 다른 침묵은 기구한 인연에 대한 회상이었으며, 입가에 떠오른 미소는 감사가 틀림없었다.

"정말이지 폭풍 같은 정령이었어. 바람 속에서 천둥이 쿠릉쿠릉 울리는 그런 의미로……."

"그건 그래."

"우릴 한껏 휘둘러대고는…… 왜 나 같은 남자에게 이 정도로 힘을 빌려준 걸까?"

『정령의 검』을 내려다보는 청년을, 오르나는 가만히 바라보았다.

손에 넣은 힘에 자만하지 않고, 자신이 약함을 인정하고, 절망하지도 않은 채, 그의 옆모습은 지금도『전망』을 품고 있다. 오르나조차도 내다볼 수 없는 경치를.

오르나는 잠시 고민한 후 입을 열었다.

"……아르고노트, 하나만 물어봐도 될까?"

"갑자기 무슨 일이냐 싶으면서도 미소녀가 나에 대해 묻고 싶다니! 기쁘고 부끄럽고 흥분돼!"

"너, 정말로 그냥 마을 사람이야?"

광대를 연기하려는 청년을, 품 안 깊숙이 파고드는 말로 제지했다.

"당신에게는『교양』이 있고『의지』가 있어. 확실한『선견지명』이 존재해."

"…………."

"장난스러운 언동으로 얼버무리고 있지만,『하나의 신념』
을 바탕으로 행동하고 있다고…… 나는 그렇게 느꼈어."

그 목소리에 냉기는 없었으며, 표정도 험악하지 않았다.

오르나는 그저 똑바로, 진지하게 바라본다.

아르고노트는 장난스러운 태도를 지우고, 침묵을 지켰다.

"네가 그랬잖아. 지금이 바로『영웅신화』…… 인류는 새
로운 전설이 되어, 미래를 이어가야만 한다고."

"……그래, 분명 그렇게 말했어."

"그 대장장이도 꽤나 이상한 사람이지만…… 그의 사고
방식은 평범해. 평범한 인간은 당장 눈앞의 일만 보지, 세
계의 미래 같은 건 생각할 수 없어."

지금 이곳에는 없는 붉은 머리 대장장이의 언동을 돌이
켜본 오르나는, 시선을 심홍색 눈동자에게 되돌렸다.

"미래를 걱정하고 현재를 저항하려는 네 사상은 학자나
현자, 혹은—— 그래,『왕족』의 사상."

그리고 핵심을 찔렀다.

"아르고노트…… 너, 왕족이었던 거 아냐?"

과거,『일코스』라는 나라가 있었다.

그곳은 이 시대에 보기 드물다고 할 정도로 선량한 왕이
다스리는 평인 왕국으로, 다른 종족의 난민을 받아들이고
있었다. 그곳에는 수인도, 파룸도, 엘프도 있었다.

라크리오스에서 멀리 떨어진 수도의 자세한 상황 따위,
소문 이외의 알 방법은 없다.

하지만 『일코스』의 왕가에는 드물게 『하얀 머리카락』을 가진 사람이 나타난다고 한다.

격세유전이라고도 불리는 그들에는 온갖 교양과 지식이 주어지며, 왕족과 국가를 이끄는 『도자(導者)』로 기대를 받는다.

어떤 이는 물론 왕이 되고, 어떤 이는 전장을 택해 군사가 되고, 어떤 이는 불필요한 분쟁을 피하기 위해 스스로 물러나 군주를 지탱하는 오른팔로서 재상이 된다.

그리고 어떤 이는, 국가에 도사린 절망을 몰아내기 위해, 우스꽝스러운 궁정 광대를 자청했다고 한다.

“………….”

바람이 불어 하얀 머리카락을 흔들었다.

오르나의 눈에는 그 모습이 어느 나라의 지식과 지혜, 그리고 마음의 결정처럼 보였다.

유산이라고도 해도 좋지 않을까.

황야에 말 없는 시간이 흐르는 가운데, 하얀 앞머리 속에서 붉은 눈동자가 딱 한 번 감겼다.

“……아니.”

이내 심홍색은 미소를 머금었다.

“아르고노트는 그냥 마을 사람. 그 이상도, 그 이하도 아니야. 이 『영웅일지』에 엮인 내용이 전부지.”

그가 꺼낸 것은 한 권의 책.

“만약, 정말로 만약에…… **나** 같은 놈이 『영웅』이 될 수 있다면, 다들 어이없어하면서 웃어주겠지. 손가락질을 하고, 배를 잡으면서.”

“……!”

“평범한 광대가 우스꽝스럽게 행동하는『이야기』…… 아르고노트는 그거면 돼. 그래야 해.”

청년은 오른손에 든 일지를 가슴에 꼭 가져다 눌렀다.

마치 이야기가 흘러간 끝에 다다를 결말을 바라며, 아득한 저 먼 곳으로 마음을 떨치듯.

오르나의 눈이 크게 뜨였다.

“비극도, 참극도 필요 없어.『희극』만 있으면 충분해.”

다시 바람이 불었다.

구름이 갈라지고, 햇살이 두 사람을 비추었다.

눈부시지는 않고, 무대를 비추는 조명에는 미치지 못하는 그 빛은 희망이라고 말하기에는 너무나 약하고 덧없었다.

하지만 오르나의 귀에 하염없이 메아리치며 가슴을 두드렸다.

“『희극』만 있으면……?”

노래하고 춤추고, 웃음을 멈추지 않는 광대의『진실』을 접한 오르나는 그 말을 되새기며 다시 한번 물어보려 했으나.

“나 왔다.”

“오오, 크로조! 왕도 정찰하느라 수고했어!”

두 사람에게서 떨어져 있었던 크로조가 돌아왔다.

『정령』의 힘을 얻은 아르고노트를 더 이상 옆에서 지켜줄 필요는 없겠다고 판단한 그는, 혼자 왕도에 잠입을 시도했던 것이다.

"그래서, 어땠어?"

"성하마을에서 하프엘프…… 네 여동생을 공개 처형한다는 포고가 나돌고 있어. 그것도 대대적으로. 뭐, 틀림없이 『함정』이겠지."

그가 가져온 정보는 왕의 음모를 알려주었다.

아르고노트는 그 가능성을 이미 고려한 듯, 놀라지 않고 심각한 표정을 지었다.

"그렇구나……. 처형은 언제래?"

"내일이야. 이제 시간이 없어. 어떻게 할 거야, 아르?"

"──당연히 가야지. 피나를 구하고, 모든 일에 결판을 지으러 갈 거야!"

아르고노트는 망설임 없이 대답했다.

"기다려라, 왕도! 아르고노트가 지금 간다!"

왕도 쪽을 향해 검을 높이 든 광대는 멋진 포즈를 취했다.

잠시 희열에 들뜨는가 싶더니, 크게 웃기 시작했다.

크로조는 그 행동이 우습다는 듯 미소를 지었다.

그런 가운데, 그들로부터 한 걸음 떨어진 곳에 서 있는 오르나는 광대의 등을 가만히 바라보았다.

"……원하는 것은 『영웅담』이 아니라, 『희극』."

그녀를 찾아온 것은 신기한 감각.

마치 희극의 대본을 손에 들고, 엮인 지문을 몇 번이고 반복해서 읽는 듯한 기분.

오르나는 광대의 무대에 담긴 바람과 마음에 이르려 하고 있었다.

"아르고노트, 혹시 당신은……."

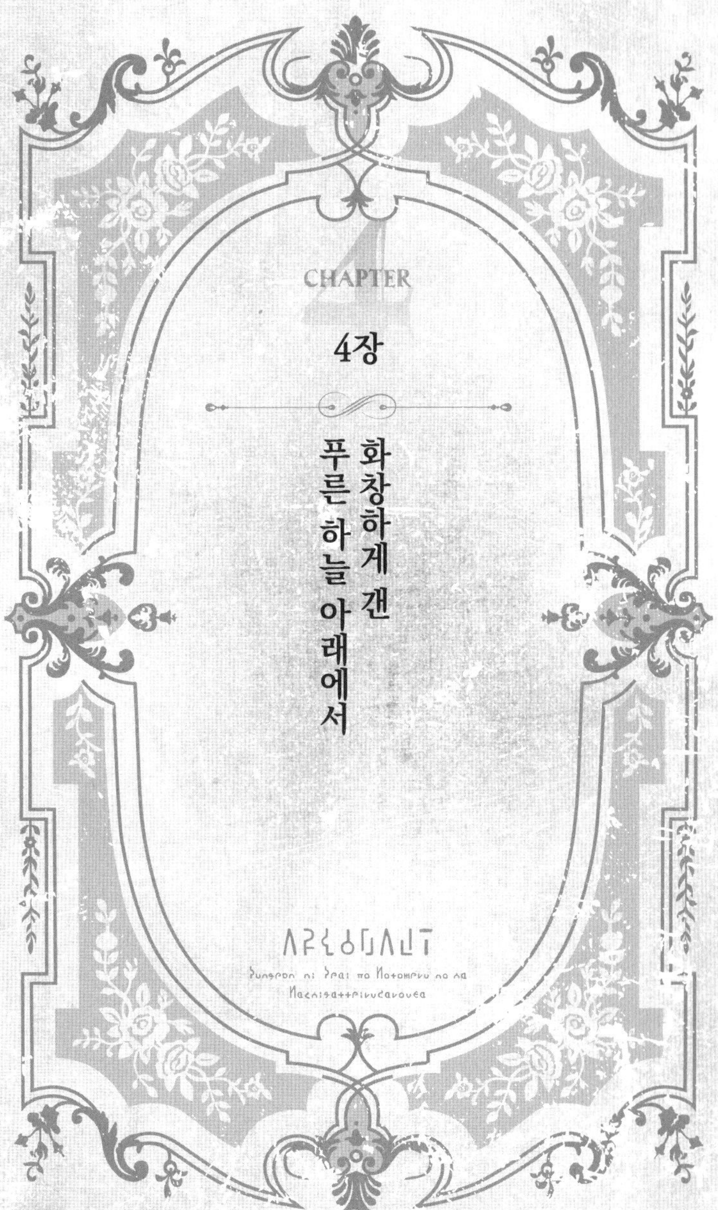

CHAPTER

4장

화창하게 갠
푸른 하늘 아래에서

ARROGANT
Dungeon ni Deai wo Motomeru no wa
Machigatteirudarouka

난폭하다고도 할 수 있는 소란과 발소리가 지하까지 울려 퍼졌다.

그날은 아침부터 시끄러웠다.

마치, 채찍 하나로 사람을 죽일 수 있는 맹수 조련사의 기분을 상하지 않게 하고자, 노예들이 분주히 뛰어다니는 분위기와도 같았다.

온 왕성에 있는 병사들이 대규모의 구경거리를 준비하고 있었다.

"오늘이 처형일……."

차가운 돌바닥 위에서 피나는 힘없이 중얼거렸다.

살벌한 공기가 철창 안까지 전해졌다.

이쪽을 감시하는 눈빛에는 귀기가 어려 있었다.

동원된 병사의 숫자도 어제까지와는 자릿수가 달랐다.

탈출은 불가능할 것이다.

오늘까지 노리갯감으로 쓰이지 않았던 것만 봐도 ——류르를 비롯한 이들이 자주 찾아와 주의를 주었던 덕분이기도 하겠지만—— 피나에게는 인질의 가치가 있었던 것이리라. 병사들은 왕의 역정을 사지 않기 위해 과도하게 두려워하고 있었다.

그들은 인질의 가치를 모르는 바보는 아니었고, 정신이 나간 왕의 불안정함을 느낄 만큼은 똑똑했던 것이다.

수상한 짓을 하지 못하도록, 오늘만큼은 류르 일행도 면회가 금지되었다.

지금도 자신의 한쪽 발을 묶은 족쇄와 사슬을 바라본 후, 피나는 눈을 감으려 했다.

의붓오빠가 무사하기만을 바라며, 기도를 드리고자 두 손을 모으려던 그때.

"…………."

"당신은…… 엘미나 씨?"

한 아마조네스가 피나의 감옥을 방문했다.

놀라움을 머금은 후, 경계심을 드러낸다.

"뭔가요, 이럴 때 나타나서……."

"……네가 죽기 전에 듣고 싶다."

엘미나는 무표정한 얼굴로 물었다.

"너와 그 광대는…… 이어져 있다. 어떻게 피가 이어져 있지도 않은데…… 너희는, 서로 이어져 있을 수 있나?"

그 물음에, 피나의 경직된 얼굴에서는 경계심이 떨어져 나갔다.

그 대신 다시 한번 놀라움이 퍼져나가고, 그것은 순수한 당혹감으로 변모했다.

왜 이럴 때에 그런 질문을 하는 걸까? 하고.

'……서로 이어져? 그러고 보니, 이 사람에게도 오르나라는 여동생이 있다고 했지…….'

생각을 굴렸던 피나에게 떠오르는 것이 있었다.

라크리오스 왕을 처음 알현했을 때 아르고노트가 언급했고, 그 후에도 시끄러운 오빠는 묻지도 않았는데 가르쳐주었다. 오르나라고 하는, 전혀 웃지 않는 점술사가 이 왕성에 있다고.

"……서로에 대해, 알고 있으니까요. 무엇을 하고 싶은지, 무엇을 바라는지."

망설인 끝에, 피나는 오늘까지 아르고노트와 보낸 날들을 돌이켜보며, 마음에 떠오른 솔직한 생각을 입 밖으로 냈다.

"잔소리나 불평을 할 때도 있지만, 강요는 하지 않아요. 상대를 존중해요. 피가 이어져 있지 않아도, 오늘까지 살아온 나날이 남매의 유대가 되고 있다고…… 난 그렇게 믿어요."

무엇보다, 이쪽을 바라보는 빛을 모르는 어두운 눈동자가, 어딘가 절실함을 숨기고 있다는 기분이 들었기에.

"서로 존중한다……. 오늘까지 살아온 나날……."

엘미나는 피나의 말을 입술에 담았다.

그리고 자조했다.

"……나에게는, 무리다."

처음부터 끝까지 무감정했던 얼굴이 잠깐, 아주 짧은 그저 한순간 동안, 슬픔으로 물들었다.

피나는 눈을 의심했다.

눈을 내리깐 엘미나는 잠시 후, 모든 것이 환상이었던 것처럼 차가운 표정의 아마조네스로 돌아와, 금세 등을 돌렸다.

소리도 없이 떠나 피나의 시야에서 사라졌다.

"……저 사람, 계속 마음에 걸렸는데…… 혹시…….."

사라질 때까지 그녀의 뒷모습을 바라보던 피나는 자신의 언동을 되짚어 보았다.

『카룽가 황원』의 전쟁에 참전하기 전, 성의 식당에서 가름스와 류루의 사연을 들었을 때, 피나는 엘미나에 대해서도 알고 싶었다. 왕 측의 세력, 위험한 아마조네스임을 알면서도.

목에 걸린 위화감의 정체를, 피나는 중얼거림으로 바꿨다.

"나와 그 사람, 어딘가 닮았어……."

"저기, 아르고노트. 넌 평소 여동생을 어떻게 대해?"

왕도로 가던 도중, 그런 대화가 있었다.

"갑자기 무슨 말이야? 아아, 그러고 보니 너에게는 언니가 있었지. 그 무서운 아마조네스 언니가……."

"……그래. 나한테는 『자매』가 있어. 대화도 전혀 없고, 심지어 얼굴도 제대로 마주하지 않는 『자매』가."

눈도 마주치지 않은 채, 서로 앞만 보고 황야를 걸으며 일상적인 대화를 가장했다.

"부끄러운 이야기지만…… 지금도 어떻게 대해야 할

지…… 잘 모르겠어.”

“네 고민은 나도 잘 모르겠지만…… 어디 보자——.”

그러므로 광대는 대수롭지 않다는 양 말하며, 소녀의 등을 상냥하게 밀어주었다.

“제대로 눈을 보면서, 전하고 싶은 말을 전해. 그거면 충분하지 않을까.”

맑게 갠 하늘 아래.

낙원이라는 말이 어울리는 인류의 수도가 저 멀리 시야 끝까지 펼쳐져 있었다.

“내가 돌아왔다, 왕도…… 모든 것을 되찾기 위해!”

그 도시가 보이는 것과 같은 낙원이 아니라는 것을, 아르고노트는 이미 알고 있다.

그럼에도 그는 웃으며, 전망 좋은 절벽 위에서 두 팔을 벌렸다.

“들떠 있는데 미안하지만, 이제 어떻게 할 거야?”

“처형장은 성하마을의 대광장이다. 병사들이 엄청나게 몰려있을 거고, 분명 함정도 있겠지. 질 거라는 생각은 안 하지만, 정면돌파는 불리할걸.”

바로 뒤에서 들려오는 목소리에 뒤를 돌아보았다.

두 손바닥 위에 양쪽 팔꿈치를 얹은 오르나가, 목에 한쪽 손을 감은 크로조가 각각 의문과 우려를 입에 담았다.

"네 여동생을 구하려면 광장에 도착하기 전에 탈환해야만 해. 처형장으로 끌려간 시점에서 우린 지는 거야."

간단한 논리다. 광장에는 수많은 병사뿐만 아니라 시민들도 셀 수 없이 모일 것이다. 인파는 천연의 장벽이 되고, 군중의 시선은 아르고노트 일행의 움직임을 감시하는 눈이 된다. 수천 명의 사람들 사이를 헤치며 피나를 데려가기란 거의 불가능하다.

그렇다면 오르나의 말대로, 피나가 처형장에 끌려가는 도중에 습격해, 수도의 뒷골목을 도주 경로로 만들 수밖에 없다.

"당연히, 모든 곳이 엄중히 경비되고 있겠지만 말야. 어떻게 할까? 뭣하면 요란하게 날뛰어서 양동작전 정도는 펼쳐줄 수 있는데."

"흐음, 어디 보자아……."

크로조가 자신의 칼자루를 한 손으로 두드리는 가운데, 아르고노트는 눈을 감고 팔짱을 끼었다.

심각한 목소리를 내는 그 모습이 어딘가 연극적이어서 오르나가 불길한 예감을 느끼고 있으려니── 청년은 눈을 뜨고는 만면의 미소를 지었다.

"아무것도 안 한다!"

"뭐?"

결국 크로조와 함께 당황해버리는 것은, 역시 어쩔 수

없는 일이었다.

✚

"아르고노트는 분명 인질이 호송될 때를 노릴 것이다! 이변을 느끼면 즉시 보고하라! 쥐새끼 한 마리 놓치지 마라!"

방심과 자만심을 완전히 차단한 기사장의 목소리가 왕궁 안뜰에 울려 퍼졌다.

노성에 가까운 지시에 병사들도 "예!" 하고 일사불란하게 대답했다. 더 이상 왕의 진노를 사지 않는 것은 지상명제다. 그렇지 않으면 그들 자신이 무시무시한 미노타우로스의 뱃속으로 들어가게 될 테니까. 자신의 목숨을 저울 위에 올려놓은 거나 마찬가지인 병사들은 투구 속에서, 그야말로 혈안이 되어 주변을 경계했다.

피나를 광장으로 호송하는 자도, 그렇지 않은 자도, 귀를 기울이고 눈을 부릅뜨며 의심스러운 사람이나 사소한 소음, 수상한 기척을 철저히 찾으려 했다.

"하프엘프는 이미 감옥에서 나왔는데…… 그럼에도 불구하고 아직 움직이지 않는군.『영웅 후보』놈들에게도 수상한 움직임은 없고……."

성 안에서는 병사들이 분주히 이동과 경비를 이어나가는 가운데, 정문 앞의 마차로 향하는 라크리오스 왕은 짜증을 감추려 하지 않았다.

아르고노트의 행보로 보아, 피나의 탈환에서 그치지 않고 왕 자신까지 납치할 가능성도 있다.

그러므로 그의 주위에는 수많은 병사가 동행하며 경호 태세를 갖추고 있었다.

라크리오스 왕은 생각할 수 있는 모든 가능성을 철저히 배제하고 있었다.

그럼에도 전혀 안심할 수 없었다.

얄미울 정도로 맑게 갠 하늘이 가져오는 평화로운 공기가 폭풍 전의 고요함처럼 느껴져, 교활함으로 두려움의 대상이 되는 라크리오스 왕의 마음을 헤집어놓고 있었다.

"있으면 시끄럽고, 보이지 않으면 이렇게까지 불안감을 자극하다니…… 광대 놈……."

마차에 올라타며, 노왕은 가증스럽다는 듯이 내뱉었다.

"어디서 치고 들어올 거라 보시는지?"

반면, 그런 왕을 태운 마차가 출발하는 것을 내려다보며 류루는 입가를 틀어올렸다.

"왜 그렇게 즐거워하는 거냐, 음유시인……."

"우리는 피나 공에게 접근할 수 없는 데다, 심지어 감시까지 받고 있지요. 그렇다면 할 수 있는 일이라곤 즐기거나 노래하는 것밖에 없지 않나요?"

가름스가 보내는 어이없다는 표정에 류루는 미소로 대답했다.

장소는 왕성 4층 복도의 창가.

음유시인의 말대로, 아르고노트와 함께 행동하던 류루, 가름스, 그리고 유리는 피나에게 접근하지 말라는 명령을 받은 상태였다.

현재 그들의 처지는 지극히 미묘했다.

왕과 병사들의 입장에서는, 귀중하고도 강대한 전력으로서 앞으로도 확보하고 싶었다. 그러나 아르고노트를 놓쳤을 때처럼, 뻔한 연극으로 피나의 도주에 도움을 줄 가능성도 있다. 해치워버리고 싶어도 그럴 수 없는 왕도 측의 딜레마였다.

지금은 반항심을 억누른 채 묵묵히 따르고 있지만, 무슨 일을 일으킬지 모르는 류루 일행은 모습을 나타내지 않는 광대 다음으로 성가신 존재이자 불안의 씨앗이었다. 그런 불안인자를 라크리오스 왕이 방치하고 있을 리가 없으며, 지금도 엘미나에게 감시를 맡겨놓은 상태였다.

'우리가 묘한 행동을 보이면, 그것이 아르 공의 단서가 될 수도 있다고 예상한 걸까? 실제로 그가 우리에게 접촉을 시도한다면 엘미나 공이 소리도 없이 말살하겠지.'

긴 복도의 어둠과 동화된 채, 지금도 말없이 이쪽을 바라보고 있는 암살자의 무서움이란.

목덜미에 싸늘한 칼날을 들이대고 있는 것과 다름없는 상황에서, 류루는 마음속으로 『오~ 무서워라 무서워라』하고 떨면서도 전혀 기색을 전혀 드러내지 않았다.

오히려 활달한 목소리로, 들릴 것을 알면서도 대화를 이어나갔다.

조금이라도 왕성 측의 주의를 끌고, 동요를 유도할 수 있다면 그만이었다.

왜냐하면 광대가 앞으로 무슨 일을 벌일지, 이제는 신조차도 알 수 없으니까!

"아르 공이라면 분명 예상도 못 했던 방법으로 우리를 깜짝 놀라게 하겠지요."

"……정석이라면, 인질이 성하로 들어간 직후. 수많은 백성들 틈에 섞여 소동을 일으키고 그 혼란을 틈타겠지."

그때까지 침묵을 지키던 유리는 진저리를 치듯, 류루의 말을 부정하지 않고 상식적인 관점을 말했다.

본인은 억울하겠지만, 이 중에서 가장 아르고노트와 많이 접했던 늑대 청년은 두 눈을 날카롭게 가늘게 뜨고 성하를 내려다보았다.

"──하지만 그 광대라면, 분명 이미 근처까지 왔겠지."

"그렇게 되어 성내로 손쉽게 잠입한 우리!"

두려움을 모르는 목소리가 **왕성 안**에 울려 퍼졌다.

왕이나 병사들에게도 들키지 않고, 아르고노트는 이미 성 안으로 숨어든 것이었다.

"긴급 시에 왕족을 탈출시킬 『비밀통로』가 성에 있는 것은 당연한 일! 척척박사 오르나 씨라면 가르쳐 줄 거라 생각했습죠!"

"나라면 분명 알고 있을 거라고 여겨졌던 것도, 그건 그거대로 아니꼽지만……."

지금 아르고노트가 뻔뻔하게 웃을 수 있는 것도, 다시 말해 그런 이유였다.

그의 옆에서 불만스러운 표정을 짓고 있는 오르나가, 라크리오스 왕성과 외부로 이어진『왕족 전용 탈출구』를 안내했던 것이다.

지금도 소녀의 비난 가득한 시선에 꿰뚫리고 있는 아르고노트는 부스럭부스럭 무언가 주위를 뒤적이더니, 갑자기 "흐음" 하며 턱에 오른손을 가져다댔다.

"하지만 의외로『비밀통로』에는 병사들이 배치되어 있지 않았어. 네가 그 통로를 알고 있다는 걸 적들도 파악했을 줄 알았는데."

"그야 당연하지. 인질을 잡는 감옥하고는 정반대쪽, 성의 창고로 갈 거라고는 아무도 생각하지 않았을 테니까."

현재의 위치는 무기고 같은 분위기의『지하 창고』였다.

이제는 많은 병사들이 성 밖으로 파견된 가운데, 아르고노트 일행은 마치 왕들의 배후로 돌아가 사각을 찌르듯 이 창고로 숨어든 것이었다.

크로조는 이곳에 없었다.

성으로 가는 비밀통로로 향하기 전에 헤어져, 지금은 별도로 행동 중이다.

"그 외에는, 그래. 여동생을 버리고 왕녀를 구하러 갈 가능성을 우려해서 병력을 분산시켜놨겠지."

"너무하는군! 나는 귀여운 여동생을 버리지 않아! ……하지만 그 왕도 역시 바보는 아니군."

처음에는 과장되게 오빠의 심정을 호소하던 아르고노트스는, 이내 진지한 표정을 지으며 노왕을 짧게 평가했다.

미노타우로스 건으로 반쯤 제정신을 잃었다고는 하나, 아르고노트는 한번 라크리오스 왕의 함정에 빠진 적이 있다. 세월로만 따지면 아르고노트의 두 배 이상을 살아왔으며, 수많은 부조리를 맛보고 잔혹한 위정자로서 국가를 이끌어왔던 존재다. 결코 방심해도 좋을 상대가 아니다.

"……그래서? 당신은 아까부터 이 창고에서 뭘 뒤지고 있는 건데?"

뒤적뒤적, 바스락바스락.

병사가 없다는 것을 이용해, 주변의 선반이며 나무 상자를 하나씩 뒤지고 물색하는 아르고노트를 오르나가 흘겨보았다.

눈에 들어와도 전혀 기쁠 것 없는 청년의 엉덩이가 좌우로 흔들린다.

소녀는 자기도 모르게 그 엉덩이를 발끝으로 걷어차고 싶어졌다.

"아니, 사실『찾는 물건』이 있는데 말이지…… 오, 좋은

『갑옷』 발견. 가져가자.”

“그거 이 나라에서 제일 좋은 갑옷이야……. 어이없어. 도둑 같은 짓을 하고 있네.”

금색 장비를 발견하고, 마음대로 해체해선 자기가 착용하기 좋도록 만지작거리기 시작한 아르고노트. 오르나는 마침내 한숨을 쉬었다.

그녀의 불평에 자기도 모르게 웃음을 지은 아르고노트는, 그 외에도 의장과 함께 보관되어 있던 제전용 병사 의상을 몇 점 골라, 막힘없이 조합했다.

마치 귀족이 거느린 일류 재단사처럼.

“이제부터 시작할 일의 필요경비라고 생각하고 눈 감아 줘. 지금만은 나도『모양』이 필요하거든.”

“……? 무슨 소리야?”

“오르나, 사람들은『영웅』을 무엇으로 판단한다고 생각해?”

이쪽에 묻는 아르고노트의 뒷모습에, 오르나는 눈썹을 의아함의 형태로 구부렸다.

“……힘이라든가, 성취한 위업 아닐까?”

“진정한 영웅이라면 그렇겠지. 하지만 처음 보고 때 판단할 때, 사람은 우선『모양』부터 보게 돼 있어.”

오르나의 양해를 기다리지도 않고, 아르고노트는 옷을 벗어 상반신을 드러냈다.

갑작스런 광경에, 소녀의 갈색 피부가 붉게 달아올랐다.

아무것도 모르는 순진한 처녀처럼 굳어버린 오르나는 황급히 몸과 함께 시선을 돌렸다.

"나는 그게 『외견』과 『목소리』라고 생각해."

귀까지 빨개진 소녀와 등을 마주한 채, 청년은 여전히 손과 입을 멈추지 않았다.

"말을 들이댈 때, 그리고 의지를 호소하는 순간. 어느 때에든 『모양』은 중요한 거야."

옷감 스치는 소리를 내며, 소녀의 수치심 따위 전혀 알아차리지 못한 채, 하반신도 모두 갈아입었다.

"반대로, 그 조건만 충족되면 알맹이가 사실은 『광대』라 할지라도 『영웅』으로 믿게 만들 수 있어."

"……『영웅』으로, 믿게 만들어……?"

마지막으로, 금색 팔 보호대와 무릎 보호대를 장착하고, 펄럭 소리와 함께 검은 망토를 등 뒤로 돌렸다.

『정령의 검』을 허리에 꽂는 기척을 느끼고, 그때까지 얼굴을 붉혔던 오르나는 겨우 쭈뼛쭈뼛 뒤를 돌아보았다.

망토에 감싸인 청년의 뒷모습은, 감촉을 확인하기 위해 소소한 동작을 반복하고 있는가 싶더니, 다시 주변을 뒤지기 시작했다.

"하지만 원하는 게 영 나오질 않는걸. 『피 냄새』가 짙은 걸로 봐선 이 무기고에 있을 텐데——."

쿵쿵, 하고 연신 코를 울리던 아르고노트는, 가장 안쪽에 있는, 나무통보다도 더 큰 나무 상자에 손을 뻗었다.

그리고 우뚝 멈추었다.

"——찾았다."

미소를 지으며.

궁금해진 오르나가 다가와 들여다보고, 눈을 크게 떴다.

그러거나 말거나, 아르고노트는『그것』을 적당한 자루에 욱여넣었다.

"가자, 오르나. 준비는 다 됐어."

지금도 묵직한 소리가 들려올 것 같은 자루를 오른쪽 어깨에 걸머지고 돌아보았다.

그의 얼굴에는 최고의 미소가 떠올라 있었다.

"피나를 구하기 위해!『선전포고』를——— 최고의『희극』을 알리러!"

하늘은 정말 푸르고, 화창하게 개어 있었다.

올려다보면, 가슴에 깃든 생각과 함께 의식이 빨려들 정도로.

"빨리빨리 걸어!"

"…………."

등을 거칠게 떠밀린 피나는 땅바닥에 나뒹굴었다.

하늘이 보이지 않게 되고, 차가운 돌바닥이 팔꿈치와 무릎에 상처를 입혔다.

그러나 비명만은 지르지 않았다.

지난 며칠 동안 먼지로 지저분해진 선황색 머리카락을 찰랑이며, 고개를 숙인 채, 사슬로 묶인 두 손을 짚어 다시 일어났다.

"왔다! 피가 섞인 반쪽이가!"

"네 빌어먹을 오빠는 어디다 놔뒀냐!"

"왕녀님 돌려줘!!"

이내 온몸을 뒤덮은 것은 군중의 외침이었다.

사람, 사람, 사람의 바다.

왕성이 보이는, 라크리오스에서 가장 넓은 성 앞 광장에는 수도의 주민들이 잔뜩 모여 있었다.

모습을 나타낸 피나에게, 민중은 욕설을 퍼부었다. 그 가운데 나이 어린 평인 아가씨만은 ——어떤 백발 청년이 탈리스만을 찾아주었던 소녀만은—— 민중의 노성에 겁을 먹은 채 눈물을 머금고 있었다.

거친 증오의 목소리에도 불구하고, 피나는 몸을 쭉 편 채, 용서도 자비도 구하지 않았다.

"폐하, 처형 준비가 끝났습니다."

그 광경을 내려다보는 광장 중앙의 작은 탑.

서둘러 마련한 귀빈석으로 기사장이 다가왔다.

"하오나 아직 아르고노트는 나타나지 않아서……."

"여동생을 저버린 건가, 그놈."

기사장이 귓가에 속삭이자, 라크리오스 왕은 눈살을 찌

푸렸다.

의자에 앉은 채, 처형대에 올라가려는 피나를 차가운 눈으로 내려다보았다.

"어떻게 할까요?"

"……형을 집행하라. 본보기다. 이 왕을 거역하는 자는 누구도 용서하지 않는다는 사실을 세상에 알리도록."

"예!"

왕명에 따라, 기사장이 몸을 돌렸다.

라크리오스 왕이 냉혹하게 바라보는 가운데, 탑을 내려온 기사장은 곧장 처형대로 올라갔다.

"이제부터 죄인 아르고노트의 여동생, 피나의 사형을 집행한다!"

나무로 지은 처형대는 넓었다.

폭은 10M쯤 되었으며, 깊이도 그 절반은 되었다. 처형대라기보다는 연극의 무대마저 방불케 했다. 삼엄한 병사들이며, 검은 두건을 뒤집어쓰고 커다란 도끼를 든 사형집행인만 없었다면.

기사장의 선언에 민중이 크게 들끓는 가운데, 피나가 마침내 처형대의 계단을 다 올라, 민중 앞으로 끌려 나왔다.

"죄명은 역적의 여동생이라는 것! 왕녀를 꼬드겨 납치한 흉도(凶徒)의 죄는 무겁다! 그것은 일족 모두에게 적용되는 것이다!"

기사장의 한 마디 한 마디가 짓지도 않은 죄를 비난하며 민중이라는 불에 분노라는 기름을 부었다.

정면에 모인 군중과는 별도로, 처형대 측면에 도열한 병사들 속에 선 유리, 가름스는 주먹을 꽉 쥐었으며, 류루조차 동포에 대한 모욕에 불쾌감을 숨기지 않았다.

"마지막으로 남길 말은 있는가!"

"……이 몸에 흐르는 엘프의 피에 맹세컨대, 나는 아무 죄도 짓지 않았다. 오빠도 왕녀님을 납치한 적은 없다!"

"닥쳐! 기만을 거듭하는 마녀년! 지금부터 네 목을 베어 죄인 아르고노트의 벌을 갚게 하겠다!"

피나는 의연히 받아쳤지만, 기사장은 예정조화와도 같이 그 말을 잘라버렸다.

이어진 것은 반론을 용납하지 않는 병사들의 포효였다.

더 나아가 정보조작을 당한 민중의 목소리가 해일처럼 몰려들었다.

유리 일행을 제외하면, 이 자리에 피나의 편은 아무도 없었다.

그야말로 마녀사냥을 연상케 하는 광경에, 가름스는 눈썹을 치켜세웠다.

"놈이 나타나지 않는다면, 난 쳐들어갈 거다."

"웃……!"

"…………."

목소리를 높이는 병사들의 뒤에서 유리도 임전태세를 취하고, 류루는 리라를 안은 채 그저 지켜보고만 있었다.

“아르…… 어떡할 거냐.”

손을 치켜드는 사람들 속에서 크로조도 중얼거렸다.

왕성의 비밀통로 앞에서 두 사람과 헤어져 군중 속에 섞여든 대장장이 청년은 자기도 모르게 낯을 찡그렸다.

“사형집행인, 앞으로!”

이내 그 순간이 다가왔다.

거대한 도끼를 두 손에 들고 검은 두건을 쓴 거한이 소리를 내며 걸어 나왔다.

피 냄새가 났다. 잔인함의 상징이 거구에 스며들어 있었다. 아마도 엽기적인 성격의 정신이상자인지, 피의 쾌락에 사로잡힌 그의 눈은 두건에 뚫린 두 개의 구멍 속에서 웃고 있었다.

피나는 자기도 모르게 얼굴을 돌렸지만, 병사들이 그녀가 묶인 사슬을 잡아당기자 힘없이 두 무릎을 꿇었다.

저항은 하지 않는다.

애초에 감옥에 갇혀 있던 소녀의 몸에 그런 힘이 남아 있을 리가 없다.

“마녀년!”

“죄를 갚아!”

“감히 왕녀님을!”

족쇄가 채워지는 동안에도 가차 없는 악의가 날아들었다.

모든 방향에서 날아드는 매도에 두들겨 맞던 피나는 천천히 눈을 감았다.

‘매도하는 목소리가 들린다. 원망으로 가득 찬 목소리가 날아든다.’

어둠에 싸인 세상에서 소리가 멀어져갔다.

‘무시무시한 사람들의 악의에 몸이 떨릴 것 같아. 끝까지 눈물 따위 보이지 않겠다고 맹세했는데, 무너져버릴 것 같아.’

마음속 깊은 곳으로 가라앉으면서도, 공포와는 무관할 수 없었다.

자랑스러운 엘프의 피를 이어받은 소녀는, 오늘까지 결코 길을 벗어나지 않았으며, 끔찍한 악의의 소용돌이에 말려드는 일은 결코 없었다.

‘하지만.’

그럼에도, 피나는 울지 않았다.

‘하늘이 이렇게나 푸르니까. 그 사람을 처음으로『오빠』라고 불렀을 때와 마찬가지로.’

눈을 뜨고, 웅대한 창공을 눈에 담았다.

사랑의 상실을 맛보고, 슬픔에 잠기고, 부조리에 화를 내도, 자신에게 언제나 미소를 지어주던 소년을, 얼굴이 빨개진 채 꺼질 듯한 목소리로『오빠』라 불렀다.

과거에 나누었던 소중한 미소를 떠올리며, 피나의 입술은 그때와 똑같이 부드러운 곡선을 그렸다.

“그러니까, 무섭지 않아.”

무시무시한 욕설과 매도 속에 투명한 속삭임이 드리워

졌다.

그 말을 들을 수 있었던 것은 옆에서 멈춰 선 사형집행 인뿐.

두건을 뒤집어써 표정을 알 수 없는 거한은 분명 불쾌해 하며 눈살을 찌푸렸으며, 그다음에는 가학적으로 입맛을 다셨다.

'오빠, 드디어 분위기를 파악할 수 있게 됐네요. 다행이 에요. 이제는 분명 제가 없어도 괜찮겠네요.'

족쇄와 쇠사슬이 피나의 몸을 고정시켰다.

꼼짝도 할 수 없게 된 소녀를, 높이 치켜든 도끼의 그림 자가 뒤덮었다.

'구해주었던 이 목숨, 돌려드릴게요. 그러니 부디——.'

곧 다가올 붉은 순간에, 그렇게나 타오르던 백성들의 공 기가 움츠러들었다.

병사들이 살기를 피우고, 노왕이 눈을 가늘게 떴다.

반역의 포효를 지르기 위해, 웨어울프와 드워프가 각자 무기에 손을 뻗었다.

여자 암살자는 그 모습을 놓치지 않고 암기를 들었다.

모든 이의 세계가, 시간의 흐름이 느려졌다.

"쳐라!!"

터져 나오는 기사장의 신호.

소녀는, 마지막 순간까지 웃고 있었다.

"——부디, 오빠만이라도."

햇빛을 반사하며 번뜩이는 도끼날.

내리꽂히는 참수의 일격.

그 직후.

"그 사형, 멈추어라!"

한순간의 빛이 내달리고, 날카로운 목소리가 처형장에 울려 퍼졌다.

"!!"

그리고 거대한 도끼를 가로막는, 둔중하고도 날카로운 금속음.

가장 먼저 크게 뜨인 것은, 하프엘프의 눈.

이어서 기사장 사내가, 노왕이, 웨어울프가, 드워프가, 아마조네스가, 무수한 민중이 차례차례 경악했다.

그 모습을 눈에 새기며 웃음을 머금은 것은 대장장이와 음유시인.

"피나를 놔줘!"

소녀의 최후를 용납하지 않았던 검의 정체는, 금색이었다.

경악한 사형집행인의 안광을 받아낸 두 눈은, 심홍색이었다.

그리고 검은 망토와 함께 용맹하게 흔들리는 머리카락의 색은, 순백이었다.

"아르고노트는 여기 있다!!"

광대는 무대 위로 뛰어올랐다.

"드디어 나타났나! 광대놈!!"

경악에서 벗어나 자리에서 힘차게 일어난 것은 라크리오스 왕이었다.

사위스러운 웃음 속에서, 지금만은 환영의 목소리를 높이며 탑 위에서 노려보았다.

"저놈은 뭐야!"

"설마…… 저게 아르고노트?!"

"여동생을 구하러 왔나?"

처형대 정면에 몰려들었던 민중은 금세 혼란의 물결을 일으켰다.

옆에 천으로 감싼 짐을 떨어뜨린 아르고노트는, 오른손에 든 『뇌정의 검』을 가볍게 휘둘렀다. 몇 번이나 도끼를 휘두르려 하던 사형집행인은 그것만으로도 휘청거리며 뒤로 밀려나 나자빠질 뻔했다.

아르고노트는 그대로 지휘봉을 휘두르듯 검을 두 차례 번뜩였다.

그러자 빛의 선으로밖에 보이지 않는 번개가 내달리더니, 피나를 사로잡았던 족쇄와 사슬이 모조리 끊어졌다.

"오, 빠……."

"늦어서 미안해, 피나. 구하러 왔어."

풀려난 피나는 무릎을 꿇은 채 어떻게든 몸을 일으켜 올려다보았다.

그곳에는, 언제나 웃음을 잃지 않는 활달하고 밝은 오빠가 있었다.

아연실색했던 피나의 눈썹이 확 치켜 올라갔다.

"왜…… 왜 온 거예요! 나, 이제야 겨우 오빠에게 보답할 수 있다고 생각했는데!"

터져 나온 것은 분노였다.

"오빠만은 살아줬으면 했는데!! 왜!"

오빠를 한결같이 생각하는 친애의 마음이었다.

과거 아르고노트 덕에 살아났던 소녀가 자신의 목숨으로 보답하고자 했는데도, 이쪽의 마음도 모르는 당사자는 그저 웃었다.

"무슨 소릴 하는 거야, 피나."

분노로는 숨길 수도 없는 비통한 외침에, 그는 다정하게 웃었다.

오빠를 생각하는 여동생과 마찬가지로, 누구보다도 깊은 친애의 정을 담아.

"그날과 마찬가지로, 오늘도 하늘은 파랗잖아. 그럼 나는 너를 구하러 올 거다, 『여동생』아."

"______."

절대 울지 않겠다고 결심했던 소녀의 눈가에 눈물이 고였다.

"자, 웃자! 입술을 구부리는 거야! 꽃 같은 너에게 눈물은 어울리지 않아!"

“흑…… 바보!”

두 팔을 벌리며 만면의 미소를 짓는 아르고노트에게, 피나는 마침내 눈물을 쏟았다.

“역시나 왔구려!”

『하나』를 되찾고자 온 광경에, 류루는 환호성을 질렀다.

침묵하던 리라를 두드리듯 손가락으로 튕기며.

“하지만 무슨 생각으로……!”

“이곳은 이미 적진 한복판! 인질을 구하는 건 물론이고 탈출도 불가능하다!”

반면 가름스와 유리는 우려를 품었다.

처형장을 에워싼 병사들을 바라보며 저도 모르게 몸을 앞으로 내밀었다.

“요란하게 움직이려 해도 민중에게 피해가 갈 뿐…… 이건 방법이 없지 않나?”

지금도 술렁거리는 사람들 속에서, 크로조 또한 눈을 가늘게 뜨며 낯을 일그러뜨리고 말았다.

수많은 병사들과 셀 수도 없는 백성들은 그야말로 이중의 『감옥』이다.

“멍청한 것…….”

하책 중에서도 하책.

생각 없는 아르고노트를 보며, 엘미나는 차가운 목소리로 경멸했다.

“꽤나 오래 기다리게 만드는구나, 아르고노트…….”

음유시인과 전사들이 주역의 등장에 저마다 반응하는 가운데, 무거운 몸을 일으킨 왕이 탑에서 일어난 채 내려다보았다.

도시를 다스리는 왕의 말을 경청하고자, 주변에서 썰물처럼 소란이 사라져갔다.

주름진 노인의 목소리였지만 여전히 처형장 전체에 울려 퍼졌다.

"하지만, 어슬렁어슬렁 기어 나올 줄이야……. 네놈은 역시 멍청이 그대로구나."

"폐하는 잠시 뵙지 못한 사이에 폭삭 늙으셨군요. 뭔가 『걱정거리』라도 있었나요?"

반면 탑을 올려다보는 아르고노트는, 당당했다.

피나를 등 뒤로 감싸며, 왕을 향해 입꼬리를 틀어 올렸다.

"……그 시끄러운 혀와 함께 목을 치기 전에, 어디 들어나 보자. 오르나 공은 어디에 있느냐?"

"글쎄요? 군중 속에 섞여서 마른 침을 삼키며 우리를 지켜보고 있는 것은 아닐지?"

가증스럽다는 듯 낯을 일그러뜨리는 라크리오스 왕에게, 아르고노트는 아무렇지도 않다는 듯 대답했다.

"…………."

정작 그 소녀는 크로조와는 다른 위치에서 군중 속에 섞인 채, 불안한 마음을 숨기지 못하고 아르고노트를 바라보는 중이었다.

머리에서부터 로브를 뒤집어써 갈색 피부를 가렸으므로, 인파의 숲에서 그 변장을 알아차리기란 매우 어려웠다.

실제로, 탑 위에서 아무리 내려다보아도 그녀의 위치는 파악할 수 없었다.

"흐하하하……! 이렇게 쉽게 자백하다니! 그렇다면 네놈 따위 이젠 필요 없다!"

그러나 라크리오스 왕은 근심이 사라졌다는 듯 웃음을 터뜨렸다.

필요한 정보를 손에 넣은 이상, 이 왕도에서 죄인이 된 광대를 죽이지 않을 이유가 없었다.

"성에서 훔쳤을 그 갑옷, 네놈에게는 어울리지 않는 물건 이다만…… 수의 삼아 하사해주마! 해치워라, 병사들아!"

울려 퍼지는 왕명.

거친 발소리와 함께, 병사들이 속속 처형장으로 올라 갔다.

참수를 방해당해 짜증이 난 집행인을 필두로, 수많은 무 기가 아르고노트를 에워쌌다.

"오빠……!"

몸을 채찍질하며 어떻게든 일어나려는 피나를 안심시키 듯, 조심스럽게.

오빠의 손이 여동생의 몸을 제지한다.

"저건…… 설마."

자신도 뛰어나가려 하던 유리도, 가름스도.

류루가 확 벌린 팔에 움직임을 멈추었다.

비난하는 유리의 시선을 무시한 채, 음유시인의 눈은 청년의 손에 있는『황금의 검』에 고정되어 있었다.

"……자아, 이제부터 시작하자. 지금, 이 순간을 위해, 나는 과분한 힘을 손에 넣었지."

아르고노트에게 두려움은 없다.

당혹감도 불안도 없다.

있는 것은 의지뿐.

왕녀를 구하지 못하고, 여동생과 동료들에게 도움을 받아,『하나』도 구하지 못한 채 비참하게 도망쳤던 그 비 오는 밤을 지나, 아르고노트는 돌아왔다.

아무리 사람들에게 속고, 왕에게 이용당하고, 수많은 사람들의 의도에 휘둘려도, 결코 그 누구도 빼앗을 수 없는 웃음을 머금은 채 돌아왔다.

그러니, 시작할 때다.

오늘이 바로『신화의 출항』을 알리는 그 순간이다.

"시작하자,『뇌정의 검』!"

뇌검을 높이 쳐들고, 아르고노트는 개막의 벨을 울렸다.

서곡——『만뢰(萬雷)』.

맑게 갠 창공 아래를 달려나가는 번개가 신호.

모두의 눈에 새겨지는 금색 전류가 춤을 추고 노래한다.

악기는 검, 지휘봉도 검, 악곡은 뇌명.

연주자는 물론 광대.

배우도 겸하는 오만불손하고 대담무쌍한 사내의 이름은, 아르고노트.

환희와 흥분, 그리고 투지를 억누르지 못한 채 광대는 백야드에서 뛰어 나왔다.

웃음을 새기며, 백발을 나부끼며, 심홍색 안광을 번개의 광채와 얽으며 장식했다.

한 번의 스텝, 두 번의 필루에트, 아라베스크는 나중에.

무수한 병사들과 나누는 가차 없는 검무.

잡히지 않는다.

베이지 않는다.

하얀 바람처럼 빠르게, 번개처럼 날카롭게.

펄럭이는 검은 망토는 드높은 검극의 소리를 뚫고, 스쳐지나가는 순간마다 번개의 꽃을 피웠다.

튕겨져 날아가는 투구, 터져버리는 갑옷, 무너져버리는 수많은 병사들.

무대를 올려다보는 민중은 눈과 시간을 빼앗긴 채, 그 황금의 빛에 넋을 잃었다.

박수는 없다.

환성도 없다.

광대 자신이 터뜨리는 뇌정의 노랫소리와 선율이야말로

『만뢰』 그 자체.

그것은 그 어떤 것보다도 우스꽝스러우며, 그 어떤 것보다도 웅장한 최고의 가극.

그렇기에 공연의 이름은——『영웅희극』.

"끄아아아아아아아아아아아아아아아아아아아아아아아아아아아아아아아아악?!"

세상을 앞질러가는 우레의 연주. 그 뒤를 따르는 병사들의 비명.

처형대 위에서 펼쳐진 한순간의 공방극.

경악한 웨어울프와 드워프만이 눈으로 따라갈 수 있었던 참격의 총횟수는 **마흔 하고도 여덟 차례.**

병사들을 상대하며 뇌광 그 자체로 변한 아르고노트는, 이 모든 것을 베어 쓰러뜨리고 있었다.

"뭐, 뭐야……?! 넌 대체 뭐냐고오?!"

광포하게 날뛰는 번개의 여파로 머리에 썼던 검은색 두건이 날아가 버린 사형집행인은, 햇빛에 드러난 추악한 얼굴을 공포로 일그러뜨렸다.

돌격했던 병사들이 방파제가 되어 혼자 남게 된 것은 행운이었을까 불행이었을까. 원래 같으면 자신이 죽였어야 할 아름다운 하프엘프 소녀는 이미 빼앗겨 버렸고, 잘라낸 목을 가지고 돌아가 바라볼 수도 없다. 그 가학심은 완전히 갈 곳을 잃었다.

공황과 격앙.

그 두 가지가 뒤섞인 평인 사내는 충동에 사로잡힌 채 도끼를 들고 덤벼들었다.

"——꾸웨엑?!"

그러나, 일축.

높은 상단에서 날아든 대형 도끼를, 한손에 든 『뇌정의 검』으로 **가볍게 막아낸** 아르고노트는 튕겨낸 것과 동시에 검을 되돌려 집행인의 몸을 베어 버렸다.

아래에서 뻗어 나온 참격에 그 거구가 거짓말처럼 솟아올라, 처형대를 넘어, 이리저리 도망치던 병사들을 향해 요란하게 추락했다.

"아니……?!"

겨우 몇 초 사이에 펼쳐진 뇌극(雷劇)에 라크리오스 왕이 두 눈을 부릅떴다.

"천둥?! 설마……『정령의 힘』!"

엘미나도 경악하고, 그와 동시에 규격을 벗어난 번개의 정체를 간파했다.

"오, 빠……?"

자신이 잘 아는 오빠라고는 여겨지지 않는 늠름한 모습에, 그의 등 뒤에서 보호를 받고 있었던 피나는 넋이 나가 버렸다.

"이제 난 『우레의 은혜』를 받은 몸! 뇌정에 불타고 싶지 않거든 즉시 물러나라!"

소리 내어 검을 휘두르며 아르고노트가 외쳤다.

전류를 머금은 바람이 승리의 함성을 지르듯 광장을 누비니, 병사들은 물론 민중도 그 말이 진실임을 인정할 수밖에 없었다.

"우, 웃기지 마라……! 이곳에서 도망칠 수 있을 거라 생각하느냐!"

목소리를 터뜨린 것은 탑에 있던 라크리오스 왕이었다.

예상치 못한 사태에 동요하면서도, 눈 아래에 펼쳐진 『국면』을 정확하게 파악한 노왕은 꿋꿋하게 되받아쳤다.

"맞아! 죄인 아르고노트!"

"왕녀님을 납치한 주제에!"

이를 지지하는 것은 왕의 귀여운 민초들.

오늘날까지 왕도라는 낙원과 왕의 치정에 보호를 받았던 그들에게, 편을 들어야 할 사람은 처음부터 정해져 있었다.

남자도 여자도, 이방인이자 죄인인 아르고노트를 절대로 용서하려 들지 않았다.

"병사들을 물리칠 힘을 얻었어도, 적의 수는 방대해. 정보조작을 당한 백성들도 너에 대한 인식을 뒤집지는 않아."

오가는 매도 속에 있던 오르나는 오른손을 가슴에 꼭 안았다.

애초에 이곳에 사는 자들에게, 외부인 아르고노트와 통치자 라크리오스에 대한 신뢰도는 하늘과 땅 정도의 차이가 있다. 아무리 청렴해도 통치자가 『검다』고 규정한 시점

에서 그 사람은 죄인이다. 왕의 상자정원은 죄와 벌의 행
방을 끝까지 추구했다.

이 악감정을, 그리고 왕이 엮은 대본을 뒤집기란 불가능
에 가깝다.

"어떻게 할 거야, 아르고노트……?"

청년의 안위를 걱정한 소녀가 불안감을 감추지 못하고
중얼거린, 그때.

"들어다오, 왕도에 있는 모든 자들이여!"

"""""!!"""""

들어본 적이 없을 정도로 『낭랑한 목소리』가 광장 구석
구석까지 울려 퍼졌다.

"내가 여기 온 것은 나의 결백함을 증명하기 위해서다!"

──아르고노트의 『목소리』는, 잘 울렸다.

국가 최고의 갑옷을 입은 아르고노트의 『외견』은 실제로
『영웅』처럼 보였다.

등을 곧게 펴고, 거짓된 『왕의 위엄』을 입은 그에게, 모
두가 눈과 시간을 빼앗겼다.

"왕녀를 납치한 것은 내가 아니다! 범인은 따로 있다!"

그것은 매도를 끊어버릴 만한 목소리의 재능.

그것은 정적을 낳고 분위기를 일변시킬 만한 『도자』의
자질.

　알맹이가 사실은 『광대』라 할지라도 『영웅』이라고 믿게 만드는, 『모양』 그 자체.

　영웅을 자칭하고 왕을 흉내 내는 광대의, 일생일대의 『연설』.

　"그, 그럼 범인은 누구라는 거야!"

　관록에 휩쓸렸던 백성 중 하나가 흠칫 제정신을 차리고는 허겁지겁 되물었다.

　모두가 마른 침을 삼키며 그 질문의 행방에 귀를 기울이고 있으려니──.

　"『미노타우로스』."

　영웅인 광대는 당당하게 말했다.

　"뭐……?"

　"진정한 원흉은 『미노타우로스』! 무시무시한 황소가 **공주를 납치해버렸던 것이다!**"

　아연실색한 민중을 향해, 위풍당당하게 선언했던 것이다.

　"엑……?!"

　할 말을 잃은 것은 오르나였다. 피나였다. 크로조였다.

　유리를 비롯한 『영웅 후보』들이었다.

　무슨 소린지 이해하지 못한 군중 속에서, 아르고노트의 편인 그들조차도 귀를 의심해버렸던 것이다.

　"나는 공주를 구하기 위해, 바로 조금 전까지도 계속 싸우고 있었다!"

　"핫……하하하하하하하하?! 헛소리를 하다못해 이젠 마

물이 공주를 납치했다고?! 바보짓도 좀 쉬엄쉬엄하거라!”

말 그대로 당황한 민중을 향해 아르고노트가 **헛소리**를 거듭하는 가운데, 탑 위에서 라크리오스 왕은 폭소하고 있었다.

실제로 『미노타우로스』라는 이름이 나왔을 때, 라크리오스 왕은 약간이지만 동요했다.

아티팩트와 미노타우로스—— 왕가가 숨겨왔던 진실이 백일하에 드러날지도 모른다고. 한순간이었지만 그 사실을 두려워했다.

그러나 폭로되었다 한들, 그런 황당무계한 이야기를 누가 믿겠는가.

적어도 왕의 귀엽고 무지몽매한 민초는 믿지 않으리라. 들을 가치도 없는 거짓말이라고 내뱉고 돌을 던지리라. 빛나는 낙원과 어둠의 실태는 그만큼 괴리된 것이었기에.

궁지에 몰린 끝의 폭로인가, 혹은 화려한 자멸인가.

그야말로 촌극이라고밖에 말할 수 없는 아르고노트의 언동에, 라크리오스 왕은 웃음을 참지 못하고 몇 번이나 목과 배를 떨었다.

“사람을 잡아먹는 마물이 왜 그런 짓을 하겠느냐! 시시한 거짓말을 다 하는구나!”

“폐하의 말씀이 옳다!”

“괴물이 공주님에게 반하기라도 했다는 거냐!”

“말도 안 돼!”

난간에 두 손을 짚고 탑에서 몸을 내미는 노왕의 말에 백성들도 연신 고개를 끄덕였다.

매도가 부활해, 처형대 위에 서 있는 사내에게 분노의 야유가 쏟아졌다.

그러나 야유에도 매도에도 익숙한 광대는 움츠러들지 않았다.

"아닙니다, 폐하! 사실입니다! 그 증거로, 저는 『유품』과 『유언』을 맡고 있으니까요!"

"『유품』? 『유언』……?"

아니, 오히려 가슴을 펴고 『다음 폭탄』을 준비했다.

탑을 향해 묘한 소리를 지껄이는 아르고노트를 보며 라크리오스 왕은 의아한 표정을 지었다.

왕은 모른다.

이곳에 나타나기 전까지, 아르고노트가 이 나라에서 가장 좋은 갑옷과 함께 **무엇**을 슬쩍해왔는지를.

오르나만이 알고 있다.

저 얄미울 정도의 자신감 뒤에 숨겨진 『반칙 카드』의 존재를.

점술사 소녀의 눈이 향한 곳, 지금의 상황에 휘둘리고만 있는 피나의 바로 눈앞.

처형대에 나타난 후로 이제까지, 여동생 앞에 떨어뜨린 채 방치해두었던, **천으로 감싼 짐**을, 아르고노트는 오른손으로 집어 들었다.

"백성들이여, 보라! 이것이 증거다!!"

그리고 들었다.

『뇌정의 검』을 발치에 꽂고, 왼손으로, 하얀 천을 힘차게 벗겼다.

그 순간.

"히익?!"

민중이 비명으로 뒤흔들렸다.

"저건……!"

가름스와 유리조차 눈을 의심했다.

"피에 물든, 거대 투구……?"

눈에 들어온 그 물체를 보고, 크로조도 놀라 중얼거렸다.

처형대 위에서 민중을 마주한 아르고노트가 치켜든 것.

그것은 거무죽죽한 선혈을 뒤집어쓴, 『특제 거대 투구』였다.

"설마!"

무심결에 한 걸음 앞으로 나갔던 것은, 유리.

이제부터 일어날 일을 예견한 것처럼, 자기도 모르게 광대의 앞으로 끌려갔다.

웃음을 거두고, 그 누구보다도 늠름하게 서 있던 아르고노트는 외쳤다.

"그렇다, 이것은 미노스 장군의 투구! 『유품』이 되어 버린 그의 장비다!"

오싹! 하고 소름이 돋은 오르나가 생각했던 그대로.

광대는 그『폭탄』을 투하했다.

"나는 여러분에게 말해야만 한다! ──미노스 장군은 죽었다!!"

정적은 잠시.
세상이 그 의미를 이해한 것도, 잠시.
다음 순간, 오르나의 예상대로, 왕성 앞 광장이 **폭발했다.**
"그럴 리가?!"
"거짓말이야!!"
"미노스 장군이 죽다니!!"
"낙원의 수호자가…… 이제는 없다고?"
전에 없던 비명과 노성, 그리고 혼란이 거대한 소용돌이를 일으켰다.

고막을 터뜨릴 듯한 민중의 포효에, 아연실색했던 병사들조차 몸을 젖히며 어떻게든 진정시키려 했지만, 이성이라는 이름의 둑은 산산조각이 나버렸다. 붕괴된 감정, 곤혹과 공포는 급류가 되어 멈추지 않는다. 반대로 병사들이 튕겨 날아갔다.

단 하나의 폭탄이 왕도 라크리오스를 천재지변처럼 뒤흔들었다.
"뭐, 뭐, 뭐야……?!"
라크리오스 왕도 안구가 굴러떨어질 정도로 두 눈을 크

게 떴다.

흔들리는 탑의 난간을 창졸간에 붙들고 발을 디뎠지만, 위아래로 벌어진 턱은 제자리로 돌아오지 않았다. 눈 아래의 광경은 그야말로 영원한 낙원이 무너진 듯했다. 식은땀이 왈칵 솟구쳐 나왔다.

그것은 『미노스 장군』이라는 존재를 증명하는 증거 그 자체.

민초가 냉정함을 내팽개쳐버릴 정도로 『뇌공』이라는 이름은 절대적이다.

상승장군은 이 땅의 정신적 지주였으며, 민중의 마음에 뿌리내린 요석과도 같은 존재였다. "가, 가짜다! 장군의 투구일 리가……!"

수습이 되지 않는 사태에, 기사장이 큰 목소리로 외쳤다.

하지만 다분히 초조함을 머금은 그 지적에도 아르고노트는 얄미울 정도로 흔들림이 없었다.

"투구에 새겨진 이 우레의 문장이 보이지 않는가! 이것이야말로 『뇌공』의 무구라는 증거!!"

"컥……?!"

오히려 『물증』을 들이대며 반론의 여지를 봉쇄해버리는 상황.

아르고노트가 든 투구에 새겨진 피투성이 문장이 기사장의 목구멍을 막았다.

"저건, 혹시……."

비명의 폭풍에 휩싸인 광장에서, 피나는 멍하니 서 있었다.

오빠가 지금도 민중에게 들이대고 있는 거대 투구를 바라보며, 의식은 과거로 날아갔다.

『중후한 갑옷에, **우레의 문장**이 새겨진 투구, 휘감긴 사슬, 그리고 거대한 배틀액스…….』

그것은 『카룽가 황원』에서 들었던 말.

『소문 이상의 대장군, 붉은 번개를 터뜨리는 『뇌공』. **투구를 부수고**, 주둥이를 벌려, 인육을 그 입에──.』

그것은 엘프 음유시인이 입에 담았던 전율의 노래.

그 협곡에서 보았던 기억이──『미노타우로스』가 쓰고 있던 『피에 젖은 투구』가, 눈앞의 광경과 정확히 겹쳐졌다.

"……그때의 투구를?!"

그런 물건을 훔쳐 온 오빠의 나쁜 손버릇에, 피나는 존경심을 보일 수밖에 없었다.

"성의 『무기고』에 갔던 것도, 회수된 투구를 찾기 위해서였군!"

미노타우로스에 관한 정보를 공유했던 크로조 또한 이해했다는 듯 웃음을 머금었다.

모든 것이 왕도 전체의 분위기를 바꿀 준비였으며, 낙원을 『혼돈의 극치』로 빠뜨리는 단순명쾌하고 극악한 한 수였다.

"『미노타우로스』에게 패배한 미노스 장군은 내 앞에서

숨을 거두었다. 끝까지 공주를 지키고자 했기에!"

수많은 마을과 사람들을 휘젓고 다녔던 아르고노트의 혀는 진가를 발휘하겠다는 양 정보를 날조해서는 진실처럼 들리게 하고, 듣는 이들에게 충격을 안겨주었다.

민중에게 진위를 판단할 방법은 없다.

그들은『미노스 장군』의 정체는 고사하고 모습을 본 적도 없기에.

『왕도를 지키기 위해 언제나 전장을 누빈다.』

『마물의 침공을 막기 위해 매일같이 싸운다.』

라크리오스 왕의 일파는 뇌공이 도시에 나타나지 않는 이유를 무용담과 연결 지어 선전했다. 이 암흑의 시대에 낙원이라는 영역이 유지되고 있는 시점에서, 호걸의 존재는 누구나 믿어 의심치 않는다. 실제로『사슬』에 조종되는 미노타우로스는 계속해서 적을 없앴다. 누릴 수 있는 평화 그 자체가 민중에게 최고의 현실성을 주고 있었던 것이다.

그렇기에, 그 완전한 기밀성이 이제는 통렬한 화근이 되었다.

이제 민중의 판단 근거는 왕과 병사들의 반응뿐.

이랬는데 당혹스러워하는 기사장 같은 이들의 모습이 눈에 들어오면,『정말로, 어쩌면』하는 의심이 민중의 마음에 선명하게 싹트기 시작한다.

'이, 이럴 수가……?!'

라크리오스 왕의 속마음은 미친 듯이 날뛰고 있었다.

이런 시시한 『날조』 한 마디로 인해, 낙원이라고 불리는 왕도의 질서가, 툭 건드리면 무너질 나무 블록 성처럼 불안정해졌다.

평범한 고발로는 이렇게 되지 않았을 것이다.

민중이 모두 한자리에 모였고, 공개 처형이라는 모종의 감정 고조 상태를 이루고 있었다. 이것을 이용하지 않았더라면 라크리오스 왕도 신속하게 조치를 취하여 혼란을 진정시켰을 것이다.

이 기습과도 같은, 그리고 『극적』인 광대의 무대만 없었더라면!

"어, 엉터리다?! 미노스 장군이 죽었다니!! 이건 다 거짓말——."

라크리오스 왕은 이 바보 같은 폭풍을 가라앉히고자 탑에서 몸을 내밀고, 늙은 몸을 채찍질하며 고함을 터뜨렸으나,

"그렇다면 왕이시여! 『미노스 장군』을 불러 주십시오! 거짓말을 하는 괘씸한 자를 생포하라고, 낙원의 맹장을 이곳으로!"

"——크윽?!"

『그 말을 기다렸다』는 듯이 몸을 돌려, 거대 투구를 내리고, 오른손을 가슴에, 왼팔을 수평으로 펼치며, 탑을 향해 절절히 호소하는 아르고노트.

왕은 마침내 말문이 막히고 말았다.

"왜 그러십니까? 왜 부르지 않으십니까! 무엇을 망설이십니까! 왕도를 지켜왔던 굉뢰(轟雷)의 장수라면, **무엇을 하고 있든, 어떤 곳에 있든** 달려와 주지 않겠습니까!"

이때다 하고 늘어놓은 말에 흠칫 반응했던 것은, 민중.

"맞아요, 임금님! 미노스 장군을 불러 주세요!"

"어서 저 죄인을 잡아주세요!"

"뭘 하시는 겁니까! 왜 부르시지 않습니까?! 서, 설마……."

"역시, 정말로 장군은……!"

멍하니 선 채 아무 대답도 못 하는 왕을 보며 절망했던 것 역시, 민중.

"크으윽……?!"

화살이라도 맞은 것처럼, 라크리오스 왕은 충혈된 두 눈을 크게 떴다.

'부를 수 있을 리가 없지! 애초에 『미노스』라는 장군 따위 이 세상에 존재하지도 않았으니까!'

소름과 함께 불길이 솟아오른 온몸의 안쪽에서 가름스는 포효하고 있었다.

'모든 것은 괴물이 뒤집어쓰고 있던 추악한 가면! 진실을 밝혔다간 이 왕도는 물론이고 왕에게도 파멸만이 기다리고 있다!'

광대의 수완에 혀를 내두르며, 주먹을 꽉 쥐고는 드워프와 동조한 것은 유리.

눈앞에서 전개된 역전극 속에서, 아르고노트는 여전히

연극배우처럼 말 한 마디, 동작 하나를 철저히 구사했다.

"예, 이해합니다, 이해하고 말고요, 폐하! 잃어버린 충신의 존재를 숨기고자 하는 당신의 심정! 민중을 불안에 빠뜨리지 않고자 하는 당신의 마음! 그 마음은 그야말로 왕의 자세입니다!"

두 눈을 감고, 과장되게, 그리고 깊이 감동한 듯이 몇 번이나 고개를 끄덕이는 모습에 무심코 웃음을 짓고 만 것은 피나.

'정말 뻔뻔하네요!! 내 오빠지만!'

누구보다도 뺨을 물들이며 흥분에 휩싸인 것은 류루.

'하지만 이렇게 통쾌할 수가! 이제 이곳은 그의 **독무대!**'

지금이라도 파트너인 리라를 내팽개쳐버리고 싶다는 충동에 사로잡히면서도, 눈을 빛내며, 무대에 선 청년에게 뜨거운 시선을 쏟는다.

"하지만 보라고! 왕은 말도 못 하고, 병사들은 갈팡질팡하고, 민중들조차 이제는 그의 말 한마디에 희롱당하는걸!"

아이처럼 웃는 류루는 자신도 『그의 극장』에 말려들었음을 깨달았다.

왕은 탑 위의 적장.

병사들은 우왕좌왕하는 우스꽝스러운 무용수.

민중은 날뛰는 우레의 악보를 받은 악단.

그렇다면 자신은 조연 정도인가.

관객은 사실, 우리를 내려다보는 하늘 단 하나.

창공은 축복하며, 햇살이 조명을 들이대, 『영웅』을 자칭하는 위대한 바보를 비춘다.

"하하……!『각본』을 바꿔버렸어! 음습한 왕의『계획』을 자신의『이야기』로! 수도의 모든 인간이 모인 이 장소를 이용해서!"

광대가 활약한다.

적도 아군도 모두 끌어들여, 최고의 오페라를 만들어낸다!

"이것이—— 아르고노트의 진가!"

그 화려한 무대극에 음유시인은 갈채를 보냈다.

"……! 죽어라, 광대!!"

그칠 줄 모르는 가극에 초조함을 불태웠던 것은 엘미나였다.

동생과 함께 비참한 죽음을 맞이했어야 할 꼭두각시 인형이, 얼빠진 왕에게서 실을 빼앗아 날뛰기 시작한 꼬락서니. 처음에는 무감정하게 방관했으나, 솟아난 번개에 경악하고, 그 화려한 가무에 아연실색했던 아마조네스는 결국 간과하지 못해 땅을 박찼다.

그것은 아르고노트가 유일하게 우려했던 암살자의 개입.

우레의 가호를 받았음에도 압도할 수 없는 순수한 폭력.

이 촌극을 무너뜨리고자, 살육의 칼이 처형대로 날아들었다.

"지금 딱 좋을 때라고."

"읏?!"

하지만.

그 습격을 광대의 『벗』이 가로막았다.

"그러니까 조용히 있자고, 응?"

"크윽…… 네놈!!"

대검과 암검이 한데 부딪치는 충돌음.

이글이글 타오르는 검을 어깨에 걸머지고 느닷없이 눈앞에 나타난 크로조에게, 엘미나는 격앙된 목소리로 외쳤다. 두 사람의 모습이 잔상을 일으키며, 순식간에 맹렬한 검극이 펼쳐졌다.

"정말로 미노스 장군이 죽었다니……!"

"아아, 안 돼, 이제 왕도는 끝장이야……!"

처형장의 오른쪽, 무대 옆에서 남몰래 격투극이 벌어지는 가운데, 격렬한 칼날과 칼날의 충돌음조차 민중의 끊임없는 비명과 소란에 묻혀버렸다.

사람들이 절망에 빠지려던 그 순간, 우레가 다시 울부짖었다.

"동요하지 말라, 백성들이여! 장군의 『유지』를 잇는 자가 여기에 있다!"

고개를 든 군중을 비춘 것은, 웅혼한 정령의 검을 든 한 사내.

그 늠름한 모습을 무심결에 넋 놓고 바라보는 사람들에게, 아르고노트는 새로운 희망을 가져다주었다.

"장군은 말했다! 임종을 지켜본 나에게, 공주를 구하라고! 나야말로 장군의 후계자!"

"새빨간 거짓말!!"
웃음을 터뜨린 것은 당연히 엘프 음유시인.
"분수도 모르는 허언 망언 고언(高言)! 이젠 숫제 시원시원할 정도야!"
절망의 반전.
희망으로의 바꿔치기.
자신의 누명을 불식시킨다는 덤까지.
무대의 전개와 감정의 낙차에 온 민중이 혼란에 빠졌다.
이제는 웃음을 멈출 수 없는 류루는, 마치 손가락을 울리듯 깃털 달린 모자의 챙을 힘차게 튕겼다.
"하지만 왕은 막을 수 없지! 그의 독무대를!"
엘프의 시선이 향한 곳은 탑의 위.
두 손으로 난간을 꽉 붙든 채 몸을 앞으로 기울이고, 라크리오스 왕은 지금 당장이라도 추락할 듯한 모습을 드러내고 있었다.
"……, ……, ……으으?!"
몇 번이나 입을 열었다가는 닫았지만, 결코 말이 형태를 이루는 일은 없었다.
충격과 동요, 조바심과 우려에 지배당한 노왕은 류루의

말대로 아르고노트의 일인극을 막을 수 없었다.

막을 수 있었다면, 이미 막았을 것이다.

『미노스 장군』을 이 자리에 부를 수 없는 시점에서, 왕은 이미 동정을 받아야 할 일국의 주인—— 무대의 등장인물 중 하나인 것이다.

"많은 말은 하지 않겠다! 그러나 이 몸을 감싼 번개는 장군의 유지를 받들었다는 증거! 위대한『뇌공』의 권능은 나에게 계승된 것이다!"

『뇌정의 검』에서 선명한 전류가 뿜어져 나와 백성의 시선을 빼앗았다.

처형대로 난입하려던 병사들의 증원군 앞을 가로막고 그들을 주먹으로 날려버렸던 유리는 입가를 틀어 올렸다.

"잘도 지껄이는군……!"

"헛소리도 저런 헛소리가 있나! 어차피 되는 대로 주워섬기면서 갖다 붙이고 있을 텐데!"

가름스도 마찬가지였다.

유리와 함께 굵은 팔로 병사들을 붙잡아 던지면서, 밉살스럽다는 듯 웃음을 지었다.

"하지만 모두의 귀에는……!"

유리와 가름스가 싸우는 모습을 곁눈질하며, 피나는 처형대 위에서 주위를 둘러보았다.

짧은 정적이 찾아온 후, 『분위기』가 달라진 민중이라는 이름의 파도를.

"미노스 장군의 후계자……? 정말?"

"봐봐, 저 번개…… 진짜『뇌공』같아……!"

처형대를 올려다보는 얼굴에, 검을 든 청년을 비추는 눈에 신뢰와 희망의 불꽃이 밝혀졌다.

"그러므로! 약속하겠다! 바로 내가 아리아드네 왕녀를 구해내고 말겠노라고!"

때를 가늠해 아르고노트가 외친 순간——.

——오오오오오오오오오오오오오오오오오오오오오오오오오오오오오오오오오오오오오오오!!

포효가 성 앞 광장을 뒤흔들었다.

바로 조금 전까지 오가던 매도와 비명이 반전되어, 대함성이 폭발했다.

왕도의 주민들은 아르고노트를『뇌공』의 후계자로 인정한 것이다.

대중을 어리석다고는 할 수 없으리라.

번개를 다루는 아르고노트는 이때, 틀림없이 신비의 기수였으며, 환상의 사도였으며, 틀림없는『희망』의 기치였다.

목소리와 모습, 그리고 번개라는 반칙적인『모양』을 거느린 청년의 모습은, 아무것도 모르는 민중의 눈에는 의심할 여지 없는『영웅』으로 비쳤던 것이다.

"…………『영웅일지』."

이제는 수도 전체를 들끓게 할 듯한 열광과 그 광경에 눈길을 빼앗겨버린 오르나는 무의식중에 중얼거리고 있었다.

"여기에 엮어낼 이야기는 한 남자의 궤적……. 어리석은 한 남자가, 남에게 속고, 왕에게 이용당하고, 수많은 자들의 의도에 휘둘리는, 우스꽝스러운 이야기……."

그것은 오르나 자신도 말한 적이 있는 광대의 삶.

그와 동시에, 그녀의 눈이 지켜보았던 청년의 고난과 모험.

"친구의 지혜를 빌려, 정령에게 무기를 받아…… 어쩌다 보니 왕녀를 구해내고야 마는, 최고의『희극』."

남자는 항상 책을 가지고 있었다.

아무리 시시한 일이라도 페이지에 펜을 놀리며 기록해 왔다.

그곳에 엮인『궤적』을, 마치 언젠가, 모두 **그곳**에 결실을 맺게 하려는 것처럼.

——비극도, 참극도 필요 없어.

——『희극』만 있으면 충분해.

이 왕도에 오기 직전에 청년이 했던 말을 떠올렸다.

"아르고노트…… 당신은……."

소녀는 눈과 가슴을 떨며, 그『핵심』을 입에 올렸다.

"이 나라가 끌고 왔던 부정의 연쇄를…… 전부『희극』으로 바꾸겠다는 거야?"

대답은 없었다.

답은 없었다.

아직도 광대는 노래하고 춤을 춘다.

그렇기에 영웅이 보여줄 것은 단 하나.

긴 희극의 시작.

"이것은 사악한 황소를, 『미노타우로스』를 쓰러뜨리는 이야기일 뿐!"

내리꽂는다.

처형대의 정면에 서서, 황금색으로 찬란히 빛나는 정령의 검을.

"그렇다, 단 한 마리의 마물을 쓰러뜨릴 뿐! 그러나 이 한 걸음으로 인류는 전진할 것이다!"

맹렬히 날뛴다.

으르렁거리는 우레와 함께, 하늘과 땅을 향해.

"부디 약속해다오! 이 『위업』이 달성되었을 때, 모두의 손으로 『영웅신화』를 엮겠노라고!"

그것은 남자가 그렸던 희망의 시작.

그것은 절망을 불식하고 세상을 뒤집는 『신화』의 발판.

불타버린 고향과 함께 한 번 죽었다가 새로이 태어난 소년은, 자신을 구했던 한 권의 영웅담에 생명의 불꽃을 바친다.

바보는 광대로.

광대는 세계로.

세계는 미래로.

신화는 순환한다.

옛 영웅들의 의지를 계승하고, 자신이 새로운 이야기의 한 페이지가 되기를 맹세한다.

"탄식과 절망의 시대는 끝났다! 이제부터 시작될 것은 『영웅의 시대』! 인류가 반격의 봉화를 올릴 그 순간이다!"

아무것도 모르는 이들은 말하리라.

그저 큰소리일 뿐이라고.

어리석은 꿈이라고.

지금, 이 땅에서 그 선언을 들은 이들은 말하리라.

그것은 지존의 약정이라고.

사내가 황소를 처치한 순간, 계약은 이루어진다.

세상은 눈을 뜨고, 사내의 위업에 보답하기 위해 함성을 지를 것이다.

이 조그마한 낙원, 대륙의 한구석에서.

인도자는 이곳에 있다.

"나는 지금부터 『영웅들의 배』가 되리라! 그러니, 부디! 부디 내 뒤를 따라다오! 용사들이여!!"

약속된 것은 『위대한 항해』.

아득한 수천 년 후, 빛이 떠오르는 수평선을 지향할 『영웅들의 항해』.

닻은 올라가고, 뱃고동은 울렸다.

© kakage

따를 이는 있는가?

올라탈 이는 누구인가?

이름을 밝히고, 전설을 직접 목도할 이는 과연 누구인가?

——정해져 있다.

"약속하마! 반드시 네놈의 뒤를 따르겠다고! 영웅의 등불이 끊어지게 두지 않겠다고!!"

드워프가.

"나의 긍지를 걸고 맹세한다! 약자가 내지른 포효를, 지금도 잠들어 있는 강자에게 들려주겠다고!!"

웨어울프가.

"이 이름에 걸고 반드시 이루겠습니다! 당신의 『이야기』를 반드시 세상 끝까지 전하겠다고!!"

엘프가.

힘의 함성과, 서약의 포효와, 바람의 리라가 솟아나고, 주먹을 들고, 꼬리를 흔들고, 모자를 붙들며, 뱃전의 사다리를 뛰어올라 갑판으로 약동했다.

병사들을 쓸어버리고 무대로 오른 목소리들에게, 영웅의 배—— 아르고노트는 웃음을 지었다.

그렇다면 이제는 노래하고 춤을 출 뿐.

"좋다! 그렇다면 신들이여, 지켜보시라!"

이 출항을 본 낙원의 주민들이 증인이며, 이 땅이 바로 진원지.

영문도 모른 채 마음이 떨려오고, 눈에서 눈물을 흘리는 백성들은 출항을 향한 함성을 지르고 있었다.
　"이 순간을 기점으로 새로운 시대를 열겠다!"
　울려 퍼지는 축복의 노래.
　그것은 신화로 이어지는『희극』.
　『영웅』은 세계를 향해 호령을 터뜨렸다.

　"내가 시작의 영웅이다!!"

　이 날, 이 시간, 이 장소에서.
　나는 분명 하늘에서 내려온『목소리』를 들었다.
　그것은 가가대소.
　배를 잡고 굴러다니는, 신의 웃음소리.
　하늘의 지배자는, 그 남자의『선전 포고』에 대해 이렇게
말했던 것이다.
　『어디 해봐라』라고.
　광대의 대답은 하나뿐.
　그러니, 자아──.

　희극을 시작해보자.

CHAPTER

5장

최후의 만찬
~혹은 대장장이의 계략~

ARROGANT
Dungeon ni Deai wo Motomeru no wa
Machigatteirudarouka

열기가 가라앉질 않는다.

환호가 끊이질 않는다.

새로운 시대의 움직임을 무의식적으로 예감한 민중은 목소리를 높여『영웅을 자칭하는 광대』를 받아들였다.

『미노스 장군』이라는 기호를 대신할 번개의 대리인.

마치 신화의 시작을 목격한 것처럼 흥분을 감추지 못한 채, 낙원은 끝없이 환호와 축복을 보냈다.

"웃기지 마라…… 웃기지 마라 아르고노트……! 네놈 마음대로 하도록 놔둘 줄 알고, 절대 용납 못한다아아아아아……!"

그런 축복 속에서, 저주를 쥐어짜내는 자가 하나 있었으니.

라크리오스 왕이었다.

떠들썩한 광경을 탑 위에서 내려다보며, 낯을 있는 대로 일그러뜨린 채, 마른 나뭇가지처럼 가느다란 온몸을 부들거렸다.

옷이 흠뻑 젖을 정도로 땀을 흘리는 그의 안색은 붉으락푸르락했다.

"크ㅇㅇㅇㅇㅇㅇㅇㅇㅇ으……?!"

짐승처럼 으르렁거리는 소리를 내는가 싶더니, 왕은 흰자위를 까뒤집으며 쿵 소리와 함께 졸도했다.

머리에 피가 치솟는 바람에, 노쇠한 몸으로 견디다 못해 기절한 것이다.

이변을 감지한 기사장이 얼른 탑을 뛰어올라 비명처럼 외쳤다.

"폐하?! 병사들이여, 성으로 돌아간다! 정신적으로 힘드셨던 폐하를 모셔야 한다!"

기사장이 탑에서 몸을 내밀고 명령을 내리니, 병사들은 따를 수밖에 없었다.

전장에서 후퇴하듯 다급한 갑옷 소리를 내며, 마차에 태운 라크리오스 왕을 에워싼 채 왕궁으로 대이동했다.

조금 전까지는 환호성으로만 가득했던 광장은 왕과 병사들이 사라지자 마침내 술렁거리기 시작했다. 도대체 무슨 일이 일어난 거냐고 당혹스러워하는 목소리가 들리더니, 『미노스 장군』이라는 위대한 오른팔을 잃었기 때문일 거라고, 왕의 심정을 헤아리는 연민의 의견이 퍼졌다.

진실을 모르는 대중은 현명했으며, 낙원의 통치자에게 끝까지 동정적이었다.

"병사들이 물러나고 있군……. 포기한 건가?"

술렁이는 백성들 속에서 크로조가 지면에 착지했다.

참격을 쳐내고 후퇴하는 자세로 도약해온 대장장이를 보고, 군중은 당황하여 몸을 피했다.

"민중의 눈이 있는 이곳에서는 이제 아무것도 못 한다는 걸 깨달았을 뿐이야. 아르고노트를 처치할 대의명분을 빼앗겼잖아."

그런 그에게 다가가, 변장용 후드를 벗은 오르나가 설명했다.

그런 그렇다며 크로조가 고개를 끄덕이자, 소리도 없이 한 아마조네스가 처형대 끄트머리에 나타났다.

"엘미나……."

한순간 슬픔에 잠긴 듯 눈을 내리깔았던 암살자는, 이내 감정을 죽이고 『여동생』을 쳐다보았다.

"설령 증오를 사더라도…… 나는 너를 지킬 것이다."

그러고는 발을 돌려, 성으로 돌아가는 병사들 쪽으로 사라졌다.

떠나가는 『언니』의 모습에, 이번에는 오르나가 눈을 내리고 침묵을 지킬 차례였다.

"…………."

그 모든 과정을, 아르고노트는 처형대 위에서 조용히 바라보았다.

자기 여동생의 구출을 우선시했던 지금의 그에게는 무언가를 말할 자격이 없었다.

"오빠…… 오빠!"

"오오, 피나! 무사했구나!"

그때, 뒤에서 여동생의 목소리가 들렸다.

드디어 일어설 수 있게 됐는지, 비틀비틀 몸을 일으키는 피나의 모습에 아르고노트는 기쁨으로 가득 찬 미소를 지었다.

사랑하는 여동생과의, 염원하던 감동의 재회였다.

“오빠아아아아아아!”

“피나아아아아아!”

그 가녀리고도 부드러운 몸이 품 안으로 뛰어들리라 확신한 청년은 두 팔을 벌렸다.

반면 두 팔을 흔들며 달려온 피나는 힘차게 한 발을 내디디며—— 주먹을 내질렀다.

“이 바보 멍청이이———————————!!”

“끄허어어어어어어어어어어억?!”

바보 멍청이 오빠의 명치에 요정권이 작렬!

두 눈썹을 날카로운 각도로 치켜세운 피나의 분노에 찬 일격이 꽂혀, 눈을 크게 뜬 아르고 노트는 종잇장처럼 날아갔다.

“남의 속도 모르면서 자기 맘대로만 굴고! 이번에야말로 용서하지 않을 거예요?!”

“저기, 피나 씨, 멋쩍음을 감추려는 행동치고는 좀 과하달까 주먹에 살의가 너무 많이 담겼달까…… 사, 사람 살려어—?!”

후욱후욱 어깨를 씨근덕거리는 피나는 얼굴을 새빨갛게 물들이며, 엎어진 오빠 위로 올라탔다.

어깨 마사지, 라고 하기에는 다소 위력이 강한 두 주먹의 폭우를 투닥투닥 내리쳐대는 흉악한 여동생에게, 허벅지의 부드러움을 즐길 여유 따위 없는 아르고노트는 비명을 질렀다.

그 광경을 보고 관중들이 당혹감 섞인 목소리를 내기 시작해, 오르나는 한숨을 쉬었다.

"분위기 다 잡아놓곤……."

"남매끼리 사이가 좋네."

바로 옆에서 크로조가 웃음을 머금은 가운데, 아르고노트와 피나에게 세 명의 그림자가 다가갔다.

"잠시 못 본 사이에 확 달라진 줄 알았더니 변함없군요, 알 공."

"아무리 잘난 척해도 광대는 광대구먼. 차라리 이 정도가 딱 좋지."

"류루! 가름스! 그리고, 유리!"

"…………."

엘프, 드워프, 웨어울프 세 사람이었다.

결국 진이 빠져 축 늘어진 피나를 부드럽게 옆으로 눕혀놓고 일어난 아르고노트. 웃음을 짓는 류루나 가름스와는 대조적으로 유리는 말없이 노려보기만 했다.

하수구에서 헤어졌을 때를 떠올리고 있는지, 매우 무뚝뚝한 표정이었다.

하지만 아르고노트는 역시 그런 것 따위 신경 쓰지 않는다.

"큰 폐를 끼쳤다! 부디 용서해 줘! 여러분 덕분에 지금 여기 있을 수 있는 거야! 미안해! 그리고 고마워!"

자신을 도망치게 해준 아인 전우들에게 꾸밈없는 사과

와 감사를 전했다.

"흥…… 집어치워, 역겨우니."

고분고분 사과와 감사를 전하는 아르고노트에게 유리는 눈살을 찌푸렸다.

"……딱히, 네놈을 위해 했던 건, 아니다……."

그러고는 고개를 애먼 방향으로 돌리면서 그렇게 중얼거렸다.

자랑스러운 늑대 전사가 그때 어떤 표정을 지었는지를 말로 표현하는 것은 멋없는 일이 될 것이다.

"뭔가 뻔한 말이 들렸던 것 같지만! 아무튼, 엮어보자 『영웅일기』!"

대신 아르고노트는 품에서 일지를 꺼내 깃털 펜을 움직였다.

어이없어하는 가름스와 유리, 웃음을 참는 류루의 눈앞에서 다음과 같은 문장을 기록했다.

『아르고노트는 동료들의 도움을 받아 궁지를 벗어났던 것이다!』

흥분이 식지 않는 왕도의 상태는 해가 저물고 어둠이 다가온 후에도 이어졌다.

갑자기 닥쳐든 『미노스 장군』 전사 소식에 충격과 불안을 감추지 못했고 애도의 목소리가 끊이지 않았지만, 소란스러운 민중의 대화에는 기대가 담겨 있었다. 그 조금 이상한 『영웅』 청년이 낙원의 수호가 아닌 새로운 무언가를 시작하지 않을까, 하고.

우레와 함께 모든 이들 앞에서 당당하게 선언했던 아르고노트에게는 그렇게 여겨질 만한 패기와 인력이 틀림없이 존재했다.

"이야~ 하지만 아무리 생각해봐도 훌륭한 싸움이었던걸요. 저는 아르 공에게 감탄했습니다!"

그리고 그런 광대를 칭찬하는 사람이 일행 중에도 하나.

별빛이 비추는 밤하늘 밑에서, 류루는 리라를 튕기며 요란하게 칭송했다.

"핫핫핫! 칭찬이 과하잖아 류루! 하지만 내 자존심을 채우기 위해 더 칭찬해다오!"

아르고노트는 당연하게도 기고만장해 인정욕구의 마물로 전락했다.

황야에 준비된 모닥불이 불똥을 피워서인지, 이곳의 떠들썩함을 놓고 보면 마치 연회와도 같았다. 음유시인과 광대의 대화를 바라보던 오르나는 지친 표정을 지었다.

"늘 이래……?"

"대개는 그렇지만요, 오늘은 각별하다고 할까…….."

그녀의 옆에서 작은 바위에 앉은 피나는 쓴웃음을 지으

며 갈색 옆얼굴을 바라보았다.

"그런데, 당신이 오르나 씨 맞죠?"

"그래. 그리고 너는 아르고노트의 여동생 피나겠지."

"네. 제가 없는 동안 분명 오빠에게 많이 휘둘리셨을 거예요. 여러모로 감사합니다."

초면인 오르나에게 미소를 지으며 말을 건넸다.

서로 아르고노트의 입을 통해 인물상을 들었던 두 사람에게는 장벽이나 거부감이 없었다.

오히려 피나는 같은 동료들을 보는 듯한 태도로 상냥하게 대했다.

"그리고, 여러모로 고생하셨어요……."

"상당히 언짢은 동정을 받고 있는 것 같지만…… 너도 늘 고생하는 모양이지."

입술을 미묘한 각도로 구부린 오르나는 해탈한 것처럼 탄식했다.

소녀들이 절절하게 교류를 나누는 한편, 드워프를 비롯한 사내들의 분위기는 점점 달아오르고 있었다.

"호오, 넌 대장장이인가! 기술자면서 그 아마조네스를 붙들어놓고 있다니 대단하군!"

"검술은 전혀 상대가 안 됐지만 말이지. 우리 정령의 힘으로 어떻게든 해냈을 뿐이야."

"겸손 떨지 말라고! 동료를 위해 강적을 물리쳤던 건 전사의 훈장이나 다름없지!"

엘미나와 호각으로 맞붙었던 크로조의 모습을 봤던 가름스는, 아르고노트를 띄워주는 류루 못지않게 칭송을 늘어놓았다. 크로조도 크로조대로 호쾌하게 행동하는 가름스와 마음이 잘 맞는지 편안한 웃음을 머금고 있었다.

"강자에게는 나도 경의를 표한다! 화주라도 있다면 잔을 나누고 싶구만!"

"하하, 싹싹한 드워프 아저씨로군."

"──난 이제 겨우 18살이다아!"

"농담하는 거지?!"

그리고 드워프의 함정에 빠져 고함을 질렀다.

경악한 크로조에게 가름스가 대뜸 노성을 지르고, 모닥불을 에워싼 소란은 끊일 줄 몰랐다.

"이 공간은 대체 뭐냐고……."

"『전사의 휴식』이라는 거지요. 서로 다른 종족 사람들끼리 모여 이렇게나 떠들썩한 시간을 보내다니, 새로운 시대를 상징하는 것 같지 않나요?"

과일을 먹으며 일련의 광경을 바라보던 유리는 진심으로 기력이 빠져나간 목소리로 중얼거렸다.

그의 곁에서 류루가 태연하게 리라를 연주하자, 웨어울프 청년은 뭐가 새로운 시대냐고 반박했다.

피나를 구한 아르고노트의 화려한 전투로부터 이미 한나절이 지났다.

광대와 그의 동료들은 몸을 쉬며 잠시 대화를 나누고 있었다.

"그럼 본론으로 들어가서. 미노타우로스 기타 등등에 관한 정보는 나중에 오르나가 설명해주기로 하고……."

"귀찮은 일만 나한테 떠넘기지 말아 줄래?"

각자 식사를 마친 후, 아르고노트는 때가 됐다는 듯이 화제를 전환했다.

비난 어린 눈으로 흘겨보는 오르나를 무시한 채 그 말을 꺼냈다.

"나는 지금 당장이라도 공주를 구하고 싶어."

"그 마음은 이해한다만…… 정작 그 공주가 어디 있는지 모르잖나?"

진지한 표정으로 속내를 털어놓는 아르고노트에게, 땅바닥에 책상다리를 하고 앉아 있던 가름스가 당연한 의문을 제기했다.

평인 청년이 쳐다보는 바람에, 오르나는 한숨을 숨기듯 잠시 눈을 감고, 가름스와 다른 사람들의 얼굴을 둘러보았다.

"……평소 『미노타우로스』가 갇혀 있는 곳은 성의 지하에 지어진 『라비린스』야. 라크리오스 왕가에 봉사하던 괴이한 『명공』이 목숨과 맞바꿔서 만들어낸, 복잡하고도 괴기한 대미궁이지."

일행은 귀를 의심했지만, 이내 조용한 표정으로 저마다 생각에 잠겼다.

　그들은 『카룽가 황원』의 대협곡에서 『미노타우로스』가 나타났던 거대한 문을 직접 보았다. 그 협곡에 세워진 거대한 구조물이 대미궁 『라비린스』란 곳의 『입구』라고 한다면, 오르나의 말도 금세 현실성을 띠며 의심하기 어려워졌다.

　"오늘 아르고노트의 연설 때문에 왕궁 측의 계획은 순식간에 무너졌어. 이러면 왕은 아리아드네를 서둘러 『제물』로 바칠 거야. 지금쯤 지하 감옥에서 라비린스로 옮기고 있을걸."

　원래 아르고노트를 죄인으로 내세워, 그에게 납치당한 아리아드네를 어둠 속에 묻어버리려던 것이 라크리오스 왕의 계획이었다.

　그러나 이제는 어리석은 광대가 구국의 영웅 자리에 오르고 있으며, 왕의 계획은 무너져버릴 위기에 처했다. 그렇다면 『미노타우로스』를 제어하기 위해서라도 아리아드네를 제물로 바치리란 것이 오르나의 견해였다. 유리와 가름스, 류루에 더해 우레의 가호를 얻은 아르고노트에게 대항할 수 있는 것은 그 황소 괴물밖에 없었다.

　"어쨌든 오늘 밤은 여기서 쉬는 게 좋겠습니다. 라비린스 같은 곳에 도전하려면 더더욱 기력을 보충해야지요."

　"……그런데 애초에 우리는 왜 이런 데서 야영을 하고 있나요? 그것도 왕도 바로 앞에서요."

　류루의 레안에 피나가 문득 의문을 제기했다.

현재 위치는 왕도의 성벽 밖.

왕도가 보이는 곳이었으며, 뒤집어져 나온 듯한 바위가 솟아난 황야의 한 곳이었다.

모닥불 바로 옆에 꽂아 놓은『뇌정의 검』이 결계처럼 희미한 빛의 막을 치고 있어, 마물이 접근하는 기색은 없었다. 민중으로부터 흔쾌히 농작물을 나눠받은 아르고노트 일행은 이곳에서 밤을 보내려 했다.

며칠이나 감옥에 갇혀 있던 피로 때문에, 이곳에 와서 만족스러운 식사를 할 때까지 의식이 몽롱했던 피나가 고개를 갸웃거리고 있자,

"왕도는 지금도 우리를 포기하지 않았습니다. 태연하게 성에 있으면 절호의 표적이 될 뿐이죠. 암살당할 게 뻔합니다."

"……!"

류루가 그렇게 대답했다.

피나는 깜짝 놀라 지팡이를 끌어안으며 주위를 살폈다.

"그, 그럼 지금도 우리를 노리고 있는 건……!"

"아니, 지상에서 공격을 가할 리는 없어. 저 광대는 민중을 우리 편으로 끌어들인 거나 마찬가지니까."

수인의 오감에 의지해 누구보다도 청각과 후각에 신경을 곤두세우고 있던 유리는 피나의 걱정을 일축했다.

가름스도 고개를 끄덕이며 전사로서의 직감을 말했다.

"그래. 공격을 가한다면…… 남의 이목이 없는 라비린스

란 곳이 딱 좋지 않겠나.”

“『미노타우로스』의 토벌에 실패했다는 명목으로 없애버린다는 거군…….”

피나와 함께 이야기를 듣던 크로조도 납득했다.

적은 아르고노트 일행을 없애려 한다.

반면, 아르고노트 측이 먼저 공격에 나설 수는 없다. 그렇다기보다, 아르고노트 본인이 그것을 원하지 않았다.

지금까지 이어져온 이 사건의 결말이 왕을 시해하는 것이라면 의미가 없다.

아무것도 모르는 백성들의 입장에서 보면, 라크리오스 왕은 여전히 낙원을 지켜왔던 명군. 그를 죽이면 왕도는 적지 않은 혼란에 빠져 기반이 무너질 가능성을 내포하고 있다. 외부인 아르고노트가 피에 물든 옥좌를 빼앗는다면, 틀림없이 백성의 반감을 사 반란을 초래할 것이다.

무엇보다도, 피의 숙청은 아르고노트가 바라는 희극이 될 수 없었다.

일그러진 영역으로 전락한 낙원의 근원, 『미노타우로스』를 처치하고 아리아드네를 구하는 것.

그것이 아르고노트 일행의 승리조건.

왕도를 어떻게 할지 생각하는 것은 그 후다.

“그런데, 솔직하게 말했을 때 승산은 얼마나 돼?”

모두가 서로 상황을 확인하던 가운데, 갑자기 크로조가 물었다.

이 중에서 유일하게 그만이 괴물을 목격하지 못했다.

모두가 입을 다문 가운데, 아르고노트는 점의 결과를 묻듯 소녀에게 시선을 돌렸다.

"오르나…… 네 견해를 들려줘. 정령의 힘을 얻은 지금의 나와 미노타우로스. 어느 쪽이 더 강할까?"

"……아직은 미노타우로스가 더 강해."

점술이 가져온 것은, 냉혹한 선고였다.

"그 괴물은 이제까지 셀 수도 없는 사람과 마물을 먹어치운 마수야. 평범한 미노타우로스보다도 훨씬 강하고, 그 힘은 용을 능가해."

"……!"

왕가 3대에 걸쳐 인간과 마물을 포식했던 『강화된 종족』이라는 말에, 피나는 흠칫 숨을 삼켰다.

아무도 입을 열지 않고 모닥불 소리만 울렸다. 공기가 무거워지려 했다.

하지만 그때, 아르고노트가 터무니없이 밝은 목소리로 말했다.

"뭐, 비관해도 소용없지! 게다가 나는 혼자가 아니니까!"

그것은 광대의 솔직한 마음이었다.

"다행히도 나에게는 동료들이 있으니까. 모두의 힘을 합치면, 흉악한 괴물도 물리칠 수 있어!"

"오빠……."

아무 근거도 없는 주제에 자신만만하게 주워섬기대는

아르고노트에게 피나는 웃음을 머금었다. 그가 그렇게 말하면 정말 그렇게 될 것 같아, 류루와 가름스에게도 미소가 떠올랐다.

"자, 그만 자자! 내일은 미궁으로 가서 소를 퇴치해야지!"

아르고노트는 그렇게 말하고 잠자리에 들 준비를 시작했다.

『미노타우로스』의 습격을 경계한다는 말로 백성들에게서 얻어온 천막을 설치하는 데 열중했다.

"…………."

피나와 동료들도 이를 돕는 가운데, 크로조는 말없이 아르고노트의 등을 바라보고 있었다.

⊡

오르나 외에는 다들 여행에 익숙했으므로, 천막 설치는 금방 끝났다.

큰 바위를 바람막이 삼아 설치된 천막은 셋. 남성용과 여성용, 그리고 류루 용이었다.

왜 아니꼬운 엘프 하나 때문에 천막을 따로 준비해야 하느냐고 가름스가 항의의 목소리를 높였으나, 정작 당사자는,

"말씀대로 요정은 아니꼽고 결벽증에 신경질적이거든요! 여러분께는 죄송하지만 종족의 문화라 생각하고 너그

럽게 봐주시면 고맙겠습니다!”

라고 뻔뻔하게 말하며 산뜻한 웃음을 지었다.

차별과는 거리가 먼 별종인 주제에 말은 잘 한다며 유리가 어이없어했지만, 어쨌든 정체가 수수께끼에 싸인 엘프는 개인용 천막을 쟁취했던 것이었다.

그런 소동이 있은 후, 한밤중.

“무슨 일이지, 대장장이? 불침번 교대 시간은 아직 멀었다만.”

모닥불 앞에서 불침번을 서던 가름스와 유리 앞에, 천막에서 빠져나온 크로조가 나타났다.

“이봐, 너희들. 아는 『공방』은 없나?”

“『공방』……? 병사들의 무기를 제조하는 국가 관할 공장이라면 왕도에 있다만…….”

이주시킬 부족의 안전을 지킬 수는 있는지, 『영웅 후보』로서 왕도 내부를 슬쩍 시찰했던 유리는 기억에 있던 광경을 전했다. 왕도에 처음으로 발을 들인 아르고노트도 본 적이 있는, 상자 형태의 건물이다.

“좋아.”

그 말에 크로조는 웃으며 부탁했다.

“거기가 좋겠군. 나를 안내해 줄 수 있겠어?”

“잠깐잠깐, 무슨 말인가? 공장에 가서 뭘 어쩌려고?”

“나는 대장장이야. 그럼 할 일은 하나밖에 없지 않겠어?”

손바닥을 내밀며 묻는 가름스에게, 붉은머리 청년은 거

울처럼 자신의 손바닥을 내밀었다.

"그 녀석에게 만들어주고 싶은 것이 있거든. 귀찮은 『짐』을 짊어져버린 것 같으니까."

"!"

"아르는 좋은 녀석이야. 나는 그 녀석이 죽는 걸 바라지 않아. 힘을 보태주고 싶어."

대장장이로서 무기를 만들겠다.

그렇게 말하는 크로조에에, 가름스와 유리도 슬쩍 눈을 크게 떴다.

"……왕성은 소란스러워서 공장에 병사를 할당할 여유가 없겠지. 지금이라면 쉽게 잠입할 수 있으니, 작업 한두 가지쯤은 가능할지도."

"하룻밤 사이에 무기를 만들겠다고? 그건 불가능해."

드워프는 그의 의리 있는 성격에 감탄하고, 웨어울프는 현실적인 관점에서 말했다.

"내 방식은 조금 특별하거든. 몸에 흐르는 『힘』을 사용하면, 뭐, 늦지는 않을 거야."

유리의 지적에, 크로조는 손바닥을 내려다보며 말했다.

그러자 그의 몸속에 흐르는 『피』가 반응하듯, 열기를 띤 붉은 안개가 피어오르기 시작했다.

그 광경을 본 수인 청년은 더 이상 추궁하지 않았다.

"……좋아, 같이 가 주지. 너도 따라와, 웨어울프. 수인의 코가 도움이 될 거다."

"멋대로 끌어들이지 마라, 드워프. 하지만…… 하는 수 없지. 같이 가주마."

"미안해. 아르 때문에."

수염을 찰랑이며 입가를 틀어 올린 가름스에게 투덜거리던 유리는 마지못한 척 일어났다. 크로조는 사과하려고 했지만,

"착각하지 마라. 그 광대를 위해서가 아니니까. 그저 괴물을 쓰러뜨릴 확률을 조금이라도 높이기 위해서. 그뿐이다."

"하하, 명분은 뭐든 상관없어. 그럼 같이 가줘!"

그런 솔직하지 못한 수인에게 큰 소리로 웃었다.

어깨에서 떠오르는 정령 우르스에게 자신들 대신 주변을 감시해달라고 전하고, 검과 도구를 챙겨 달려나갔다. 금세 붉은 머리 대장장이를 추월한 유리가 선두에 서서, 세 남자는 어둠에 잠긴 왕도로 침입했다.

"아르고노트를 라비린스에서 없애버려라!"

한밤중의 왕궁.

없는 크로조 일행이 남몰래 왕도의 공장에 잠입한 것과 같은 시각, 옥좌의 홀에 왕의 고함이 쩌렁쩌렁 울려 퍼졌다.

"무슨 수를 써서라도 말이다! 놈을, 그 광대를 반드시 죽

여라!”

“하오나 아르고노트는 미노스 장군의 후계자로서 민중의 지지가 끝없이 오르고 있습니다……! 함부로 처치했다가는 공연한 의심을 사게 될 텐데요…….”

도열한 병사 중 하나가 전전긍긍하며 말하자, 왕은 한층 목소리를 높였다.

“그때는 새로운 『미노스』를 준비하면 돼! 어차피 허구의 존재다. 『미노타우로스』만 있으면 어떻게든 할 수 있어! 가라!”

“네, 네엣!”

겁에 질린 병사들이 일제히 퇴실했다.

옥좌에서 헉헉 거칠게 숨을 몰아쉬던 라크리오스 왕은 옷 너머로 가슴을 꽉 움켜쥐었다.

“미노타우로스를 잃을 수는 없어……! 그건 왕도의 붕괴와 마찬가지! 아니, 그걸 잃으면 **내가 해온 일이 무의미해져**……!”

그 모습에서 교활한 군주의 모습은 찾아볼 수 없었다.

분노와 위기감, 그리고 **후회**와 **도피**의 심정이 호흡 속에 스며 나왔다.

그때.

“……왕이여.”

검은 옷의 암살자가 어둠 속에서 스며 나오듯 나타났다.

“엘미나…… 네놈까지 나를 배신하지는 않겠지?”

"…………."

뒤룩 소리를 낼 정도로, 왕은 핏발이 선 안구를 그녀에게 향했다.

"명심해라. 네놈의 바람은 그 소가 살아있어야만 가능하다. 그게 없으면, 평온한 『낙원』 따위 성립될 수 없어!"

"……나도 안다."

"라비린스의 『문』을 전부 열어라! 왕녀의 『제물』도 서두르게 해! 너는 아르고노트 일당을 죽여!"

어둠에 휩싸인 홀은 두 사람의 관계성을 말해주고 있었다.

그들은 왕과 신하가 아닌 『공범』.

"그러면 너도 『여동생』을 지킬 수 있을 게다!"

"……말할 필요도 없어."

흔들리는 촛대의 불빛 아래, 그림자가 길게 뻗은 옥좌의 홀에서, 엘미나는 왕의 말에 결의를 새롭게 다졌다.

⊡

"아리아드네 님. 옥에서 나오십시오."

감정을 엿볼 수 없는 목소리가 지하 감옥에 울려 퍼졌다.

"이제부터 미궁 가장 깊은 곳…… 『제단』으로 모시겠습니다."

"……벌써? 예정보다 훨씬 빠른데……. 무슨 일이, 있었나요?"

옥실 앞에 선 병사에게 아리아드네는 패기 없는, 그리고 의아한 표정으로 고개를 들었다.

"……당신이 알 필요는 없습니다. 자, 일어나십시오."

병사는 무뚝뚝하게 말하고 감옥 문을 열었다.

여러 명에게 에워싸인 아리아드네는 난폭한 짓을 당하지는 않았지만, 몸에 묶인 사슬을 붙들린 채 잠자코 지하 깊은 곳의 어둠 속으로 끌려갔다.

아리아드네는 말이 없었다.

고개를 숙인 채, 슬픔에 잠긴── 그런 비극의 왕녀 행세를 하며, 생각을 굴리고 있었다.

'병사들의 분위기가 이상해. 게다가 역시, 라비린스로 끌려가는 시기가 너무 일러.'

긴 금발로 얼굴 좌우를 가린 채, 병사들에게 들키지 않도록 시선을 이리저리 돌렸다.

왕족으로서 ──라크리오스 왕의 계산과 보험 때문에── 제왕학을 비롯해 많은 교양을 익혔던 아리아드네는, 갑옷으로 무장한 병사들이 품은 조바심을 꿰뚫어 보고 있었다.

'무슨 일이 있었는지는 알 수 없어. 그리고 설령 무슨 일이 있었다고 해도, 사슬에 묶여 있는 나는 도망칠 수 없어.'

그녀가 이른 결론은 뻔했다.

연약한 왕녀의 가녀린 팔로는, 여기서 날뛰어봤자 병사들의 눈을 피해 도망칠 수도 없다.

'하지만, 혹시나……『그 사람』이 뭔가를 해주고 있는 것
이라면…….'

그러나 아리아드네는 희망을 버리지 않았다.

『백』을 위한 희생되려 하는 자신의 각오를 **웃어넘기고**,
이 상황을 마법처럼 뒤집어줄 사람이 있다고 한다면, 아리
아드네는『한 명의 광대』밖에 떠올릴 수 없었기에.

그러므로 아리아드네는, 순백의 드레스 속에 숨겨둔『바
늘』을 몰래 손에 쥐었다.

"……실을."

소녀의 손에서 생겨난 것은, 물방울이 되어 엮여나오는
『붉은 실』이었다.

"작전은 아주 간단해."

날이 밝는다.

맑다고는 할 수 없는 날씨였다. 그러나 다시 해가 질 무
렵에는 구름도 사라지고, 오늘 밤은 아름다운 보름달이 보
일 거라고, 음유시인은 누구에게랄 것도 없이 앉고 중얼거
렸다.

"다 같이 라비린스에 쳐들어가 미노타우로스를 쓰러뜨
린다. 그리고 공주를 구한다. 작전 끝."

"아무리 그래도 너무 대충대충이잖아요!!"

남매의 대화가 여느 때처럼 울려 퍼지는 가운데, 아르고노트 일행은 야영지를 떠났다.

천막은 만일의 경우에 대비해 바위 뒤에 숨겨놓고, 왕도를 등지고 발을 옮겼다.

그들이 향하는 곳은 왕도의 정남쪽.

"미궁의 입구는 대부분 성 안에 있어. 왕은 우리가 거길 이용하게 해주진 않겠지. 그렇다면 당연히 침입 경로는――."

"우리가 처음『미노타우로스』를 봤던 곳. 카룽가 황원 북쪽,『협곡의 문』이겠죠."

"네. 라비린스 안에서는 병사들이 기다리고 있는 것은 물론이고, 온갖 수단을 동원해서 우릴 죽이려 할 겁니다."

두 번째로 카룽가 황원을 찾아온 일행은 오르나의 도움을 받아 협곡을 내려갔다.

아직도 피 냄새가 짙게 풍겼다.『미노타우로스』한 마리에게 전멸한 침략자들의 시체가 여기저기 흩어져 있었다. 오르나와 피나가 낯을 찡그리고 있으려니, 시체의 살을 먹던 마물들이 달려들었다.

아르고노트는 번개의 권능으로 그들을 격퇴했다.

"이 인원만으로 모든 장애물을 없애고, 긴 미로를 지나,『미노타우로스』를 쓰러뜨려야 하다니……."

"우리라면 할 수 있어. 해내자."

지팡이를 꽉 끌어안으며 긴장한 여동생의 어깨를 두드렸다.

평소와 다름없는 표표한 미소를 짓는 오빠의 모습에, 피나는 웃으며 어깨에서 힘을 뺐다.

곧, 눈에 익은 그 광대한 공간에 발을 들였다.

"——그래서!『문』앞에 도착한 건 좋은데 나 말고 다른 남성 제군은 대체 어디로 갔을까나?"

"아침부터 없었던 것 같았죠……. 대체 뭘 하고 있는 걸까요……."

시간이 없다는 이유로 이곳까지 이동하기는 했지만 ——모닥불 옆에서 환영처럼 일렁이던 붉은 정령이『먼저 가도 돼』라고 까닥까닥 손가락으로 가리켰으므로 출발했다—— 크로조 일행은 좀처럼 나타날 기미가 없었다.

슬슬 불안해지기 시작한 아르고노트가 허공에 딴죽을 걸고, 피나가 주위를 살피고 있을 때.

"미안! 늦었다!"

"웨어울프의 코가 아니었으면 못 따라잡았겠구만! 하하하하!"

"편리한 도구 취급하지 마라, 드워프. 네놈하곤 언젠가 결판을 내야겠어."

"크로조 씨! 그리고 두 분!"

힘차게 절벽에서 뛰어내린 크로조 일행이 모두의 앞에 착지했다.

피나가 안도의 한숨을 쉬고, 아르고노트도 마음을 놓았다.

“늦지 않아 안심했지만, 뭘 했던 거야? 이래 봬도 걱정했다고…….”

“너를 위해 『검』을 만들었어. 이걸 써줘.”

다가온 아르고노트에게, 크로조는 어제 밤까지는 없었던 『칼집』을 내밀었다.

엥? 하고 무심결에 눈을 동그랗게 뜬 아르고노트는 반사적으로 받아들어, 유심히 바라보았다.

“이건…… 붉은 장검?”

칼집에서 뽑아보니, 그것은 붉은 검신을 가지고 있었다. 『뇌정의 검』보다 가늘고 길다. 마치 불꽃의 결정을 굳혀 단련한 것처럼 화사한 색. 코등이 부분은 박쥐의 날개를 방불케 해, 언뜻 『용의 검』이라는 말이 떠올랐다.

자기도 모르게 넋 놓고 바라보던 아르고노트는 고개를 들었다.

“이걸, 나에게?”

“그래. 감사도 대가도 필요 없어. 내가 만들고 싶어서 만든 거니까. 그러니 마음에 들면 받아줘. 대장장이에게 그보다 큰 기쁨은 없어.”

“……알았어, 크로조. 그래도 말은 해야겠어! 정말 기뻐, 고마워!”

아이 같은 웃음을 지은 아르고노트에게 크로조는 눈을 한 번 깜빡였다가 따라서 씨익 웃었다. 마치 몇 년 지기 친우인 것 같은 대화에 피나가 눈을 흘기는 가운데, 아르고노트는 다시 시선을 검으로 돌렸다.

"훌륭한 작품이야……. 그런데 열기가 맺혀 있네? 마치 이 검이『불꽃』그 자체인 것처럼……."

"전에 말했지? 정령의『피』를 받은 후로, 난 이상한 무기까지 만들 수 있게 됐다고. 난 그걸『마검』이라고 불러."

"『마검』……. 그렇구나. 마음에 들어!"

피부를 통해 전해지는 감각은 피나가 구사하는『마법』의 여파—— 마력에 가깝지 않을까.

칼집에 다시 넣고 허리에 찬 아르고노트는 기쁨을 억누르지 못한 채 불쑥 물어보고 말았다.

"참고로 검명은 있어?"

"그럼! **소** 괴물 미노타우로스를 **돌**파하기 위한 검, 줄여서『소돌이』로 할까 해!"

"엥?"

"*"엥?"*"

기뻐하며 말하는 크로조를 보고, 아르고노트만이 아니라 피나와 오르나도 얼어버렸다.

"좋은 이름이지?! 내가 생각해도 회심의 역작이야!"

"어, 네, 응………… 조, 좋은 이름이구나~! 하하하하!"

"세상에, 오빠가 곤란해하고 있어요……."

"크로조 공도 어떤 의미에서는 거물이군요~."

"시시한 대장장이니 어쩌니 했지만, 무기가 한 팔리는 이유를 알아버린 것 같아……."

얼굴을 실룩거리는 아르고노트의 뒤에서 피나와 류루가 작은 목소리로 소곤거렸다. 오르나는 한숨을 쉬며 혼자 납득했다.

"하, 하하! 편의적인 문제로 나는 『불꽃의 마검』이라고 부를게! 아~ 진짜 아쉽다~?!"

"마음은 이해한다만 핑계가 너무 궁색하다……."

억지로 웃는 아르고노트에게 유리가 가차 없이 지적하는 가운데, 크로조는 "그렇군……" 하며 약간 아쉬워하는 눈치였다. 도저히 견딜 수 없었던 아르고노트는 마음속으로 사과를 늘어놓으며 어흠! 하고 짐짓 헛기침을 했다.

"농담은 이쯤 하고, 준비는 다 됐을까?"

"물어볼 거 없다, 광대. 이 자리에 겁쟁이는 아무도 없으니까."

드워프 가름스가 커다란 워해머를 다시 걸머지고 제일 먼저 대답했다.

아르고노트는 기세가 좋다며 고개를 끄덕이고, 우뚝 솟은 거대한 문으로 몸을 돌렸다.

"이것이 우리의 최초이자 마지막 『황소 퇴치』. 지금부터 모험에 나서, 승리를 거두고, 공주를 구출하겠다."

무대 배우처럼 말을 꺼내는 광대에게, 다른 이들은 이제 익숙해졌다는 듯 웃음을 머금었다.

"이제부터 시작될 것은 화려한 『희극』! 절대 비극으로 만들지 않겠다!"

"물론이죠! 꼭 언니를 구출해요!"

아르고노트와 피나 남매는 함께 기개를 보였다.

"너랑 만난 게 불운이었지…… 이렇게 된 이상 끝까지 함께 따라가 주마."

유리가 발톱을 장착하고 광대 옆에 섰다.

"피가 끓는다, 몸이 근질거린다! 이거야말로 내가 바라던 또 하나의 소망, 뜨거운 싸움이지!"

가름스는 넘쳐나는 전의를 숨기지도 않고 외치고,

"어떤 『이야기』가 펼쳐질지, 이 눈으로 직접 확인해보죠."

한 걸음 떨어진 후방에서 류루는 리라를 탔으며,

"왠지 좋은데, 이런 거. 나도 마음껏 써 달라고."

희미하게 떠오르는 정령 우르스를 거느린 크로조가 대검을 뽑아 들었다.

"……포기할 줄도 모르는 광대. 이에 감화되어 모여든 일각의 인물들. 『절망』에 짓눌리지도 않은 채, 이곳까지 왔구나."

그런 전사들을 바라보는 한 소녀.

"그렇다면 나도 아무 말 하지 않겠어. 무엇보다 나도 너희들의 끝을 지켜보고 싶으니까."

오르나가 바라는 것은 하나.

패배도 절망도 아닌, 그야말로 희극과도 같은 웃음이 넘치는 미래.

"너희의 결말을 점칠 수는 없지만, 하다못해 기도할게.

──부디 너희에게 승리를."

소녀의 말에, 펄럭이며 울리는 검은 망토로 대답하며, 아르고노트는 한 손에 책을 꺼내 들었다.

"좋아! 그렇다면 엮어주마, 『영웅일지』!"

바로 옆에서 피나가 지팡이를 드는 가운데, 이와 같은 한 문장을 썼다.

『아르고노트는 믿음직한 동료들과 함께 미궁으로 발을 들였다!!』

쭉 뻗은 지팡이가 빛을 발하고, 폭염.

가공할 화염의 탄환이 문을 파괴한 것과 동시에, 아르고 노트 일행은 대미궁 속으로 뛰어들었다.

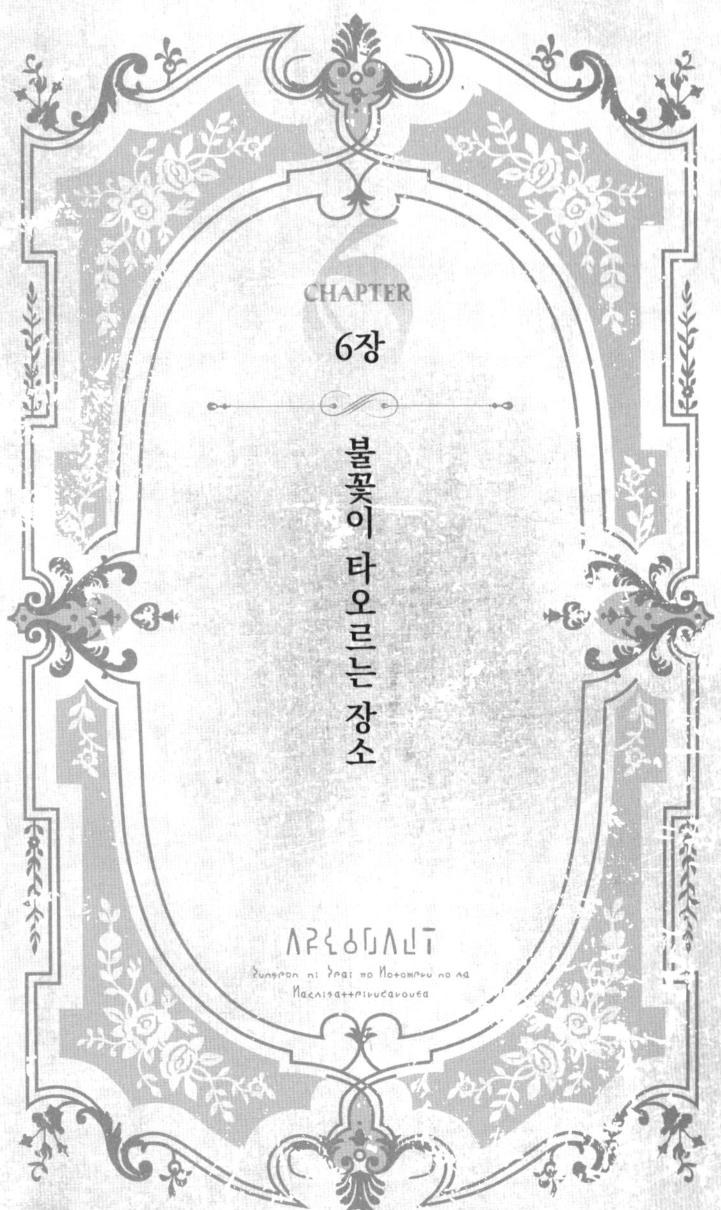
CHAPTER

6장

불꽃이 타오르는 장소

그『명공』은 황야에 날리는 모래먼지처럼 라크리오스 왕가 앞에 훌쩍 나타났다고 전해진다.

지금의 왕도에 펼쳐진 성하마을의 원형을 만들었다고 하며, 수많은 조각 분수며 신전을 방불케 하는 건물은 모두 그의『작품』이었다는 기록도 남아 있다. 당시 외적의 침략을 막을 거대 성벽을 주도적으로 쌓으면서 왕가에게 완전한 신뢰를 거둔『명공』은, 단 하나의 요망사항을 말했다고 한다.

『이 광대한 대지 밑에 대미궁을 짓도록 허락해달라』고.

남자의 실력을 알고 있던 왕가는 이를 허가했다.

그의 의도 따위 알 수 없었지만, 분명 훌륭한 건축물이 될 거라고, 어쩌면 지하에 제2의 궁전이라도 지어줄지 모른다고 생각한 왕족들의 기대는, 절반은 맞았고 절반은 예상치 못한 결과로 끝났다.

『명공』은 정말로 지하궁전이라고 할 수 있는 것을 세웠다.

그러나 그것은 복잡괴기한『미로』가 딸린 영역이었다.

좁고 가느다란 통로도 있고, 까마득하게 올려다볼 정도로 천장이 높은 홀도 있으며, 벽면이나 기둥에는 정교한 소나 새와 같은 짐승의 도안을 병적일 정도로 정교하게 새겨놓았다. 왕족 피난용 비밀통로라고 하기에는 지나치게 복잡했으며, 비밀 신전이라고 하기에는 안으로 들어갔다가 다시는 돌아오지 못하는 이들이 속출했다.

자신의 일족과 부하를 총동원하여 기괴한 영역을 만들

어낸『명공』은, 왕족이 결국 중지시키려 하기 직전에 미궁 속에서 우뚝 움직임을 멈추고, 온몸을 찢는 듯한 절규를 터뜨리는가 싶더니, 머리에 기름을 뒤집어쓰고 불을 질러, 지옥 같은 불길 속에서 목숨을 끊었다고 전해진다.

마치 자신의『설계도』에 오차가 생겼음을 알아차리고 분노로 죽은 것처럼.

──아르고노트 일행이 발을 들인 것은, 이처럼 인지로는 헤아릴 수 없는 존재가 만들어낸『마굴』이었다.

"정말 터무니없는 미궁이네. 넓은 데다 복잡한 구조……. 어지간한 유적보다 훨씬 대단하지 않아?"

"이런 게 성의 지하에 펼쳐져 있다니, 지금도 믿을 수 없구먼! 땅을 파는 게 특기인 드워프도 이런 영역은 만들 수 없네!"

통로에 여러 발소리가 메아리치는 가운데, 주위를 둘러보던 크로조가 입을 열었다.

라비린스 내부는 신비한 공간이었다. 좌우로 수많은 옆길이 있는가 하며, 위로 뻗은 계단, 혹은 더 아래로 이어지는 내리막길이 존재했다. 악마를 연상케 하는 짐승의 조각에 으스스한 느낌을 받고 있으면, 다음에는 갑자기 공간이 넓어지더니 3층 건물도 들어갈 것처럼 거대한 통로가 나타난다. 통로의 모퉁이를 돌 때마다『미지』와 조우하는, 기묘한 세계의 연속이었다.

분야는 다르지만 같은 기술자로서 감탄을 금치 못하는

크로조의 바로 옆에서 가름스도 신음하듯 외쳤다.

"도대체 얼마나『괴짜』여야 이런 말도 안 되는 영역을 만들 수 있는지!"

가름스의 말은 아르고노트 일행의 마음을 대변하고 있었지만, 라비린스에서 돌아오는 대답은 없었다.

앞으로 나아가고, 나아가고, 계속 나아갔다.

그리고.

통로 안쪽에서 들려오는 것은, 사람이 낼 수 없는 수많은『격렬한 포효』였다.

"코볼트! 거기에 배스커빌까지?! 온 미궁이 마물로 넘쳐나요!"

"왕도 밖으로 통하는 다른『문』을 열어서 안으로 유인한 건가!"

전방의 어둠 속에서 나타나는 안광의 정체를, 혼혈이긴 하지만 엘프의 눈을 가진 피나가 가장 먼저 알아차렸다. 코를 킁킁거린 유리가 눈썹을 찌푸렸을 때는 이미 마물들이 몰려들고 있었다.

"통로를 메운 무수한 마물, 꿈틀거리는 검은 그림자. 그렇다면 이 자리는 초절 강해진 영웅인 나에게 맡겨주시지!"

자칭『영웅』아르고노트는 정령의 검을 얻은 후로 생긴 기고만장한 태도를 감추려고도 하지 않고, 새로 얻은 자신감의 원천을 허리에서 뽑았다.

"『크로조의 마검』을 선보일 순간이 왔군! 가자, 『불꽃의 마검』이여!"

　최고의 대장장이에게 받은 검을 수평으로 들고, 망설임 없이 일격.

　수평으로 휘둘러진 큰 스윙은—— 눈을 의심할 만한 『불꽃의 홍수』를 일으켰다.

　『끄아아아아아아아아아아아아아아아아아아아아아아아아아아아악?!』

　서른 마리쯤 몰려오던 마물이 불꽃의 파도에 순식간에 휩쓸렸다.

　도망칠 틈도 없었던 이형의 그림자는 단말마의 비명을 이어가며 업화 속으로 소멸해버렸다.

　"에에⋯⋯⋯⋯?"

　"⋯⋯마물들이 한 방에 사라졌는데."

　지팡이를 들려던 피나는 심하게 자신감을 잃은 목소리를 냈고, 싫어하는 엘프라 해도 재현이 불가능한 화력에 가름스가 경악을 넘어 어이없어했다.

　당사자인 아르고노트는 어땠는가 하면, 검을 휘두른 자세로 굳어버렸다.

　"⋯⋯세, 세다아아아아아아아아아아아아아아?! 마검 굉장해에에에에에에에에에에에?!"

　"왜 사용한 네놈이 제일 놀라는 거냐!"

　유리의 딴죽에도 아랑곳하지 않고 고함을 질러대던 아르고노트는, 몇 번이나 검신을 조사하듯 『불의 마검』을 확인했다.

"엑, 이거, 너무 굉장한 거 아냐?! 혹시 『뇌정의 검』보다 위력 강한 거 아냐!? 이거 다 이겼네! 펑펑 쏴대면 미노타우로스도 금방 잡겠네! 영웅담 아르고노트, 완결!"

흥분한 나머지 머릿속에서 대 장편 서사시를 완결지은 청년은 기고만장해 깔깔 웃음을 터뜨렸다.

"펑펑 쏴댔다간 순식간에 부서질걸—. 아껴서 써라—."

"네, 아껴서 쓰겠습니다! 영웅담 아르고노트는 계속된다!!"

입가에 손나팔을 만들어 크로조가 외치자, 아르고노트는 자세를 바로 잡고 다시 서사시를 재개시켰다. 언제나 뻔한 광대의 기행에 어울려줘봤자 시간과 체력 낭비일 뿐임을 이미 깨달은 오르나와 나머지 일행은 화려하게 무시하기로 했다.

"하지만, 이해가 안 되는군요. 이만한 마물들을 끌어들이다니. 이 라비린스는 왕성과 직접 이어져 있지 않나요? 설령 우리를 처치한다 해도, 그 후에는 성까지 함락되지 않을까요?"

"『미노타우로스』만 무사하면 소탕할 수 있다고 봤겠지. 그 왕이라면 그 정도 생각은 하고도 남아. ……그리고 분하게도, 그 생각이 맞고."

의문을 제기하는 류루에게 오르나가 대답했다.

싸울 힘이 없어, 곤란한 때의 정보제공자로서 대열 후방에 있던 소녀는 횃불을 들고 언짢은 표정으로 그렇게 말했다.

　"그렇다면 이제는『미노타우로스』의 동향이 신경 쓰이는 군요. 어젯밤 오르나 공이 하신 말씀에 따르면,『사슬』에 묶인『미노타우로스』는 왕이 자유롭게 조종할 수 있다고 하셨는데……."

　"그래, 맞아. 다만 새로운『제물』…… 왕족의 피를 먹이지 않으면,『사슬』의 지배력은 약해진 채로 남아 있을 거야. 아리아드네가 아직 제물로 바쳐지지 않은 이상, 지금은 왕이 가장『미노타우로스』를 통제할 수 없는 시기야."

　다른 각도의 우려에도 오르나는 막힘없이 대답했다.

　현재『미노타우로스』의 존재는 순수한 마물에 가깝다고 행간으로 설명하자, 귀를 기울이고 있던 일행은 이해했다고 고개를 끄덕였다.

　"그건 그거대로 무서운걸요. 본능으로 살아가는 마물은 무슨 짓을 저지를지 모르니까요. 왕이 뒤에서 조종하는 것이 그나마 예측이 가능한데. 이거 참, 과연 어떻게 될지……."

　여기에 복잡기괴하면서도 소름끼치는 라비린스까지 더해져, 류루가 섣불리 예측할 수 없다는 점을 근심하고 있을 때. 가름스가 대화를 가로막았다.

　"그 이야기는 그쯤 해둬! 또 대군이 밀려온다!"

　그 예고대로, 이번에는 두 갈래 길 너머에서 마물들이 쇄도했다.

　이미 뛰어나가고 있었던 가름스를 선두로 유리, 아르고

노트, 크로조가 전열이 되어 전선으로 나갔다.

순식간에 격렬한 전투가 시작되었다.

사람이 단련한 무기와 포식자의 발톱이 맞부딪쳤다. 뛰어난 기술을 가진 전자가, 본능에 따라 덤벼드는 후자를 차례차례 베어 쓰러뜨리고 분쇄했으며, 발톱과 이빨의 파편이 몇 번이나 흩어졌다.

가름스와 크로조가 오른쪽 길을, 아르고노트와 유리가 왼쪽 길을 담당해 적의 진격을 막아냈다. 후방에서는 피나가 영창을 시작해『마법』으로 지원했다.

"……유리, 잠깐 괜찮을까? 당신한테 꼭 물어봐야 할 게 있어."

"뭐냐, 이럴 때. 지금 전투 중이다."

베고 태우는 소리가 끊이지 않는 가운데, 등을 맞대고 싸우던 유리에게 아르고노트가 입을 열었다.

"말한 대로, 나는 미노타우로스를 쓰러뜨릴 거야. 나는 『낙원』을 파괴하겠어."

"…………."

"그렇게 되면, 당신이 부족을 옮기려 하는 이 왕도는 더 이상 절대적인 영역은 아닐 거야. ……당신은 그래도 괜찮겠어?"

계속 가슴 깊은 곳에 담아두었던 것을 물었다.

일족의 사명이 있기에, 유리는 무고한 죄를 뒤집어쓴 아르고노트와 반목했고, 사이가 틀어지고 말았다.

가름스가 설득한 덕에 그는 수인으로서의 자긍심을 택해 아르고노트의 편을 들어주고 있지만, 사실은 일족의 안전을 완전히 포기하지 못했을 것이다.

아르고노트의 질문에 잠시 침묵하던 유리가 대답했다.

"……괴물의 존재가 아닌, 사람의 손으로 지키는 수도가 될 거다. 올바른 도리로 돌아가는 거다. 그저 그뿐 아닌가. ——게다가!"

놀라는 아르고노트의 머리 위로 육박하던 그림자를 향해 발톱을 번뜩인다.

『캬아아악?!』하고 외치며 찢겨나간 것은 하얀 모피를 가진 야생 원숭이 마물. 사각에서 다가온 적에게 반응하지 못했던 아르고노트에게 『아직 어설프다』라고 말하듯 유리는 코웃음을 쳤다.

"이제까지 왕도를 지켰던 괴물에게 이긴다면, 그자들이 왕도를 지켜낼 수 있는 것도 당연한 이치지. 내 말이 틀렸어?"

"……그러네, 당연하네!"

살짝 돌아보며 시선을 보내는 웨어울프에게, 아르고노트는 웃음을 지어주었다.

"그렇다면 마음껏 날뛰어 보실까!"

공연한 걱정이 사라졌다는 것처럼, 아르고노트는 번개가 맺힌 참격을 펼치기 시작했다.

유리도 다시 코웃음을 치며 달려나가, 흉포한 마물들의

비명을 자아냈다.

잠시 후, 갈림길에서는 움직이는 적의 모습이 사라졌다.

"끝났군. 하지만 마물이라면 얼마든지 쓰러뜨릴 수 있어도…… 정작 중요한 공주님은 어디 있는 거지?"

대검을 바닥에 꽂고 잠시 휴식을 취하던 크로조가 중얼거렸다.

전열과 합류한 일행의 시선은 저절로 오르나에게 모였다.

"……『제물』은 미궁 가장 깊은 곳의『제단』으로 끌려간다고 들었어. 정확한 위치는 왕밖에 몰라. 위치를 듣고『제물』을 운반했던 병사들도, 아무것도 모르는 채로 마물에게『처분』당하니까……."

"입막음이라는 건가…… 구역질이 날 정도로 철저하군."

"하지만 이거 곤란하게 됐군요. 그렇다면 단서도 없이 이 광대한 미로를 헤매게 될 텐데요."

가름스가 혐오감을 숨기지 않고 말하자, 류루가 전방으로 눈을 돌렸다.

아르고노트 일행의 앞에는 양쪽으로 갈라진 갈림길이 존재했다.

이곳으로 오는 동안에는, 협곡에서 살육을 저질렀던『미노타우로스』의 잔향을 유리가 맡으면서 이를 진로의 단서로 삼았는데,

"수인인 그에게 냄새를 쫓아달라고 하면 될 줄 알았건만……."

"······안 되겠다. 마물이 뒤섞이고 냄새가 다 짓밟힌 것
처럼 확실하지가 않아. 왕녀하고는 한 번 만난 적이 있지
만, 이래서는 따라갈 수가 없어."

거듭되는 마물과의 전투로, 그 냄새도 희미해졌던 것이다.

피 냄새와 강한 악취를 풍기는 마물들의 흔적 앞에서는
아리아드네의 잔향도 분간할 수가 없었다. 오르나의 애절
한 눈빛에, 유리는 고개를 가로저었다.

진퇴양난.

이미 미궁 깊이 들어온 일행이 행동의 지침을 잃고, 그
말을 마음속으로 공유하고 있을 때.

"······!"

발끝이 찌르르하는 감각을 느끼고 문득 발밑을 본 아르
고노트가, 무언가에 이끌리듯 무릎을 꿇었다.

"오빠?"

"이 바닥······ 핏자국이 계속 이어져 있어······."

"네?!"

피나가 놀라 달려가 보니, 정말 일정한 간격으로 조그만
붉은 반점이 이어져 있었다.

처음에는 아르고노트도 벽화에 그려진 것과 같은 바닥
의 무늬인 줄 알았지만, 보기 드문 통찰력으로 알아차릴
수 있었다. ──좀 더 정확하게 말하자면,『귀여운 여자아
이 센서』가 발동한 것처럼『뇌정의 검』이 그 흔적을 가르쳐
주었던 것이다.

아르고노트는 이때, 점과 점을 잇는 『붉은 실』의 환영을 틀림없이 보았다.

"설마…… 왕녀의 것일까?"

"가슴을 꿰뚫려 죽은 마물은 기본적으로 혈액까지도 재가 되어 소멸하죠……. 무엇보다 이 핏자국은 작고, 지나치게 깨끗하네요."

가름스가 놀라 말하자, 류루는 부정할 만한 근거가 없다고 말했다.

전열조의 강력한 일격으로 대부분의 마물이 재가 되어 사라져버린 이상, 마물의 피자국일 리가 없다.

누군가가 이곳을 지나가면서, 피를 떨어뜨려 위치를 알려주려 하는 것이다.

"공주다, 틀림없이 공주야! 그녀가 우리에게 위치를 알려주고 있어!"

"네! 분명 그럴 거예요, 오빠!"

오빠는 웃음을 억누르지 못하고, 여동생도 기쁨을 감추지 않았다.

고개를 든 아르고노트는 동료들에게 말했다.

"가자! 『아리아드네』가 인도하는 곳으로!"

아르고노트 일행은 『실』을 따라갔다.

바닥에 이어진 아리아드네의 핏자국을 놓치지 않도록, 눈을 부릅뜨고 확인하며 미궁의 안으로, 안으로.

도중에 몇 번이나 마물과 교전했지만, 『카룽가 황원』의 전투를 넘어선 그들에게는 아무 것도 아니었다. 무한히 이어지는 것 같던 황무지에서의 싸움에 비하면, 라비린스에서의 교전은 어디까지나 산발적이다. 전진에 방해를 받아 시간이 지체되기는 했지만, 크로조와 번개의 도움을 얻은 받은 아르고노트도 더해진 지금, 돌파력은 비약적으로 올라갔다.

기회를 봐서 휴식도 잊지 않았다.

오르나의 조언에 따라, 미리 준비해둔 식량과 물을 보급하고, 피나의 회복마법으로 체력도 완벽한 상태로 되돌리며 나아갔다. 미궁의 가장 깊은 곳까지 한달음에 답파할 수 없다는 것을 답답하게 생각하면서도, 마물의 무리를 물리치고『아리아드네』를 따라갔다.

그렇게 라비린스의 절반 정도를 답파한 것이 아닐까 체감했을 무렵.

『우오오오오오오오오오오오오오오오오오오오오오오오오오!』

이제까지 들었던 마물의 포효와는 다른『함성』이 정면의 길에서 밀려들었다.

"저건, 병사들?!"

"결국 사람 자객이 왔군!"

느닷없이 시야에 들어온 갑주의 무리에 피나가 외치고,

가름스가 무기를 들었다.

피나도 처음에는 위축되려 했으나, 이내 생각을 바꿨다. 이곳에 사람의 군대가 나타났다는 것은, 이 앞에 그들이 지켜야 할 존재가 있다는 의미이기도 하다. 아리아드네의 위치는 가깝다. 목적지는 확실하게 다가오고 있었다.

"왕명에 따라 역적들을 쳐라! 이 라비린스에 놈들의 수급을 바치는 거다!"

기세를 타려 하는 피나와 아르고노트 일행을 저지하기 위해 왕도 세력이 기염을 토했다.

검은 갑옷을 입은 기사장의 호령에 따라, 장창을 든 병사들이 무시무시한 함성을 질렀다.

"준비해, 아르고노트! 심판을 받아라, 죄인들아!"

"재미있군. 어디 해 봐라!"

선봉으로 나선 유리가 병사들과 충돌하며 전투가 시작되었다.

넓은 통로는 순식간에 칼날 부딪치는 소리로 가득 찼다.

"큭, 잡졸들일 줄 알았더니……!"

"적들도 필사적인 모양이군요. 마치 짐승처럼 눈이 번들거리는걸요. 포상이라도 약속받은 건지, 아니면 협박이라도 당했는지."

"너도 이젠 좀 싸워!"

금방 쓰러지지 않고 끈질기게 달라붙는 적들에게 가름스가 으르렁대자, 류루는 긴장감 없이 말하며 창을 훌쩍훌쩍 피했다. 드워프의 노성이 울려 퍼지는 가운데, 붉은 갑옷을 입은 병사를 중심으로 적군은 과감하게 공격해왔다.

그들의 정체는 근위병이었다. 왕을 지켜야 할 최정예 병사들까지 동원해, 왕도 세력은 아르고노트 일행을 없애버리려 하는 것이었다.

무시할 수 없는 전투기술로 무기를 휘두르는 상대에게 낯을 일그러뜨리면서도, 개개인의 힘에서는 웃도는 아르고노트 일행은 분전했다. 물량으로 밀어붙이려 하는 병사들을 피나의 마법과 아르고노트의 번개가 도로 밀어내고, 연계가 각자의 움직임을 보완하며 빈틈을 없앴다. 이제까지의 전투를 거치면서 아르고노트 일행은 서로의 버릇이며 움직임을 이해하며 서로를 돕고 있었다.

"크로조! 무리하지 않는 선에서 자유롭게 움직여! 내가 엄호할게!"

"그래!"

"오르나 씨는 매혹적인 포즈로 병사들의 주의를 끌어 주세요부디!"

"뒤에서 걷어차버린다?"

아르고노트는 합류가 가장 늦었던 크로조에게 유격의 역할을 맡겨 원하는 대로 날뛰라고 지시하고, 그와 함께 오르나를 발견해 혈안이 되어 그녀를 확보하려는 적의 동향을 알아차리고는 여봐란듯이 소녀를 『미끼』로 사용했다.

실제로 유인당해 대열에서 튀어나온 병사들을 감전시켜

차례차례 의식을 없애버렸다. 싸울 수 없는 오르나는 불평이야 하지 않았지만, 쓰레기의 극치인 광대를 냉랭한 눈으로 노려보았다.

『캬아아아아아아아아!』

"……! 마물들이 오고 있어요! 조심하세요!"

전투는 아르고노트 일행의 우세로 이어지고 있었으나, 변화가 찾아왔다.

동족끼리 싸우는 어리석은 인류의 소음을 듣고, 마물의 무리가 옆길에서 나타났던 것이다.

"우, 우아아아아아아아아아아아아아아아아아아악?!"

"……! 병사들이 마물에게 습격당하고 있어……."

피나는 옆에서의 습격을 『마법』으로 어떻게든 막아냈지만, 떠밀려 쓰러진 채 마물의 먹이가 되는 병사들을 보고 낯빛이 바뀌었다. 『카룽가 황원』에서 본 잔인한 광경이 떠올랐던 것이다.

"괴물, 병사, 그리고 우리…… 삼파전인가."

"마물이 이리저리 움직인다는 게 그나마 다행이구먼. 놈들은 사람의 사정 따위 모르니까."

반면, 냉정하게 선을 그을 수 있었던 크로조와 가름스는 침착하게 전황을 분석했다.

"가까이 다가오면 누구든 공격하는군. 왕도 측의 생각대로 돌아가지는 않을 게야!"

작게 뭉쳐 연계만 유지하면 상황은 오히려 호전될 터——

그렇게 생각한 바로 그 때였다.

"!"

"유리? 왜 그래?"

"시끄러운 발소리가 여럿…… 새로운 무리가 이쪽으로 온다! 게다가, 이건……!"

짐승의 귀를 날카롭게 세우고 흠칫 주위를 둘러보던 유리의 시선 **곳곳에서**.

이 넓은 통로로 이어지는 여러 개의 옆길에서, 새로운 병사들이 출현했다.

"……아니, 잠깐. 저놈들 뒤에 따라오고 있는 건…….'

심지어 병사들만이 아니었다.

『ㅇㅇㅇㅇㅇㅇㅇㅇㅇㅇㅇㅇㅇㅇㅇㅇㅇㅇㅇㅇㅇㅇㅇㅇ!』

그들의 뒤에는 마물의 무리가 있었던 것이다.

"마물의『행렬』! 얼마나 많은 거야?!"

"설마 자신들을 『미끼』로 삼아서…… 대량의 마물을 우리에게?!"

오르나의 경악과 피나의 의구심, 그리고 아르고노트의 초조함이 잇달아 이어졌다.

"큰일났다!"

이탈하기에는 이미 늦었다.

특공과도 같은 자신의 운명에 떨면서, 선두에서 달리던 병사가 외쳤다.

"위, 위대한 왕께…… 영광 있으라아아아아아아아아아아

아아아아아아아!!”

　병사들이 뒤에서부터 잡아먹히는 것과, 그대로 아르고노트 일행에게 마물의 행렬——『퍼레이드』가 도달한 것은 동시였다.

『오오, 오오오!』

『크아아아아아아아아아아아아아아아아아!』

“난전……?! 안 돼요!”

　순식간에 사람도 마물도 뒤섞여버린 광경에 피나가 비명을 질렀다.

　마물들이 발밑과 머리 위를 뛰어다니며 병사들까지도 공격했다. 후열의 피나는 물론, 아르고노트 일행의 전열에서 유지되던『연계의 거리』가 갈갈이 찢겨나갔다.

　“이대로는 연계가 방해를 받아 서로의 위치를 놓치게 될 겁니다! ——웃차!”

　뺨을 아슬아슬하게 스치고 지나간 발톱을 간발의 차로 피한 류루에게도 이제는 여유가 없었다. 마물의 거대한 몸집과 병사들의 인파 탓에 동료들의 모습을 잃어버리고 말았다.

　날아가려 하는 모자를 한 손으로 누르며, 자기 한 몸 챙기기에 급급했다.

　“너희들 어디 있어?! 이러다 뿔뿔이 흩어져버린다!”

　유리가 외쳤지만 난투의 함성에 묻혀버리고 말았다.

　부대의 질서가 무너지고 통솔력이 사라졌다. 라비린스

라는 한정된 폐쇄 공간이라는 것도 문제였다. 길고 넓은 통로라고는 하지만, 넘쳐나는 마물과 사람들이 쏟아져 들어오면 혼란에 빠지는 것은 당연한 이치였다.

"이래가지고는 제대로 싸울 수도……!"

이미 고립된 피나는 영창을 포기하고 열심히 지팡이로 마물을 때려눕혔다.

이와 거의 같은 순간, 오르나에게도 위험이 닥쳤다.

동료들과 떨어져 무방비 상태가 되어버린 그녀에게 마물의 이빨이 육박한 것이다.

"웃?"

"──흡!"

이를 아슬아슬하게 막아낸 것은 달려온 번개의 섬광.

『키악?!』

"무사해, 오르나?!"

"아르고노트…… 응, 괜찮아. 고마워."

비명을 지르는 마물을 재로 되돌리면서, 아르고노트는 소녀를 지켰다.

정신 소모를 각오하고 『뇌정의 검』을 방전시켜 주변의 적들을 날려버리고, 억지로 피나와도 합류한 그 때,

"흐하하하하! 모여라, 병사들아! 더, 더! 마물들을 데리고, 이곳을 놈들의 묘지로 만들어라!!"

지휘를 맡은 기사장이 홍소를 터뜨렸다.

아르고노트가 아무리 적을 물리쳐도, 병사와 마물은 늘

어나기만 했다.

소대를 짠 병사들이 마물들을 적확하게 유인해 퍼레이드를 가져다 붙이는 것이었다.

마치 대형 짐승을 물고 놓아주지 않는 뱀 떼처럼 그들을 괴롭혔다.

"……! 이래도 되는 거냐, 사령관! 이대로는 너도 목숨을 잃을 텐데!"

"알 게 뭐냐! 여기서 실패하면 나는 어차피 마물의 먹잇감이다! 어차피 수도의 수호자를 잃어버리면 장병들은 왕도와 함께 멸망할 운명!"

검은색 갑옷을 시야 저편에서 발견한 아르고노트는 그들을 흔들어보기 위해 목소리를 높였지만, 기사장은 상대도 하지 않았다. 병사들도 함성을 질러 기사장의 말을 긍정했다.

마물을 유인하는 소대도 포함해, 아르고노트 일행과 교전하는 병사들은 그야말로 『사병(死兵)』이었다.

칼에 베이든, 마물에게 물어뜯기든, 미친 듯이 아르고노트 일행만을 노리고 들었다.

그들 중에는 류루가 지적했듯 포상을 약속받고 욕망 때문에 싸우는 이들도 있었을 것이다. 하지만 그보다는, 자신의 목숨과 가족을 인질로 잡힌 자들이 대다수를 차지하고 있는 것은 분명했다.

애초에 절대적인 『미노타우로스』의 힘으로 유지되었던

안전신화. 그것이 무너지면 병사들과 그들의 가족은 절대적인 생존권을 잃는다. 사람의 도리를 벗어난 일이란 것을 알지만, 소중한 사람들을 지키기 위해, 병사들은 필사적이었다. 그야말로 부족을 생각하고 갈등하던 유리와 마찬가지로.

"애초에 나에게는 그 폭력의 화신이야말로 『미노스 장군』 그 자체다! 거짓된 가면이라고 지껄이려는 거냐? 아니, 그렇지 않다. 장군은 실존한다!!"

"뭐……?!"

그런 가운데, 기사장만은 『이단』이었다.

"그분의 폭력이야말로 절대적인 가치! 나는 장군의 압도적인 유린에 매료되어 충성을 맹세했단 말이다! 수많은 전장으로 안내해, 많은 공물을 바치겠노라고!"

말이 열기를 띠기 시작했다. 광기마저 깃들었다.

칠흑색 투구 속에서, 사위스럽게 입가를 찢으며 웃는 기척이 넘쳐났다.

"그렇다면 그 어떤 수단을 써서라도, 네놈들을 여기서 장사지낼 수밖에 없다아아아아아아아아아아아아아아아아아아아!!"

누가 마물인지 분간할 수 없는 짐승 같은 포효가 아르고노트는 물론이고 유리, 가름스, 크로조의 귀에까지도 들렸다.

오르나는 낯을 찡그렸다.

"망가져 버렸어……! 계속 가까이에서 괴물의 유린을 지켜본 탓에, 감각도 가치관도, 모든 것이 다!"

"왕과는 달리, 그에게는 미노타우로스의 악몽 그 자체가 『신』……! 그야말로 광신자로군!"

그것이 기사장이라 불리는 자의 정체.

비효율적이기까지 했던 『카룽가 황원』에서의 철저한 후퇴 지시에도, 아마 그의 욕망이 다분히 섞여 있었을 것이다. 그는 괴물에게 혈육을 바치는 『어둠의 사제』 그 자체였다.

심취와 도취, 그리고 기사로서 있을 수 없는 충성심에 사로잡힌 기사장은 외쳤다.

"사랑하는 사람들을 가진 병사들이여, 잃고 싶지 않다면 목숨을 바쳐라! 미노스 장군을 죽게 놔두지 마라아아아아아아아아아아아!"

한 이단자에게 선동된 병사들은 피눈물을 뿌리며 날뛰었다.

반쯤 이성을 잃은 특공에, 아르고노트 일행도 압도되기 시작했다.

전력으로 죽이려 드는 상대와는 달리, 이쪽은 목숨까지는 빼앗을 수 없다는 점도 큰 영향을 미쳤다.

서서히 여력을 깎여나가 궁지에 몰리려던, 그때.

"……어쩔 수 없군."

한 대장장이가 결심했다.

"——부탁해, 우르스!!"

자신의 등 뒤에 『불꽃의 정령』을 현현시키고, 이제까지 보지 못했던 대화력을 해방했다.

"끄아아아아아아아아아아아아아아아아아악?!"

『―――――――――――――――오오오오오오?!』

솟아나는 병사들과 마물들의 비명.

격렬히 명멸하는 붉은색.

무시무시한 화염이 아르고노트 일행에게 몰려드는 존재들을 모조리 날려버렸다.

"아니?!"

기사장은 경악을 드러냈다.

의지가 없어야 할 불꽃이, **병사와 마물만을 정확하게 밀어냈던 것이다.**

"불의 급류가, 우리만 피해서……."

"지금이라면 전열과 합류할 수 있어요!"

아연실색했던 것은 오르나와 피나도 마찬가지였다.

적과 아군이 뒤섞여 있던 넓은 통로는 이제 탁 트인 시야 속으로 불꽃이 흩날리는 화염의 현장으로 변모했다. 불꽃은 마치 물고기처럼 퍼덕이고 꿈틀거리며, 세 사람을 위협하는 대신 길을 비켜주었다. 그들은 서둘러 달려가 유리 일행과 합류했다.

"가라, 아르! 여기는 내가 어떻게든 해볼게!"

"크로조?!"

그리고, 아무리 기다려도 합류할 기미가 없던 대장장이
의 뒷모습이 먼저 가도록 재촉했다.

"이놈들은 네가 제대로 상대해선 안 되는 것들이야! 네
가 해야 할 일은 좀 더 제대로 된 일이잖아!"

자신의 목숨을 돌아보지 않고, 아군까지도 파멸로 몰아
넣는 군세를 노려보며 크로조가 말했다.

무기를 만드는 대장장이로서, 이곳은 결코『사용자의 전
장』이 아니라고 단언했다.

"너도 알잖냐, 나는 꽤 강해! 적이 아무리 많더라도, 전
부 불태워 버릴 거야!"

"하지만……!"

아직 남아 있는 병사들과 마물들을 향해 대검을 내리치
고 화염을 퍼부어 다가오지 못하게 하는 크로조의 등을 보
며, 아르고노트가 결단을 내리지 못하고 있을 때.

"……야, 아르. 나는 못 미덥냐?"

"어?"

등을 돌리고 있던 남자는 미소와 함께 뒤를 돌아보았다.

"아직 만난 지 얼마 안 됐으니, 전적으로 믿으란 소리는
안 할게. 하지만 나도『그럴듯하게』불러 달라고."

"＿＿＿＿＿＿."

그 말에, 아르고노트는 눈을 크게 떴다.

붉은 머리를 찰랑거리며, 청년은 한층 짙은 미소를 머금
었다.

"나도, 네『동료』가 되고 싶다고."

별것도 아닌, 그러나 너무나도 소중한 마음이 가슴을 두드렸다.

아르고노트의 대답은 이미 정해져 있었다.

"……아니, 아니! 무슨 소릴 하는 거야, 크로조! 넌 이미 우리『동료』잖아!"

아르고노트는 가슴에 밀려드는 무언가에 저항하지 않고, 크로조의 오해를 정정했다.

그리고 자신의 오해 또한 바로잡아야만 했다.

그에게 보내야 할 감정은 절대 걱정 따위가 아니다.

결연히 자신들을 지켜줄 저 뒷모습에 맡겨야 할 것이 있다면, 그것은——.

"나는 너에게 신뢰를 보내겠어! 그러니 이 자리를 부탁한다, 나의 **둘도 없는 친구여!**"

만일.

두 사람이 서로에 대해 잊어버린다고 해도, 이 대답은 변하지 않을 것이다.

아무리 시간이 흐르고, 장소가 바뀌고, 모습마저 변해버리더라도, 다시 만난 두 사람은 서로를『친구』라고 부를 것이다.

"나를 도와주고, 나를 지지해주고, 나에게 용기를 준 단 한 명의 대장장이!"

하나뿐인 단짝을 향해, 아르고노트는 어째서인지 흐려

지려 하는 눈에 힘을 주면서 그렇게 외쳤다.

이쪽을 쳐다보는 대장장이 청년의 옆얼굴이 씨익, 하고 처음 만났을 때처럼 활짝 웃었다.

"오빠!"

"……가자!"

피나가 부르는 목소리에, 아르고노트는 출발했다.

친구가 만들어준 불의 길을 따라, 왕녀가 기다리는 미궁의 심장부로.

"아르고노트 일당이……! 네 이놈, 쓸데없는 짓을!"

그 광경에 기사장은 길길이 날뛰었다.

마물을 모조리 불태우고도 덤벼드는 불꽃의 팔을 어떻게든 베어내고, 타오르는 소리에도 지지 않는 노호를 터뜨렸다.

"이 도시 사람도 아니고 『영웅 후보』도 아니구나! **애초에 있을 리 없는** 외부인 놈! 대체 정체가 뭐냐?"

"나? 나는 크로조. 그냥 크로조다. 무기가 하나도 안 팔리는 시시한 대장장이지."

정체를 묻는 목소리에, 크로조는 대검을 어깨에 걸머지며 꼬박꼬박 대답했다.

『선정의 의식』에도 참가하지 않은 정체불명의 대장장이에게, 기사장은 한층 화를 냈다.

"그렇다면 크로조, 네가 지금 무슨 짓을 하고 있는지 알긴 하는 거냐?!"

"아니, 그게 잘 모르겠더라고. 솔직히 말해서 그냥 어쩌다 보니 여기까지 와버렸어."

속내를 그대로 토로한 대장장이는 문득, 기사장과 병사들을 결연히 바라보았다.

"다만, 지금 내가 하고 싶은 일은 알고 있지."

"뭐냐 그게! 구국의 영웅 행세라도 하겠다는 거냐?!"

"나라를 구한다니, 그런 건 나한테 어울리지도 않아. 하물며 세상을 구한다는 건 상상도 못하겠어."

"그렇다면 왜 우리 앞을 가로막는 거냐?!"

아르고노트의 대답은 이미 정해져 있었듯.

사내가 지금 해야 할 말도 이미 정해져 있었다.

"친구를 위해."

불꽃을 넘어 들려온 단언에, 기사장은 아연실색해 얼어붙었다.

"나를 믿어준, 그 무엇과도 바꿀 수 없는 영웅을 위해서다!"

"뭐……?!"

"그래, 그렇고말고! 아직 만난 지도 얼마 되지 않은 친구들이지! 하지만 그냥 내버려둘 수가 없어! 도와주고 싶다!"

그것이 꾸밈없는 진심.

거짓말을 못하는 대장장이의, 단 하나뿐인 단순한 이유.

그것이 그의 불꽃이 타오르는 장소.

“나라도 세계도 구하지 못하는, 그런 내가 싸울 이유 따위 그 정도면 충분하겠지!”

무구를 만들어내는 것밖에 못 하는 대장장이가, 지금 이 순간, 친구를 지키기 위해 검이 되겠다고 맹세했다.

“이, 이, 멍청한 놈이이이이이이이이이이이이이이이이이이이이!”

분노와 매도.

이성을 잃은 기사장이 장검 끝을 크로조에 겨누고 전 병력을 투입했다.

병사들은 함성을 올리며, 단 한 명의 대장장이에게 돌격했다.

그 수는 60.

마물이 사라진 덕분에 자유로워진 모든 창이 크로조에게 향했다. 팔다리 어느 하나가 날아간 부상병이라 해도 상관없었다. 기사장의 광기, 그리고 왕도의 허울뿐인 안녕에 매달린 채, 정예 근위병을 중심으로 쇄도했다.

“가자, 우르스! 힘을 빌려줘!”

살의의 해일에 크로조는 포효했다.

시뻘겋게 빛나는 대검을 휘두르며, 몸에 깃든 힘의 원천에 호소했다.

그 직후 눈부시게 빛나는 불꽃의 광채.

“아니——?!”

고개를 한참 들고 올려다보아야 할 만큼 거대한 『불꽃의 화신』이 크로조의 배후에 강림했다.

시야를 태워 버릴 듯한 열파와 가공할『정령』의 존재에, 기사장과 병사들의 발은 멈추고 말았다. 키가 6M도 넘을 것 같은 불꽃의 정령은 사랑하는 사내의 적을 노려보며, 그 붉게 타오르는 팔을 휘둘렀다.

"으라아아아아아아아아아아아아아아아아아아아아아!"

크로조의 참격과 동조하여 휘둘러진 불꽃의 팔.

창졸간에 내민 장창도 순식간에 태워버리는 초화력의 불꽃이 15명의 병사들을 한꺼번에 휩쓸어버렸다.

"끄아아아아아아아아아아아아아아아아아아아악?!"

한 차례, 두 차례, 세 차례, 네 차례.

그것으로 끝이었다.

쉬지 않고 네 차례 번뜩인 주인의 대검에 맞춰, 좌우로 휘둘러져던 불꽃의 팔이 60명의 병사들을 날려버렸다.

마지막으로 남겨진, 불꽃이 휘몰아치는 전장에서 얼어붙은 기사장에게, 상단에서 펼쳐진 수직베기가 꽂혔다.

"이, 이럴 수가아아아아아아아아아아아아아아아아아아아아아아아아아아아아?!"

넓은 통로의 천장까지도 깎아버리며 날아든 불꽃의 수직베가 사내의 절규를 집어삼켰다.

충격과 폭발, 그리고 불타오르는 소리.

파쇄된 갑옷의 파편이 사방으로 날아가 지킬 것을 잃어버린 맨얼굴의 병사들이 사방에 널브러져 있었다. 화상을 입고 흰자위를 까뒤집은 검은 머리 기사장은 장년의 사내였으며, 그의 몸은 무시무시한 소에게 물어뜯긴 것처럼 팔 하나가 없었다.

불꽃이 타오르는 넓은 통로에 시체처럼 널브러진 병사들.

그러나 기묘하게도, 모두 숨을 쉬고 있었다.

흩날리는 불똥과 함께 희미하게 빛나는 붉은 빛의 입자가 그들의 몸에서 치명상을 씻어주고 있었다.

"후우…… 너무 신나게 저질렀군."

소탕과 치유—— 이중의『기적』을 동시에 행사한 크로조의 몸에서 힘이 쭉 빠져나갔다다.

몇 걸음쯤 뒤로 물러났다가, 등에 부딪힌 기둥에 기대듯 슬금슬금 주저앉았다.

차랑, 하는 빛의 소리와 함께 울려 퍼진 것은, 일반인은 이해할 수 없는 정령의 속삭임이다.

"왜 그래, 우르스……? 아아, 또『수명』이 줄었다고? 그거야 어쩔 수 없지…… 어쩔 수 없잖아?"

크로조는 천천히 눈을 감으며 대답했다.

과거에 크로조는『정령』을 구하고, 대가로 죽을 뻔했지만,『정령의 피』를 받아 부활했다. 마법처럼『기적』을 다룰 수 있게 되고,『마검』도 만들 수 있게 되었다.

피를 나눠준 정령의 말에 따르면, 크로조는 원래 수명이 짧았다고 한다.

정령은 그 사실을 슬퍼했다. 그래서 조금이라도 오래 살

수 있도록『정령의 피』를 나눠주었다.

그 결과, 수명은 정말로 늘어났다.

하지만 그 수명은 불꽃을 비롯한『기적』을 사용하면 사용할수록, 혹은『마검』을 만들수록 줄어들었다.

──게다가 그의 힘에는……『제한』이 있는 것 같아.

오르나가 느꼈던 대로,『수명과의 교환』가 힘의 대가이자 제한이었던 것이다.

청년을 나무라듯, 정령의 피에서 파생된 마력의 잔재가 희미한 아지랑이처럼 일렁거렸다.

"하지만 그들 때문이야. 조금이라도 더 살기 위해 남겨둔『힘』을…… 사용해야지."

헛소리처럼 말을 이어나가며, 입술을 살짝 구부렸다.

"그래,『무기』와 똑같지……『마검』과 똑같아……."

점점 힘을 잃어가며, 자기 자신을 무기에 비유한다.

크로조는 무구를 만들 때, 사용자가 가진『반신의 모습』을 상상하면서 만든다.

언제 필요하게 될지, 어떤 식으로 쓰일지.

언젠가 부서질 때가 오더라도, 그 무구는 원하던 것을 이룰 수 있을지.

무기는 아무리 멋을 부려봤자, 아무리 옹호해봤자, 무언가를 다치게 하고, 죽게 한다.

그래서 크로조는 그런 무기의『운명』속에 무언가 다른『의미』를 부여해주고 싶었다.

‘많은 피에 젖은 만큼, 천분의 일이라도, 만분의 일이라도 상관없어. 누군가를 구하고 지킬 수 있다면…….’

그것은 대장장이답지 않은 오만한 소망.

매우 이기적이고 바보 같은 바람.

하지만 그것은, 그가 무기를 쓰다 버리는『도구』라고 생각하지 않는다는, 아주 작은 증거.

누구나 쉽게 죽어버리는 이런 시대이기에.

‘이런 시시한 생각이 계속 이어지면 돼. 분명 그게 무기도,『마검』이란 것도 뜨겁게 만들어줄 테니──.’

설령『무기』나『마검』이 반드시 부서져 버린다 하더라도.

사용자라는 반신과 함께 살며 끝까지 곁에 함께 하지 못했다 하더라도.

그들을 지탱하고 힘이 되어준다면 그만이다.

크로조는 백발의 청년과 동료들을 떠올리며 미소를 머금었다.

“……조금, 피곤하군. ……잠깐만, 잘까.”

몸에서 힘이 빠져나간다.

떠올라 있었던『정령』의 윤곽 또한 안개처럼 흐려졌다.

기세가 수그러든 불꽃의 요람에 에워싸여, 크로조는 마지막으로 그렇게 중얼거렸다.

“이겨라…… 아르.”

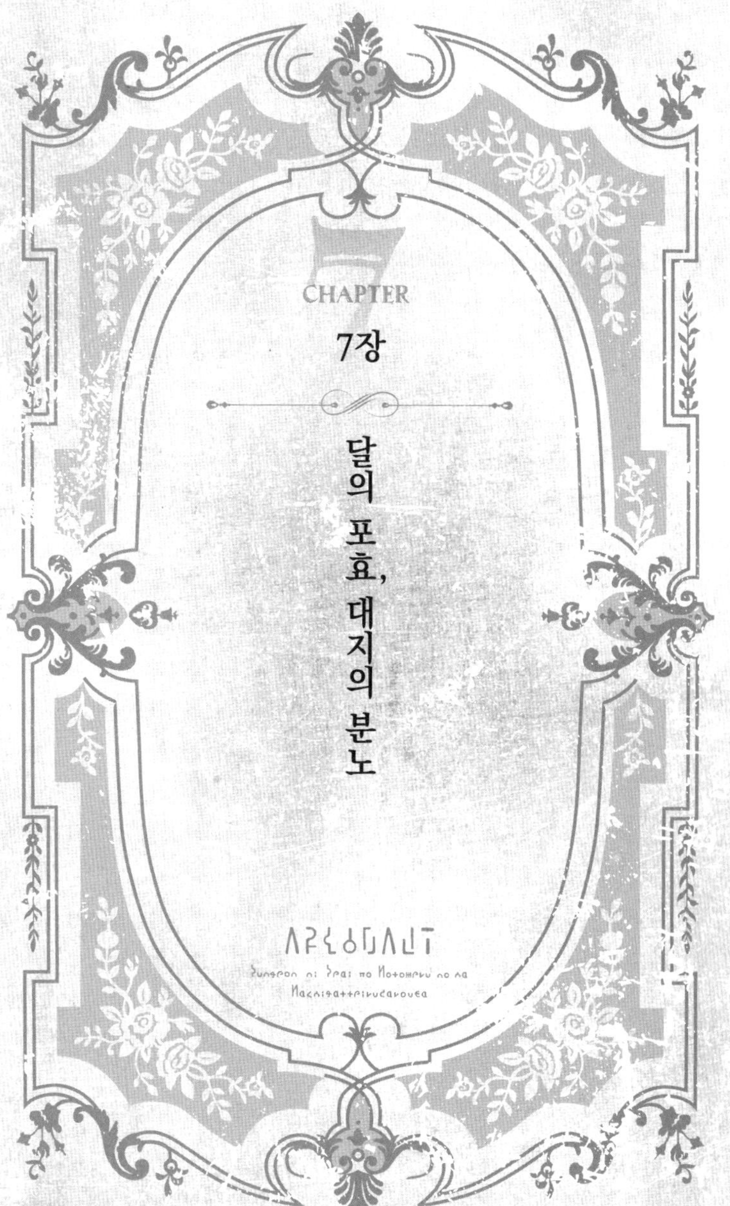
CHAPTER

7장

달의 포효, 대지의 분노

불꽃의 굉음이 연신 아르고노트 일행의 등을 두드렸다.

앞으로 나아갈수록, 그리고 시간이 흐를수록 그 소리는 점점 멀어지고 희미해지다가, 결국은 서두르는 발소리만 복도에 울려 퍼지게 되었다.

"오빠, 크로조 씨가……!"

"그는 강해! 분명 금방 따라와! 믿는 거야!"

달리면서 뒤를 돌아보는 피나에게, 아르고노트는 앞을 응시한 채 전진만을 촉구했다.

결의로 붙잡아놓은 채 앞만을 바라보는 심홍색 눈동자에는 단장의 심정이 어른거렸다. 동료들은 그 사실을 알아차렸지만 아무 말도 하지 않았다. 아르고노트의 결단과 크로조의 협력을 존중하기 위해, 그들은『실』이 이끄는 목적지로만 달렸다.

"아르고노트~~~~~~~~~~~~~~~!!"

하지만, 그때.

귀에 익은 어떤 남자의 커다란 목소리가 앞쪽에서 들려왔다.

"너희들은……『영웅 후보』였던……?"

직사각형의 넓은 방에 발을 들이자, 아르고노트 일행을 기다리고 있던 것은 네 명의 평인 남성이었다.

왕궁 안뜰에서 시작되었던『선정의 의식』을 통과한 용병들이다.

"신념도 긍지도 짐승들! 왕의 편에 서겠다는 거냐!"

가장 먼저 비난한 것은 유리.

그의 혐오감을 비웃은 것은 장검을 등에 짊어진 남자였다.

"등~신! 부와 명성을 약속해주는 편에 붙는 건 당연하지!"

"게다가 우리는 왕에게 선택 받았다고 오!"

바로 옆에서, 중무장한 거구의 남자가 거들먹거리며 가슴을 폈다.

그는 마치 지휘를 하는 듯, 손에 든 곤봉의 끝을 일행에게 향했다.

그 모습에 피나는 잠시 의아한 표정을 지었으나, 그 표정은 이내 놀라움으로 바뀌었다.

"대형 마물들이 많아요! 게다가 저건…… 용?!"

아르고노트 일행이 들어온 통로를 포함해 네 개의 출입구 중 세 곳에서 수많은 마물들이 출현했던 것이다.

그것들은 하나같이 대형이었으며, 그 중에서도 『비룡』과 『화룡』의 존재감은 차원이 달랐다.

마물 중에서도 최강이라 불리며 두려움의 대상이 되는 『용종』의 모습에 피나가 자기도 모르게 겁에 질리자, 류루가 살짝 고개를 가로저었다.

"아뇨, 지금 생각해야 할 것은 그게 아닙니다. 진정으로 고개를 갸우뚱해야 할 것은, 왜 저렇게 가까운 거리에서 **그들은 마물에게 공격을 받지 않는가** 하는 것이지요."

류루의 분석대로, 평인 용병들은 마물의 손이 닿는 거리에 있음에도 전혀 『공격 대상』에 포함되지 않았다. 인류를 다짜고짜 공격하는 마물에게는 있을 수 없는 광경에 피나가 당황하자, 장검을 든 남자는 흥분을 감추지 못한 것처럼 씨익 웃었다.

"히히히…… 해치워라!"

다음 순간, 마물의 이빨이, 발톱이, 긴 꼬리가 일제히 아르고노트 일행을 노렸다.

"윽?! 설마, 지금 저건……."

"놈들의 명령을 들었어?! 마물이?!"

얼른 흩어져 공격을 회피한 일행들 속에서, 오르나를 감쌌던 아르고노트는 눈을 의심했다.

가름스도 같은 의구심을 외쳤다.

"……잠깐만. 저건……."

그들 중에서 『현상과 원인』을 가장 먼저 알아차린 것은 오르나였다.

그녀가 바라보고 있는 곳, 『영웅 후보들』은 이 세상의 것으로는 여겨지지 않는 아름다운 『은 조각』을 끈에 꿰어 목걸이로 걸고 있었던 것이다.

"설마, 『사슬』의 파편……? 부서진 『아티팩트』의 일부를 마물에게 먹인 거야?!"

비명과도 같은 소녀의 경악에 마물들의 함성이 긍정했다.

"이건 굉장하다고! 저렇게 무서운 마물들이 내 말을 듣는다니까! 이걸로 네놈들을 짓밟아주지!"

장검을 든 남자는 과시하듯 『사슬의 파편』이 꿰어진 끈을 들어 보였다.

그 모습은 분수에 맞지 않는 힘을 얻은, 도취된 무법자의 모습이었다.

"저렇게 어리석을 수가……. 그 정도의『파편』으로는 금방 제어할 수 없게 될 텐데."

오르나의 얼굴에는 경멸과 우려가 떠올랐다.

"마물을 예속시키려면 사용자의 피가 필요해……. 지배를 계속하고 싶어도 끝장, 지배를 끝내려고 해도 끝장. 너희는 반드시 파멸할 거야!"

"그런 허풍에 속아 넘어갈 것 같냐?!"

"우리는『영웅』인데? 죽을 리가 없지!"

하지만 소녀의 호소는『영웅 후보들』에게는 닿지 않았다. 남은 두 명의 평인은 웃음을 터뜨리며 근거 없는 자신감을 무적의 방패로 내세웠다.

"……가라. 이런 잡종들에게 낭비할 시간이 없다."

"이놈하고 같은 의견인 것은 아니꼽지만 찬성이야. 너희는 먼저 가라."

그런 남자들을 진심으로 하찮게 여기는 눈으로 바라보며, 웨어울프와 드워프가 한 발 나섰다.

"유리, 가름스?!"

"시간이 없을 텐데. 공주가『제물』이 될 때까지 여유가 없어. 아까의 대장장이처럼, 여긴 우리에게 맡겨라!"

목소리를 높이는 아르고노트에게, 유리는 늠름한 뒷모

습으로 각오를 보였다.

그 모습과 가름스의 등을 함께 보며 충격을 받은 광대
는―― "네?" 하고 눈을 동그랗게 뜬 피나와 오르나의 어
깨며 팔을 끌어안고는 외쳤다.

"그래도 괜찮겠어, 유리?! 괜찮겠어, 가름스?! 너희가
사라져준다면―― 내 하렘인데?!"

피나, 오르나, 류루를 좌우와 앞에 거느린 아르고노트가
미소녀(약 1명 성별 불명)의 정원을 전개했다.

"일일이 장난을 안 치면 죽는 병에라도 걸렸나, 네놈은!!"

"왜 우리하고는 끝까지 멋있게 마무리하지 못하는 게냐,
광대놈아!!"

멋지게 등을 돌렸던 유리와 가름스도 이 광경에는 동시
에 돌아서며 분노의 침을 튀겼다. 팽팽해졌던 공기를 박살
내는『희극』의 기척을 따라오지 못하는 평인 용병들은 "저,
저기……?" 하며 당황했다.

"큭, 원통하지만 엮지 않을 수 없구나『영웅일지』!"

『아르고노트는 친구들에게 등을 떠밀려, 무시무시한 미
노타우로스에게 서둘러 달려갔다!』

사사삭~ 하고 재빠르게 수기를 쓴 아르고노트는 공연히
멋들어진 얼굴로 피나와 오르나, 류루에게 외쳤다.

"가자, 아르고노트와 유쾌한 하렘들이여! 우리의 행복을

빌며 보내준 유리와 가름스를 위해!”

“불쾌하니까 하지 마.”

“또 그랬다간 두들겨 팰 거예요.”

“핫핫핫, 이건 좀 소름 돋네요.”

“아, 죄송합니, 아야, 잠까, 아파아야아파요! 때리지 마세요 죄송합니다아아아!!”

쓰레기를 보는 눈으로 멸시하는 오르나의 발끝이 고속으로 발목을 치고, 눈살을 찌푸린 피나의 손가락이 뺨을 뜯어져라 꼬집고, 눈을 활처럼 구부리며 웃는 류루의 팔꿈치가 가차 없이 광대의 옆구리에 파고들었다. 노성을 터뜨리거나 소리를 지르지도 않고, 노기를 고스란히 타격력으로 변환시킨 그녀들의 폭풍 같은 구타에 아르고노트는 비명을 질렀다.

“가자고요?! 여러분 빨리 가자고요오오오?!”

몰매를 맞아 넝마처럼 너덜너덜해진 아르고노트는 흉포한 짐승들에게 쫓기는 양치기처럼, 『실』이 이어지는 왼쪽 길로 간신히 이동했다.

“쳇, 저놈의 광대…….”

“마지막까지 비장한 결심을 못 하게 만드는 놈일세…….”

네 사람이 홀을 떠날 무렵에는 유리와 가름스도 완전히 학을 떼어버렸지만,

“──유리! 가름스!”

불쑥! 하고 혼자서 되돌아온 백발의 청년을 보고 당황했다.

"너희가 도와준 은혜는 절대 잊지 않을 거야! 내 등을 밀어준 너희들의 늠름한 모습도, 절대로!"

그런 그들을 향해, 아르고노트는 활짝 웃었다.

"힘내! 지지 마! 이번 일이 끝나면 왕도에서 제일 맛있는 술을 마시자! ——날 도와준, 내가 동경하는『영웅들』!"

그렇게 말하고, 아르고노트는 이번에야말로 떠나갔다.

아연실색한 가름스의 옆에서 얼어붙었던 유리는 낯을 한껏 찡그리고 있었다.

"아, 진짜……."

그러고는 아주 살짝 입꼬리를 올렸다.

"진짜, 사람의 가슴속을 헤집어놓는 남자로군."

가름스 또한 덥수룩한 수염 속에서 입술이 곡선을 그리고 있었다.

"이야기는 다 끝났냐, 동경하는『영웅』나리들~!"

"겨우 둘만 가지고 우리의 귀여운 몬스터들을 이길 수 있을 것 같아?!"

그런 두 사람에게, 느물느물 웃으며 상황을 지켜보던 평인 용병들이 조롱을 던졌다.

아르고노트 일행을 선선히 보내준 것을 의아하게 생각하면서, 유리와 가름스는 앞을 향해, 시선은 나누지 않은 채 입만을 움직였다.

"대형이 넷. 그 중 화룡이 하나, 비룡이 둘……. 할 수 있겠냐, 드워프?"

"보통은 무리지. 고향이 그랬듯, 나도 놈들의 이빨에 유린당할걸."

상황은 심각했다.

아르고노트에게는 그렇게 말했지만, 대치 중인 마물 중에 잔챙이나 잡종은 없었다. 특히 체고가 3M을 거뜬히 넘는『레드 드래곤』은 겨우 한 마리로 도시 정도가 아니라 나라까지도 멸망시킬 만한 힘을 가졌다. 원래 같으면 눈에 들어온 순간 모든 것을 버리고 도망쳐야 할 존재다.

최후방 수비역을 자청한 유리와 가름스는 사실 자신들을『버림패』로 쓰려 하고 있었다.

그러나 가름스는 "하지만"이라고 덧붙였다.

마치 술집에서 잡담을 나누듯, 다시 미소를 머금으면서.

"위기에 직면했는데도, 이 기분은 대체 뭘까. 그래, 이건…… 마치 용자를 마왕에게 보내주는, 동화 속의 이야기 같군."

"집어치워라, 드워프. 그런 고상한 게 아니다."

녀석에게 물든 거라고, 유리가 말했다.

아니꼽기는 하지만, 공상 속의 술안주는 그 청년의 미소였다.

두 사람의 몸에는 신기하게도 열기를 수반한 전의가 깃들어 있었다.

비장한 결의를 하게 내버려 두지 않았던 아르고노트의 웃음과 마음에, 짜증난다고 말하듯 발톱을 울리며 웨어울프는 마물들을 날카롭게 노려보았다.

"이건 그저 광대의 엉덩이를 걷어 차준 것뿐. 그 이상도 이하도 아니다!"

개전 신호는 없었다.

책략 따위 고르고 있을 여유는 없었다. 발리스타의 화살과도 같이 질주해, 당황하는 평인 용병들을 시야 가장자리에 담으며 가름스와 함께 선제공격을 감행했다.

"우오오오오오오오오오오오오오오오오!"

"히익?!"

『크르르르르르!!』

『아티팩트』의 일부를 가진 장검 사내의 공포심을 민감하게 느꼈는지, 튀어 나간 가름스의 워해머에 레드 드래곤이 길고 굵은 꼬리를 휘둘렀다. 평인 용병들을 지키듯 수평으로 휘둘러진 꼬리와 워해머가 정면에서 충돌했다.

"큭?!"

맞버티지 못한 가름스는 발바닥이 지면에서 떠오르는가 싶더니 후방으로 힘차게 날아가 버렸다.

"타아앗!!"

날아가 버린 가름스를 무시하고 머리 위에서 덤벼든 것은 유리.

도약에서 시작된 강습은 용과는 또 다른 대형급, 블랙 라이노스를 노린 것.

용보다 둔중한 마물은 회피에 실패했지만, 갑옷과도 같

은 단단한 가죽—— 튼튼한 갑피(甲皮)가 유리의 발톱 공격을 막았다.

둔중한 소리, 그리고 불꽃과 함께 공격이 튕겨 나가 유리의 얼굴이 일그러졌다. 장착한 발톱에 균열이 일어난 것도 한순간, 넓은 홀의 머리 위를 스칠 듯이 날아다니던 두 마리의 와이번에게서 가차 없이 화구가 쏟아졌다. 착지와 동시에 바닥을 박차고 회피하는 유리를 쫓듯 홍련의 불꽃이 몇 발이나 착탄해, 홀은 순식간에 불바다로 변했다.

그 이후로는 손도 대지 못했다.

네 마리의 마물이 제멋대로 날뛰고, 충격과 진동이 미궁을 지배했다.

"크으으윽……?!"

"에잇, 바보처럼 힘만 강해서는! 발을 디디기만 해도 바닥이 갈라지고, 몸을 흔들기만 해도 충격이 터져나오는군!"

반격은 고사하고 방어조차 용납되지 않는 전황에, 유리와 가름스는 회피에만 전력을 다했다.

그런 두 사람의 무력한 모습에, 평인 용병들은 큰 목소리로 웃었다.

"하, 하하하하! 처음의 기세는 어디로 갔냐! 아직 이걸로 끝난 게 아닌데!"

장검을 든 남자가 기세등등하게 외치더니, 목걸이를 잡아 뜯어 『사슬 조각』을 높이 들어 올렸다.

그 순간 용안(龍眼)을 번뜩인 레드 드래곤이 주둥이를

벌리고, 와이번과는 비교도 되지 않는 화염의 숨결을 토해냈다.

"한 방에, 미궁의 벽에 구멍이……?!"

"그래, 날려버려!"

간신히 업화를 피한 가름스와 유리에게 전율할 틈조차 주지 않았다.

중무장한 남자가 명령을 내리자, 블랙 라이노스가 모든 것을 날려버리는 태클을 감행했다.

유리를 감싸는 형태로 가름스가 받아냈지만, 두 사람은 그대로 벽에 뚫린 구멍까지 날아갔다.

포탄처럼 몇 개나 되는 조각상을 부수고, 붉은 불길에 달궈지면서 미로의 구조를 무시한 채 몇 개나 되는 통로를 횡단했다.

"커헉……?! 어디까지 날려 보내야 직성이 풀리려고……!"

"벽을 몇 번이나 넘게 하다니……! 여기는 또 어딘가……!"

팔다리와 머리에서 피를 흘리는 유리와 가름스가 신음하며 일어섰다.

용의 숨결이 만든 구멍을 강제로 날아간 두 사람은 처음 보는 통로에 나뒹굴고 있었다. 불꽃 때문에 기온이 상승해 땀이 줄줄 흘러내렸으며, 잔해로 변한 기둥과 벽은 흙먼지를 일으켰다.

"……! 드워프, 피해!"

무거운 부상을 입은 유리는 적이 접근하는 것을 한 발

늦게 알아차렸다.

물 흐르듯 통로로 날아든 와이번의 발톱을, 유리는 가름스의 몸을 걷어차 긴급회피했다.

"——우리가 있다는 걸 잊은 건 아니겠지이!"

"?!"

숨 돌릴 틈도 없었다.

두 개의 발소리를 울리며 흙먼지를 뚫고, 창과 도끼를 든 남자들—— 두 마리의 와이번을 조종하는 남자들이 공격을 가했다. 미처 도망치지 못했던 유리의 발톱이 창에, 거듭되는 마물들의 공격으로 한계에 달했던 대형 워해머의 자루가 도끼에 파괴되었다.

"무기인 『발톱』과 『망치』도 못쓰게 됐구만! 꼴좋다!"

"쳇……!"

무기를 잃은 두 사람에게 용병들은 손뼉을 쳤다.

유리가 혀를 차거나 말거나, 장검을 든 남자는 환희에 물들었다.

"낑~장하구만, 이 『사슬』은! 『마물』을 지배해서 아니꼬운 놈들을 실컷 괴롭힐 수 있어! 우리가 최강이 될 수 있어!"

남자들은 도취되어 있었다.

사람은 도저히 재현할 수 없는 마물의 폭력과 그 위력에.

파괴욕구와 가학심에 찬 그 모습에, 피가 흐르는 한쪽 팔을 축 늘어뜨린 유리가 보낸 것은 분노도, 혐오도 아닌 연민이었다.

"……그렇군. 그『사슬』을 사용한 자는 그놈의 왕처럼, 예외 없이『추악한 마물』이 되는 모양이야."

"멋 부리고 앉았어, 등신이! 그 **눈깔**로 쳐다보지 마!"

남자들의 분노는 쉽게 비등점을 돌파했다.

장검을 든 남자가 이를 갈며 노성을 터뜨렸다.

"아르고노트 자식도 열 받았지만, 네놈들은 특히 마음에 안 들었어! 늘 위에서 우릴 내려다보고 앉았고!"

남자가 터뜨린 것은 증오였다. 적반하장에 가까웠다.

어쩌면 삿된 원한이었는지도 모른다.

"강하다고 잘난 척하지 마! 약하다고 무시하지 마! 누구나 네놈들처럼 강한 게 아니야! 네놈들처럼 긍지나 신념을 관철할 수는 없다고!!"

일렁이는 감정에 비통함이 섞이기 시작했다.

분노의 형상으로 일그러진 남자의 모습은, 마치 울고 있는 것처럼 보이기도 했다.

"그러니까 이런 쓰레기로 전락할 수밖에 없잖냐고오오오오오오!"

그 말은 제멋대로였다.

자신을 변호하는 열등감이자, 약한 마음을 지키기 위한 갑옷이었다.

그들의 변명을 지지하는 사람은, 분명 적지 않을 것이다.

그만큼 이 암흑의 시대는 가혹해, 희망의 싹 따위 쉽게 꺾어 버린다. 입바른 말을 관철할 수 있는 것은, 그야말로

『영웅의 자질』을 가진 극소수뿐.『약자』가 택할 수 있는 선택지는 한정되어 있다. 그렇다면 악행이나 쾌락으로 도망치는 것이 과연 비난받을 일일까?

아르고노트 일행을 선선히 놓아준 이유를, 유리와 가름스는 뚜렷이 이해했다. 그들은 계속 두 사람을 눈엣가시처럼 여기며, 부러워했던 것이다.

왕도에서 만났을 때부터『강자』의 관록을 보여주었던 유리와 가름스를, 『약자』인 평인들이 노려보며 고함을 질러댔다.

"그게 너희들의 숨김없는 진의인가?"

하지만.

"그렇다면, 역시 너희들은 단순한『쓰레기』다. 트집 잡고 질투할 줄밖에 모르는 잡종들이다."

"뭐라고?!"

가름스는 동정 따위 하지 않았으며, 유리는 단호하게 비난했다.

"너희보다 약하고, 너희가 깔보던 그 광대는…… 일어났다."

"―――!"

그리고 이어진 유리의 말에, 평인 용병들은 할 말을 잃었다.

아르고노트는『영웅』이 아니다.

『영웅』이라고 큰소리를 치면서 허세만 부리는, 『그릇 없는』광대.

그에게는 힘이 없다. 재능도 없다.

숫제 용병들보다도 신에게 버림받은, 자격 없는 자의 말로이며『진정한 약자』다.

"놈은 끝까지 발버둥을 멈추지 않았다. 결코 닿을 수 없다는 것을 알면서도, 자기 입으로 말한『영웅』이라는 이름에 등을 돌리지 않았다."

그럼에도 아르고노트는 비탄하지 않는다.

절망도 하지 않는다. 쓰레기 같은 행위를 옳다고 여기지도 않는다.

백발의 청년은 누구보다도 우스꽝스럽게 살고, 노래하고 춤추고, 꺾여버린 희망의 싹 대신 웃음을 가져다주고자 한다.

새로운 희망을 불러들이려 한다.

그것은 유리와 가름스조차 인정하는 숭고한『약자의 의지』이며, 자랑스러운『약자의 포효』였다.

"그 약한 자는 할 수 있었는데, 자기들은 못 하겠다고 꽥꽥대고 있지! 웃기지 마라, 부스러기들아! 너희에게 부족한 것은 힘이나 재능이 아니다! 전진을 두려워하지 않는 강한 의지다!!"

그러므로 가름스는 소리쳤다.

약함을 내세워 자신의 잘못을 정당화하려는『소악당』을 규탄했다.

"안심해라, 속물들아. 우리도 너희도『영웅』은 될 수 없으니까."

그러므로 유리도 단언했다.

강자도 약자도 아닌, 진정으로 칭송받아야 할『시작의 영웅』의 이름을.

"그 남자 같은『진정한 영웅』은, 결코 되지 못한다."

얼어붙어 있던 남자들의 시간은, 발끈하면서 박살이 나버렸다.

"시, 시끄러워어어어어어어어어어어어어어어!!"

자신들이 경멸하고 멸시하던『광대』를 강자들이 칭송했다는 사실이, 그들의 긍지와 자존심을 이번에야말로 박살을 내버렸다.

전에 없던 분노와 살의를 품은 장검 남자는 마물을 조종하는 것도 잊고 달려들었다.

"여기서 죽여 버리겠어!!"

"죽어어어어어어어어어어어어어어어!!"

격정에 사로잡힌 중무장 남자와 함께 유리와 가름스에게 덤벼들었다.

부상을 입고 무기도 잃어버린 무방비한 수인과 드워프의 숨통을 끊고자, 처형의 일격을 날렸다.

그 직후—— 투콰아아아앙!! 하고.

참격의 소리가 아닌, **발차기와 주먹질** 소리가 남자들에게서 울려 퍼졌다.

"허, 허걱······?"

강렬한 무언가를 안면에 얻어맞아, 무슨 일이 일어났는지 알지 못한 채, 장검 남자와 중무장 남자가 뒤로 몇 걸음 비틀거리면서 나란히 곤혹스러워했다.

"그러고 보니, 말을 안 했지——."

웨어울프는 담담하게 말했다.

길고도 나긋나긋한 다리를 높이 든,『상단 차기』자세로.

"나는『발버릇』이 더 나쁘다."

그의 옆에서 바위 같은 주먹을 내밀고 있던 드워프도 대담한 웃음을 보였다.

"나도 이『주먹』이 최고의 무기지."

단순히, 눈에도 뜨이지 않을 만한 속도와 날카로움으로 발과 주먹에 맞았던 것임을 깨달은 남자들의 입에서 부러진 이빨이 바닥으로 굴러떨어졌다.

""뒈져라.""

제지를 기다리지 않는 웨어울프과 드워프의 몸.

압축되는 체감 시간. 느릿느릿 밀려드는 격쇄의 일격.

한순간도 기다리지 않고 꽂히는 발차기와 주먹 앞에서는, 아무것도 할 수 없었다.

한껏 늘어났던 찰나가 종언을 맞이한 직후, 두 사람은 공포의 비명을 질렀다.

"으, 으아아아아아아아아아아아아아아아아아아아아아아?!"

작렬했다.

파고들며 후벼파듯 꽂은 돌려차기가.

그리고 하단에서 날린 철권이.

장검 남자는 몸통을, 중무장 남자는 턱을 얻어맞고 각자 다른 방향으로 날아갔다.

"크허어어어억?!"

"카나?! 오토—?!"

창을 든 남자가, 바닥에 널브러진 두 동료의 이름을 외치듯 불렀다.

그의 옆에서 동요하는 도끼 든 남자는 금세 분노에 타올랐다.

"이 자식들, 감히……! 해치워라, 마물들아!"

한 손에 『사슬의 파편』을 들고, 『아티팩트』의 힘을 발동했다.

하지만, 『강제 사역 효과』를 가져오는 사위스러운 신비의 결정체는 조롱하듯 지금까지와는 다른 붉은 빛을 발했다.

그 직후, 머리 위를 날던 와이번이 목을 빙그르 돌려 남자들 쪽을 보았다.

"엥……? 이, 이봐, 왜 이쪽으로 오는 거야?! 내, 내가 아니야! 저놈들이라고! 저쪽! 저쪽으로——."

굵은 타액 방울이 떨어진 순간, 두 마리의 용은 저녁 만찬의 환호성을 질렀다.

"끄아아아아아아아아아아아아아아아아아아아아아아아아악?! 저, 저리 가, 안 돼?! ──으극, 끄허어어억?!"

"으아아아아아아악?! 사, 살려────."

창을 든 남자는 목을 물어뜯기고, 도망쳤던 도끼 든 남자는 머리를 물렸다.

갈기갈기 찢겨 먹히는 『공물』의 광경에, 유리와 가름스는 애써 표정을 지우었다.

"어리석은 것들……."

"『사슬』의 지배력이 끊어졌구먼……. 예속에서 벗어나면, 조종하던 자들에게 분노의 화살이 향하는 게 당연하지."

점술사인 오르나가 예언했던 말로와 똑같은 최후에 애도를 표할 여지는 없었다.

눈을 돌려보니, 바닥에 널브러져 있던 중무장 남자도 블랙 라이노스에게 잡아먹히고 있었다.

그의 유일한 행운은, 기절한 사이에 모든 것이 끝나 하늘로 떠날 수 있었다는 점일 것이다.

"……! 온다!"

자신들에게 목줄을 채웠던 가증스러운 사냥감들을 다 먹어 치우고, 마물들이 이쪽으로 눈길을 돌렸다.

더 많은 선혈을 탐닉하고자, 와이번들 앞을 다투어 유리와 가름스를 향해 달려들었다.

“젠장!! 속박에서 풀려나면서 마물의 야수성이 더 강해 졌네! 아까보다 벅차!”

“우리도 무기를 잃었으니……! 이대로 가다간……!”

가름스가 내뱉고, 유리가 으르렁거리는 목소리를 냈다.

통제를 잃은 마물들은 본래의 포학함을 되찾았다. 난폭하게 날뛰며 바닥을 부수고 불을 뿜어, 방어에 급급한 전사들을 몰아붙였다.

그야말로 열세. 몸에는 온통 상처를 입은 데다 맨손. 특히 후자가 치명적이었다. 유리와 가름스가 아무리 발차기 기술과 주먹을 자랑해도, 단단하기 그지없는 용린과 갑피 앞에서는 불리했다. 상대에게 대미지를 입히는 대신 자신의 팔다리가 상하고 피부가 찢어진다.

하다못해 무기라도 남아 있었다면——.

‘아니, **무기는 있다.**’

격렬한 적의 공세 속에서, 유리는 두 눈을 부릅떴다.

드워프의 허리에는『일족의 검』이 매달려 있었다.

그리고 자신에게도, 이 절박한 상황에서 아직 남아 있는 『비장의 카드』가——.

“——죽여어어어어어어어어어어어! 이 자식들을 다 죽여버려어어어어어어어어어어어어어어어어!!”

““?!””

느닷없이, 생각을 끊어버리는 절규가 터졌다.

“내 마지막 명령이다아! 우리랑 같이, 이 자식들을 잡아먹는 거다아아아아아아아아아!!”

　절규했던 것은 바닥에 쓰러져 있었던 장검 남자.

　걷어차여 일그러진 얼굴을 피로 물들였으면서도, 이성을 잃고 노성을 터뜨려『강자』의 발목을 잡고 지옥으로 끌어들이려 한다.

　그가 가진『사슬의 파편』이 남자의 집념과 맞바꾼 것처럼 빛을 발하고, 레드 드래곤이 포효를 터뜨렸다.

　“네놈……!”

　“하하하, 하하하하하하하하하하하하하하하!!”

　망가진 악기처럼, 장검 남자는 끝까지 홍소를 터뜨렸다. 용의 그림자가 몸을 가리는데도 여전히.

　남자의 몸은 레드 드래곤에게 순식간에 찢기고 삼켜졌으며, 다음 순간에는 송곳니 틈새에서 새어 나온 불꽃이 브레스가 되어 유리와 가름스에게 방사되었다.

　『콰오오오오오오오오오오오오오오오오오오!!』

　““～～～～～～～～～～～～～～～～～～～～～～～～크으윽?!””

　작열하는 탁류가 드워프와 웨어울프를 휩쓸었다.

　다시금 미궁의 벽을 파괴하는 브레스에 밀려나, 가름스와 유리는 통로 밖으로 쫓겨났다. 맹렬한 불길의 소리에 고통의 비명조차 묻혀버렸다.

　벽을 부수고 불에 타 날아가버린 그들이 도착한 곳은, 묘지라고 하기에는 너무 좁은 막다른 공간이었다.

　“커헉, 쿨럭……! 이봐, 살아있나 웨어울프……!”

"…………어…… 네놈이, 감싸준 덕분에…………."

떨리는 몸을 일으킨 가름스가, 손에 들고 있던 『거대한 쇳덩어리』를 옆으로 치웠다.

그것은 손잡이를 잃은 대형 워해머의 머리 부분이었다. 가름스는 브레스가 직격하기 직전, 임기응변을 발휘해 이것을 잡고 『방패』 대신으로 사용했던 것이다. 몸을 태우는 화상은 피할 수 없었지만, 목숨은 건졌다.

그러나 드워프만큼 강인한 육체를 가지지 않은 수인에게는 여력을 깎아내기에 충분한 일격이었다. 상처투성이로 벌렁 드러누운 채 눈을 간신히 뜬 유리의 모습은 이제 빈사상태라는 말을 떠올리게 했다.

간신히 일어난 가름스는 그를 내려다보며 낯을 일그러뜨렸다.

"어디까지 밀려난 건지……! 이젠 여기가 미궁의 어디인지조차 모르겠군……!"

시선을 끊고 주위를 둘러보지만, 현재의 위치조차 알 수 없었다.

이내 쿠웅, 쿠웅 하는 무거운 발소리가 들렸다. 날개를 치는 끔찍한 소리도 함께.

"오는 거냐……! 가증스러운 괴물들……!"

기사회생의 빛도 보이지 않는 궁지에 가름스가 이를 악물고 있을 때.

"…………이길 수 없는, 건가."

유리가 몽롱한 목소리로 중얼거렸다.

“사람의 몸으로는……. 『짐승』으로 전락하지 않고선…….”

드러누워 쓰러진 채.

어둠에 물든 천장을 올려다보며.

독백처럼 속삭였다.

“……드워프. ……바깥의 냄새가 난다.”

“……뭐?”

“내 고향과 같은, 풀의 냄새……. 분명, 이 왕도에도 비슷한 평원이 있겠지…….”

독백과도 같은 중얼거림은 당장이라고 꺼져버릴 것 같은 말로 바뀌었다.

시인처럼 『코』로 포착한 정경을 묘사하면서.

“어린 풀을 쓰다듬는 시원한 밤공기…… 해는 이미 졌구나…….”

“뭐야! 무슨 말을 하는 겐가?!”

움직임을 멈춘 가름스가 가장 먼저 의심한 것은 웨어울프의 정신 상태였다.

혼란에 빠진 그를 내버려 둔 채, 유리는 흐릿해진 시야 저편에서 그 『금색 빛』의 환영을 보았다.

“분명, 밖에는………… 아름다운 『달』이 떴겠지.”

“!”

드워프가 진의를 파악했다.

전사임을 저버린 웨어울프의 눈꼬리가 날카로운 의지를 담고 찢어질 듯이 치켜 올라갔다.

유리는 마지막으로 물었다.

"『구멍 파기』는 잘하나, 드워프?"

"——뻔한 소릴 묻는구먼!!"

드워프가 소리쳤다.

"우리가 구멍을 파지 않으면 누가 동굴을 만든단 말인가!!"

긍지가 담긴 대답데, 늑대는 울부짖어 대답했다.

"그렇다면 부수고 나아가라……! 그 벽 너머에, 우리의 대지가 기다리고 있다!"

"——우오오오오오오오오오오오오오오오오오오오오오오오오오오오오오오!!"

주먹과 함께 터져나가는 용맹한 목소리.

밀려드는 발소리와 마물의 기척에 등을 돌린 채, 가름스는 막다른 곳인 미궁의 벽을 주먹으로 후려쳤다.

한 방으로는 끝나지 않는다. 폭풍 같은 주먹의 대포, 거듭되는 연격과 충격. 해머와도 같은 드워프의 철권이 미궁을 울리고, 흔들고, 균열을 새기며, 놀랍게도 두꺼운 돌벽을 출렁이게 만들었다.

고스란히 미궁벽으로 파고든 뜨거운 충격이 밖에 펼쳐져 있을 풍경을 향해 손을 뻗었다.

"뚫려라아아아아아아아아아아아아아아아아아아아!!"

거대한 음성과 한층 격렬한 분쇄음. 그리고 용의 브레스가 터져나온 것은, 동시였다.

마침내 굴복해버린 미궁벽이 폭발하고, 길게 뻗어나온 드워프의 손이 웨어울프의 몸을 붙들었다.

모든 것이 작열하는 화염에 삼켜지기 전에, 뚫어버린 구멍으로 두 개의 그림자가 뛰어들었다.

폭염과 굉음.

구멍이 뚫린 라비린스가 토해내는 화염의 기침.

어두운 밤을 붉은 불꽃의 분류가 가르는 가운데, 데굴데굴 **대지를 굴러간** 가름스는 떨리는 손을 짚고 고개를 들어 하늘을 보았다.

"……아아, 네 말대로 정말 좋은 밤이군. 구름도 없이, 하늘은 맑고…… 신들이 미소 짓고 있네."

미궁 밖으로 뛰쳐나온 가름스를 수많은 하늘의 광채가 축복하고 있었다.

시선을 떨구자, 그곳에 펼쳐진 것은 분명한 『평원』.

깊은 계곡 밑바닥임에도 광대한 풀의 바다로 변한 대지가 바람 소리를 내고 있었다.

왕도가 가까울 것이다. 마물에게 더럽혀지지 않은 불꽃이 불어오는 기류에 몸을 흔들었다.

폭풍에 떠밀린 꼴로 거세게 날아와, 상처 입은 가름스의 달아오른 몸도, 시원한 밤공기가 열기를 앗아가고 감싸주었다.

입가에 웃음을 머금었던 있던 드워프는, 이내 불똥이 거
칠게 솟아나는『구멍』을 바라보았다.

『우우우우우우우우우우우우우……!』

"왔구나…… 왔어. 사냥감을 잡아먹고 혈육에 취해버리
는 마물 놈들이…….""

사냥감인 가름스와 유리를 쫓아 라비린스 밖으로 나온
와이번, 블랙 라이노스, 그리고 레드 드래곤.

무시무시한 괴물들을 향해, 드워프는『그 하늘의 이름』
을 외쳤다.

"어슬렁어슬렁 태평하게 이『달밤』아래에 나타났구나!"

하늘 한복판에 떠 있는 것은『보름달』.

과거에는 수인들 사이에서 신의 화신이라 불렸던 푸른
빛의 가호.

그리고, 그 가호에 손을 뻗어 온몸으로 받는 것은——
사나운 **한 마리의 짐승**.

"르으어어어어어어어어어어어어어어어어어어어어어어
어어어어어어어어어어어어어어어!!"

각성하는 야수성.

해방된 흉랑(凶狼).

달을 향해 솟아나는 늑대의 포효.

웨어울프의 비법이자 비의,『수화(獸化)』를 보고, 포악한

마물들은 처음으로 두려움을 드러냈다.

“나의 이름은 유리! 자랑스러운『늑대』부족의 족장 로우가의 장남!”

피에 젖은 가죽이 억누르지 못하는 근육의 융기.

거칠게 혈관이 불거지고, 귀와 꼬리를 덮은 회색 털이 길게 늘어났다.

호박색 두 눈은 광채를 발하고, 동공이 송곳니처럼 일그러지며 세로로 갈라졌다.

“이제부터『긍지』를 버리고, 그저『짐승』이 되어 네놈들을 잡아먹으리라!!”

이빨 또한 날카로워지는 가운데, 한 줌 남은 이성의 힘으로 늑대는 선언했다.

“『나』의『이빨』과 너희의『이빨』—— 어느 것이 위인지! 달빛 아래에서 증명하도록 하지!!”

그리고 바쳐진 것은『절대수렵』의 포효.

빈사상태의 육체를 맹렬한『이빨』로 변모시킨 유리는 마물 이상의『짐승』으로 전락하고, 다음 순간, **대지를 폭쇄했다**.

『크아아아아아아아아아아아아아————————?!』

마물의 눈으로도 포착할 수 없는 질풍이 되어, 블랙 라이노스의 앞 팔을 **뜯어냈다**.

크게 펼쳐진 다섯 손가락은 흉악한 발톱이 되어 맨손으로 마물의 갑피를 찢었다.

『짐승』는 멈추지 않는다. 창졸간에 화구를 쏘고 발톱을 내리치는 와이번 사이를 누비며 초원을 달려나가고, 풀꽃의 파편을 흩뿌리면서, 맹렬한 회오리바람이 되어 마물들로부터 피보라와 비명을 뜯어냈다.

'힘을 이끌어내라! 목숨 따위는 주겠다! 여기서 모조리 불태워 버리지 않고서야『늑대』의 전사라 할 수 있는가!'

와이번이 눈알을 잃었다.

블랙 라이노스에게서 살점이 튀었다.

레드 드래곤의 사지 일부가 깎여나갔다.

찌르고, 뽑고, 가르고, 치고, 베고, 깎는다.

거칠게 날뛰는 자신의 피조차도 앞으로 달려가기 위한 불꽃으로 바꾸어, 늑대는 발톱과 이빨의 폭풍을 일으켰다.

'동생아, 너를 지키지 못한 나를 용서하지 마라! 동포여, 너희를 죽게 내버려 둔 나의 무력함을 언제까지고 저주하라!'

모든 것이 고속화된 시야와 사고 속에서, 떠올랐다가는 사라지는 과거의 정경에 전사는 피의 눈물을 흘렸다.

품속에서 숨을 거두는 조그만 주검.

자신을 감싼, 혹은 자신이 저버렸던 동료들.

모든 한과 비분, 증오, 마지막으로 당시의 결의를 눈앞의 광경에 겹쳐 놓은 채, 너덜너덜하게 상처 입은 온몸에서 힘이라는 힘을 모조리 끄집어냈다.

'너희를 잃은『과거』를 양식으로── 나는『지금』을 타도한다!!'

그리고 그 너머에.

광대가 가리키는『희망의 미래』가 있다고 믿으며.

"크르아아아아아아아아아아아아아아아아아아아아아!"

『고오오오오오오오오오오오오오오오오오오오오오오오?!』

질주에 이은 질주.

붙잡을 수 없는 흉랑의 초가속.

충혈된 두 눈에서 붉은 물방울을 바람 속에 녹이고, 마침내 유리의『이빨』이 마물의 목숨을 위협했다.

"하나!"

내지른 피에 젖은 주먹이 블랙 라이노스의 흉부를 관통.

"둘!"

베어올린 족도가 와이번의 목을 참단.

"셋!"

그대로 하늘을 향해 뻗어나가, 곧바로 내리찍은 발꿈치가 남은 와이번의 머리를 격쇄.

"넷——!!"

그리고, 세 개의 절규와 재의 비를 뒤집어쓰며, 마지막으로 남은 레드 드래곤에게 혼신의 일격을 꽂으려던——

『오오오오오오오오오오오오오오오오오오오오오오오오오오오오오오오!!』

"커억———."

바로 그 직전.

용이 조금 더 빨랐다.

짐승의 일격이 용을 포착하기 전에, 사각에서 날아든 화살촉처럼 뾰족한 꼬리의 일격이 유리의 몸통에 구멍을 뚫었다.

감속한 기세, 미미하게 힘이 빠져나간 다리, 예정조화와도 같은 육체의 한계.

최후의 장애물을 앞에 두고, 달의 가호를 받았음에도 닿지 못한 채, 늑대가 선혈에 물들었다.

호박색 눈동자에서 급속히 빛이 멀어져가고, 온몸에서 힘이 사라져간다.

"―――해치, 워."

찰나.

떨리는 입술을 비집어 열고, 마지막 힘을 쥐어짜 용의 꼬리를 두 팔로 붙들면서, 유리는『그』를 불렀다.

"드워프……!"

만신창이가 된 몸을 땅에서 떼어내고 마침내 일어난 한 명의 전사가 포효를 터뜨렸다.

"말할 필요도 없다아!!"

허리의 칼집에 이루어진 봉인을 풀고, 검을 뽑는 소리와 함께『한 자루의 대검』이 달빛을 튕겨냈다.

"대지의 백성, 수많은 씨족이 단련한 위대한 검『용살검』! 네놈에게 주마!"

마물 중에서도 가장 강한 레드 드래곤을 물리치기 위해, 유리를 믿고, 절호의 기회를 노렸던 가름스는 발을 딛고 지면을 박차며 허공으로 높이 날아올랐다.

거듭되는 공격으로 팔다리가 깎여나가, 회피할 수단을 잃고, 반격을 위한 꼬리도 유리에게 구속당한 용은 공포와 함께 하늘을 우러러보았다.

이빨 사이로 뿜어져 나간 붉은 불꽃보다도, 낙하하는 운석으로 변한 드워프가 빨랐다.

대검을 높이 들고, 가름스는 거대한 용이 드러낸 등뼈의 한복판을 향해, 그 강렬한 일격을 퍼부었다.

"부숴져라아아아아아아아아아아아아아아아아아아아아아아아아아아아아아!!"

『카아아아아아악?!』

거구가 한가운데에서 꺾여버리는, 폭격과도 같은 필살의 공격.

그야말로『용살』의 일격에 레드 드래곤은 대량의 용혈을 토해내고, 분쇄의 단말마를 남기더니, 다음 순간에는 대량의 재로 변했다.

솟아나는 폭발.

마치 화룡이 화산으로 변한 것처럼, 폭풍과 함께 어마어마한 양의 재가 달빛 아래에 흩날렸다.

발생한 폭발에 의해 허공에서 허우적거리다 쿵 소리를 내며 추락한 가름스는, 조금도 원래대로 돌아올 줄 모르는

© kakage

호흡을 가라앉히는 것도 포기한 채 헐떡이며 말했다.

"잡았다, 웨어울프……. 우리가, 이겼어………."

"………………."

"이봐, 대답 안 하나……."

"………………."

"평소의 건방진 말버릇은, 어디로 갔어……."

"………………."

지면에 드러누운 가름스의 목소리에 돌아오는 말은 없었다.

용은 재가 되어 사방으로 흩어졌다. 청년의 배를 뚫었던 꼬리도, 소멸했다.

멀리 떨어진 곳에 쓰러진 웨어울프의 몸에서 피의 샘이 퍼져나갔다.

가름스는 알고 있었다.

그럼에도 몇 번이나 부르며 이를 악물었다.

"아아, 빌어먹을……. 이놈이고 저놈이고…… 다 나보다 먼저……."

꺼져버린 전사의 숨결에, 주먹을 쥐려 했지만, 잘 안 되었다.

조금도 돌아오지 않는 손의 악력에, 처음으로 자기 자신에게 분노를 느끼며, 두 팔을 힘없이 늘어뜨렸다.

아르고노트 일행을 쫓아가야만 한다.

슬퍼할 틈은 없다.

이 몸은 맷집 강한 드워프.

조금만 쉬면 힘도 돌아오고, 동료들에게도 돌아갈 수 있을 것이다.

그러니 지금은, 쉬자.

드워프보다 맷집 약한 수인에게, 한껏 악담을 퍼부으며.

"……『늑대』부족, 유리…… 내가 인정해주마."

그러나 입술에서 새어 나온 말은, 악담과는 거리가 멀었다.

"네놈이야말로, 드워프 못지않은, 자랑스러운 전사다……."

처음으로 다른 종족을 존경하는 마음을, 말을 하지 못하게 된 웨어울프와 하늘에 떠 있는 달을 향해 바쳤다.

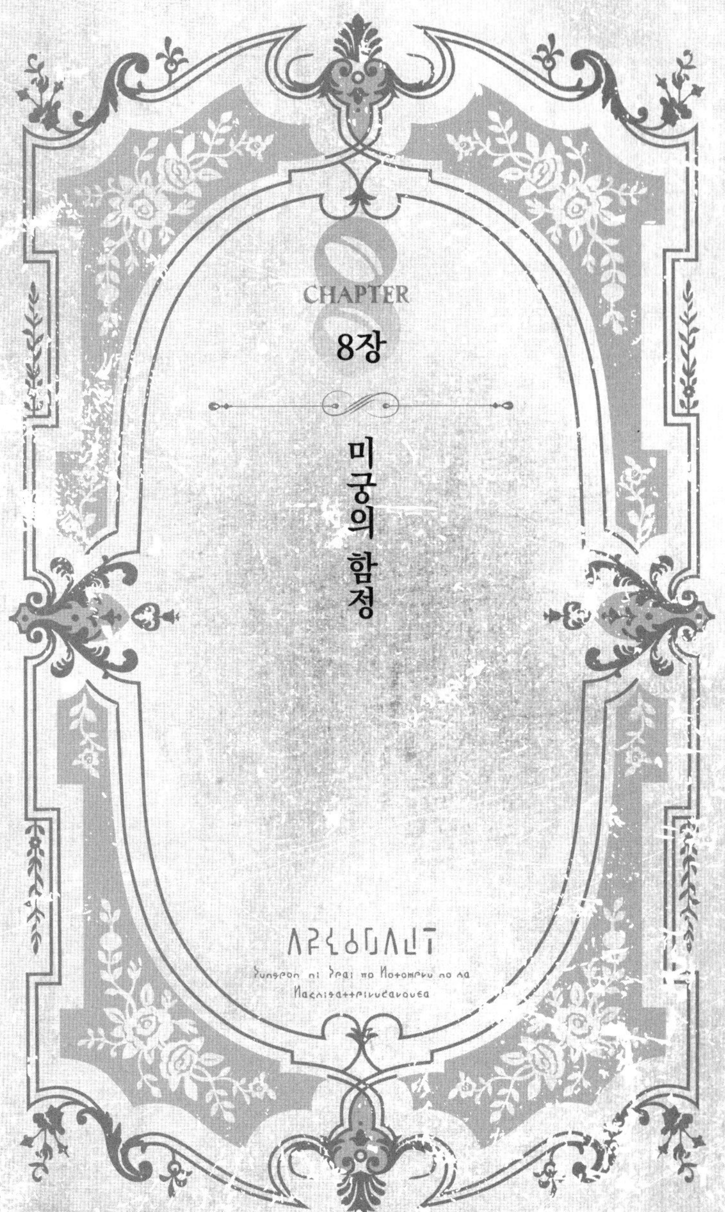
CHAPTER

8장

미궁의 함정

ARROGANT

라비린스 안을 나아간다.

합계 네 명의 발소리를 바람처럼 울리며, 아르고노트 일행은 복잡한 통로를 나아가고 있었다.

"온 미궁에 울려 퍼지던 격렬한 소리가 사라졌군요……."

류루는 미련이 남은 것처럼 뒤를 한 번 쳐다보았다.

라비린스를 뒤흔들던 충격은 끊어졌다.

마물의 무시무시한 포효도, 전사들의 함성도, 모두.

"설마, 그분들이……."

"……나아가자. 나아가지 않으면 내가 그들에게 야단맞을 거야! 그들을 위해, 미노타우로스를 쓰러뜨리자!"

류루가 입에 담은 우려와 달리, 아르고노트는 강했다.

동료에 대한 마음과 이루어야만 사명을 혼동하지 않고, 앞을 향해 나아갔다.

"…………."

"……오르나 씨? 왜 그러세요?

그런 가운데, 오르나만 낯빛을 바꾸고 있었다.

바로 곁에서 피나가 말을 걸어도 침묵으로 대답할 수밖에 없었다.

『그녀』가 나타나지 않아……. 그게 무엇보다 무서워…….'

오르나의 얼굴에 불안을 가져다준 원인은, 『어떤 인물』이 없다는 것이었다.

틀림없이 이 라비린스 내에서 미노타우로스 다음으로 무서운 존재. 그런 존재가 나타나지 않고 있다.

병사들이 켜놓았는지 미궁 벽의 상단에 일정한 간격으로 일정 간격으로 배치된 촛대의 빛으로도 지울 수 없는 그림자를 몇 번이나 살폈지만, 왕도 최고의 뛰어난 암살자는 발견되지 않았다.

‘우리를 발견하지 못한 걸까? 아니면…… 기회를 노리고 있나?’

평소에는 귀찮을 정도로 오르나의 주변을 경호하던 『언니』가, 지금은 나타나지 않고 있는 것만으로도 이렇게나 마음이 술렁거린다. 쓸데없는 걱정이기를 바라는 마음은 분명 이루어지지 않으리란 것을 자각하면서, 오르나는 혼자 주위를 경계한 채 신경을 곤두세우고 있었다.

그때.

<u>으으으으으으으으으으으으으으으으</u>——————…………

그들의 발을 멈추게 만드는 나직한 포효가, 라비린스 깊은 곳에서 울려 퍼졌다.

"지금 그건……."

"땅이 울리는 듯한 포효……. 무서운 무언가가 터뜨린 것 같은……."

피나와 류루가 긴장감을 띠었다.

오르나는 위기를 예언했다.

"틀림없어……. 미노타우로스가 깨어난 거야……!"

왕도의 사정을 잘 아는 그녀의 말은, 그야말로 길흉을 점치는 별의 목소리와도 같았다.

장소는 폭이 넓은 십자 교차로, 하지만 그들의 눈은 망설임 없이 앞만 응시하고 있었다.

일행을 에워싼 긴박한 냉기가 한층 짙게 피어나는 가운데, 아르고노트는 조용히 중얼거렸다.

"게다가………… 가까워."

그의 말을 긍정하듯.

그윽한 사냥감의 향기에 이끌리듯.

중얼거림

둔중한 발소리가 철퇴처럼 쿠웅, 쿠우웅 울리며 다가왔다.

떨리려 하는 팔다리를 붙들며 피나가 지팡이를 들었다.

리라를 손에 들고 모자의 챙을 내린 류루가 날카로운 매의 눈으로 노려본다.

아르고노트는 말없이 『뇌정의 검』과 『불꽃의 마검』을 뽑았다.

그리고 숨을 삼키는 오르나의 시선 너머, 통로를 꽉 채운 어둠을 뚫고, 그 거대한 몸이 나타났다.

『우오오오오오오오오오오오오오오오오오오오오오오오!!』

격렬한 포효가 고막만이 아니라 온몸을 후려쳤다.

몸이 밀려나려 하던 일행 속에서, 류루가 재빨리 영창을 중얼거리며 리라를 튕기자 희미하게 퍼져나간 『녹색의 막』이 공포의 원천이 된 하울로부터 네 사람의 몸과 마음을 지켜주었다.

하지만 그렇다 해도 전율을 금할 수는 없었다.

"『미노타우로스』……!"

흉악한 뿔을 포함해 전체 높이는 3M, 아니, 4M은 되지 않을까.

뻣뻣한 털로 뒤덮인 온몸은 지금도 거대한 강철의 갑옷을 입고 있었다. 하지만 잠들기 전에 방해가 되었는지, 몸통과 양팔 부분의 부품은 보이지 않았으며, 그 대신『빛을 띤 사슬』이 감겨져 있었다. 모든 재앙의 근원인『아티팩트』였다.

그 손에 들고 있는 것은, 사람의 키를 훨씬 넘는 양날 도끼, 라브리스.

코를 막고 싶을 정도로 강렬한 피 냄새를 풍기며, 얼어붙은 아르고노트 일행을 노려보았다.

"한 번 본 적은 있었지만…… 달라요. 다른 마물과는 달라요! 이 정도일 줄은!"

어느 샌가 피나는 비명을 지르고 있었다.

전에는 협곡 위에서 전사들이 학살당하는――『식사』의 광경을 목격했지만, 이렇게 마주하니 위압감은 비교할 수 없을 정도였다. 그 존재에서 발산되는 압력은 생명으로서 격의 차이를, 무엇보다도 힘의 차이를 여실히 들이대고 있었다.

『용보다도 강하다』고 단언했던 오르나의 말은 결코 틀린 말이 아니었다.

“위협적인 체구, 야수성을 띤 목소리, 피로 물든 라브리스…… 아아, 두렵도다! 그야말로 괴물의 화신 같구나!”

류루가 여전히 노래를 위한 시를 지었지만, 그들의 공포는 씻을 수 없었다.

그만큼 미노타우로스는 비정상적이었으며, 무엇보다도 『괴물』이었다.

“큭……!『뇌정의 검』이여! 나에게 힘을 빌려다오!”

몸에 도사린 공포를 떨쳐버리려는 것처럼, 아르고노트는 정령의 검에서 전류를 발산했다.

그때, 파직파직 소리를 내며『우레의 가호』를 몸에 두른 평인을 미노타우로스가 처음으로 직시했다.

『음식』 속에 먹는 데 방해가 되는 독이 섞여 있음을 알아차린 것이다.

라브리스와 함께 두 팔을 축 늘어뜨린 강대한 마물 앞에서, 아르고노트는 숨을 짧게 들이마시고 외쳤다.

“여기서 결판을 내겠다!”

땅을 박찬다.

이제는 피나의 눈으로도 완전히 따라갈 수 없는 속도의 덩어리가 되어, 빛나는 번개와 함께 미노타우로스에게 달려든다.

정면에서의 대각선 베기——를 가장한, 머리 위로의 도약.

움찔 반응한 거구의 움직임을 완벽하게 간파하고, 그는

적의 간격으로 들어가는 아슬아슬한 선에서 머리 위로 뛰어올랐다. 교활하고 겁 많은 광대는 정면 돌파를 좋아하지 않는다. 그것은 『정령』에게서 가호를 받은 지금도 마찬가지다. 자만심을 모르는 아르고노트는 거대한 통로의 천장에 스칠 정도로 뛰어올라, 팽이처럼 상반신을 틀었다.

유리 같은 전사들이 보기에는 시시한 곡예.

그러나 뇌광을 몸에 두른 지금이라면, 눈을 크게 뜰 만한 번개의 기습.

『뇌공』이라 불리던 괴물에게 한 방 먹여주겠다는 듯, 필살의 뇌참(雷斬)을 펼쳤다.

그러나.

"우웃?!"

미노타우로스는 그것을, **튕겨냈다**.

가볍게 머리를 털어, 구부러진 붉은 뿔로, 너무나 쉽게.

아르고노트가 간파했던 반응을 뒤엎는 듯한 **초반응**.

기습을 가한 의미를 잃어버리는 적의 반사속도에, 튕겨져 허공에서 허우적거리는 아르고노트는 말문이 막혔다.

번개의 기습을 막아냈다면, 적 또한 몸속에 번개를 기르고 있는 것과 다름없다.

인외(人外)라는 한 마디로는 도저히 표현할 수 없는 육체 능력의 편린을 보여준 미노타우로스는, 당연하다는 듯이 먹잇감에게 추가공격을 가했다.

『무우워어어어어어어!!』

“크윽?!”

외투를 펄럭이며 바닥이 아닌 벽에 착지한 아르고노트를 향해 휘둘러지는 오른손의 라브리스.

전류를 모은 신발 바닥이 간발의 차이로 벽면을 박차 위기를 모면했지만, 그 직후에는 충격과 폭발의 흙먼지가 발생했다. 미궁을 뒤흔들어, 비전투원인 오르나를 주저앉게 만들어버릴 정도의 파괴현상.

흙먼지가 시야를 가리는 가운데, 미노타우로스에게서 봤을 때 왼쪽 무릎 부근, 좌측면의 사각으로 뛰어든 아르고노트는 굵은 땀방울을 튕기면서, 이번에는 스쳐 지나가듯 적의 몸을 베는 데 성공했다. 깊지는 않았지만, 갑옷에 보호받지 않는 왼쪽 정강이 부분을.

달려가며 감전을 일으킨 번개의 공격에 미노타우로스는 미간에 굵은 주름을 지었지만, 그뿐이었다.

사냥감의 저항에 화가 난 것처럼, 포효를 지르며 날뛰기 시작했다.

“크악?!”

“아르 오빠?!”

순식간에 격렬한 칼부림을 벌이는 한 사람과 한 마리 중에서, 이내 아르고노트가 밀리기 시작했다.

몇 번이나 검으로 베어대며 전류를 퍼부었다. 그럼에도 미노타우로스는 쓰러지지 않았다. 오히려 솟아나는 분노를 더한 것처럼 공격이 격렬해져, 검으로 방어했는데도 평인 청년을 날려버렸다.

그 압도적인 거구가 날뛰는 것만으로도, 성인 열 명이 나란히 서고도 남을 만큼 넓은 통로가 너무나도 비좁은 살육의 장으로 변해버렸다.

몇 초간의 공방을 따라오지 못하고 있던 피나가 지팡이를 들고 『마법』을 쐈지만, 그래도 멈추지 않는다. 황소 마물은 등에 맞은 화염을 아무렇지도 않게 무시한 채, 그보다 더 잽싸고 눈에 거슬리는 가짜 번개를 집요하게 노렸다.

"정령의 번개가 통하지 않아?! 저렇게 몸을 태워대는데 흔들리지도 않다니……!"

"괴물……!"

그 광경에 류루도, 손을 빌려 몸을 일으킨 오르나도 신음 소리를 내뱉었다.

이제까지의 전투에서 그렇게나 강력했던 우레의 힘으로도 치명상을 입히지는 못했다.

인류만이 아니라 동포인 마물까지도 계속해서 먹어왔던 시선의 너머의 미노타우로스는 너무나도 『강화』되었다. 다른 일반 미노타우로스와 비교해도 명확하게 『별개의 존재』로 구별할 수 있을 정도였다.

아르고노트의 첫 기습을 튕겨냈던 두 뿔은 온통 붉은색으로 물들어 있었으며, 그것은 이제까지 학살했던 사냥감들에게서 튄 피였다.

강인한 가죽은 베기 힘들고, 찢기 힘들고, 방어력은 무두질한 가죽 갑옷은커녕 용의 비늘마저 능가했다.

우락부락한 근골은 그 자체가 흉기. 그야말로 온몸이 무기고라고 할 수 있다.

라크리오스 왕가가 오랫동안 길들여, 잔인한 제물로 이제까지 키워낸『상승장군』은 모든 능력이 인지를 초월했다.

'알고 있었어, 알고는 있었어……. 적이 강대하다는 건! 하지만, 이 정도일 줄은!!'

직격당하면 즉각 전투의 권리를 잃는 목숨을 건 공방전 속에, 아르고노트는 이제 피부에서 튀는 뜨거운 액체의 입자가 땀인지 피인지 구분할 수도 없었다. 그저 눈앞의 강적을 보며 떨리는 호흡을 반복할 뿐이었다.

오르나의 추측에서, 미노타우로스가 자신들보다 강하다는 정보는 단단히 명심하고 있었다.

그래도 마음 한구석으로 절망적인 상황은 아닐 거라고 생각했다.

『정령의 힘』이 있다면 어떤 어려움도 넘어설 수 있을 거라고, 그렇게 믿었던 것이다.

그러나 아니었다. 적은『진정한 괴물』이었다.

그리고 그런 괴물 앞에서, 자신은『영웅』이 아닌, 그저『광대』에 불과하다는 것을 톡톡히 깨달았다.

'하지만, 여기서 진다면 공주는——!!'

패배를 부르는 조바심을, 아르고노트는 재빨리 걷어차

버렸다.

뇌리를 스치는 것은 금발벽안의 소녀.

아직 한 번도 진짜 웃음을 짓지 않았던, 아르고노트가 구하겠다고 결심한 『하나』.

그 사명 앞에, 솟아나는 비관 따위는 사소한 것이었다.

아르고노트는 이 『황소 퇴치』만은 반드시 달성해야만 했다.

"질까 보냐! 이대로 끝낼까 보냐아아!"

『뇌정의 검』에 더해, 크로조가 준 『불꽃의 마검』도 뽑아 휘둘렀다.

"아니, 끝났어."

그 직후였다.

무시무시한 전투 속에서, 귀를 꿰뚫는 빙결의 속삭임이 들려온 것은.

"━━━━━━."

옆에서 갑자기 나타난 그림자가, 짐승처럼 땅을 기어 무엇보다도 낮게, 누구보다 빠르게 전장을 가로질러, 소리도 없이 도약했다.

발은 천장으로, 머리는 바닥으로.

위아래가 뒤집힌 검은색 옷차림의 아마조네스가 두 손을 번뜩였다.

얼어붙은 피나 일행과 마찬가지로, 아르고노트도 헛숨을 삼키고 있었지만, 그럼에도 반응했다.

언젠가 그랬듯 오른손이 노리는 경추에 대한 일격을, 억지로 휘두른『뇌정의 검』으로 막아냈다.

하지만 행운도 거기까지.

선물을 건네듯, 사신의 낫과도 같이 휘둘러진 왼손이 아르고노트의 등에『흉검』을 꽂았다.

"커헉——."

"오빠?!"

오빠의 각혈과 여동생의 비명은 동시.

"암검?! 설마!"

"엘미나?!"

엘프의 경악과 소녀의 우려도 마찬가지.

"모험은 끝. 광대의 최후는 내가 엮어주지."

순식간에 벌어진 일에 미노타우로스조차 잠시 움직임을 멈춘 가운데, 역시 아무 소리도 없이 미궁의 석판 위에 착지한 암살자—— 엘미나는 무감정하게 선언했다.

"『아르고노트는 돌뿌리에 발이 걸려, 마물에게 죽었다』."

그리고 그녀의 각본대로, 정체되어 있었던 시간은 산산이 부서졌다.

『부우우워어어어어어어어어어어어어어어어어어어어어어어어어어!』

가차 없이 전개된, 미노타우로스의 돌격.

"——아아악?!"

어깨로 돌진해온 강렬한 몸받기에 아르고노트의 몸이 나뭇가지처럼 날아갔다.

창졸간에 전개한 전류의 장벽으로도 전부는 막아내지 못했다. 말문이 막혀버린 오르나의 왼쪽 통로—— 엘미나가 나타났던 방향으로, 청년은 미노타우로스와 함께 봇물 터진 듯한 기세로 사라졌다.

"오빠아아아아아아아아아아아!!"

"안 돼! 구해야 합니다!"

낯이 창백해진 피나와 함께 류루가 뒤를 쫓으려 했다.

하지만.

"보내줄 것 같나?"

암살자 여자는 어디까지나 냉혹했다.

십자 교차로의 벽 안, 부자연스럽게 튀어나온 석판—— 벽돌 크기의『돌기』에 주먹을 내리친다.

그러자, 마치 지탱하는 기둥을 잃은 것처럼 벽 안쪽에서 돌이 터지는 소리가 울리고, 그 다음에는 순간에는 콰앙!!! 소리와 함께.

류루 일행이 왼쪽 통로로 뛰어들기 직전, 앞길을 가로막는『석판의 봉인』이 출현했다.

"앗?!"

“천장에서『장벽』이……?!”

천장에서 갑자기 내려온 두꺼운 돌덩어리에 하마터면 깔려버릴 뻔한 피나와 류루는 경악해 얼어붙었다.

『장벽』은 왼쪽 통로와 함께 오른쪽 통로까지도 막아, 십자로를 단순한 직선 길로 바꿔버렸다.

아르고노트와 미노타우로스에게 갈 수가 없었다.

“라크리오스 왕가가『명공』에게 명령하여 설치한『함정』이지……. 이런 장치는 라비린스 곳곳에 존재한다.”

“엘미나……! 너!”

냉담하게 말하는 아마조네스를, 오르나는 두 주먹을 꼭 쥐며 노려보았다.

우려하던 일이 현실이 되었다. 역시 엘미나는 어둠에 숨어 이쪽을 감시하며, 습격의 기회를 호시탐탐 노리고 있었던 것이다.

“열어주세요, 이거! 빨리 열어!!”

오빠의 이름을 부르며 두 손으로 장벽을 몇 번이나 두드리던 피나는, 돌아보며 이성을 잃은 목소리로 외쳤다.

평정심을 잃은 그녀의 험악한 기세에, 엘미나는 얼굴을 가린 베일 속에서 조용히 입술을 움직였다.

“무리다. 한번 내린 장벽은 다시 되돌릴 수 없다.”

“큭……?!”

“애초에 멍청한 소리 하지 마라. 그 소는 진정한 괴물이다. 같은 공간에 있으면 우리도 잡아먹힐걸.”

무정한 선언에 피나는 말을 잃었다.

엘미나는 그때, 하나뿐인『여동생』을 흘끔 쳐다보았다.

"특히 오르나…… 약한 너는 제일 먼저 죽을 거다. 그런 걸 누가 용납하겠어."

"……!"

너무도 왜곡되고 일방적인『언니』의 비호애에, 오르나는 혐오와 괴로움이 뒤섞인 표정을 지었다.

"『정령의 힘』을 얻은 아르 공을, 처음부터 분단시킬 작정으로……!"

황소 퇴치에서 중심이 될 인물을 잃고, 류루가 신음했다.

피나의『마법』으로 장벽을 파괴하려 해도, 이 두께라면 시간이 걸릴 것이다.

"성가신 남자는 이걸로 끝……. 벽 너머에서 잡아먹히면, 미노타우로스를 죽일 수 있는 자는 이제 아무도 없다."

무엇보다, 두 자루의 암검을 든 눈앞의 아마조네스가 주문의 영창을 위 허락하지 않을 것이다.

"이제는 너희들만 처리하면 끝이지…… 자, 죽어라."

일방적인 유린이 시작되었다.

다시 소리도 없이 사라진 엘미나가, 중력을 무시하듯 종횡무진, 벽이며 천장을 박차고 뛰어다녔다.

참격과 함께 빠져나가는 가공할 그림자에, 피나와 류루가 입은 옷은 순식간에 너덜너덜해졌다. 간신히 반응한 엘프들의 몸에도 피로 물든 상처가 늘어나고 있었다.

싸늘한 검광이 번뜩이고, 미처 피하지 못했던 선황색과 녹색 머리카락 몇 가닥이 허공으로 솟았다.

그런가 하면 마물을 초월한 파괴의 일격이 바닥을 분쇄해, 무수한 돌 조각과 소녀들의 몸을 날려버렸다.

"~~~~~~~~~~~~~~~~~~~~~~~~크윽?!"

"너무 강해! 아마조네스 엘미나, 이 정도일 줄은……!"

엘미나의 공세에 밀릴 대로 밀린 피나는 목소리를 이루지 못하는 비명을 지르고, 회피가 고작인 류루도 평소의 표표한 태도를 포기해버렸다.

이들 가운데 누구보다도 세계 각지를 돌아다니며 넓고 깊은 식견을 가진 음유시인은 인식을 달리할 수밖에 없었다. 엘미나는 왕도 측의 첩자이며, 『영웅후보』 중에서도 저력을 알 수 없기는 했지만, 원래의 실력은 **유리와 가름스를 능가한다**고 말하지 않을 수 없었다.

말하자면 웨어울프의 민첩함과 드워프의 힘을 겸비한 존재는, 류루의 눈으로 보기에 강렬하면서도 지나치게 이단적인 아마조네스로 보였다.

그런 전율을 거듭하는 음유시인 앞에, 엘미나가 육박했다.

"음유시인…… 가장 종잡을 수 없는 것은 너. 먼저 없애겠다."

"웃……! 그건 과대평가죠! 저는 알 공과 마찬가지로 도망치는 것 말고는 특기가 없답니다! 부디 봐주시죠!"

두 자루의 암검이 휘둘러지는 동안, 몇 번이나 후퇴해 아슬아슬하게 피하는 류루는 식은땀을 숨기지도 않고 억지로 웃었다. 조금도 웃지 않는 엘미나의 대답은 변함이 없었다.

"무리지."

하지만.

빗나간 암살을 미끼 삼아 오른발을 내디디고, 이를 축으로 왼발 돌려차기를 날렸다.

교차한 두 팔로 막았지만, 류루는 "크헉?!" 하는 비명과 함께 벽에 처박혔다.

"류루 씨?! 큭—— 【계약에 응하라, 대지의 불꽃이여. 나의 명에 따라——】."

류루와의 근접전을 반복하며 거리가 벌어진 엘미나에게, 피나가 영창을 단행했다.

상대가 몸을 돌려 접근하기 전에 주문을 먼저 완성시킬 수 있다.

천재일우의 기회. 엘프의 피를 물려받은 사수의 눈은 피아간의 간격을 제대로 파악하고 있었다.

"그러고 보니."

하지만.

그 여자는 『이성을 벗어난 존재』였다.

평범한 상대였다면 능가했을 영창 속도와 간격을, 뒤집어버릴 정도로.

피나에게 등을 돌린 채, 그 여자는 **도약했던 것이다.**

"너에게는, 마법으로 몇 번이나 방해를 받았지."

"————."

머리 위로 날아올라, 저격 대상이 사라지며 발생한 허를 찔려버린 피나의 공백을 차지하고, 그 바로 뒤에 착지했다.

더욱 무서운 것은, 인간이 아닌 듯한 움직임을 재현하는 순발력. 적과 대치한 상태로도『암살』을 집행할 수 있는 아마조네스는, 홱 돌아서며 지팡이를 휘두르는 소녀의 팔을 뱀처럼 휘감아—— 무자비하게 **꺾었다.**

"아——— 아아아아아아아아아아아아아아아아?!"

떨그렁, 하는 메마른 소리를 나며, 부자연스럽게 구부러진 오른팔에서 지팡이가 떨어졌다.

오른팔을 붙잡고 주저앉으며 굵은 눈물을 흘리는 피나를, 엘미나는 냉혹하게 내려다보았다.

"이제 더 이상 지팡이는 잡을 수 없겠지."

"아, 아아, 아아～～～～～～～～～～～～～……!!"

울부짖는 하프엘프 소녀에게 무심한 발길질이 날아들었다.

그 일격이 피나를 파괴하기 전에, 류루가 간신히 뛰어들어 그녀를 안고 이탈했다.

데굴데굴 굴러간 후, 낯이 창백하게 질린 오르나의 옆에서 몸을 일으켰다. 본인도 입술을 피로 물들인 음유시인은 품에 안겨 필사적으로 눈물을 참는 소녀를 보고 낯을 일그러뜨렸다.

“어떻게 이런 짓을……!”

“안심해라. 네 리라도 두 번 다시 울리지 않을 테니.”

엘미나는 조용히 왼손의 암검을 휘둘러, 희미하게 묻어 있던 혈액을 털었다.

마치 그 순간을 기다린 것처럼, 길을 가로막은『장벽』너머로 울려 퍼지는 소의 울음소리.

눈물을 머금은 채 눈을 크게 뜬 피나와 함께, 흠칫 고개를 든 류루에게, 암살자 여자는 무정하게 선언했다.

“그리고 그 광대도…… 곧 너희의 뒤를 따를 것이다.”

“커헉, 콜록……?!”

입에서 핏덩어리를 토하며, 아르고노트는 부딪쳤던 벽에서 떨리는 몸을 떼어냈다.

“아앗, 내가 어디까지 날아온 거지……! 피나는, 다른 사람들은 어디로……!”

무시무시한 돌격을 받아, 아르고노트 자신이 처박힌 주위 일대는 그야말로 포격이 직격한 듯했다.

아르고노트를 받아낸 미궁벽은 천장까지 균열이 생겼으며, 오는 도중에 있던 기둥은 모조리 박살이 났다.

어마어마한 흙먼지가 피어오르는 현재의 위치는, 신전의 주랑(柱廊)을 연상케 하는 세로로 긴 통로였다.

"상처가 심해…… 뼈에는 금이……?! 이거, 혹시나가 아니라 역시나, 위험한 상황 아닐까……!"

생각이 돌아가지 않는 머리를 억지로 움직이기 위해, 입을 쉬지 않고 놀리면서 농담 비슷한 말을 늘어놓는다.

그리고 금이 간 갑옷과 피로 물든 팔을 내려다보고, 떨리는 손을 등 뒤로 돌려, 지금도 자신의 목숨을 위협하고 있는 엘미나의 암검을 비명과 함께 단숨에 뽑아냈다.

"으윽…… 아아아!"

즉시 정령의 가호가 발생해, 전류의 막이 그 이상의 출혈을 막아주기는 했지만, 응급처치조차 되지 못하는 억지 조치였다. 뇌를 녹이는 듯한 열기와 극심한 통증이 등에서부터 퍼져나가는 가운데, 아르고노트는 거친 숨을 몇 번이나 내쉬었다.

호흡을 조절하지 못하고 있으려니, 무겁고 큰, 비정한 발소리가 다가왔다.

"하지만…… 우는 소리를 할 여유도 없겠군……!"

붉은 안광과 함께 나타난 거대한 그림자가 커튼을 찢듯 흙먼지를 가르고 나타났다.

라브리스를 손에 든 미노타우로스는 맹렬한 포효를 터뜨렸다.

『――――――――――――――――――우우우!!』

피부가 찌릿찌릿 떨리는 대음성을 상대로, 아르고노트는 검을 들었다.

달려드는 미노타우로스와 다시금 격전이 벌어졌다.

그러나 불리하다. 압도적으로 불리하다.

애초에 만전의 상태에서도 열세였던 상대. 등에는 구멍이 뚫리고, 뼈 곳곳에 금이 간 지금, 절대적인 사지에 몰렸다는 것은 상식보다도 더 당연한 일이었다.

제대로 된 반격도 할 수 없었으며, 아르고노트의 몸은 순식간에 상처로 뒤덮여갔다.

'마음속 한구석으로는 알고 있었어——.'

라브리스가 울부짖을 때마다 갑옷이 터져나갔다.

'아무리 정령의 힘을 얻어도, 아무리『반칙』을 해도.'

뿔을 휘두르면 미궁이 부서졌다.

'아르고노트에게는 재능이 없다. 기술이 없다. 힘이 부족하다. 압도적으로『자격』이 부족하다.'

포효가 울리면 우레조차 갈라졌다.

'나는—— 이 마물을 이길 수 없다!'

어찌어찌 펼친『마검』의 포화조차도, 적은 정면으로 돌진해 뚫어버렸다.

두 눈을 크게 뜬 아르고노트에게, 다시 맹렬한 돌격이 꽂혔다.

"끄아아아아아아아아아아아아아아아아아아아아악?!"

온몸에서 절규를 뽑아낸 아르고노트는, 날아갔다.

기둥을 몇 개나 부수고, 파편의 폭풍을 일으키며, 완전히 쓰러졌다.

치명적일 정도로. 절대적일 정도로.

승산은 멀어지고, 패배가 다가온다.

'몸이 움직이질 않아……. 피가 계속해서 흘러나와……. 이대로는 당한다……!'

붉은 시야는 불꽃처럼 뜨겁고, 아지랑이처럼 흐릿해진 천장을 보면서 자신이 등을 대고 쓰러져 있었음을 겨우 깨달았다.

신선한 생명의 원천이 몸에서 흘러넘쳐, 주변의 잔해를 적시는 가운데, 부조리의 음색이 발소리가 되어 다가왔다.

『후우우우우우우……!』

중상을 입은 아르고노트 앞에서 발을 멈추고, 미노타우로스는 라브리스를 들었다.

초중량의 도끼를 한 손으로 가볍게 들어, 머리 위로 높이 치켜올려, 숨통을 끊으려 한다.

1초 후의 종막을 앞두고 아르고노트가 눈을 감으려 했던, 그 순간.

【들리느냐, 끝없는 폭수(暴獸)여. 눈을 떴다면 귀를 기울이고 경청하라.】

높은 소리가 울려 퍼졌다.

온몸을 『사슬』에 묶인 소만이 들을 수 있는, 소리굽쇠와도 같은 『공명음』이.

【어떤 상황이든, 사소한 것은 신경 쓰지 말고 제물을 우선시하라! 즉시 왕녀를 먹어야 한다!】

그것은 라비린스에서 물리적으로 멀리 떨어진, 왕성에서 내려온 지령이었다.
조바심을 내며 옥좌에 앉아, 『아티팩트』의 파편을 꽉 쥔 채 몇 번이나 마음속으로 되뇌는 라크리오스 왕의 소행이었다.

【『사슬』에 남은 모든 마력을 다해 명령한다!】
【아리아드네를 먹고, 다시 나의 충실한 신하가 되어라! 이것은 왕명이다!】

그것은 왕성에 눌러앉아 있던 라크리오스 왕의 통렬한 실책이었다.
지금 막 아르고노트가 목숨을 잃으려 하는 이 현장에 있었다면, 반드시 처치를 명령했을 것이다. 이것은 기사장과 병사들에게서 연락이 끊겨 사태를 파악하지 못한 채, 최악의 상황을 상정하고 미노타우로스의 제어를 우선시했기에 발생한 실수였다.
숨통이 끊기기 직전이었던 아르고노트가 놀라는 가운데, 미노타우로스에게 감겨 있던 『사슬』이 몇 차례나 빛났다.

『우우우우우우……!』

『아티팩트』의 속박을 받은 마수는 거추장스럽다는 듯이 목을 몇 번이나 꼬았다.

몸도 몇 번씩 흔들며, 피로 물든 사냥감을 한바탕 노려본 후, 불만스럽게 라브리스를 내리고, 뒤로 물러났다.

'나에게, 등을 돌리다니……? 어디로…… 아니지, 공주를……?!'

아르고노트는 아연실색했지만, 이내 미노타우로스의 목적지를 알아차렸다.

눈을 번쩍 뜨고, 구멍투성이 몸에서 힘을 긁어모으려 했지만.

"팔다리여, 움직여라……! 제발 움직여다오! 가게 놔두어선 안 돼, 가게 할 수는 없어……!"

손발은 아무 반응도 없었다.

그러는 동안에도 마물의 거대한 몸은 시야에서 멀어져갔다.

"나를 봐라, 미노타우로스! 나는 여기 있다, 위대한 마물이여!"

아르고노트는 외쳤다.

무대를 떠나려 하는 악연의 상대에게 호소하듯, 미련스레 몇 번이나 목소리를 높였다.

그러나 그 뒷모습은 멈추지도, 뒤돌아보지도 않았다.

“가지 마…… 부탁이니…… 제발 가지 말아줘…….”

고함은 비참하게도 애원으로 바뀌었다.

아르고노트의 의지와는 무관하게, 시야에 암막이 드리워지기 시작했다.

“빌어먹을……!”

홀로 무대에 남겨진 남자는 다시 싸울 것을 요구하듯, 숙적의 등을 향해 손을 뻗고만 있었다.

의식이 끊어져, 모든 것이 어둠으로 뒤덮일 때까지.

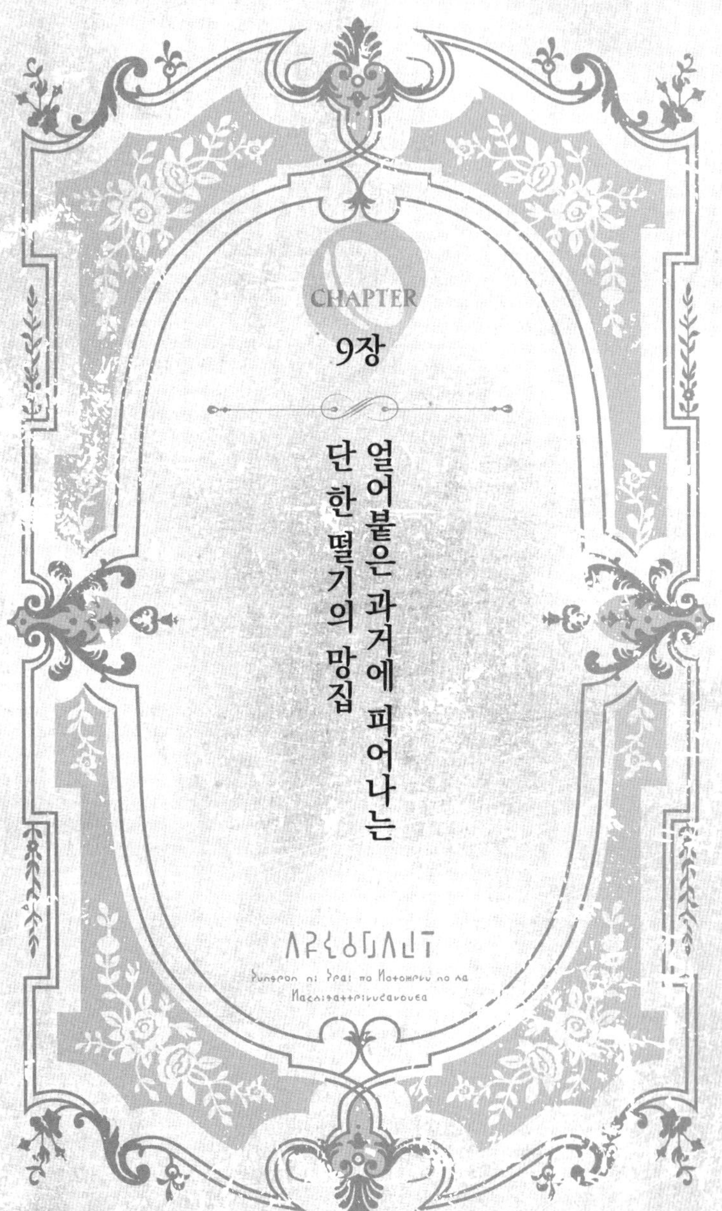
CHAPTER

9장

얼어붙은 과거에 피어나는
단 한 떨기의 망집

태어났을 때부터 그랬다.

뒤집어쓰는 것은 붉은 선혈.
귀에 남는 것은 비명의 잔재.
반복되는 『투쟁』 속에서 셀 수 없는 생명을 빼앗았다.
죽이는 것밖에 모른다.
죽음에 다가가는 고통밖에 실감할 수 없었다.
그러니 죽일 수밖에 없었다.
왜냐면, 죽는 건 아프고, 무서우니까.
쳐서 죽이고, 목을 졸라 죽이고, 베어 죽이고, 학살했다—— 사람도 마물도 상관없었다.
많은 죽음을 넘어서고, 많은 죽음을 낳았다.
마음이 언제 얼어붙었는지는 알지 못한다.
눈물은 이미 말랐으며, 감정은 가장 먼저 사라졌다.

그래서인지, 어느샌가 모두가 나를 두려워했다.
모두가 죽기 전에 나를 죽이려고 혈안이 되었다.
죽음에 에워싸인 하루하루.
풍요로운 삶이 아닌, 차가운 죽음에 파묻힌 보금자리.
그것이 『죽어 있는』 것과 같다는 사실을 깨달은 것은, 꽤 오랜 시간이 지난 후.
생사의 경계에 서 있는 나에게는, 아무것도 없다.
아무것도, 없어야 했다.

『죽으면, 안 돼.』

하지만.
그 말에, 구원을 받았다.
이것만은.
이것만은 잃을 수 없어.
지키고 말겠어.
그저, 그것만을 맹세했다——.

"그만해, 엘미나! 부탁이니 이제 그만!"
조바심과 공포를 머금은 비명이 터져 나왔다.
눈 앞에 펼쳐진 광경에, 오르나는 울부짖듯 목을 떨고
있었다.
"더 이상 그들을 해치지 마!"
끔찍한 광경이었다.
아르고노트와 떨어진 소녀들은 단 한 명의 암살자에게
실제로 유린당하고 있었다.
한쪽 팔의 뼈가 부러진 피나는 피에 물든 채 엎어졌고, 무
릎을 떨며 엘미나와 대치한 류루도 간신히 서 있는 상태.
아무 감정도 없는 인형 같은 두 눈을 엘프에게 고정했던

엘미나는, 뒤에 있던 여동생을 돌아보지도 않고 대답했다.

"그 말은 들을 수 없다, 오르나. 안심해라, 오르나. 너는 내가 지킬 테니."

"……!"

"내가, 전부 해치워주마."

마치 저주와도 같은 엘미나의 수호의지에, 오르나의 공포심은 짜증으로 덧칠되었다.

"내 말 들으라고 했지! 나한테 다가오는 사람은 전부 죽여놓고는!"

그것은 곧 분노로 변했다.

일방적이고, 그러면서 강압적이고 부조리한 선의에 억압되어 있었던 오르나의 분노와 원한이 폭발한 것이다.

"나를 지키겠다고?! 웃기지 마! 왕과 당신은 나를 『새장』에 가두고 싶을 뿐이잖아?!"

"………………."

등 너머에서 터져 나온 규탄에, 엘미나는 처음으로 눈을 내리깔았다.

그것은 사랑하는 이에게 이해받지 못하는 괴로움일까, 아니면 자신도 모르는 죄책감 때문일까. 어느 쪽이든, 살육인형이었던 암살자가 처음으로 제대로 된 감정, 『슬픔』을 드러냈다.

──그때, 두 사람의 대화에 귀를 기울이던 음유시인이 무언가를 알아차린 것처럼 어깨를 흠칫 떨고는 눈을 가늘

게 뜨는 것을, 오르나와 엘미나는 알아차리지 못했다.

"……그래도, 나는 너를 지킬 것이다."

이윽고, 엘미나는 쥐어짜내듯 중얼거렸다.

"끝이다,『영웅후보』들. 그 광대와 함께, 이 어두운 미궁에서 시체가 되어라."

"“큭……!”"

비탄을 벗어던진 여자는 살육인형으로 돌아갔다.

뒤집을 수 없는 사형 선고에 류루와 피나의 얼굴은 위기감으로 차올랐다.

"죽어라."

오르나의 제지도 닿지 않은 채, 소리도 없는 참수의 일격이 공중을 날아, 먼저 류루의 목으로 빨려 들어갔다.

"──어딜."

하지만, 이를 가로막는 이가 있었다.

고속으로 투척된 워해머의 망치머리가 마치 투석처럼, 허공으로 날아올랐던 엘미나에게 직격했던 것이다.

베일로도 경악과 고통을 드러내며, 몸을 비틀어 짐승처럼 착지한 엘미나는 그 방해꾼을 노려보았다.

"네놈……!"

"살아있나, 엘프들!"

엘미나의 시선 너머, 후방에 있던 오르나보다도 더 안쪽.

그곳에서 들려온 귀에 익은 목소리에, 류루와 피나도 흠칫 돌아보았다.

"당신은······."

"가름스 씨!"

자신들 못지않게 다쳤지만, 그럼에도 몸을 날려 달려오는 드워프의 모습에 류루는 놀랐고, 피나는 기쁨을 드러냈다.

강인한 용과 마물들을 쓰러뜨린 후, 바닥에 남아 있던 『혈흔의 실』을 따라 합류한 가름스는 엘미나와 마주 선 채 발을 멈췄다.

"겨우 따라잡았군! 헌데 이건 무슨 상황인가!"

"『함정』에 걸려 알 공과 분단되었습니다! 그와 합류하려 해도 눈앞의 그녀를 어떻게든 해야만 해서!"

엘미나와 대치한 가름스의 뒤에서, 류루는 재빨리 상황을 설명하고 피나에게 달려갔다. 음유시인의 부축을 받아 비틀거리며 일어난 피나는 부러진 오른팔을 억누르며 물었다.

"그보다 가름스 씨, 유리 씨는요?! 둘이 같이 있지 않았나요······?"

"······조금 다쳐서 말이지. 지금은 쉬고 있어! 튼튼한 드워프하곤 달리 나약한 수인이니까!"

한순간에도 미치지 못하는 망설임을, 가름스는 상냥한 소녀에게 들키지 않았다.

"그놈도 곧 따라올 거다! 그때까지 이 녀석을 처리해주지!"

힘찬 가름스의 말에 피나는 안도했다.

류루와 오르나만이 전사가 감춘 진의를 알아차리고 한 번 눈을 감았지만, 이내 마음을 바꿔 먹었다. 가름스의 말대로, 지금은 눈앞에 있는 존재를 쓰러뜨려야 한다.

"……무리지. 다 죽어가는 드워프 하나가 더해진들 나를 꺾을 수는 없다."

"흥, 기습밖에 못 하는 암살자 따위가 잘도 짖어대는군!"

제대로 입은 피해라곤 조금 전의 투척뿐인 엘미나와, 마물들에게 심한 부상을 입고 온 가름스의 상태는 하늘과 땅 차이였다. 가름스에게는 주무장인 워해머도 없었다.

하지만 맨손일지라도, 드워프에게는 괴력의 육체야말로 최대의 무기. 마물 이외에는 사용하지 않겠노라고 가름스 자신은 결심하고 있지만, 여차하면 일족의 존검(尊劍)도 있다. 무엇보다, 이곳에는 엘프라고 하는 최고의 포수도 있다.

전열과 후열의 조건은 갖추어졌다. 수적 우세로 밀어붙이는 것은 성미에 맞지 않지만, 부상의 차이를 감안하더라도 암살자를 상대로 백병전에서 질 마음은 조금도 없었다.

"——너는 뭔가 착각을 하고 있군."

그러나.

가름스가 품은 전사로서의 자부심에, 뚜렷한 『일말의 불안감』이 생겼다.

지금까지 느껴보지 못한 살기를 뿜어내는, 눈앞의 여자에게.

“내가 암살술을 습득한 것은 왕도에 온 이후. 필요했기 때문이다. 가증스러운 고향, 투국 텔스큐라의 가르침은 이 딴 나약한 것이 아니다.”

이변을 감지한 가름스의 두 눈이 크게 뜨였다.

심상찮은 위압감에 오르나와 류루의 뺨으로 땀이 흘러내렸다.

아연실색해 얼어붙은 피나의 눈에는, 몸에 두른 분위기를 변질시킨 여자의 모습이, 처음으로『임전태세』를 취한 것처럼 보였다.

“내 최고 주특기── 그것은 정면에서의『살육전』이지.”

그 직후, **사라졌다.**

이제까지의 무음 이동술이 아닌, 돌바닥을 분쇄할 정도로 발을 디딘 것과 동시에, 가름스의 눈앞으로 순간이동했다.

회전하면서 날린 돌려차기가 드워프의 몸을 너무도 쉽게 날려버렸다.

“끄아악──?!”

“가름스 씨?!”

눈에도 보이지 않는 속도로 자신의 바로 옆을 날아간 가름스에게 피나가 소리쳤다.

까마득한 후방으로 나가떨어지는 드워프를 보고, 이내 시선을 앞으로 되돌린 하프엘프는, 후회했다.

이제까지 어둠이나 그림자와 동화되기 위해 기척을 완

전히 숨겼던 엘미나의 존재감이, 그야말로 『괴물』이라고 할 수 있을 만큼 부풀어 올랐기 때문이다.

시선을 마주하는 것만으로도 압도당해버린 피나는 무의식적으로 뒷걸음질치고 있었다.

"좋지. 『투쟁』을 원한다면—— 해체하고, 짓이겨, 네놈들을 고깃덩어리로 만들어주마."

차가운 얼음덩어리에서, 불타는 용암 그 자체로.

두 눈은 날카롭게 치켜 올라가고, 싱그러운 팔다리에서는 힘이 넘쳐나 가공할 흉기로 변했다.

본성을 드러낸 엘미나는 거친 『전투의 왕』으로 변모했다.

"으우우우웃?!"

가름스는 일어났다.

가장 먼저 표적이 된 피나를 보호하기 위해 달려 나왔으며, 그리고 그녀와 함께 얻어맞고 날아갔다.

단순한 주먹질이 드워프와 하프엘프를 벽에 격돌시켰으며, 그 후에도 가학은 이어졌다.

고통을 떨쳐내고 계속해서 방패 노릇을 맡은 가름스에게 무정한 연타가 꽂혔다. 굵은 팔을 교차시켜 방어하는 드워프의 방어구며 피부, 살점이 깎여나가 선혈이 솟았다.

류루가 품에서 꺼낸 나이프를 던지고, 피나가 영창한 마법을 발동했지만 『전투의 왕』은 이를 모두 회피했다. 그뿐만 아니라, 자신의 힘을 견디지 못하고 균열이 일어난 암검을 아낌없이 투척. 칼날이 류루의 눈앞까지 육박해 거짓말 같은 폭음을 내며 리라를 산산이 파괴했다. 동료에게 보호받은 엘프의 몸은 그 여파만으로 날아가 요란하게 바닥에 나뒹굴었다.

드워프보다 강하고.

엘프보다 빠르고.

하프엘프의 마법보다 사나운, 전투의 화신.

그야말로 아마조네스(여전사)라는 단어를 절절히 체현하는 존재에게, 전투의 반동으로 계속 파괴되는 라비린스가 비명을 질렀다.

"그래도 『영웅후보』가 셋이나 되는데, 겨우 혼자서 제압하다니⋯⋯!"

바닥에서 일어난 류루는 이제 조바심을 숨기지도 않고 토해낸 피를 닦았다.

"믿을 수 없어! 아마조네스 엘미나, 이 정도의 걸물이었다니!"

전율이 섞인 평가는 분명 그녀에 대한 칭송이었다.

80년 이상을 살아온 엘프 음유시인은 눈앞의 존재가 이제까지 만났던 이들 중 가장 강한 전사라고 확신했다.

류루의 평가를 받은 엘미나는 아무 감회도 없이 대꾸했다.

"왜 내가 너희를 당장 죽이지 않았는지 알겠나? 쓸모가 있기 때문이다. 이용할 수 있기 때문이다."

너덜너덜해진 일행 속에서 가름스는 이를 악물었다.

엘미나의 말은 사실이었다. 전사로서 이보다 더한 굴욕은 없다.

반면, 그녀의 진정한 힘과 무서움을 전혀 모르고 있었던 오르나는 자신의 경솔함을 저주하며 낯을 창백하게 물들였다. 그런『여동생』을 흘끔 쳐다본 엘미나는, 자신의 속마음을 밝혔다.

"이 왕도의 수호에 공헌할 수 있다. 오르나를 지키는『낙원』을 위해."

지금 당장이라도 쓰러질 것 같은 몸을 필사적으로 지탱하며 이야기를 듣던 피나는.

뾰족한 귀를 움찔 떨었다.

"왜……? 어째서 오르나에게 그렇게 집착하나요?!"

"……간단해. 오르나는 아마조네스의 불량품. 내가 지키지 않으면 죽고 만다."

질문한 피나에게, 엘미나는 감정을 숨기듯 단어를 골라 말했다.

"너도 형제가 있으니 이해하겠지?"

"……!"

엘미나는 공감을 요구했다. 피나는, 부정할 수 없었다.

아르고노트처럼 전투의 재능도, 『영웅』의 자질도 없는 오빠를 둔 피나도, 자신의 목숨보다 그를 우선순위의 위쪽에 두고 있다.

그러나 피나는 자신들 이외의 것들을 이용해서라도 살아남으려고 하지는 않는다. 그럴 생각도 해보지 못했다. 그것은 『하나』도 『열』도 구원받기를 바라는 아르고노트가 원하지 않는 것이다.

피나는 엘미나와 입장이 비슷한 것 같으면서도, 결코 똑같지는 않았다.

"그렇기에."

그렇게 반론하려던 피나는, 침묵을 깨고 살기를 풍기는 엘미나의 주먹에 말을 가로막히고 말았다.

"너희가 『낙원』을 파괴하는 인자가 된 이상, 살려둘 의미는 없다."

여자의 몸이 다시 사라졌다.

이제 제대로 된 회피행동도 취할 수 없는 피나를 대신해, 가름스가 공격을 받아냈다.

통렬한 일격에 드워프의 몸은 이미 몇 번째인지 모를 충격을 맛보았다. 보호받던 피나도 함께 날아가 버렸다.

"미노타우로스는 왕도를 수호하기 위한 절대적인 방패. 인류 최후의 영역을 지켜낼 방법은, 이것밖에 없으니까. ……오르나를 지키는 『낙원』은, 잃지 않을 것이다."

"모순이 아닌가……! 그 『낙원』은 이미 우리를 토벌하든 말든 상관없이 무너질 운명이야!"

여동생의 목숨이 싸움의 동기라고 말하는 아마조네스에게, 가름스가 반박했다.

피로 검붉게 물든 수염을 움직이며, 비난하듯 지적했다.

"왕족은 이제 둘뿐! 지배에서 벗어난 미노타우로스는 이 도시를 멸망시킬 텐데!"

그가 들이댄 파멸의 결말에, 엘미나는 태연히 대답했다.

"그렇다면 다른 자에게『사슬』을 쓰게 해서 새로운『제물』을 바치면 그만이다."

"뭐라고요……?!"

피나는 귀를 의심했다.

경악한 가름스와 함께, 오르나는 역겨움을 느꼈다.

"엘미나, 너……!"

"내가 지키고 싶은 것은 오르나뿐. 그렇다면 다른 자들이 어떻게 되든 알 바 아니다."

엘미나의 목적은 지극히 단순하고 확고하며, 무엇보다 예리했다.

아르고노트가『하나』와『열』의 구원을 바라는 사람이라면, 그녀는 자신에게 중요한『하나』만의 안전을 바라는 전사다.

걸물인 그녀는, 어떤 의미에서는 누구보다 현실적이고, 누구보다 극단적이었다.

엘미나는 망설이지 않는다. 지켜야 할 존재를 결정했기 때문이다.

엘미나는 흔들리지 않는다. 그녀는 욕심을 부리지 않고, 소중한 것을 단 하나만 정해 놓았기 때문이다.

『전투의 왕』은 그 어떤 것보다도 잔인하고, 순수했다.

그녀의 마음은 『사랑하는 여동생』에게만 집중되어 있었다.

"……여동생의 『영웅』이라도 될 생각인가?"

"오르나의 『영웅』이라. 그것도 좋지. 필요하다면 시시한 칭호도 받아들이겠다."

눈살을 찡그리며 가름스가 비아냥거렸지만, 엘미나는 거부하지 않고 받아들였다.

이 낙원에서 몇 번이나 이용되며 돌고 돌았던 『영웅』이라는 기호를, 자신의 것으로 거머쥐려 했다.

"내 몸과 바꿔서라도, 내가 오르나를 끝까지 지킬 것이다!"

그녀가 품은 유일한 정의가 라비린스에 울려 퍼졌다.

일그러지기는 했지만, 그 어떤 간섭도 받아들이지 않는 확고한 의지에 피나도, 가름스도 당황했다. 폭주하는 정의의 원인인 오르나 자신은 깊은 고통의 표정을 지었다.

'**그녀가** 저렇게 된 건, 전부 나 때문이야……. 그렇다면, 내가——.'

그리고 남몰래, 결심했다.

오르나 자신은 알 수 없는 일이었지만, 마치 『어느 왕녀』처럼 ——성하마을에서 아르고노트를 지켰던 아리아드네처럼—— 품에 숨겨두었던 단검으로 자신의 목을, 찌르려 했다.

자신의 목숨을 저울에 올리는 협박.

엘미나가 집착하는『여동생』의 **살해**.

한순간이라도 망설였다간 용보다 빠른 암살자가 단검을 쳐낼 것이다. 그러고는 자신을 구속한 다음, 다시『새장』에 가두리라. 그렇기에 오르나는 모든 망설임을 버렸다. 지금도 싸우고 있는 동료들에게 각오를 바쳤다. 1초 후, 전력을 다해 자신을 죽일 것이다.

엘미나에게 들키지 않도록 미미하게 움직여, 가름스의 몸으로 사각을 만들고, 단숨에 단검을 가슴에 꽂으려 했던──그 순간.

"하하…… 큭큭큭……."

조그만 웃음소리와 함께 뒤에서 뻗어 나온 손에, 자해를 저지당했다.

흠칫 놀란 오르나가 뒤를 돌아보자, 그곳에는 이제까지 입을 다문 채 침묵하던 음유시인이 어깨를 떨고 있었다.

"……류루?"

단검을 빼앗으며 자신의 어깨에 손을 얹더니 자리를 바꿔 앞으로 나가는 엘프를 보며, 오르나는 당황했다.

모두의 의아한 시선을 받으며, 살짝 몸을 숙이고 있던 류루는, 다음 순간 고개를 확 들었다.

요란한 웃음소리와 함께.

"하──핫핫핫핫핫!! 이렇게 우스꽝스러울 데가 있나! 도저히 웃지 않고는 못 배기겠군!"

누구나 알아볼 수 있을 정도로 고의적으로, 혹은 어느 광대처럼, 연극적인 몸짓으로 폭소한다.

배를 잡고 웃는 류루를 보며 피나는 눈을 깜빡거리는 반면, 엘미나는 어렴풋하나마 분명히 짜증을 느꼈다.

"……뭐가 우습다는 거지?"

"오르나 공을 지키겠다고요? 누가 어떻게 되더라도? 이렇게 잔혹한 강요의 선망이 다 있나. 당신은 지켜야 할 사람의 눈물을 알지 못하고 있군요."

모두의 시선을 받은 시인은 미소를 지었다.

"그건 일그러진 마음입니다. 뒤틀린『망집』이라고도 할 수 있겠지요. 당신은 내가 본 사람 중에서 가장 강하고, 그리고 가장 약한 전사입니다."

자긍심이 강한 요정에게는 어울리지 않을 정도로, 도발하듯 희미하게 웃는다.

"당신의 마음은『사랑』이 아니라, 사랑의 환상에 굶주린 아이의 이기심…… 추악한『독점욕』이 아닌가요?"

그리고 눈을 크게 뜨는『전투의 왕』을 향해『진실』을 들이댔다.

『죽으면, 안 돼』

그 말은 차가운 해저에서 발견한, 찬란하게 빛나는 별의 조각 같았다.

투쟁밖에 모르는 폭력의 덩어리에게는 그 말만이 유일한 온기였다.

피와 상처로 뒤덮인 손을 잡아주는 부드러운 상냥함.

얼어붙었던 마음에서 흘러나온 한 방울의 눈물.

고고와 고독에게 사랑받던 영혼이 전투의 왕관을 벗어던지는 데에 그 어떤 망설임이 있었을까.

원래부터 공허했던 존재에게는, 그『하나』만으로도 충분했던 것이다.

그러므로 존재 방식이 바뀐 후로도 할 일은 달라지지 않았다.

고향에서 쫓겨나, 장소가 달라졌어도, 그저 수단만이 바뀌었을 뿐.

그 녀석에게 다가가는 자를 어둠 속에서 죽인다. 방해하는 자를 처치한다.

지키기 위해, 해를 입히지 못하도록, 세심하게, 꼼꼼히, 철저히 죽인다.

무서운 죽음을 주지 않기 위해.

죽음으로부터, 그 녀석을 멀리 떨어뜨려왔다.

그것만이, 이 절망의 시대에서는 유일한 안식일 테니.

아아, 하지만 어째서.

어째서 너는, 그런 슬픈 표정을 하는 거야——?

“『독점욕』……? 내가……?”

류루의 말을 엘미나가 입술에 실었다.

온 얼굴에 불쾌감을 드러내며 의아해하는 그녀에게, 류루는 시원시원한 미소를 지우지 않은 채 말했다.

“보세요, 당신 자신이 깨닫지 못하고 있잖습니까. 아니, **깨닫지 못한 척하고 있죠.**”

그렇게 말하는가 싶더니, 이 상황에 어울리지 않게, 생긋 하고.

친근한 미소를 건넸다.

“엘미나 공, 한 가지 괜찮을까요? 당신에게 꼭 묻고 싶은 것이 있어서요.”

“……들을 필요는 없다. 없다. 대답할 의미도 없다. 지금, 이 자리에서 내가 널 죽일 테니.”

가차 없는 대답은, 그저 번잡했기 때문이었을 뿐이리라. 시간 낭비라고 생각했기 때문이었을 뿐이리라. 결코 위기감을 느꼈던 것은 아니었으리라.

그러나 엘미나는 무의식중에 재빠르게, 그러면서도 거짓을 용납하지 않는 거울을 깨뜨리듯, 류루를 향해 달려들었다.

“그러면 제 마음대로 물어보도록 하죠——.”

류루는 번뜩이는 암검을 오르나에게서 빼앗은 단검으로 겨우 막아냈다.

『전투의 왕』을 상대로, 단순한 음유시인이 할 수 있는 것은 이것이 한계. 꼴사납게 엉덩방아를 찧은 ——아니, 거리와 시간을 벌기 위해 일부러 뒤로 날아간—— 엘프는 물음을 건넸다.

“당신과 오르나 님은 텔스큐라 출신이라고 들었는데, 사실인가요?”

“……무슨 말을 하려는 거냐.”

계속해서 공격하려던 엘미나의 움직임이, 정지했다.

『투국 텔스큐라』란, 밤낮으로 살육전이 벌어지는 아마조네스의 성지.

그녀가 그곳에서 추방된 이단의 아마조네스라는 것은, 아르고노트를 통해 피나 일행도 들었다. 그러므로 당연히, 여동생인 오르나도 언니 엘미나와 같은 텔스큐라가 고향이라는 뜻이 된다.

바닥에 깔린 석판 위에 앉은 채, 류루는 부서진 리라 대신 단검의 칼날을 스스슥 하고 손가락으로 훑었다.

“뭐, 저는 유랑 음유시인. 바람보다도 발이 가벼운 엘프랍니다. 그래서 공교롭게도 그 나라에 한번 발을 들인 적이 있지요.”

“네?!”

“……!”

피나는 자기도 모르게 반응해버렸으며, 오르나는 얼굴 전체에 놀라움을 드러냈다.

그들을 제쳐두고, 류루는 단검을 좌우로 흔들며 깔깔 웃었다.

“이것저것 죽을 뻔하기도 하고 이런저런 일들을 겪었지만, 지금은 생략하기로 하고…….”

그리고 자리에서 일어나, 눈만은 웃지 않은 채, 『여동생』과 같은 표정을 짓고 있는 엘미나를 직시했다.

“『엘미나』라는 이름…… 계속 마음에 걸렸거든요. 저는 그 나라에서, 그 비슷한 것을 들었죠.”

무슨 말을 하려는 건지 의문을 품으면서 가름스 또한 잠자코 귀를 기울이는 가운데, 음유시인은 천천히 한 마디 한 마디를 곱씹어 자장가처럼 말을 이어갔다.

“그리고 지금, 겨우 떠올랐답니다. 『엘미나』는 평인 언어의 발음이죠.”

엘미나는, 땅을 박차려 했다.

예상치 못한 사태에 무의식적으로 마음이 외치고 있었다.

이 이상 말하게 놔두지 마.

죽여.

저 엘프의 숨통을 끊어.

그러나, 그녀의 살의에 꿰뚫리기도 전에, 류루는 그녀의

『진명』을 폭로했다.

"아마조네스의 언어로, 텔스큐라 내에서 당신의 정식 호칭은—— 전투의 왕을 뜻하는 『위가』."

"!!"

엘미나의 두 눈이 한껏 크게 뜨였다.

"텔스큐라의 역사 속에서도 최강의 전사로 유명한 아마조네스. 당신을 칭송하고 경외하는 축문이 항상 투국 내에 울려 퍼지고 있었다죠."

엘프의 시선이 기억의 경치를 비추듯, 한순간 멀어졌다.

노호와 환성. 피로 물든 투기장에 우렁차게 울리는 전사들의 열광.

축복을 받는 것은 단 한 명, 켜켜이 쌓인 시체의 산 위에 서 있는 흑발의 소녀.

"『제 위가』……『**그대야말로 진정한 전사**』, 라고."

숨을 죽인 채 기둥 뒤에 숨어 몰래 엿보던 경기장의 광경—— 얼굴도 제대로 보이지 않았던 소녀의 모습이, 지금 눈앞에 서 있는 여자와 겹쳐졌다.

귀를 의심한 가름스는 결국 참지 못하고 끼어들었다.

"세상에, 그게 사실인가?! 그런 걸물이 나라를 버린 채 평인의 도시에 몸을 의탁하고 있었다니!"

"그것도 너무나 강했기 때문에……. 강함이야말로 절대 정의인 텔스큐라에서도, 그녀는 너무나 이단이었죠."

국가에 새겨질 위업이자 전설로 바뀌어가고 있었다는

『위가』의 전적을, 류루는 사건의 전말과 함께 언급했다.

"당시의 여왕은 그녀를 너무 두려워한 나머지 나라에서 쫓아내고 처치하려 했다고 들었습니다. 그것도 전부 실패한 것 같지만요……."

"그렇다면, 엘미나 씨는 고향에서 쫓겨나, 이 왕도로 흘러들어온 건가요……?"

"아마도요. 하지만 여기에서 한 가지 의문이 생깁니다."

피나에게 고개를 끄덕인 류루의 시선은 여전히 엘미나에게 고정된 채.

"위가…… 엘미나 공에게 여동생은 고사하고, **자매 따위 한 명도 없었다는 겁니다.**"

"……!"

엘미나는 얼어붙었다.

마치 오랫동안 꾸고 있던 꿈에서 깨어나, 차가운 현실을 인정할 수 없었던 것처럼.

"무, 무슨 말이에요?! 여동생이 없었다니……!"

"정확하게는, **없어졌죠.** 그녀는 하나뿐인 여동생을, 자신의 손으로 죽였던 겁니다."

"*"에엑?!"*"

돌아온 대답에 피나와 가름스는 경악했다.

"밤낮으로 살육전을 벌이는 아마조네스의 성지…… 바로 그 투국 텔스큐라의 『의식』 도중, 위가는 친동생을 죽였습니다."

그것은 텔스큐라의 저주받은 인습이다.

서로 싸우며 연마를 계속하는 아마조네스의 성지는 목숨을 건 투쟁을 벌인다.

모든 것은 위대한 전사를 배출하기 위한 『의식』. 마물이 넘쳐나는 지금 이 시대에도 텔스큐라의 『의식』은 멈추지 않고, 오히려 마물을 포획하여 투쟁의 사냥감으로 삼았다. 그 나라의 아마조네스는 오늘도 천상에 있는 살육의 신에게 피와 내장을 바치고 있을 것이다.

그리고 『의식』의 진수는, 감정이라는 잡음을 벗어던지는 데 있다.

단순한 동포는 물론 친구나 가족과도 서로 죽이게 함으로써, 분노나 슬픔을 피로 씻어내고, 감정을 지워, 순수한 힘의 화신을 만들어내는 것이다. 폐쇄적인 국가에서 탄생한, 교리를 방불케 하는 관습이다.

이 인습은 먼 미래까지 이어질 것이다.

텔스큐라가 텔스큐라로 존재하는 한.

"그렇다면 당신이 지키겠다고 맹세한 『여동생』은 대체 누구일까요? ——그야 간단하죠."

멍하니 서 있는 동료들의 옆에서, 오르나는 한마디도 하지 않았다.

굳게 눈을 감은 채 입을 다물고만 있었다.

미소를 거둔 류루는 마침내 핵심에 다가서, 날카로운 눈빛으로, 엘미나에게 단검의 끝을 겨누었다.

"여러분은 『가짜 자매』. 피가 한 방울도 이어지지 않은, 생판 남이죠."

"——————큭."

"덧붙이자면, 오르나 공은 아마조네스도 아니죠? 어지간한 사람보다도 그 종족과 많은 교류가 있는 저는 알 수 있습니다."

엘미나는 한 마디도 반박하지 않았다.

손가락 하나도 움직일 수 없었다.

"그녀는 아마조네스가 아닌, 평인입니다."

"…………."

곁눈질로 보는 류루에게, 오르나는 침묵으로 긍정했다.

소녀의 갈색 피부는 종족 특유의 것이 아니라, 평인 어머니에게 물려받은 것.

"그, 그럴 수가……. 그럼 두 분은 왜 『자매』라고 신분을 속인 건가요……?"

"글쎄요, 『무언가』를 숨기기 위한 『은신처』가 필요했는지…… 저는 알 수 없는 일이죠. 그리고 지금 그런 것은 아무래도 상관없습니다."

몸을 내미는 피나의 의문에, 류루는 시치미를 떼듯 대답하지 않았다.

이미 『진상』을 꿰뚫어 본 현자의 두 눈은, 가짜 여동생이 아닌 가짜 언니를 향하고 있었다.

"『누군가의 의도』야 어찌 됐든, 엘미나 공에게 오르나 공이『특별한』존재라는 사실은 변함이 없습니다.”

닥쳐, 라고 떨리는 입술이 말했다.

“엘미나 공의 세계는 오르나 공이 있어야만 유지될 수 있었죠.”

닥쳐, 라고 분노가 소용돌이쳤다.

“그렇지 않고서는, 마음의 균형조차 유지할 수 없었을 테니까요.”

말하지 마, 라고 초조함이 불똥을 토했다.

“그녀가 말한 강렬한 수호선망…… 그것은 잃어버린 여동생을 오르나 공주에게 대입——.”

그 모든 중얼거림을 무시하고, 류루의 선고를 끝내려 한 순간.

“——죽이겠다.”

전에 없던 살의를 분출하며, 엘미나가 주먹을 들고 달려들었다.

“컥?!”

“류루 씨?!”

주먹에 맞은 엘프의 몸이 요란하게 날아갔다.

조금 전이었다면 죽음에 이를 만한 공격에 피나가 비명을 질렀지만, 바닥에 나뒹군 류루는 느릿느릿한 동작으로 일어났다.

자세도, 힘의 배분도 엉망이었던, 실제로 감정에만 맡겼던 일격.

『전투의 왕』이 자랑하던 필살의 위력은 없었다.

마음에 품은 어둠을 폭로하고 모욕한 대가로 주먹을 감내한 음유시인이 비틀거리며 일어나자—— 엘미나는 거친 숨을 반복하며 갈팡질팡했다.

"내 여동생은 오르나다. 내 여동생은, 오르나뿐이다!"

망언이, 싸늘한 돌로 지어진 통로에 공허하게 울려 퍼졌다.

오른손으로 머리카락을 쥐어뜯듯 머리를 움켜쥐고는 몇 번이나 흔들어댔다.

"내 여동생은, 날 죽이려고 하지 않아! 내 여동생은, 나에게 죽거나 하지 않았어!"

그녀에게 드리워졌던 과거는 지울 수 없다.

피의 샘에 잠겼던 진짜 여동생은, 공허한 눈으로 어린 소녀를 올려다보고만 있다.

아무리 소리쳐도, 그녀가 바랐던 결말은 진실이 되지 않는다.

"나는, 우리는——!!"

이제까지 억눌렀던 감정이 되살아난다.

줄곧 무감정하고자 했던 암살자가 가면을 잃고, 아무리 피를 뒤집어써도 표정을 바꾸지 않았던 살육인형이 심신의 제어를 잃어, 『전투의 왕』에게 『친여동생』을 죽인 후회가 순식간에 밀려들었다.

엘미나의 육체와 정신은, 순식간에 균형을 잃었다.

"……그게 네가 그토록 숨기고 있었던『상처』였군."

"크윽……! 으아아아아아아아아아아아아아아아아!!"

연민이 담긴 가름스의 눈빛에, 엘미나는 마침내 격앙했다.

자신을 위협하는 세계의 현실을 모조리 때려 부수고자, 이성 따위 내팽개친 채 달려들어, 폭주했다.

그런 그녀를, 오르나만이 가슴을 부여잡고 바라보았다.

⊡

그녀와 처음으로 만났던 것은, 우연이었다.

어머니가 살아있던 시절, 아직 절망이란 것을 몰랐을 때.

마치 누더기 같은, 상처투성이 모습으로 우리 앞에 나타났다.

많은 분수가 존재하고, 물의 흐름에 사랑받은 왕도 라크리오스.

도시에 은총을 내려주는 맑은 물에 실려온 것처럼, 피에 물든 그녀는 도시 밖에서 흘러들어왔다.

자객에게 끊임없이 습격당해, 힘이 다해가는 그녀를 호위병들이 죽이려 했다.

나는 그들을 얼른 막았다.

그때, 그녀의 얼굴에 흐르는 눈물을 보았다.

감싸쥔 손의 차가움을 알았다.

나는, 그녀가 『고독』하다는 것을, 이해하고 말았다.

그날부터 아무리 미워하고, 아무리 원망해도.
나는 끝까지, 그녀를——.

✦

“아아아, 아아, 아아아아아아아아아아아아악!!”
허공을 가르는 주먹이 벽을 부수고, 엉망진창으로 주위를 뛰어다니는 발이 바닥을 분쇄했다.
껍질이 벗겨지고, 피가 맺혔다.
제어를 잃은 힘이 여자 자신을 상처 입힌다.
다가오는 것을 모두 물어뜯으려 하는 짐승을 방불케 하는 모습으로, 엘미나는 공격을 되풀이했다.
“공격이 흐트러졌구먼……. 놈에게서 냉혹한 격렬함이 사라졌어.”
작은 폭풍과도 같은 파괴의 덩어리. 그러나 가름스와 일행은 이를 쉽게 회피하고 있었다.
과거의 트라우마가 되살아나 무턱대고 날뛰는 엘미나는 제대로 조준도 못 하고 있었다. 지금도 가름스가 간격을 벌린 것도 깨닫지 못한 채, 마치 환영을 떨쳐내듯 팔다리를 휘두르고 있었다. 『전투의 왕』으로서의 위협은 이미 사라졌다.

“엘프. 네놈, 처음부터 이걸 노리고 있었군?”

“이런 『환혹』은 원래 아르 공의 역할입니다만…… 우리도 수단을 가릴 수 없는 처지. 잘 돌아가는 이 혀로 그녀의 『갑옷』에 균열을 만들었던 거죠.”

위가의 과거라는 사전지식이 있었다면, 아르고노트는 더 일찍, 그리고 더 능숙하게 엘미나를 무력화시켰을 것이다. 찢어진 천을 물고 출혈을 일으킨 왼쪽 팔에 감은 류루는 자조를, 그리고 엘미나에 대한 양심의 가책을 살짝 내비친 후, 꿋꿋한 미소를 머금었다.

그런 류루에게, 가름스는 대단한 말재간이라며 칭송을 담아 코웃음을 쳐주었다.

“이야기를 들려주고 남을 속이는 무서운 『음유시인』 같으니……. 내가 보기엔 너도 그 광대와 동족이야.”

“이거 귀가 따가운걸요. ……그러면 가름스 공, 겸사겸사 한 가지만 부탁드려도 되는지요?”

과거를 폭로한 죄책감은 있지만, 『영웅후보』들은 이 기회를 놓칠 사람들이 아니었다.

아르고노트를 위해서라도 자비를 버리기로 한 류루는 요구사항을 들려주었다.

“그녀가 이성을 잃은 지금, 당신이라면 제압할 수 있을 겁니다. 부디 시간을 끌어주세요. 제가 『승산』을 불러오도록 하죠.”

“……좋다. 나도 네 『말재간』에 넘어가 주지.”

드워프라 해도 희미하게 느낄 수 있는『마력』의 고조에 가름스는 고개를 끄덕였다.

그런 그들에게 촉발된 것처럼, 듯, 피나도 욱신거리는 오른팔에서 손을 떼었다.

"저도……! 팔이 부러져도 마법은 쓸 수 있어요!"

"좋아, 가자!"

가름스가 뛰어나가고, 피나가 영창을 시작했다.

정면에서 뛰어든 드워프에게 엘미나가 짐승 같은 속도로 반응했다. 착란한 나머지 무기를 내팽개쳐버린 아마조네스와의 처절한 육박전이 벌어졌다.

본능에 사로잡힌 채 미친 듯이 날뛰는 바람에 텔스큐라의 정확무비한 무예를 살리지 못하고 있는 이상, 부상의 정도를 감안하더라도, 가름스는 열세 속에서도 버티고 있었다. 여기에 피나의 마법 지원이 더해지니, 엘프가 주문한 대로 엘미나를 몰아붙일 수 있었다.

그 귀중한 순간을 노리고, 류루는 유유히『주문』을 읊조렸다.

"【계약에 응하라, 생명의 숨결이여. 나의 명에 따라 가호를 내리라. 깃들라 바람의 권능, 강풍의 왕. 엮어진 찬가를 이곳에】."

노래는 여덟 소절.

산들바람처럼 잔잔하며, 격렬함은 없되 빠르다.

막힘없이 엮인 영창은 피나가 경악할 정도의 속도로 마

© kakage

법명에 도달했다.

"【윈드 펠리시타르】."

금세 솟아나는 진녹색의 바람.

빛을 수반한 마의 바람에 엘미나가 자기도 모르게 얼굴을 팔로 가리는 가운데, 바람의 은총은 가름스와 피나에게로.

온몸에 부여되는 힘의 파도에, 두 사람은 눈을 크게 떴다.

"이건…… 설마『부여마법』인가!"

"제가 습득하지 못했던『마법』중 하나……. 누구든 강한 전사로 바꿔주는 엘프의 비술! 굉장해요, 류루 씨!"

"주문이 긴 데다 효과도 짧아서 영 쓸모가 없지만요……."

가름스의 경악과 피나의 감탄에, 류루는 깃털 달린 모자의 챙을 누르며 웃음을 머금었다.

"망설임을 품은『전투의 왕』을 쓰러뜨리는 정도라면, 그 힘도 유감없이 발휘해보지요."

"이런 재주가 있었으면 처음부터 쓰란 말이다! 하지만── 이거라면!"

한 마디 투덜거려준 가름스는 솟아나는 웃음을 머금은 채 힘차게 한 발을 내디뎠다.

그러자 둔중한 드워프의 몸이 순풍을 받은 것처럼, 말 그대로 돌풍이 되어 엘미나의 눈앞까지 육박했다.

그녀의 허를 찌르고, 통렬한 바람의 주먹이 꽂혔다.

"크흑──?!"

속도뿐만이 아니라 위력까지 올라간 일격.

팔로 방어해도 막을 수 없어, 엘미나의 몸은 나뭇잎처럼 날아갔다.

벽에 처박힌 그녀를 보며, 오르나는 아연실색해 중얼거렸다.

"엘미나를, 날려버리다니……."

"형세가 역전됐군요. 이런저런 책략을 준비한 끝에 겨우 해낸 거지만요."

정신력의 소비가 극심한 류루가 피로를 숨기며 말하자, 벽에서 몸을 떼어낸 엘미나가 두 걸음, 세 걸음 앞으로 나왔다.

"아직 멀었다……. 이 정도로는……!"

동요와 갈등 속에서도, 여자는 아직 전의를 잃지 않았다.

머리에서 피를 흘리면서, 날카로운 눈으로 가름스와 일행을 노려보았다.

"나는 오르나를 지킨다……! 설령 피가 섞이지 않았다 해도, 오르나는, 내가……!"

"…………."

몇 번이나 중얼거리는 집념에, 일반인이라면 섬뜩함을 느꼈으리라.

그러나 피나는 공포를 버리고, 말없이 엘미나를 바라보았다.

"……그렇구나. 그랬던 거였어요. 그래서 당신은 그때, 내게 그런 질문을……."

납득의 감정을 이끌어낸 것은, 얼마 전의 사건.

왕도의 처형대로 끌려가기 전, 감옥에서 엘미나와 나눈 문답이었다.

『너와 그 광대는…… 이어져 있다. 어떻게 피가 이어져 있지도 않은데…… 너희는, 서로 이어져 있을 수 있나?』

그때 느꼈던 것을 떠올리며, 엘미나가 묻고 싶었던 진의에 도달했다.

"저는 그때『기시감』을…… 당신에게『공감』을 느꼈어요. 그건 피로 이어지지 않은 저와 오빠처럼, 당신과 오르나 씨도 피로 이어지지 않은『자매』였기 때문이었죠."

눈을 감고 회상에 잠겼던 피나는 문득 눈을 떴다.

"하지만—— 이것만은 확실히 말할 수 있어요. 당신은 틀렸다고."

"뭐야……?!"

"왜냐하면, 당신의『여동생』은 웃고 있지 않으니까요!"

눈썹을 치켜세우며, 또렷이『비난』했다.

"우리 오빠하고는 달라요! 그 사람은 항상 헤실헤실 웃으면서, 남을 웃기지 않으면 못 배기고! 눈물은 정말 싫어하고!"

오늘까지 아르고노트와 보냈던 날들이 떠올랐다.

부모님을 잃고, 처음에는 울기만 하던 피나의 눈물을, 그 마음 착한 소년은 언제나 닦아주었다. 너스레를 떨고, 우스꽝스러운 짓을 하고, 몇 번이나 몸을 던져서 피나의 슬픔이 녹아버릴 때까지 웃음을 가져다주었다.

"항상 나를 웃게 해줘요! 기쁨과 행복을 나눠줘요!"

자랑스러운 오빠다. 사랑하는 오빠다. 소중한 사람이다.

피나는 그를 만난 것이 다행이라고 생각했다.

그래서 피나 또한, 피가 이어지지 않은 소년을『오빠』라고 부르게 되었다.

받은 만큼, 아니, 그보다도 더 많이, 그에게 행복을 갚아주고 싶다고, 그렇게 바랐던 것이다.

"하지만, 당신은 아니에요! 당신은 그저 제멋대로일 뿐! 오르나 씨에게 자신의 아집을 강요하는 것뿐이에요!"

입장도 관계도 같은 피나의 규탄에, 엘미나의 표정이 그어느 때보다도 일그러졌다.

"당신은 오르나 씨도『사슬』로 묶어놓았을 뿐이에요!"

"닥쳐…… 닥쳐닥쳐닥쳐닥쳐어어어어!!"

차가운 『사슬』에 묶여 있던 것은 아리아드네 왕녀만이 아니라, 오르나도 마찬가지라고.

망집 속에서 끌어낸 진실의 칼날이 꽂혀, 엘미나는 분노했다.

피나에게 달려들어 바닥에 자빠뜨리고, 멱살을 잡았다.

"으윽?!"

"나는 오르나를 지키기 위해! 지키고 싶었을 뿐! 그러니까! 그것뿐인데!"

알아들을 수 없는 혼란에 찬 고함이 쏟아졌다.

『전투의 왕』으로서의 삶밖에 몰랐던 여자는 치명적인 잘못을 저질렀으며, 어쩔 수 없을 정도로 일그러졌고, 순수했다. 『죽음에 대한 공포심』이 그녀의 전부였기에, 죽음을 멀리하는 것만이 그녀가 할 수 있는 전부였다.

무감정한 줄로만 알았던 눈에 깃든 비통함과 눈물의 기척에, 쓰러진 피나의 얼굴도 슬픔으로 물들었다.

"어째서!!"

사랑을 모르는 어린아이와도 같은 비통한 외침.

피나에게 대답할 방법은 없었다.

대신 대답한 것은, 전사의 주먹이었다.

"커헉?!"

"너는 이미 자신을 지킬 『갑옷』을 잃었다. 냉혹한 암살자는 이제 없다."

피나의 위에서 엘미나가 날아가버렸다.

피투성이가 된 가름스는 이 전장이 끝나기를 바랐다.

여자의 망집을 끊어버릴 전투의 끝을.

"자세 잡아라, 아마조네스. 여기서 결판을 내 주마."

"으…… 으아아아아아아아아아아아아아아아아아아아아?!"

갈 곳을 잃은 아마조네스가 머리카락을 흐트러뜨리며, 반쯤 광란에 빠진 채 달려들었다.

가름스 또한 뛰어들어, 꽉 쥔 붉은 주먹을 내질렀다.

서로의 몸이 충돌할 때, 작렬한 것은 바람을 두른 드워프의 주먹.

"커, 억━━━?!"

가슴 한복판에 주먹이 꽂힌 엘미나의 몸이 통로 저편으로 굴러갔다.

몸의 정중선을 후벼파는 결정타.

몇 번이나 석판 바닥에서 튕기다가 겨우 멈춘 여자의 몸은, 그래도 여전히 꿈틀거렸다.

"…………아직, 이다. ……아직……!"

"……아직도 일어나려는 건가."

"그녀 또한, 집념의 전사……."

석판 바닥을 손톱으로 긁고, 부들부들 경련하는 몸을 일으키려는 엘미나에게, 가름스와 류루는 오한이 섞인 목소리로 중얼거렸다.

망설임을 버리지 못한 채 몸부림치는 여자는, 베일을 피로 더럽히면서 떨리는 팔다리로 일어섰다.

"나는 오르나를……! 오르나만은……!"

"━━이제 그만 해, 엘미나!"

"!"

그때.

팔에 손톱을 박은 채 계속 지켜보던 오르나가 엘미나의 앞으로 달려왔다.

"알고 있었어, 네 마음……. 나를 위해, 죽이고, 지켜주었지……."

소녀는『비밀』을 가지고 있었다.

그『비밀』을 노리는 자가 성에 있었다. 소녀에게 위해를 가하려는 자들을, 엘미나는 철저히 제거했다. 그렇지 않았다면, 소녀는 지금쯤 이곳에 없었을지도 모른다.

엘미나가 왕과 결탁하여 소녀의『새장』을 만들어낸 것도 그 무렵이었다.

"나를 위해 누군가를 죽이는 너를…… 난, 미워했어……."

너덜너덜하게 상처 입은 엘미나의 눈앞에서, 몇 번이나 망설인 후, 오르나는 자신도 주체하지 못하던『애증』을 털어놓았다.

"하지만, 말릴 수 없었어. 모든 것을 포기하고 있었으니까. 나는 아무것도 할 수 없다고. ……무엇보다도, 말렸다가는 네 마음이 무너져버리는 게 아닐까 하고……."

"……!"

"네가 정말로『혼자』가 되는 게 아닐까 하고, 그렇게 생각했으니까."

떠오르는 것은, 어떤 광대에게 물었던 질문과 대답.

지금도 어떻게 대해야 할지 잘 모르겠다고. 오르나는 그렇게 말했다.

제대로 눈을 보면서, 전하고 싶은 말을 전하는 것뿐. 아르고노트는 그렇게 대답했다.

그의 조언을 따라, 오르나는 눈과 눈을 마주했다.

피차 타인의 온기를 모르는, 쏙 닮은 눈을.

헛숨을 삼키는 엘미나에게, 처음으로 오르나의 말이 닿

© kakage

았다.

"하지만, 이제 괜찮아. 이제 괜찮아, 엘미나……."

그제야 비로소 엘미나는, 소녀의 마음이 지금도 울고 있다는 것을 깨달았다.

"나는『새장』에서 살아갈 게 아니라, 내가 선택한 길을 가고 싶어…… 그러니까."

과거가 폭로되고, 몸을 지킬 갑옷을 잃고, 망집에 균열이 생긴 지금.

고집스레『오르나의 죽음』을 거부하던 아마조네스는, 『오르나의 삶』을 인정해야만 했다.

그렇지 않으면, 피나가 지적했듯, 엘미나는 차가운 사슬로 오르나의 목을 묶고 졸라 죽여버렸을 테니까.

"이제까지 지켜줘서, **고마워**…… 엘미나."

"…………."

처음으로 듣는 감사의 말에, 엘미나의 몸에서 힘이 사라졌다.

실이 끊어진 인형처럼 털썩 무릎을 꿇고, 전의를 놓아버렸다.

"……오르나 공, 피나 공, 먼저 가시지요. 보시다시피 우리는 부상이 심해 제대로 움직일 수도 없으니까요."

"한심하기 짝이 없네만…… 이젠 한 걸음도 못 움직이겠어."

겨우 끝난 전투에, 류루와 가름스도 긴장의 실이 끊어져

버렸다.

류루는 벽에 등을 기댄 채 쓰러지지 않도록 애쓰는 것이 고작이었고, 누구보다도 심한 부상을 입은 가름스는 아예 자리를 잡겠다는 양 호쾌하게 주저앉았다.

오른팔이 부러졌지만 가름스가 몇 번이나 지켜주었던 피나, 상처 하나 없는 오르나만이 앞으로 나아갈 자격이 있었다.

"부디 아르 공을 구하고, 힘을 보태주세요."

"류루 씨…… 알았어요!"

가름스에게 부목 대신 검의 칼집을 빌려 응급처치를 해 주는 엘프에게, 피나는 힘차게 고개를 끄덕였다.

"엘미나……."

피나와 함께 자리를 뜰 때, 오르나는 여자의 바로 곁을 지나며 속삭였다.

"다음에, 다시 태어난다면…… 우리가, 진짜 자매가 되면 좋겠어."

"웃……!!"

엘미나의 얼굴이 눈물의 기척으로 일그러졌다.

그녀의 대답을 기다리지 않고, 오르나는 피나와 함께 라비린스 안으로 향했다.

희미한 발소리가 멀어졌다.

"……이런 싸움은, 무의미하다."

고개를 숙이고 있던 엘미나가 답답하다는 듯이 중얼거

렸다.

"미노타우로스 한 마리를 잡는 싸움…… 그것이 전부일 뿐이다."

진리였다.

이『황소 퇴치』는 세상을 구하는 성전이 아니다.

제아무리 땀과 피를 흘리더라도 —— 설령 미노타우로스를 물리치는 데 성공하더라도—— 절망의 시대는 끝나지 않을 것이다.

그 뒤에 기다리는 것은 무한의 마물.

대륙 끝자락에 존재하는『구멍』에서 넘쳐나는 이형들의 침략은 멈추지 않는다.

"설령 이곳을 넘어선다 해도…… 너희들은 죽는다. 오르나와 우리에게는…… 미래가 없다."

힘없는 눈빛으로 바닥을 내려다보는 엘미나는, 오르나 대신 미래를 예언했다.

"아니, 의미는 있고말고."

그러나 가름스는 그 말을 부정했다.

"우리가 연 길을 따라, 또 새로운 영웅이 일어나, 시대를 짊어질 겁니다."

류루도 부서진 리라의 잔해를 주워, 사랑스럽게 쓰다듬으며 말했다.

고개를 들고 눈을 크게 뜬 엘미나를 내버려 둔 채, 가름스는 하늘을 우러러보며 웃었다.

“그것이『영웅신화』…… 그 광대가 원하는 미래지.”

CHAPTER

10장

영웅선망
~The Origin~

라비린스는 정적에 잠겨 있었다.

미친 듯이 타오르던 불바다는 불똥이 되어 사라지고, 벽에 뚫린 구멍으로 달빛이 스며들었다.

수많은 마물과 전사들이 쓰러졌고, 뒤얽힌 각자의 생각도, 망집도 끊어졌다.

남은 것은 제물과 황소, 그리고 『희망』에 손을 뻗으려는 이들의 숨소리뿐.

"오르나 씨, 이쪽이에요! 장벽을 우회하면, 오빠가 있는 곳으로도……!"

"하아, 하아……! 그래!"

분단된 아르고노트를 찾기 위해, 하염없이 왼쪽으로 꺾이는 길을 따라가다 몇 번이나 막다른 길과 맞닥뜨리면서도 피나와 오르나는 단서를 발견했다. 다름 아닌 미노타우로스가 파괴하고 만들어낸 공동이었다.

벽을 몇 차례나 박살내 뚫린 구멍을 지나가면, 그곳에 틀림없이 아르고노트가 있다.

그것이 시체인지 아닌지는 차치하고라도.

'가슴이 답답해, 심장이 뛰는 것이 온몸으로 전해져. 무서워…… 불안을 씻을 수 없어.'

불현듯 뇌리를 스친 청년의 모습에, 오르나는 오른손으로 가슴을 꼭 움켜쥐고 있었다.

'인정해야 해. 왜 이렇게나 동요하고 있는지. 내가 누구에게 물들어버렸는지를'

숨을 헐떡이고, 피나보다도 느린 발걸음으로 열심히 뒤따라가면서, 더는 얼버무릴 수 없을 만큼 간절히 바랐다.

자신에게 몇 번이고 웃어주던 그 심홍색 눈동자가 무사하기를.

'나는 두려워하고 있어. 아르고노트가 내 앞에서 사라져버리는 걸——.'

점술사 같은 것도 잊어버리고, 그저 청년이 무사하기만을 바라는 무력한 소녀로 전락해버렸을 때.

"오빠!"

"!"

피나의 비명이 귓전을 뚫고 들어왔다.

그들이 도착한 곳은, 격렬한 전투의 흔적이 남아있는 주랑의 흔적.

몇 개나 되는 무너진 기둥 너머, 잔해의 무덤 위에 쓰러져 있는 백발 청년을 발견한 오르나의 몸이 얼어붙었다.

"아르고노트!!"

오르나는 달렸다.

피나와 함께, 청년에게 황급히 다가섰다.

그들이 절망하기 전에, 감겨 있던 청년의 눈꺼풀이 경련했다.

"피나…… 오르나? 윽……!"

목소리가 들렸지만 안도할 수는 없었다.

갑옷은 파손되고, 붉게 물든 온몸을 본 오르나의 얼굴에서는 핏기가 가셨다.

"부상이 심해……! 살아있는 게 신기할 정도로!"

"조금만 기다리세요! 지금 회복마법을 쓸게요!"

무릎을 꿇고 부상의 상태를 확인하는 오르나의 곁에서, 피나는 왼손에 쥔 지팡이를 들었다.

주문을 외운 순간, 푸른 마력광이 아르고노트를 감쌌지만, 상처를 완전히 치유하지는 못했다.

"안 돼, 힘이 약해……! 이제까지 싸우면서 마력을 너무 많이 썼어……!"

하필 이럴 때!

피나의 어조가 거칠어졌다.

거듭된 전투로 인해 정신력을 너무 많이 소모한 것이다. 이 미약한 회복마법을 마지막으로, 피나는 더 이상 마법을 사용할 수 없을 것이다.

짜증과 슬픔, 회한의 눈물이 숲색 눈에서 흘러내리려 할 때—— 그거면 됐다고.

그렇게 말하듯, 아르고노트는 눈을 번쩍 뜨더니 상체를 일으켜 세웠다.

"…………가야 해."

"아르고노트?!"

자기도 모르게 붙잡는 오르나의 손을 마주 잡아 부드럽게 치워내고, 당장이라도 쓰러질 것 같은 다리로 일어났다.

"미노타우로스를, 쫓아가야 해……. 공주가, 위험해 ……!"

"기다려! 무리야, 그런 부상으로! 지금 자기 몸이 어떻게 됐는지 알기나 해?!"

청년의 판단은 옳다.

제물이 바쳐질 때까지, 이제는 시간이 없다.

소녀의 판단 또한 옳다.

피나의 치유마법으로 막아놓기는 했지만, 이내 상처가 벌어져 옷을 스멀스멀 붉게 물들이기 시작했다.

그런 중상을 입고도 아르고노트가 움직일 수 있는 것은 『정령의 힘』 덕분이고, 청년의 의지에 호응하듯, 전류가 파직파직 입자를 뿜어냈다.

정령의 소리 없는 격려에, 이번만큼은 오르나도 씁쓸함을 감추지 않았다.

"이젠 우리한테 맡겨! 미노타우로스는, 우리가……!"

"……한쪽 팔을 쓸 수 없는 피나와, 싸우지 못하는 너를 전장에 내보낼 수는 없어……."

"윽……!"

피나는 어깨를 흠칫했다.

지팡이를 꼭 붙든 여동생에게 눈빛만으로 감사를 보내며, 청년의 옆얼굴은 너덜너덜해진 웃음을 지었다.

"……안 돼, 절대 허락할 수 없어. 절대 보내지 않을 거야!"

"괜찮아…… 괜찮아. 나 자신은, 내가 제일 잘 알고 있어……."

"알긴 뭘 안다는 거야!!"

떨리는 목소리로 말하던 오르나는 고개를 가로저으며
외쳤다.

"전혀 모르잖아! 네가 이제까지 뭘 했는지, 나에게 뭘 해
줬는지—— 내 마음도! 전부 다!"

이쪽을 봐주려고도 하지 않고 앞으로 나아가려는 그의
등을, 큰 소리로 몇 번이고 후려쳤다.

지금도 가슴에 품고 있는 마음을 계속해서 부딪쳤다.

『오르나…… 나는, 너도 구하고 싶어.』

『미노타우로스를 쓰러뜨리지 않는다면『백』을 구해봤자
너는 구할 수 없을 테니까. 네가 웃을 수 없을 테니까.』

『네가 웃는 얼굴을 보고 싶으니까.』

모두 아르고노트가 한 말이었다.

모두, 그가 오르나에게 보내준 진심이다.

절망 속에서 희망을 보여주고, 얼어붙은 마음을 몇 번이
고 따뜻하게 녹여주던 상냥한 미소.

"좀 알아달란 말이야! 네가 죽길 바라지 않는다는 걸!
난, 당신이 죽지 않았으면 좋겠어!"

"오르나 씨……."

울부짖는 듯한 호소에, 아르고노트는 발을 멈추었다.

피나도 소녀를 바라보았다.

이제는 자신의 이기심도, 아집도 숨기려 하지 않은 채
오르나는 눈썹을 치켜세웠다.

"나는 이 말을 해야겠어, 아르고노트! 너를 위해『영웅』

인 너를 죽이겠어!"

예전에 벌인 『광대논쟁』처럼, 냉엄한 표정으로 그 확신을 들이댔다.

"무기화한 『정령의 검』, 그건 당신이 아니어도 힘을 쓸 수 있을걸! 당신이 싸울 필요는 어디에도 없어!"

사실이었다.

정령과 계약을 맺은 아르고노트가 가장 큰 힘을 이끌어 낼 수 있는 것은 사실이지만, 손잡이만 잡으면 우레의 권능은 행사할 수 있다.

아무 힘이 없는 오르나도 싸울 수 있다.

목숨을 건 싸움에 몸을 던질 각오를 다지며, 오르나는 필사적으로 눈앞의 등에 호소했다.

"당신이 『영웅』이 아니어도 돼! 안 그래?!"

청년을 위해, 『영웅』의 권리를 박탈하려 했다.

혐오감이 들었다. 비참한 자신에게.

이래서는 엘미나와 똑같다. 그녀를 내쳤으면서, 오르나도 아르고노트를 지키기 위해 그의 의지를 무시하려 한다.

그와 동시에, 눈물이 나올 것만 같았다.

너무나도 고집스럽고, 서툴고, 재수 없는 여자고, 귀염성도 없어서, 아리아드네 왕녀 같은 성녀는 될 수 없는 자기 자신에게.

달려가서 그 등을 안아줄 수도 없는, 오르나라는 겁쟁이 소녀에게.

“……맞아.『영웅』은 내가 아니어도 돼…….”
이윽고.
가만히 서 있던 아르고노트는, 돌아보지 않고 중얼거렸다.
“하지만 이『광대』만은, 내가 해야지.”
“――――.”
오르나는 몸을 멈추고 할 말을 잃었다.
“나는『영웅』의 그릇이 아니라고…… 네가 그랬지, 오르나. 알아. 나도 이미 알고 있었어…….”
지금 떠오르는 표정을 절대 보이지 않기 위해, 아르고노트는 등을 돌린 채 속마음을 털어놓았다.
“세상은『영웅』을 원하고 있어……. 그건『나』자신이 아니야! 분해, 분하고말고!”
“오빠…….”
“나도 영웅이 되고 싶어! 고향을 멸망시킨 마물을, 피나의 가족을 빼앗은 놈들을 죽여 버리고 싶어!”
감정이 격해져, 광대의 가면 속에 한사코 숨겨놓았던『진짜 자신』까지 드러냈다.
그것은 노성이자 통곡이었다.
마물이 가져온 부조리에 대한 분노이자, 무력한 자신에 대한 증오이기도 했으며, 사라져가는 목숨에 대한 슬픔이었다.
누구보다도 오빠의 반평생을 잘 아는 여동생은, 답답한 심정에 가슴을 꼭 붙들었다.

"하지만 아니야, 그렇지 않아! ──지키고 싶어! 많은 사람들을, 무엇과도 바꿀 수 없는 사람들을!"

높아진 목소리는 그대로 선망으로 바뀌었다.

고상한 목적으로, 고결한 의지로.

소년 같은 청년이 그동안 간직했던, 너무나도 단순하고 존엄한 바람으로.

"울고 있는 사람을 보고 싶지 않아! 눈물은 이제 지긋지긋해! 모두의 눈물을── 나는 웃는 얼굴로 바꿔주고 싶어!"

"……!"

"그러려면 내가 웃어야 해. 내가 웃지 않으면, 아무도 웃어주지 않아!"

바닥을 향해 외치고 있는 아르고노트의 뒷모습에, 오르나는 눈을 크게 떴다.

그것이 청년의 진실.

광대 행세를 하는 『진짜 아르고노트』.

"아…….."

오르나는 떠올렸다.

어떤 절망 속에서도 꺾이지 않고, 좌절하지 않고, 자신의 눈앞에서 들려주었던 그의 결의를.

『나는 웃을 거야.』

『아무리 바보 취급을 당한다 해도, 아무리 비웃음을 산다 해도…… 아무리 절망한다 해도, 입가를 들어 올려줄 거야.』

『그렇지 않으면 정령도, 운명의 여신님도 미소를 지어주지 않아.』

아르고노트의 웃음은, 그러기 위해 존재했다.

비극을 날려버리는 특효약.

모두에게 전해지고, 퍼져나가, 순환하는 태양의 조각.

모두의 웃음을 위해 청년은 웃고, 『광대』를 연기한다.

"그걸 위해서라면 나는…… 기꺼이 『발판』이 되겠어. 웃음을 위해, 진정한 영웅들의 『초석』이 되겠어!"

아르고노트는 돌아보았다.

거기에는 웃음이 있었다.

오르나와 피나가 이제까지 몇 번이나 보았던, 고난 속에서도 피어나는 청년의 웃음이.

『광대』의 정체에, 오르나의 입술이 떨렸다.

자기희생이 아닌, 그야말로 『초석』.

자신이 진정한 『영웅』이 되지 않더라도, 이제까지 잠들어 있던 『영웅들』을 깨우는 이 『황소 퇴치』만은 스스로의 힘으로 이루어 『희극』으로 만들어야만 한다.

그 유쾌한 가극에, 최고의 웃음을 덧붙여서.

"……그게, 네 『영웅신화』야?"

"그래. 『씨앗』은 이미 뿌려놨어. 이제는 광대가 뛰기만 하면 돼. 영웅들이 일어설 계기를 만들기만 하면 돼."

"……그게, 네가 일지를 엮는 이유?"

"그래. 영웅이 될 수 없는 우스꽝스러운 남자가 있었다는 것을 기록한 수기지. 이런 사람이 『위업』을 이뤘다고, 발파를 가하기 위한 궤적.”

속삭이듯, 몇 번이고 물었다.

아무렇지도 않다는 듯, 몇 번이고 웃음과 함께 대답한다.

“후세에 남지 않아도 돼. 그저, 한 명이라도 더 많은 『영웅』들의 눈에 들기만 하면 돼. 한 명이라도 누군가가 웃어 준다면, 그걸로 충분해.”

호흡으로도 전해지는 떨림을 억누르지 못한 채, 그의 심홍색 눈동자를 바라보았다.

“……그 마음은 글로 남기지 않을 거야?”

“이런 비장한 생각은 됐어. 웃음에는 필요가 없으니까.”

호흡을 제대로 할 수가 없었다.

그 마음이 아름답고 눈부시고, 쓸쓸해서.

고고하지는 않을 텐데도, 너무나 멀어서.

광대는 언제나 무대 위에서 춤을 추고 있는데, 아무리 손을 뻗어도 닿지 않는다.

객석에 앉은 소녀는, 자신은, 그저 지켜볼 수밖에 없는 것이다.

“거기에는…… 너의 행복은, 있어?”

목소리가 젖어들었다.

마음에서부터 무언가가 넘쳐났다.

눈가에서 흘러내리는 물방울을 애써 막으면서도, 그것만은 묻지 않을 수 없었다.

"있고말고. 나는 나라고 하는 『하나』를 버릴 생각은 없는걸."

모두 그의 본심.

오르나 못지않게 이기적이고, 제멋대로이고, 멋을 부리려 하고, 조금은 고집스럽고, 누구보다도 상냥한 웃음을 짓는 청년의 꾸밈 없는 맹세.

이제까지 자신이 받았던 웃음을, 상냥함을, 다른 누군가에게 갚아줄 수 있다는 아르고노트의 행복.

"비극이나 참극은 필요 없어. 모든 것을 『희극』으로 만들자. 그러니까——."

오르나의 눈을 바라보며, 아르고노트는 약속했다.

"가게 해줘, 오르나."

"…………."

소녀는 천천히 눈을 감았다.

눈꺼풀 속으로 하얀 돛이 보였다.

푸른 바다를 가로지르는, 한 척의 배가.

어떤 폭풍이 닥쳐와도, 하늘이 암흑에 휩싸이더라도, 빛의 수평선을 향해 어디까지고 나아가는 웅장한 『영웅의 배』가.

무언가가 울려 퍼지고 있었다.

미래라고 하는 항구에 도착해, 희망이라고 하는 보물을 세상에 보여주는, 영웅들의 함성이.

평인이, 수인이, 드워프가, 엘프가, 아마조네스가, 파룸이 뱃전에 서서 휘두르는 깃발의 소리가.

싸우는 영웅들의 노래가 들리는가?

'들려——.'

『인도자』가 이끄는 아득한 저편, 순환하는『영웅신화』의 광경을, 눈물을 막아놓은 눈꺼풀 속에서 보고 들었다.

소녀는 더 이상 가로막지 않았다.

광대는 마지막 무대로 올라갔다.

횃불이 타오르고 있다.

붉게 어둠을 가르고, 불똥을 뿌리며, 그 넓은 홀을 밝히고 있었다.

그곳은『제단의 방』이라 불릴 만했다.

홀 한복판에 세워진 여러 단의 받침대 위에는 우인(牛人)의 도안이 새겨진 석제 제단이 놓여 있었다.

주변에는 몇 자루나 되는 횃불이 타올랐으며, 가지런히 깔린 석판 바닥에는 말라붙은 핏자국이 몇 군데나 있었다.

과거에 바쳐진 제물의 말로.

그리고 지금, 소녀가 이르려 하는 종말이기도 했다.

"…………."

눈을 내리깐 아리아드네는 제단 위에 주저앉아 있었다.

적지 않은 피를 흘린 미모는 살짝 창백해졌다.

그래도 소녀는 꿋꿋하게 자세를 반듯이 했으며, 사슬에 팔다리가 묶인 채로도 고결했다.

"……온다."

긴 금빛 머리카락을 찰랑이며 속눈썹을 떨었다.

겁에 질린 듯 일렁이는 횃불 너머에서, 땅이 울리더니, 거대한 그림자가 『제단의 방』에 도착했다.

저것이야말로 아리아드네의 종언.

어렸을 때 딱 한 번 보았고, 오늘날까지 계속해서 악몽에 등장했던 운명의 상징.

무시무시한 황소 괴물, 미노타우로스.

"……무언가를 기대했어. 어렸을 때부터 계속, 누군가 나를 구해주지 않을까 하고."

천천히 다가오는 미노타우로스를 앞에 두고, 아리아드네는 독백을 흘렸다.

공포심을 완전히 떨쳐내지 못하는 비참한 손을 들어, 붉게 물든 손가락을 바라본다.

"『영웅』이 내 앞에 나타나 주지 않을까 하고…… 마지막까지, 이런 『실』을 남기면서."

떨어지는 붉은 물방울이 하얀 드레스를 더럽혔다.

그것도 이제는 사소한 일일 뿐.

자신의 팔을 묶은 쇠사슬을 잘그락 울리며, 손을 내렸다.

"하지만, 이젠 됐어. 이것이 피할 수 없는 『운명』이라면, 나는 받아들이겠어."

미노타우로스가 좌대에 발을 걸쳤다.

아리아드네의 파멸이 한 계단, 또 한 계단 올라온다.

불현듯 눈에 비친, 라브리스에 달라붙은 핏자국.

자신이 아는 이들의 것이 아니기를 기도할 수밖에 없었다.

이윽고, 마침내 눈앞에 발을 멈추고 서는 거구.

아리아드네는 그를 올려다보았다.

"이리 와, 미노타우로스. 나라는 희생으로, 아주 잠깐이지만 평화를 가져다줘."

"『후우우우—우욱……!』

거칠고 피비린내 나는 콧김이 옥 같은 피부를 범했다.

흉악한 소에게 감겨 있던 『사슬』이 빛을 발했다. 그 폭력적일 정도로 성스러운 빛에, 아리아드네는 친아버지를 겹쳐 보았다.

원한은 품지 않았다.

친애의 정도 없었다.

자신을 끝까지 희생을 위한 부속품―― 톱니바퀴로만 여겼던 라크리오스 왕에게 애정은 존재하지 않았다. 왕은 어디까지나 냉혹한 위정자였으며, 운명 그 자체에 저주받았다.

아리아드네와 마찬가지.

동정심도, 연민도 없다.

이 마음은 왕의 것도, 하물며 눈앞의 괴물의 것도 아니다.

왕녀가 아닌, 그저 한 소녀로서 아리아드네가 마지막에

떠올린 것은 단 한 사람.

"그 사람을 위해, 부디——."

크게 벌어진 흉악한 주둥이를 보고, 아리아드네는 눈을 감았다.

머리부터 물려, 씹혀, 먹혀버린다.

그런 처참한 최후를 마지막까지 고결하게 받아들이려던, 그때.

불꽃의 포효가 들려왔다.

『오오오오오오오오오오오오오오오오오오오?!』

"?!"

미노타우로스의 발밑에서부터 화산과도 같이, 불덩어리가 분화했다.

괴물의 절규, 그리고 눈앞에서 치솟는 무시무시한 열량.

자기도 모르게 눈을 뜬 아리아드네는 경악을 금치 못했다.

지금도 불에 타고 있는 미노타우로스가 몸부림치며 고통스러워하고, 굵은 팔을 몇 번씩 휘저으며 좌대 옆으로 굴러 떨어졌다.

아리아드네의 시야가 탁 트이고.

그곳에서 그녀의 눈에 들어온 것은, 수많은 횃불도, 공허한 홀도 아니었다.

"목소리가 떨리고 있잖아. 나는 센 척하는 너도 좋아하지만, 이럴 때는 부디 이렇게 외쳤으면 해."

붉은 마검을 지면에 꽂는, 하얀 머리『광대』의 모습이었다.

"도와줘, 라고."

"＿＿＿＿＿＿."

여느 때와 다를 바 없는 웃음을 머금은 채, 아르고노트가 서 있었다.

눈을 의심하며 숨을 삼키는 아리아드네의 시선 너머에서, 『붉은 실』을 따라 온 청년은 이 『제단의 방』에 나타난 것이다.

"공주님……. 당신의『영웅』이 왔습니다."

마검을 뽑고는, 곧장 제단으로 향했다.

"당신의『운명』을 쳐부수러 왔습니다."

두 자루의 검을 들고, 영웅의 장비를 갖추고, 자기 자신도 피를 흘리며 소녀에게 다가왔다.

아연실색한 아리아드네에게 손바닥을 내밀고 우레를 불러내 쇠사슬을 잘라버렸다.

자유를 되찾은 소녀의 눈이 촉촉이 젖어 들었다.

"……거짓말이지. 왜? 왜 왔어?"

환영이 아님을 확인하려는 듯, 떨리는 두 손으로 그 손바닥을 감싸쥐었다.

열기가 있다.

온도가 있다.

미칠 듯이 그리운 온기가, 흘러나오는 피와 함께 아리아드네에게 전해졌다.

아름다운 청벽석색 눈동자가, 마침내 참지 못하고 눈물을 주륵 흘렸다.

"엉망이잖아. 당장이라도 쓰러져버릴 것 같아. 난, 당신의 그런 모습을 보고 싶지 않아서…… 보고 싶지 않았기 때문에……!"

몇 번이나 어깨를 떨며 오열을 참는 소녀에게, 아르고노트는 붙들린 오른손을 마주 잡아주었다.

"공주, 어떻게 하면 웃어줄 거야?"

"어……?"

"네가 웃는 얼굴을 보고 싶어."

"!"

아리아드네는 시선을 들었다.

눈앞에서 부드럽게 미소짓고 있는 청년은, 왼손으로 투명한 물방울을 살며시 닦아냈다.

"공주, 나한테는 재능이 없어. 영웅의 그릇 따위가 아니야. 나는 그저 광대일 뿐."

"아르……."

"그러니까 너 하나 웃게 만들지 못한다면, 무엇 때문에 태어났는지 알 수 없는걸."

왕성으로 끌려갔던 날 밤, 그때도 소녀의 뺨은 눈물로

젖어 있었다.

떠올랐던 것은 아르고노트를 위해 느꼈던, 슬픔 그 자체.

아직 단 한 번도, 아르고노트는 소녀의 웃음을 본 적이 없었다.

"아리아…… 네 웃음은 어디 있어?"

이름을 불렀다.

질문을 받은 아리아드네는 마지막으로 다시 한 번 고개를 숙였다.

눈물이 사라지질 않았다.

오열도 가라앉을 줄 몰랐다.

하지만, 가슴에 깃든 이 온기는 슬픔을 녹여주고 있다.

꼬옥 쥔 청년의 오른손을 가슴에 안으며, 천천히 고개를 들었다.

"…………여기."

흘러내리는 눈물과 함께, 미소지었다.

그날 밤과 같은, 눈물에 젖은 웃음.

하지만 그때와는 다른, 소녀가 진심으로 떠올린 『진정한 웃음』.

"여기 있어. 나를 구해주러 온, 당신 눈앞에."

초라하고 너덜너덜해진 광대를 향해, 아리아드네는 가슴 속의 마음을 속삭였다.

"기뻐. 고마워. ……사랑해. 나를 구하러 와준, 우스꽝스러운 영웅."

『열』을 구하지 못한 광대는, 그날, 소녀의 영웅이 되었다.

그녀라는『하나』를 구하는 단 한 명의 영웅이.

"——그래, 멋진 웃음이야."

소녀의 아름다운 미소에 눈을 가늘게 뜨고, 아르고노트는 다시 한 번 활짝 웃었다.

"계속 그 모습을 보고 싶었어! 이제야 내가 널 웃게 만들었구나!"

시끄러운 광대가 돌아왔다.

공주를 구하러 온 왕자 노릇 따위 1분도 버티지 못한 광대의 노랫소리가 소녀의 웃음을 유발하고, 엄숙한 제단마저도 희극의 무대로 만들어버렸다.

"이제 미련은 없다! 영웅 아르고노트의 이야기, 완결!"

결말을 내겠다는 양 두 팔을 벌려 얼굴이 새빨갛게 물든 공주를 약삭빠르게 포옹한 후, 자신의 전기에 종막이라는 두 글자를 엮으려던 순간——.

불쑥, 하고.

바보의 뒤에서, 거대한 검은 그림자가 나타났다.

"아니, 뒤! 뒤에—?! 미노타우로스가!"

감동이라든가 사랑스러움이라든가 그런 것들을 전부 내팽개쳐버리고 손가락질을 하며 아리아드네가 비명을 질렀다.

라브리스가 다짜고짜 날아들어, 아르고노트는 소녀를 안은 채 재빨리 이탈했다.

내리꽂힌 일격이 제단을 박살 내고 홀 전체를 뒤흔들었다.

"참을성도 없구나, 맹우 전사여! 내가 할 말은 아니다만 분위기를 좀 파악해다오!"

좌대 아래에 착지하고 다시 한 번 도약해 후퇴한 아르고노트는 자신의 행실은 무시한 발언을 하며 대담하게 웃었다.

아리아드네를 바닥에 내려놓고, 바로 등 뒤에서 들려오는 발소리 쪽을 흘끔 돌아본다.

"두 사람 다! 공주를 부탁해!"

"네, 오빠!"

"피나! 게다가 오르나도!"

"아리아드네, 이리 와!"

피나와 오르나가 뒤늦게 『제단의 방』에 도착했다.

아리아드네의 안전을 확보하기 위해 번개의 속도를 입은 아르고노트가 앞장을 서고, 피나와 오르나는 뒤따라왔던 것이다.

그녀를 맞이한 피나 일행에게 안내를 받으면서, 이미 앞을 바라보고 있는 청년의 뒷모습을 아쉬운 듯, 그리고 기도하듯 바라본 아리아드네는 『제단의 방』 입구까지 피신했다.

세 사람의 기척이 멀어져가는 가운데, 아르고노트는 눈을 감았다.

숨을 크게 들이마시고, 조용히 내쉬었다.

"견뎌다오, 내 몸이여……. 조금만 더. 조금만 더『광대』
로 남아 있게 해다오……."

누구에게도 들리지 않는 속삭임에『정령의 힘』이 응답
했다.

파직파직! 하고 우레가 현현한 순간, 아르고노트는 힘차
게 눈을 떴다.

"——오래 기다리게 했구나, 미노타우로스! 준비는 끝
났다, 나의 적이여!"

드높은 목소리와 경쾌한 대사.

홀의 한복판, 제단을 파괴한 맹우의 거구가 천천히 몸을
돌려 아르고노트를 내려다보았다.

『오오오오……!』

"너에게 재대결을 신청한다! 공주를 구한 지금, 나의 우
려는 이미 사라졌다!"

의사소통 따위 불가능한 마물은 으르렁거릴 뿐이지만,
광대의 입담은 멈추지 않았다.

두 자루의 검을 허리의 칼집에 꽂은 채, 두 팔을 벌리고
천천히 다가섰다.

"공주의 귀여운 미소도 보고, 심지어『아르고노트 사랑
해, 넘넘 좋아! 결혼해줘~』라는 말까지 들은 지금의 나에
게 불가능은 없다!"

"그런 말은 안 했어!!"

결연한 표정으로 하얀 이를 반짝 드러내는 못난이를 향

해 즉시 반박하는 노성.

저 멀리 후방에서 얼굴을 새빨갛게 물들인 아리아드네, 황당해하며 흘겨보는 오르나와 피나를 화려하게 무시하고, 아르고노트는 마치 댄스 신청을 하듯 오른손을 내밀었다.

"자아 자, 나와 너만의 결투다! 우리 둘만의 목숨을 건 결투!!"

『우우우……?』

"지금부터 시작될 것은 지고의 검극! 미래영겁 전해질 우리들의 윤무!"

뺨에 새겨진 웃음을 지우지 않는 아르고노트를 보며, 미노타우로스는 분명히 신음했다.

3대에 걸쳐 라크리오스 왕가에 속박되어 백 년 이상을 살아온 위대한 마물은, 이때 처음 보는 뚱딴지같은 위세에 당혹스러워하고 있었다.

"미노타우로스가, 당황하고 있어……?"

그 광경을 알아차리고 피나 또한 곤혹스러워했다.

옆에 있던 오르나가 조용히 입을 열었다.

"……지금까지 미노타우로스에게 분노와 증오를 터뜨리는 사람은 있었어. 공포와 절망을 외치는 사람도 있었어."

"네?"

"하지만『웃음』를 보인 사람은, 없었어."

오르나에게 눈을 향한 하프엘프 소녀는, 이어지는 말에

흠칫했다.

"그가 미노타우로스의 첫 상대. 그가 미노타우로스의 첫 번째『적』."

아리아드네 또한 오르나에게 동의하듯 앞을 바라보았다.

그 거대하고 위협적인 체구에 두려움을 느끼지 않는 사람은 없다.

온갖 것들을 잡아먹고, 모든 것들을 살육하는 존재 그 자체에게 웃음을 지을 수 있는 사람은 없다. 정신줄을 놓고 망가져 웃는 자 외에는 있을 수 없는 일이었다.

왕족인 아리아드네라 해도, 운명을 받아들이고 달관했을 뿐, 결코 웃음을 짓지는 못했다.

"……이제야 알았어. 아르고노트는『노래하는 자』. 싸우는 자가 아니야. 춤추고, 노래하고, 우스꽝스러운『이야기를 시작하는 자』."

지금도 가극처럼 행세하는 청년을, 오르나를 그렇게 명명했다. 그렇게 평가했다.

최초의 이야기―― 그 새로운 페이지가 지금 이 순간부터 엮일 것이라고, 확신에 찬 목소리로 단언했다.

"아르고노트의『극장』이 시작됐어."

청년의 노랫소리에 호응하듯, 횃불의 불길이 거세게 타올랐다.

지금도 머리 위를 날아다니는 마검의 잔재와 함께 무대를 밝혔다.

섞여드는 몸짓 손짓과 함께.

광대는 유쾌하게, 유창하게 이야기를 꺼냈다.

"조금 전까지 비장하게 굴었던 것이 문제였어! 공주를 걱정한 나머지, 나다운 걸 잊어버렸거든!"

눈을 감고 느긋하게 고개를 끄덕이는가 싶더니, 그 자리에서 발을 울리며 경쾌한 스텝으로 턴.

끝단이 너덜너덜해진 망토가 부풀며 펄럭 소리를 냈다.

"유쾌하게, 우스꽝스럽게 웃자! 그리고 모두가 배를 잡고 웃게 하자! 자아, 미노타우로스, 너도 웃어라!"

당황하던 미노타우로스가 움직임을 멈추고, 가만히 청년을 쳐다보았다.

백발을 찰랑거리며 심홍색 안광을 빛내는 평인 청년은 수컷의 웃음을 건네고 있었다.

"이것이 우리의 마지막 싸움, 마지막『희극』이다!"

괴물은 사람의 언어 따위 이해하지 못한다.

마물에게 청년이 하는 말 따위 통하지 않았다.

그러나 미노타우로스는 그 수컷이 짓는 웃음의 의미를, 이해했다.

맹수의 입가가 갈라지고, 이빨이 드러났다.

미노타우로스는 무릎을 구부리고는 도약했다.

"지금, 미노타우로스가……."

"웃었어……?"

쿠웅 하고 땅을 울리는 소리와 함께, 맹우가 간격을 두고 청년 앞에 착지했다.

마치 환영이었던 것 같은 한순간의 사건에 피나와 아리아드네가 아연실색하는 가운데, 아르고노트는 웃음을 더욱 짙게 머금었다.

"천상의 신들이여, 보고 있는가! 대지에 가로막혔다 한들 억지로라도 보라! 정령들이여, 힘을 빌려다오! 극상의 이야기를 엮기 위하여!"

한 팔을 위로 쭉 뻗어, 그 손가락으로 하늘을 찔렀다.

우레가 날뛰며 솟아나, 정령의 피에서 만들어진 마검의 불꽃과 함께 남자를 축복했다.

"이것이 우리의 『영웅신화』! 황소를 쓰러뜨리는 것뿐인 이야기! 혹은 황소에게 당하는 것뿐인 이야기!"

발검.

오른손에는 『뇌정의 검』을, 왼손에는 『불꽃의 마검』을.

웅혼하게 으르렁거리는 우레과 불꽃을 향해, 전쟁의 소도 라브리스를 들었다.

영웅과 괴물.

왕녀와 미궁.

쌍검과 도끼.

미래에 전해질 『태초의 이야기』는 여기서 모든 조건을 갖추었다.

"모두들 보시라! 수컷과 수컷의 희비가 담긴, 웃음으로 가득 찬 용맹한 싸움을!"

울려 퍼지는 맹수의 포효.

두 자루의 무기를 들고, 남은 힘을 온몸에 장전한 채, 광대는 시작을 고했다.

"자아—— 결전을!!"

『사투』를 보았다.

영웅의 그릇이 아닌 청년이 사력을 다하는 순간을.

무시무시한 마물이 고함을 지르며 도끼를 휘두르는 광경을.

청년은 웃는다.

정령의 힘을 사용해, 피를 토하며, 이미 오래전에 한계를 넘어선 채로.

맹수는 웃는다.

운명적으로 만난 단 한 명의 적에게 기뻐하듯, 살의를 피우며.

검이 춤을 추고, 도끼가 울부짖고, 우레가 내달리고, 불꽃이 춤추고, 포효가 맞부딪친다.

그것은 너무나도 뜨겁고, 너무나도 무섭고, 너무나도 웅장하고, 너무나도 존엄하여.

그것은 마치—— 진정한 『영웅담』과도 같이.

"아아아아아아아아아아아아아아아아아아아아아아아아아
아아아아아!!"

『우오오오오오오오오오오오오오오오오오오오오오오오오
오오오오오!!』

뇌검과 라브리스가 충돌하며 무시무시한 섬광을 뿜었다.

이빨을 드러낸 몇 줄기의 뇌정을, 순수한 완력이 걷어차
고 봉쇄했다.

포효는 끊일 줄 몰랐다.

외침 또한 끝날 줄 몰랐다.

반발하는 힘과 힘의 분류에, 관객석에서 지켜보도록 허
락받은 소녀들은 얼른 팔로 얼굴을 가렸다.

"맞붙고 있어…… 오빠가, 미노타우로스와!"

격전의 양상을 띠는 결투에, 지원할 수 없다는 것을 답
답하게 여기면서도 피나는 외치고 있었다.

"상대가 더 강할 텐데! 저 사람한테는 싸울 재능도 없는
데! 어떻게?!"

그것은 지난번 전투에서 이미 알았던 사실이었다.

미노타우로스의 능력은 일반적인 마물을 능가한다. 아
르고노트가 『정령의 가호』를 얻었어도 여전히 메울 수 없
는, 차원이 다른 힘. 그럼에도 광대는 지금, 눈부시게 달려
나가 라브리스를 튕겨내고 버텨내, 호각이라 해도 좋을 만
한 전황을 만들어내고 있다. 그 초고속의 반응은 마치 아

르고노트 자신이 우레의 화신이 된 것 같았다.

피나가 경악을 멈추지 못하고 있을 때,

"……『우레』가, 외치고 있어."

오르나가 중얼거렸다.

"아르의 **몸속**에, 전류를 흘려보내서, 억지로 **가속시키고 있어**. 아르의 안쪽을 태우고, 고통을 주면서, 지탱하고 있어……."

"……! 그렇다면……."

"모든 움직임을, 모든 판단을, 모든 일격을 한계까지 높여서……『지지 마라』라고 응원하고 있어."

돌아보는 피나를 향해, 오르나는 자신도 아픔을 견디듯 눈을 가늘게 뜨고, 아르고노트에게 닥친 사태를 간파했다.

인지를 초월한 뇌정증폭.

재능이 없는 광대조차 초인의 영역으로 끌어올리는 대정령의 히든카드.

오르나의 예측을 증명하듯, 아르고노트의 몸에서 소규모의 천둥소리와 뇌광이 생겨나고, 그때마다 청년의 얼굴은 균열을 일으키듯 일그러졌다.

"『우레의 가호』……! 그럼 오빠는, 목숨을 깎으면서……!"

피나의 눈빛이 걱정으로 흔들렸다.

가녀린 허벅지가 떨렸다. 나도 무대에 오르고 싶다고, 그렇게 외치고 있었다.

하지만 이를 가로막듯, 제어를 잃은 벼락이 바로 눈앞에서 몇 번이나 거칠게 휘몰아쳤다.

지금의 자신은 도저히 건널 수 없는 번개의 급류를 보며 소녀는 입술을 깨물었다.

"그런데도……."

당장이라도 튀어 나갈 것 같은 피나의 곁에서 아리아드네는 자신의 가슴을 꼭 붙들고 있었다.

"그런데도, 저 사람은…… 웃고 있어."

아무리 번개가 내달려도, 견디기 힘든 고통에 잠겨도, 광대는 웃고 있었다.

입에서 왈칵 피를 토하면서도, 그게 어쨌냐고 입가를 틀어 올리며, 정면으로 대치한 미노타우로스를 향해 전심전력을 다했다.

지금 이 순간, 누가 뭐라 해도 청년은 『영웅』에 걸맞은 투극을 펼치고 있었다.

"하아아아아아아아아아아아아아아!"

『크우우우우우우우우우우우우우우우우우우우우?!!』

몸을 깎아내면서 펼치는 고속 이동과 우레의 섬광.

사각을 노린 강습에 미노타우로스의 피부도 벗겨지고, 일부를 덮었던 갑옷까지도 떨어져 나갔다.

『정령의 힘』에 눌린 것처럼, 『아티팩트』인 『사슬』의 일부도 파손되고 있었다.

【어째서냐, 어째서냐 미노타우로스?! 왜 말을 듣지 않느냐!】

한편, 혼란의 목소리를 내고 있던 것은 이 미궁에는 없는 라크리오스 왕.

그가 조금 전부터 하염없이 보내는『아리아드네를 잡아먹어라』라는 사념이, 아무리 기다려도 달성되지 않고 있었다.

자세한 전황을 파악할 수 없는 노왕은 자신이 가진『사슬 조각』―― 격전을 말해주듯 끊임없이 진동하는 빛의 파편에, 옥좌 위에서 동요하고 있을 수밖에 없었다.

【왕녀다, 아리아드네를 잡아먹어라! 전투 따위는 그만둬, 목숨이 위태롭다면 도망쳐라!】

기존의 제어가 조금도 돌아오지 않는 상황에, 아직 제물이 바쳐지지 않았다는 것만을 알 수 있었다.

『아티팩트』의 대가만 지불하면, 맹우 전사는 왕의 마음대로 움직일 수 있다.

제아무리 궁지에 몰렸더라도 어떻게든 상황을 타개할 수 있다.

【우리 병사들에게 가서 전열을 재정비하면, 광대 따위는 얼마든지 없앨 수 있어!】

왕의 판단은 옳다.

새로이 라비린스에 파견한 병사들과 합류한다면, 만신창이가 된 아르고노트 일당을 확실히 끝내버릴 수 있다.

그것이 전술로서는 가장 올바른 한 수였다.

【그런데…… 어째서 왕명에 따르지 않는 거냐?!】

그러나, 마수는 사람의 사정 따위 알 바 아니었다.

아니, 그『수컷』에게는 눈앞의 일전이야말로 전부였다.

한시도 이쪽에서 눈을 떼지 않은 채『수컷의 미소』를 짓고 있는 존재라니, 이 얼마나 화가 나는가. 이 얼마나 얄미운가.

처음으로 감정을 환기시켜준 저『수컷』이야말로, 먹이도 제물도 아닌, 미노타우로스에게는 첫 번째『적』이었던 것이다.

『사슬』을 통해, 자신의 격정과 행동에 찬물을 끼얹는 늙은이의 목소리 따위는 번잡한 소음일 뿐이었다.

【따라라, 미노타우로스ㅇㅇㅇㅇㅇㅇㅇㅇㅇㅇㅇㅇㅇㅇㅇㅇㅇㅇㅇㅇ!】

거구에 감긴『사슬』이 한층 강한 빛을 발하며 왕의 저주 같은 집념을 전했다.

미노타우로스가 몸을 경련하며 몸부림쳤다.

날아든 우레의 참격이 옆구리에 직격해 다량의 피를 토하게 만들어, 정작 베었던 아르고노트 자신이 의아한 표정을 지었다.

『쇠사슬』이 소리를 낼 정도로 염동파가 강해지며, 왕의 명령과 마물의 야수성이 격렬하게 맞부딪치던 다음 순간.

『━━━━오오오오오오오오오오오오오오오오오오오오오오오!!』

【웃?!】

『닥쳐』라고 말하듯, 미노타우로스의 굵은 팔이 몸에 감긴『사슬』을 뜯어버렸다.

"미노타우로스가 사슬을?!"

"뜯어버렸어?!『아티팩트』의 지배를?!"

피나와 오르나의 경악 너머에서, 그 거대한 몸이 어깨를 헐떡였다.

결박의 파괴와 함께 왕의 목소리는 마물의 머릿속에서 사라졌다. 왕가에 사역당해 시체의 고기를 탐하던 황소는, 이제부터『그저 사투를 추구하는 황소』가 된 것이었다.

낙원의 붕괴와 동의어인 그 광경에, 아리아드네는 멍하니 중얼거리고 있었다.

"『사슬』의 주박을, 벗어났어……. 자신의『의지』로……."

인류를 살육하는 마물에게는 도저히 있을 수 없는 현상.

이에 필요했던 것은 백 년이 넘는 유구한 세월이었을까, 혹은 인류에게 사역당한다는 굴욕과 억압이었을까, 혹은 운명적인 만남을 이룬『수컷』의 존재였을까.

어쨌거나 그 괴물은 아리아드네의 말대로,『의지』를 싹 틔웠다.

마물의 본능과는 또 다른 격렬한 감정의 파도,『전의』를.

"너는……."

구속구나 다름없는『사슬』을 끊고, 온 정신을 다해 이쪽을 노려보는 미노타우로스의 모습에 아르고노트도 아연실색했다.

그러나, 이내 웃음을 되찾았다.

"그렇구나…… 그게 너의『의지』구나. 끝까지 나와 싸우고 싶다고, 그렇게 바라는 거냐!"

대답 따위 없었다.

대신『전의』의 덩어리로 변해버린 맹우는, 그 의지에 떠밀린 것처럼 다시 입가를 찢어 올리고 있었다.

그것으로 충분했다.

"그렇다면 받아들이지! 지금의 너를 지배하는 것이 지칠 줄 모르는 전의라면, 나도 모든 것을 걸고 맞서겠다!"

『오오오오오!』

"이 몸에 남은 힘을 모조리 다 써서라도!!"

맹우가 두 차례 세 차례 울부짖는다.

뇌광이 몇 번이나 터져 나왔다.

고조되는 열정에 아르고노트는 환희했다.

재능 없는 광대는 결코 도달할 수 없었던 전사의 영역에 흥분하며 도취되었다.

그도 역시 수컷이었던 것이다.

직후, 한 사람과 한 마리는 바닥을 박차고, 다시 한번 눈앞의 존재에게 사력을 다해 맞부딪쳤다.

"………안 돼, 아르고노트. ……그만해, **아르**. 다 타버리고 말 거야!"

그 광경에 가장 먼저 위기감을 느낀 것은 오르나.

청년이 전의에 이끌린 채 번개와 선혈, 그리고 빛의 저편으로 가버리고 말리란 사실을 깨달아버렸다.

"이대로 가면 넌 정말로 다 태우고 죽어버릴 거야!"

소녀의 목소리는 닿지 않는다.

미친 듯이 날뛰는 수컷들의 함성 앞에서 일축되고 말았다.

"……!"

금발벽안의 소녀가 간직한 각오의 숨결 또한, 이중의 포효에 묻혀버렸다.

"『――――――――――――――――――――――――

――――――――――우우우우!!』"

결전.

얽히고설킨 기세와 기백이 공기를 뒤흔들었다. 이미 의미를 이루지 못하는 서로의 포효가 라비린스를 진동시켰다.

마물의 커다란 주먹에 호응하듯 평인 청년이 뇌검을 휘둘렀다. 광대의 잔재주에 정면으로 맞서듯 맹우가 괴력을 다했다.

타협을 저 멀리 던져버린 정면충돌. 처절한 일진일퇴를 반복한다. 가속이, 멈추지 않았다.

어설프게 날린 앞차기를 우레가 맞받아쳤다.

방어를 위해 쳐든 검 위로 꽂힌 타격이 이마를 쪼갰다.

올려 벤 참격이 상대의 뼈를 부수고 살을 찢었다.

발굽에 함몰된 석판, 검압에 일직선으로 갈라지는 횃불, 격돌의 맹위에 갈기갈기 찢겨버리는 무수한 불똥. 원초의 무대장치가 조용히 파괴되고 있었다.

없는 힘도 쥐어짜내는 수컷과 수컷은 결코 멈추려 하지 않았다. 결코 손을 쉬려 하지 않았다.

멈추지 않는다. 멈출 수 없다. 양보할 수 없다.

피를 뒤집어쓴 뇌정의 검과 금이 간 라브리스가 불꽃을 나누며 다시 한번 맞부딪쳤다.

싸움의 종결이 임박했다는 것은, 이제는 새파랗게 질려버린 소녀들의 눈으로 보아도 명백했다.

『부우워어어어어어어어어어어억!』

"커억——?!"

그리고.

모든 것을 갈라버리는 거대한 도끼의 섬광이, 아르고노트의 시야를 가로질렀다.

창졸간에 전개한 번개의 장벽을 찢고, 간신히 뒤로 뛰어오른 아르고노트에게 진홍의 작열과 뇌를 뒤흔드는 충격을 가져다주었다.

"아르?!"

"오빠!!"

아슬아슬하게 직격을 면하고도 바닥으로 빨려 들어가는 청년의 뒷모습.

그리고 오르나와 피나가 비명을 지른 것과 동시에.

아르고노트는 이를 악물고, 왼손을 내밀었다.

"크윽―――『마검』이여!"

칼끝에서, 가공할 포화가 발생했다.

『～～～～～～～～～～～～～～～～～～～～～～～～쿠우우?!』

넘어져도 그냥은 일어나지 않겠다는 양 쏘아진 폭염.

한계를 넘은 『마검』이 수많은 파편으로 부서지는 와중에, 자폭과 맞바꾸어 펼친 최대 화력이 미노타우로스의 거구를 뒤로 날려버렸다.

당연히 무리한 자세로 포격을 가한 아르고노트 또한 반동으로 바닥을 굴러갔다.

처절한 화력은 아리아드네에게까지 닿아, 날아갈 뻔한 그녀를 피나가 안고 기둥 뒤로 뛰어들었다.

"아르!"

바로 뒤의 벽에 부딪혔던 오르나는 기침을 한 후, 자기도 모르게 뛰쳐나가고 있었다.

충동적으로, 청년이 있는 곳을 향해.

아르고노트는 떨리는 손을 짚고 바닥에서 몸을 떼어내고 있었다.

“떨어져 있어, 오르나……! 아직…… 싸움은 끝나지 않았어……!”

“…………!!”

피가 떨어지는 소리를 내는 청년의 모습에, 오르나는 말문이 막혀버렸다.

시간이 얼어버린 것처럼 서 있는 그녀의 모습을 알아차리지 못한 채, 아르고노트는 떨어뜨린 애검을 찾았다.

“검은, 검은 어디 있어……! 빨리 찾아야 해……!”

지근거리 포격의 영향으로 도저히 시야가 회복되지 않았다.

아르고노트는 이를 답답하게 여기면서 좌로 우로 손을 뻗었다.

몇 번이고 찾아 헤맸다.

하지만 무기는 보이지 않았다.

진홍의 작열에 한번 물들어버렸던 시야는 지금도 여전히 어둡다.

“……검이라면, **당신 앞에 있어.**”

그리고, 가만히 서 있던 오르나가 그렇게 말했다.

“……!”

아르고노트의 어깨가 떨렸다.

드높아지는 격정으로 고통도 피로도 잊었던 정신이, 고드름을 꽂아 넣는 냉기를 품고 엄연한 사실을 들이댔다.

앞으로도 광대의 눈은, 어둡게 닫혀 있을 것이라고.

“아르…… 너, 눈이…….”

오르나의 목소리가 눈물에 젖었다.

조금 전의 라브리스가 펼친 일격.

풍압조차 가늠할 수 없는 괴물의 공격이, 아르고노트에게서 시야를 영원히 앗아간 것이다.

눈썹 사이로 흐르는 피가 눈물처럼 뺨을 타고 흐르는 가운데, 아르고노트는 숨을 삼키고—— 잠시 후, 웃었다.

“하, 하하하…… 그래, 이렇게 하자.『영웅 아르고노트는 가공할 적 앞에서 눈을 감고, 어정쩡한 자세로 열심히 검을 휘둘렀다』라고!”

빛을 잃고도, 광대는 여전히 우스꽝스럽게 웃었다.

꾹 참으려는 듯 한손으로 얼굴을 억누르고, 이제까지 본 적이 없을 정도로 서툴게 웃는 그 모습에, 오르나의 눈가에서 물방울이 비처럼 흘러내렸다.

“자아, 내『영웅일지』에………… 어라, 일지는 어디 갔지? 이상하네, 찾을 수가 없네…….”

품을 뒤져도 찾을 수 없었다.

눈앞에 떨어져 있는 것을 알아차리지 못했다.

정말 웃기네. 너무 우스워. 꼭 눈가리개를 하고 있는 것
같아——.

그런 웃음소리도, 극장에는 울려 퍼지지 않았다.

"오빠……!"

이변을 알아차린 피나도, 경악한 아리아드네의 곁에서
두 눈가에 물방울을 머금었다.

원치 않는 비극이 선율을 연주했다.

"제발…… 이젠 그만해! 그런 몸으로 더 이상 싸우지 마!"

오르나는 끌어안 듯 아르고노트의 몸을 지탱했다.

무릎을 꿇고, 그의 어깨와 손을 품에 안으며 흐느껴 울
었다.

"넌 너무 대단할 정도로 싸웠어! 미노타우로스를 저렇게
까지 몰아붙였어!"

"웃…… ."

"여기서 도망치자! 다른『영웅후보』들과 합류하면……!"

귓가에서 부딪치는 비애의 목소리에, 광대의 몸이 한 차
례 애벌레처럼 둥글게 말렸다.

어둠이 만들어낸 절망과 체념에 휩싸여, 찢겨, 받아들이
고, **억누르고, 제압한** 아르고노트는 고개를 들었다.

"……안 돼, 나는 도망치지 않아. 여기서 도망치면, 나는
더 이상 아무것도 아니게 될 거야!"

"우웃……?!"

강인한 정신.

기이할 정도로 꿋꿋한 마음.

누구보다도 강한『영웅선망』.

결코 이루어질 수 없다는 것을 알면서도, 그럼에도 불구하고 동경하는 영웅들에게 훗날을 맡기기 위해, 자신의 역할을 다하려 한다.

그렇다면 그것은—— 광대가 도달할『영웅운명』.

강한 의지는 파멸의 숙명 따위 덧칠해, 오르나도 환영 속에서 보았던 위대한 항로로 인도할 것이다.

"『희극』을 엮어야만 해!『희극』이 필요하단 말이야! 이 세상에는, 지금의 세상에는!"

하나가 열로, 열이 백으로, 백이 천으로, 천이 곧 희망으로.

그렇기에 그『하나』만은 반드시 이루어야 한다며, 청년은 주먹을 쥐었다.

슬픔의 눈물을 기쁨의 눈물로 바꿀 수 있는 것은『희극』밖에 없기에.

"그러기 위해, 나는……!"

격돌한 벽에 파묻혀, 지금도 불바다에 휩싸인 맹우가 분노의 목소리를 지르며 부활을 시도한다. 부서지고도『마검』의 불길이 필사적으로 괴물을 억누르는 가운데, 비극의 경계선을 넘어 참극의 막이 오르려 하고 있다.

오르나는 청년의 어깨를 안은 손에 힘을 꽉 쥐고, 고개를 숙였다.

"……알았어……. 알았으니까……."

그렇게.

속삭이듯, 오열에 섞인 말을 전했다.

"내가, 너의 『이야기』를 엮어줄 테니까……."

"!"

"너 대신, 내가 모두를 웃게 해줄 테니까……!"

마지막에는 매달리듯, 두 번 다시 열리지 않을 눈꺼풀 안쪽의 심홍색 눈동자에 호소했다.

"그러니까, 아르……!"

소녀의 눈물이 굳게 쥐어진 청년의 주먹에 떨어져, 튀었다.

불똥이 솟아났다.

맹수의 포효가 울려 퍼졌다.

우레는 침묵하며 말하지 않았다.

세상이 도려져나간 것처럼, 한순간의 정적이 두 사람을 감쌌다.

굳게 쥐어졌던 주먹은 천천히, 떨리듯 펴졌다.

지금도 어깨를 안고 있는 소녀의 손 위에 겹쳐진다.

"……안 돼."

"……!"

소녀가 슬픔에 무너져버리기 직전.

청년은, 어린아이처럼 웃었다.

"웃을 줄 모르는 사람한테, 그런 무거운 짐을 맡길 순 없어."

“___________.”

눈물에 젖은 오르나의 눈이 크게 뜨였다.

“모두를 웃게 하려면…… 먼저 네가 웃어야지.”

소녀의 결심을 안아주었다.

사실은 누구보다 상냥한 그녀의 마음속을 부드럽게 두드렸다.

“오르나…… 너는 지금, 웃고 있어?”

웃지 않는 여자아이를 웃게 하고 싶었던 청년은, 그렇게 물었다.

더 이상 그 심홍색은, 그토록 바라던 보물을 볼 수 없음에도.

확인할 방법은 없다.

미소를 비출 방법은 없다.

더 이상 오르나는, 그에게 웃음을 보여줄 수 없다.

“…………”

깊은 후회와 슬픔, 그리고 누구에게도 전할 수 없는 맹세를 가슴에 품고, 소녀는 눈을 감았다.

마르지 않는 눈물을 『그것』으로 바꾸고.

그의 오른손을 끌어안듯 들어.

떨리는 숨을 들이마시며.

소녀는 조용히 속삭였다.

“그래……”

© kakage

“봐⋯⋯⋯ 나, 웃고 있어.”

웃음을 머금은 뺨에, 그의 오른손을 가져다 댔다.
자신의 마음이 조금이라도 전해지도록, 『기쁨의 눈물』과 함께, 서툴게 웃었다.
피에 물든 손이 눈물에 젖으며 소녀의 온기를 전했다.
올라간 입매가, 벌어진 입술이, 사랑스러움에 떨리는 뺨이, 그에게 소녀의 미소를 가르쳐주었다.
“⋯⋯그래, 정말이네.”
아르고노트는, 미소를 지었다.
“⋯⋯웃고 있어.”
오르나는 웃었다.
계속해서 웃었다.
시야를 투명한 물방울로 흐릿하게 만들면서, 안심시켜주려는 것처럼, 계속.
“그럼, 너에게 맡길게. 나의 『영웅일지』를.”
“아⋯⋯.”
왼손에 닿은 감촉에 의지해, 아르고노트는 펼쳐진 채 바닥에 떨어져 있던 수기를 끌어당겼다.
오르나의 뺨에서 오른손을 떼고, 그 일지를 그녀에게 내밀었다.
“아르고노트의 이야기를. 이 우스꽝스러운 『희극』을!”
인정받은 소녀는 아무런 특별할 것도 없는, 그러나 너무나도 무거운 책 한 권을 받아들었다.

먼 미래까지 전해져야만 할 『이야기의 파편』을.

"지켜봐다오, 『이야기꾼 오르나』! 나의 모험을, 부디 끝까지!"

"……!"

광대로 돌아간 청년이 일어선다.

이야기꾼은 계승되었다.

그렇다면 남은 것은, 그녀가 엮어나갈 최고의 희극을 준비하는 것뿐.

그것이 아르고노트의 마지막 역할.

책을 가슴에 안은 오르나는 눈물을 참으면서도, 말리지 않았다.

"여동생이여! 적은 어디에 있는가? 가르쳐다오, 너의 목소리로!"

"……앞에. 당신의, 앞에!"

『뇌정의 검』을 들고, 두 번 다시 눈이 뜨이지 않을 오빠의 목소리에, 피나는 울먹이면서도 힘차게 외쳤다.

소녀의 목소리가 가리키는 곳, 거구를 구속했던 벽에서 벗어나, 불꽃의 바다를 뚫고, 온몸에 상처를 입은 전쟁의 황소가 걸어 나온다.

그 몸은 꺼지지 않는 불길에 휘감긴 채, 지금도 불타고 있다.

폭염에 뜯어먹혀 축 늘어진 오른팔은 더 이상 올라오지

못한다.

"거기 있는가, 나의 적이여!"

『오오오!』

"나와의 결착을 원하는가, 강적이여!"

『오오오오!!』

상처 입은 수컷들은 서로를 향해 울부짖었다.

갑옷을 부수고, 피를 흘리고, 힘을 잃었으면서도, 그래도 웃음을 머금고 상대했다.

"그렇다면 나와 너는 이제부터『호적수』! 함께 싸울 숙명의 상대다!"

열에 달뜬 것처럼, 아르고노트는 지고의 상대를 결정했다.

이제는 모습 따위 보이지 않는 적의 윤곽을, 무시무시한 거구를, 흉흉한 웃음을 지금, 뚜렷이 지각하고 이해했다.

그렇다면 이것도 하나의 운명.

"자아, 모험을 하자! 이 양보할 수 없는 마음을 위해!"

아득한 모험이다.

끝없이 이어지는 모험이다.

그들이 엮어가는 숙명의 투쟁이다.

"『우리』는 오늘, 처음으로『모험』을 한다!"

『오오오오오오오오오오오오오오오오오오오오오!!』

우러러 본 머리 위로 환희의 포효를 터뜨리고, 미노타우로스는 폭주했다.

아르고노트도 달려나갔다.

무시무시한 진동과 전의로 가득 찬 포효를 향해.

"——승부다!!"

모든 것을 걸었다.

모든 것을 바쳤다.

이 일전에, 평인 청년도 맹우도, 가진 모든 것을 내던지고 쏟아부었다.

눈이 보이지 않아도 검을 휘두른다.

한쪽 팔을 쓰지 못해도 도끼를 내리친다.

서로가 몸의 기능을 상실했음에도 여전히 처절한 사투를 벌인다.

타오르는 불바다를 건너, 달려나가, 몇 번이고 교차하는 두 그림자.

뇌정이 들끓고, 라브리스가 울부짖고, 알몸을 드러낸 목숨과 목숨을 맞부딪쳤다.

일격에 굶주렸다.

작열을 원했다.

승리를 추구했다.

한계를 능가해, 모든 것을 가속시키고, 라비린스의 가장 깊은 곳에서 싸움의 이야기를 엮어냈다.

그리고.

“크으윽······?!”

인간의 나약한 몸이, 괴물의 힘에 굴복했다.

격렬한 일격 앞에, 악력을 잃은 손에서 무기가 튕겨 날아갔다.

“『정령의 검』이!”

무너져버린 균형에 오르나는 몸을 앞으로 내밀었다.

포물선을 그리며, 검은 청년의 뒤로.

전능감의 끝. 힘이 다한 정신.

휘청 몸이 가라앉는 숙적을 보고, 미노타우로스가 승리의 함성을 터뜨렸다.

『오오오오오오오오————!!』

“오빠아아아아아아아아아!”

겹쳐지는 피나의 절규.

달려나가는 하얀 드레스.

절체절명의 순간을 깨닫고, 더는 몸도 가눌 수 없게 된 아르고노트는 얼굴을 찡그린 채, 내리꽂히는 라브리스의 먹잇감이—— 되기 직전.

격렬한 전류가 미노타우로스에게 이를 드러냈다.

『크오오오오오오오오오?!』

““““?!”””””

미노타우로스의 외침과, 세 사람의 경악.

아르고노트, 오르나, 피나가 눈을 부릅뜨는 가운데, 이 『제단의 방』에 있던 마지막 한 사람은 그 『우레의 권능』을 손에 쥐고 있었다.

"아리아드네가, 『정령의 검』을……."

아연실색한 오르나의 시선 너머, 아르고노트의 뒤에서, 숨을 헐떡이는 아리아드네가 『뇌정의 검』을 두 손으로 들고 있었던 것이다.

"미안해, 아르고노트… 당신들의 결투에 끼어들어서……."

청년만을 바라보던 왕녀는, 그의 육체가 신음하자마자, 그가 곤경에 빠지기도 전에 미래예지와도 같이 달려나가, 바닥에 꽂혀 있던 검을 뽑았던 것이다.

"하지만 숙명이라고 한다면, 『운명』이라고 한다면! 나한테도 미노타우로스와의 악연이 있어!"

눈을 감은 얼굴을 이쪽으로 향하는 아르고노트에게 사죄를, 그리고 결의를.

다 타버릴 때까지 싸우겠노라 결심했던 아르고노트의 용맹한 모습에, 아리아드네도 숨을 내쉬며 각오를 다졌던 것이었다.

악몽과 공포에 대한 체념이 아닌, 운명의 상징과 맞설 의지를.

"왕족이 범한 죄는 내가 끊어야 해! 왕가의 피를 이어받은 자로서!"

"아리아……."

"무엇보다도, 나는 도움만 받는 제물은 싫어! 당신을 돕고 싶어! 당신을 지탱하고 싶어!"

그녀는 사로잡힌 공주로 남기를 거부했다.

영웅에게 구원을 받기만 하는, 이야기 속의 주인공이 되기를 거부했다.

애초에 그녀는 성을 몰래 빠져나올 정도로 왈가닥이었고, 자기희생도 마다하지 않을 만큼 고결했다.

그리고 그녀의 마음을 속박했던 『사슬』도 아르고노트가 끊어 버렸다.

아르고노트가 바꾼 것이다.

두 사람의 만남이, 아리아드네를 바꿔놓았다.

"당신을 죽게 하고 싶지 않아!"

촉촉한 청벽색의 쌍안이 마음을 부딪쳤다.

그 보석 같은 눈동자가 보이지 않아도, 아리아드네의 지고한 마음은 전해졌다.

원래 아르고노트도 비슷한 사람이었으므로, 자신이 그녀의 입장이었다면 같은 행동을 했을 것이다.

그녀의 마음을 기뻐할지언정 거절할 권리는 없었다.

"하, 하하하…… 그렇구나, 나는 보호받고 말았구나……."

그러므로 아르고노트는, 그저 힘없이 웃었다.

"아아, 걸작이야. 이것이야말로 유례를 찾아보기 힘든 희극! 그야말로 나답군!"

"오빠……."

"하하하하…… 그렇구나, 그래……."

이제는 싸울 힘도 남지 않은 몸이, 한쪽 무릎을 꿇고 주저앉았다.

헛웃음이라 해야 할 웃음소리를 내는 오빠의 모습에 피나의 가슴이 옥죄어들었다.

만감이 교차하는 심정과 함께, 아르고노트는 중얼거렸다.

"아아…… 분하다……."

"아르……."

숙적과의 한판 승부에, 결판은커녕 다 태우지도 못했던 못난 자신에게 미련과 실망을 느꼈다. 그것은 남자의 시시한 자존심이자 아쉬움이었다.

그 마음을 완전히 이해할 수는 없는 오르나가 아무 말도 하지 못하는 가운데, 광대는 자신의 꼴사나운 모습을 비웃으며 몸을 떨었다.

"——무슨 소리를 하고 계시나요! 어서 손을 빌려주세요!"

"엥?"

그러나, 강하고 늠름한 소녀는 그런 남자의 감상에 빠져주지 않았다.

"저는 그저 왕녀일 뿐이에요! 이런 검은 써본 적이 없어요! 그러니 당신이 있어야지요!"

"……!"

질질 끌듯 두 손으로 든 『뇌정의 검』을 가져와, 청년 옆에 나란히 서서 손을 내밀었다.

그의 손을 잡고, "으응~!" 하는 목소리와 함께, 일어나라고 힘껏 잡아당겼다.

넋이 나간 아르고노트는 붉은 실에 이끌린 것처럼, 신기하게도 일어날 수 있었다.

"당신과 함께 『운명』을 끊어내야지요!"

그 말에, 그는 더는 크게 뜰 수 없는 눈으로 놀라움을 드러냈다.

침묵은 한순간이었다.

눈앞에 있는 아리아드네의 표정을 기척으로 느끼고, 다음 순간에는 천천히, 미소를 머금었다.

"……고마워, 아리아. 알았어, 둘이서 적을 쓰러뜨리자."

아리아드네도 웃는 가운데, 『뇌정의 검』을 아르고노트의 손에 가져다 댄다.

"자, 이 검을 잡고……."

하지만 남자의 손은 멋지게 허공을 가로질러 뜬금없는 방향에 착륙했다.

주물, 말캉.

"꺄악?! 거, 거기는 제 엉덩이예요!"

"엑, 공주님 엉덩이?!"

뜬금없는 새된 비명소리가 아리아드네에게서 터져 나오고, 다른 의도는 전혀 없었던 아르고노트도 경천동지의 충격을 받았다.

"…………."

그리고 아르고노트는 말없이, 일사불란하게 오른손의 손가락을 꿈틀거렸다.

　구체적으로는, 잃어버린 시각을 대신해 예민해진 촉각을 최대한 발휘해, 부드러운 엉덩이의 감촉을 확인하듯 주물러댔다. 다른 의도는 전혀 없었지만 사악한 마음의 노예로 전락하는 것은 한순간이었다.

“말없이 주무르지 마!”

“끄아악?!”

““………….””

　가차 없는 공주 촙이 바보의 목에 꽂혔다.

　아리아드네는 얼굴을 새빨갛게 물들이고, 오르나는 쓰레기를 보는 눈으로 어이없어하고, 힘이 빠진 피나는 쓴웃음을 지었으며, 『뇌정의 검』은 어딘가 아쉬운 듯이 깜빡거렸다.

　『크우우우……!』

　그때, 그러자 방전의 창에 날아가 버렸던 미노타우로스가 마비 상태에서 벗어나 겨우 일어났다.

　아르고노트가 기진맥진한 것처럼, 미노타우로스도 조금 전의 일격으로 마지막 힘을 다 써버렸을 것이다. 라브리스도 들지 못한 채 서 있는 것이 고작인 모습에, 켁켁 기침을 하던 아르고노트는 모든 것을 알아차리고 고개를 들었다.

　“……미안하다, 미노타우로스. 역시 나는 나인가 보구나. 이런 『희극』으로 만들 수밖에 없었다.”

　사죄를 한 마디.

　한 발짝을 내딛는 마물은 알아들을 수 없었다.

"여기서 너를 쓰러뜨리겠다! 나 혼자가 아니라, 공주와 둘이서! 정말 송구스럽게 생각한다!"

변명을 한마디.

한 걸음 더 다가온 괴물은 라브리스를 떨구고, 사내를 찾듯 손을 뻗었다.

"그러니──또 만나자, 나의 적이여!"

그리고『재전의 맹세』를 한마디.

걸음이 멈추고, 수컷은 백발 청년을 바라보았다.

"다시 태어나, 다음에 다시 만났을 때, 그때는 일대일로! 우리의 결판을!"

아르고노트는 웃었다.

피와 살을 튀기며 사투를 펼쳤던 상대에게 건네는 말이라고는 믿어지지 않을 정도로 밝게, 소년처럼 웃었다.

"약속이다,『호적수』여!"

뇌검의 손잡이를 아르고노트와 아리아드네, 두 사람이 함께 쥐었다.

어깨를 맞대고, 힘을 끌어내, 번개의 광휘를 불러냈다.

소리가 커지고, 시야의 모든 것이 번뜩이는 뇌광 속에서, 미노타우로스는──웃었다.

그 맹세에, 그 청년의 웃음에.

환영 같은 광경이었지만, 그러나 틀림없이, 빛 저편에서 웃음을 지었다.

겹쳐진 손에 질끈 힘을 쥐고, 아르고노트는 아리아드네

© kakage

와 함께 결착을 고했다.

""*쳐라, 『뇌정의 검』.*""

발산되는 뇌제의 격류.

지하 깊은 곳에 출현한 천공의 권능.

석판을 헤집고, 횃불을 소멸시키고, 당당하게 서 있던 마물까지도 집어삼킨다.

온갖 것들이 지워지고 사라지는 순간, 맹우의 전사는 천둥 못지않은 우렁찬 포효를 올리며, 황금색 빛 속으로 사라졌다.

땅속에서도 쩌렁쩌렁 울려 퍼진 거대한 천둥소리가 온 라비린스로 퍼져나갔다.

"지금 그건……."

"미궁 안쪽에서…… 설마!"

미궁 전체를 뒤덮을 듯한 진동을 느끼고, 넓은 통로에 있던 가름스와 엘미나가 고개를 들었다.

황소 퇴치 일행 중에서도 『제단의 방』에 가장 가까웠던 그들에게는, 바로 조금 전까지만 해도 간헐적으로 무시무시한 소의 포효가 전해지고 있었다.

하지만 지금은 그것이 들리지 않는다.

승리의 함성처럼, 먼 천둥소리만이 울릴 뿐이었다.

"네, 그런 것 같군요."

놀라는 두 사람의 반응을 곁눈질하며, 복잡한 표정으로 수많은 잔해들을 조립하던 류루가 회심의 미소를 지었다.

부드럽게, 가만히, 리라의 줄에 손가락을 가져다댔다.

"――훌륭합니다, 아르고노트. 이곳에서 틀림없는 『영웅담』이 탄생했군요."

수리된 리라가 울린 것은, 조금은 투박하지만 맑은 승리의 소리.

까마득한 산 너머에서 아침놀이 시작되고 있었다.

긴 밤이 밝은 것이다.

시원한 바람이 춤을 추고, 초원이 일제히 시작의 노래를 부르기 시작했다.

풀냄새를 가득 머금은 대기를 한껏 들이마시던 붉은머리 청년은 눈부신 서광에 눈을 가늘게 떴다.

"해냈구나, 아르……."

라비린스 밖, 용들이 파괴한 구멍을 통해 아침 햇살을 받던 크로조는 입가를 틀어 올렸다.

주위에서 느껴지는 마물의 기운은 어딘가 힘이 없었다. 마치 이 대지 일대의 주인이 쓰러져 두려움에 도망친 듯했다.

오른쪽 어깨에 떠오른 정령 우르스도 이 땅의 위협이 사라졌음을 명확히 밝혔다.

크로조는 활짝 웃으며 뒤를 돌아보았다.

"어이, 우리가 이겼다는데!"

그가 말을 건넨 곳에 있던 것은, 상반신을 벗은 채 책상다리를 하고 있는, 떨떠름한 표정의 웨어울프였다.

"……내가 왜 살아있지?"

유리였다.

가름스가 최후를 지켜보고 대지로 돌아간 줄 알았던 수인에게는, 이미 상처라곤 흔적도 존재하지 않았다.

그저 피가 부족해 약간 안색이 좋지 않을 뿐이었다. 숨기지도 않는 불쾌한 기색과 맞물려 마치 악당 같은 얼굴이 되었지만, 크로조에게는 사소한 일이었다.

"그러니까 치료해줬다고 했잖아? 아, 딱히 나처럼『정령의 피』같은 걸 나눠주진 않았어."

분명 용에게 꿰뚫렸던 상반신에는 구멍 하나 뚫려 있지 않아, 내려다보고 몸을 확인한 유리는 이해할 수 없다는 듯 눈살을 찌푸렸다. 크로조는 태연하게 설명해주었다.

"그냥 대단한 회복 마법……『기적』이라는 걸 썼을 뿐이야."

"……그 광대와 마찬가지로, 네놈도 어지간하군."

수명을 깎아서까지 자신을 구해준 대장장이에게, 유리는 그가 생각할 수 있는 최대급의 비아냥거리는 말을 던졌다.

그리고 이내, 부끄러움을 삼키듯 눈을 내리깔았다.

"드디어 여동생의 곁으로 갈 수 있게 되었다고 생각했는데……"

"이봐, 죽고 싶었는데 못 죽었단 말은 하지 말라고. 기껏 구해줬는데."

하지만 다가온 크로조가 이를 가로막았다.

웃음을 머금은 채 말했다.

"살아있으면 의외로 뭐든 할 수 있다고…… 아르가 그랬잖아?"

"……그래, 젠장. 맞는 말이지."

진저리가 난다는 것처럼, 유리는 입가를 틀어 올렸다.

크로조의 눈앞에서 일어나, 지금까지 살아오면서 본 것 중 가장 아름답다고 할 수 있는 청량한 아침놀에 자신도 눈을 가늘게 떴다.

"잘 이겼다, 광대…… 나도 평생 딱 한 번, 처음이자 마지막으로 네게 『고맙다』고 말해주마."

하늘을 올려다보며 눈을 감았다.

청년은 처음으로 그의 진짜 이름을 불렀다.

"……고맙다, 아르고노트. 광대 행세를 하며 신념을 관철한, 고결한 평인……"

왕녀 탈환.

그리고 미노타우로스 토벌 완료.

그 소식은 바람보다 빠르게, 도적보다 빈틈없는 음유시인에 의해 순식간에 왕도 전역으로 퍼져나갔다.

"들었어?! 미노타우로스를 정말로 쓰러뜨렸다는데!"

"수많은 용감한 병사들이 희생됐지만, 왕녀님은 무사하시대!"

"그 자식은 진짜였어! 아르고노트는『영웅』이었던 거야!"

도성의 번화가에서, 일과를 내팽개친 민중이 얼굴을 맞대고 놀라움과 갈채, 그리고 기쁨의 함성을 보냈다.

광대가 바라는『희극』을 위해 일부의 정보는 숨겨지고 바뀌었다. 처참한 전투는 없었던 것으로 할 수 없지만, 비극과 참극이 낙원에 그림자를 드리우는 것보다는, 아무것도 모르는 이들에게 음유시인은 착한 거짓말을 했다. 싸웠던 이들 모두가 영웅이었다고.

고결한 왕녀는 그 거짓말을 허락하고, 자신이 짊어질 죄라고 말했다.

"아, 봐요!"

"오오……! 용자의 개선이다!"

마지막 전투로부터 한나절.

태양이 중천을 넘어갈 무렵, 거대한 정문을 당당히 통과해, 위대한 일행이 왕도에 나타났다.

하프엘프 마도사, 웨어울프와 드워프 전사, 선도를 겸했던 엘프 음유시인, 평인 대장장이.

그들에게 민중은 아낌없는 환성을 보냈고, 건물 위에서 꽃의 샤워를 쏟아부었다.

모두가 웃고, 눈물을 흘리는 사람도 있었다. 아름답고도 장엄한 개선의 광경에 피나는 뺨이 붉게 물들어 자신도 모르게 따라서 울 뻔했다.

그리고.

"공주님, 무사하셨군요!"

"아리아드네 님~!"

"잘했다, 아르고노트!"

일행의 맨 뒤, 나란히 걸어가는 백발의 청년과 아름다운 왕녀에게 환호성이 폭발했다.

왕녀의 손에 이끌려 가는 아르고노트의 발걸음은 느릿느릿했다. 뜨이지 않는 눈꺼풀은 그가 그토록 바라던 개선의 광경을 비추지 못한다. 뒤돌아보는 피나는 다시 한번 눈물이 날 것 같았다.

하지만, 웃었다.

언젠가 오빠가 칭찬해 주었듯, 꽃처럼 웃었다.

왜냐하면 아르고노트는 지금도 웃고 있으니까.

한 손을 들고, 자랑스럽게, 『영웅』처럼 웃음을 짓고 있으니까.

발을 멈춘 유리, 가름스, 류루, 크로조와 함께 피나는 미소를 보냈다.

이 푸른 하늘 아래에서, 민중과 함께, 그 무엇과도 바꿀 수 없는 오빠를 축복했다.

"왕녀님 만세! 아르고노트 만세!"

누군가가 외쳤다.

흥분은 순식간에 퍼져나가 대합창이 되었다.

"왕도에 영광 있으라!"

"낙원이여, 영원하라!"

"라크리오스 만세에에에!"

남녀노소 할 것 없이 외치고, 대로 좌우로 긴 인파가 만들어지는 가운데, 사람의 벽을 뚫고 한 소녀가 뛰어나왔다.

"오빠! 아니, 영웅님! 고마워요!"

그것은 광대가 도와주었던 평인 소녀.

그가 찾아주었던 아버지의 유품, 소중한 탈리스만을 두 손으로 가슴에 끌어안고, 뺨을 물들이고, 눈을 반짝이며 영웅의 이름을 몇 번이고 불렀다.

열광은 끝나지 않았다.

희극이 바라는 대단원은 이곳에 있었다.

만뢰의 박수와 성원이, 영웅들의 커튼콜을 언제까지고, 어디까지고 칭송하는 것이었다.

⊡

축복의 목소리는 하룻밤이 지나도록 끊이지 않았다.

몇 년에 한 번 열리는 풍요제처럼 달아올라, 아르고노트가 성 앞 광장에서 선언한 것처럼 정말『영웅의 시대』가 시작되는 것이 아닌가 하는, 그런 기대를 백성들이 품을 정도였다.

많은 음식과 술이 제공되는 연회에, 병사들은 한 마디도 불만을 제기하지 않았다.

그들과 아르고노트 일행의 관계를 아는 이가 본다면 의아해할 정도로.

동시에, 달아오른 성하마을과는 반대로 왕성은 섬뜩할 만큼 고요했다.

"······················."

최상층,『옥좌의 홀』.

소리 하나 들려오지 않는, 아무도 없는 홀에서, 옥좌에 앉은 라크리오스 왕은 입을 반쯤 벌린 채 넋을 놓고 있었다.

어제부터, 계속.

미노타우로스가 토벌되고, 그의 손아귀에 있던『사슬』이 부서진 후로는, 꼼짝도 하지 않은 채.

"······말도 안 돼······."

굶주림과 갈증이 한계에 이르렀을 무렵, 노왕은 시간이 멈춰버린 조각상에서 사람으로 돌아와야만 했다.

헐떡이듯 중얼거리고, 핏기를 잃었던 가죽에 얼마 안 되는 생기가 돌아오기 시작했다.

"이건, 말도 안 돼······! 미노타우로스가, 그 끔찍한 괴물이……!"

영혼을 놓아버릴 정도의 충격에서 벗어나, 현실을 직시해야만 했다.

땀도 흘리지 못하는 라크리오스 왕은 반들반들한 머리를 두 손으로 붙들고, 착란한 것처럼 신음소리를 냈다.

"나의『영웅』이, 그딴 놈에게……?!"

핏발이 선 두 눈을 바닥으로 향한 채 부들부들 떨고 있을 때였다.

닫혀 있던 큰 문이 소리를 내며 열렸던 것은.

"!"

"모든 것이 끝났다, 왕이여. 아르고노트의 손에 의해."

퍼뜩 고개를 쳐들었다.

뚜벅뚜벅 발소리를 울리며 옥좌로 다가온 것은 갈색 피부의 여자, 오르나였다.

그녀의 말은 틀림없는 사실이었다.

모든 것이 끝난 것이다. 이 왕성에도 **라크리오스 왕의 편은 더 이상 존재하지 않았다.**

본무대에 오르기를 거부했던 소녀는 아르고노트 일행이 민중의 칭송과 지지, 그리고 마음을 거머쥘 동안 왕성을 장악하는 일에 착수했던 것이다.

지저분한 일을 혼자 도맡듯, 망설임 없이.

그만한 『자격』을 가진 것처럼, 신속하게.

"오, 오르나……! 나를, 죽이러 온 게냐……?!"

“당신을? 왜? 나는 그런 짓은 하지 않아. 아니, 이제까지 아무것도 하지 않고, 그저 지켜보기만 했던 나에게——.”

거리를 둔 채 마주 선 소녀에게, 훨씬 많은 세월을 겪었던 노왕은 겁을 먹었다.

이를 부정한 오르나는 낯빛 하나 바꾸지 않고 말했다.

“——『아버지』인 당신을 심판할 권리 따위, 존재하지 않아.”

“웃……?!”

그것이 소녀의『비밀』.

그것이 라크리오스 왕 일파가 그녀에게 집착하여『새장』을 만들어낸 이유.

왕의 친딸인 아리아드네조차 모르는,『또 한 사람의 왕녀』.

“나를 보호해 준 것, 신분을 속여 제물로 바쳐지지 않게 해준 것, 감사드립니다. 그리고 원망합니다.”

왕의 객인에 불과했던 그녀가 라크리오스 왕가의 비밀을 알게 되고, 왕과 가까운 심복들도 경의를 잊지 않았던 데에는 이런 진실이 존재했다.

성으로 돌아온 그녀는 자신의 정체를 모르는 관리들에게 진실을 밝혔고, 또한 미안하게 생각하면서도 아르고노트 일행이라는 강력한 무력까지도 들먹였던 것이다.

『낙원의 수호자인 미노타우로스는 이제 없다. 내가 후견인이 될 왕녀 아리아드네의 파벌에 합류하라.』

『영웅들의 힘을 빌리지 않고선 이 도시는 존속할 수 없다.』

『무엇보다도 늙어서 갈 날이 얼마 남지 않은 왕은 더 이상 후계자를 만들 수 없고, 남은 왕가의 정통 혈통은 우리뿐이다.』

왕도의 어둠까지 꿰뚫고 있는 소녀의 거래에 응하지 않을 사람은 없었다.

라비린스의 싸움에서 병력 대부분을 잃은 무관들은 항복했고, 행정을 담당하는 소수의 문관들은 오히려 솔선해 오르나의 산하로 들어왔던 것이다.

"나를 지키기 위해, 당신은 내 정체를 아는 많은 왕족들을 희생시켰지. 더군다나 아무것도 모르는『이복동생』아리아드네까지……."

이제까지 라크리오스 왕이 오르나의 신분을 숨겼던 것은 오직 그녀를 지키기 위해.

미노타우로스의 제물로 삼지 않기 위해, 그녀에게『국가의 운명을 점치는 점술사』라는 거짓 직함을 부여했던 것이다.

왕이 그렇게까지 해서라도 오르나를 지키려고 했던 이유는——.

"『어머니』를 죽인 그날부터, 당신은 줄곧 나를『새장』속에 가두었지."

"——아니야! 그게 아니다, 오르나! 나는, 나는 네 어미를 사랑했어!!"

견디지 못하고 외치는 부왕이『새장』의 기원을 폭로한다.

"네 어머니야말로 내가 가장 사랑하는 사람이었다! 하지만……!"

"**전부 알고 있고말고.** 당신은 가신이나 다른 왕족들의 추궁을 받다 못해, 중압과 책임감을 견디지 못하고, 왕가의 피가 흐르던 어머니를『제물』로 바쳤지."

그러나 왕의 마음속에 도사린 갈등까지도 오르나는 이미 알고 있었다.

몸을 내밀려던 왕은, 여전히 표정을 바꾸지 않는『사랑하는 딸』의 모습에 말을 잃었다.

"그리고 당신은 **망가졌어.** 왕족과 가신을 사로잡아, 폭군처럼 차례차례『제물』로 삼았고."

사랑하는 이의 상실.

그런 사랑하는 이를 대신할 하나뿐인 딸.

그것이 오르나였다.

오르나야말로 라크리오스 왕이 지켜내고자 했던『하나』였던 것이다.

사랑하는 이를 잃은 라크리오스 왕은 이전의 성현의 길을 잃고, 사람이면서도『추악한 마물』로 전락했다. 분노와 증오가 향하는 대로 적대자들을 없애고, 수많은 문관들까지 미노타우로스의 먹이로 삼았으며, 자신에게 충성하는 기사장과 병사들, 무관을 중심으로 남겼다.

최소한의 행정만 집행할 수 있도록 소수의 문관들만 음지에서 살려둔 채, 지금의 독재 체제가 된 왕도를 만들어냈다.

오래 전부터 일그러졌던 나라가 눈앞의 일그러진 왕을 낳은 것이다.

"……그래, 나는 당신에게는 『죄』의 증거. 당신의 사랑하는 어머니와 딸인 나는 무척이나 닮았지."

그때 오르나는 처음으로 눈을 내리깔았다.

어머니에게서 물려받은 갈색 피부에 슬픔을 머금고, 왕에게 옛 기억을 불러일으키는 눈동자가 연민을 보냈다.

"당신은 『광왕』으로 타락했으면서, 『사랑하는 이』를 두 번이나 죽이지 못했어."

"아아아…… 아아아아아아아아아아아아아아아……!!"

사랑하는 딸의 손에 의해 밝혀진 죄에, 라크리오스 왕은 비명을 질렀다.

아무리 뒤로 물러나려 해도 옥좌가 가로막고 있다.

사랑하는 이과 같은 눈이, 언제까지고 왕을 응시했다.

마침내 두 손으로 얼굴을 가려 오르나의 눈빛에서 도망치는 라크리오스 왕은 이미 왕이 아니었으며, 가죽과 뼈, 망집만이 남은 가엾은 노인일 뿐이었다.

갈라진 비명소리가 한동안 『옥좌의 홀』에 울려 퍼졌다.

"아르가…… 아르고노트가 그러던걸. 『왕을 용서해줘』라고."

잠시 후.

아버지를 바라보던 오르나가 입을 열었다.

"당신 또한, 나라를 지킬『영웅』을 원했을 뿐…… 절망의 피해자일 뿐이라고."

"……!!"

라크리오스 왕은 모든 면에서 어중간했다.

희생이 필요하다는 것을 알면서도, 왕족이 두 사람——오르나를 포함하면 셋——밖에 남지 않았어도, 아리아드네에게 가장 기피해야 할 수단을 취하지 못했다. 완전히 비정해지지 못했다.

『추악한 마물』로 전락한 후에도 부모로서, 그리고 인간으로서 갈등과 망설임이 존재했으리란 것은 상상하기 어렵지 않다. 그는 국가라는『백』을 위해 끊임없이 결단에 사로잡혔으며, 이 시대라고 하는『절망』에 끝없이 괴로워했다.

한번 시작해버린 일을 멈출 수 없었던 것에 불과한, 누구보다 평범한 인간이었던 것이다.

"아무것도 막지 못한 나에게도 죄가 있어. 그러니까 나는, 이제부터 속죄로『이야기』를 자아낼까 해."

"뭐, 라고……?"

넋이 나간 부왕 앞에서, 오르나는 천천히 눈을 감았다.

"——작별인사를 드리러 왔습니다, 라크리오스 왕이시여. 오르나티아 라크리오스라는 이름을 돌려드리겠습니다."

아름다운 동작으로 이루어진 왕가의 예.

말투도, 행동거지도 마치 다른 사람이 된 것처럼 변모했다.

그야말로『또 하나의 왕녀』처럼.

어둠 속에 묻혀있던 자신의 진짜 이름을 말하고, 고개를 들었다.

"오늘부터 저는 정말로—— 그냥 오르나입니다."

그리고 미소를 지었다.

이제는 왕녀도 그 무엇도 아닌,『그냥 이야기꾼』인 것처럼.

시간이 얼어붙은 것처럼 몸을 멈추었던 왕은 입술을 떨며 소리를 질러댔다.

"기……기다려다오! 기다려다오, 오르나?! 모든 것을 잃은 나를 혼자 두지 말아다오오!!"

체면도 수치도, 왕의 위엄마저도 내팽개친 애원을 토로한다.

왕은 필사적으로 사랑하는 딸에게 손을 뻗었다. 그러나 그 앙상한 손가락은 아무것도 잡을 수 없었다.

꿰매 놓은 것처럼, 혹은 저주받은 것처럼, 몸은 옥좌에서 떨어지지 않았다. 죄의 상징이기도 한 옥좌는 결코 노왕을 해방해주지 않았다.

"……아무도 당신을 심판하지 않을 거야. 아무도 당신에게 죄를 묻지 않을 거야. 그 대신, 지켜봐 줘."

오르나는 웃음을 거두고 담담하게 말했다.

"당신이 포기한 올바른 나라를, 올바른 세상을. 당신이 포기해버렸던『시대』그 자체를."

창가로 다가가, 이제까지 꽉 닫혀 있던 창가의 커튼을 잡아당겼다.

"이제부터 시작될『영웅신화』…… 어리석은 한 남자가 개척한『영웅시대』의 개막을."

펼쳐진 것은 창공.

왕에게 도사린 증오와 절망과는 다른, 아름다운 시대의 풍경.

『옥좌의 홀』로 스며드는 눈 부신 빛에, 라크리오스 왕은 얼른 손으로 얼굴을 가린 채 핏발이 선 눈을 한껏 부릅뜨고 몸이 타들어 가는 것처럼 고통스러워했다.

"그것을 지켜보는 것이…… 당신의『벌』."

"━━━━아아아아아아아아아아아아아아아아아아아아아아아아아아아악!!"

절규가 울려 퍼진다.

옥좌에 들러붙은 채 허물어지는 왕에게, 오르나는 등을 돌리고 걸어 나갔다.

고통에 찬 목소리의 근원을 결코 돌아보지 않았다.

슬픔에 물든 얼굴을 숨긴 채,『옥좌의 홀』을 떠났다.

햇살은 오늘도 눈부시다.

왕과의 뒤처리를 마치고 성의 복도를 걷던 오르나는 손

으로 그늘을 만들었다.

눈 아래에 보이는 안뜰에서 우스꽝스러운 광대를 발견했던 그 날처럼, 하늘은 맑고 푸르렀다.

평온하다고는 말할 수 없으리라.

모든 것을 끝낸 고요함만이 소녀에게도 찾아온 것이었다.

"오르나……."

발을 멈추고 하늘을 올려다보던 그녀의 등 뒤로, 망설이는 목소리가 와 닿았다.

소녀는 모든 것을 알고 있었던 것처럼 돌아보았다.

"왜, 엘미나?"

그곳에 있던 것은 아마조네스.

오르나 일행과 함께 귀환했고, 오르나와 마찬가지로 본무대의 개선에는 동참하지 않았던 **전직** 암살자 여자는 역시나 어색한 듯이 물었다.

"이제…… 앞으로, 어떻게 할 생각이지……?"

"나는 지위를 버렸어. 원래부터 이런 나에게 나라를 다스릴 자격은 없었는걸. 아리아드네가 왕위를 계승할 거야."

반면, 오르나는 어디까지나 자연체였다.

난간에 걸터앉아, 안뜰로 불어오는 바람에 눈을 가늘게 뜨면서, 흘러내리는 검은 장발을 한손으로 눌렀다.

"귀찮은 일을 떠넘기는 것 같기도 하지만…… 그래도 그 아이라면 분명 좋은 현왕이 될 수 있을 거야. 앞으로는 붓을 들고『책』이랑 씨름이라도 해야지."

입가에 머금은 옅은 미소에, 엘미나는 당황스러움을 감추지 못한 채 다시 질문했다.

제대로 손질하지 않은 칼날로 몸을 저미듯, 인내심을 가지고 물었다.

"괜찮겠어……? 그건…… 왕녀는, 네 진짜 자매…… 하나뿐인 여동생."

"……."

"정말, 아무것도 알려주지 않아도……."

"……괜찮아. 그 아이는 처음부터 언니가 있는 줄도 몰랐으니까. 이제 와서 정체를 밝혀봤자 그 아이가 당황할 뿐이야. 이제까지 그랬듯, 앞으로도 그 아이를 뒤에서 지켜볼 거야."

자신이 왕녀라는 것은 아리아드네, 그리고 아르고노트 일행에게 새어 나가지 않도록, 정체를 밝혔던 관리들에게 철저히 주지시켰다.

어떤 『아티팩트』와 매우 비슷하게 생긴 『사슬』의 파편을 내비치며, "너희에게는 저주를 걸었다. 맹세를 어긴 자부터 마물의 뱃속에 들어가게 될 줄 알아라"라고 말하자, 무관도 문관도 낯이 새파랗게 질려 흔쾌히 승낙했다.

이제 와서 혼란은 필요 없다. 정당한 후계자를 둘러싸고 나라가 양분되는, 그런 귀찮은 불씨도 필요 없다.

어렸을 때부터 반항심이 강해 왕가의 교육을 제대로 받지 않았던 자신보다 아리아드네가 훨씬 자질이 있다. 오르나는 이대로 공적인 무대에는 나서지 않고, 그야말로 책에 에워싸인 방에서 붓을 놀리는 은둔자 행세를 할 생각이었다.

어딘가의 광대나 음유시인 같은 이들은 오르나의 정체를 알아차렸겠지만, 그들은 아무래도 상관없는 말은 입에 올리지 않는다. 문제는 없을 것이다.

"……그렇구나……."

오르나의 대답에, 아마조네스의 언어와는 다른 평인의 공통어를 어설프게 사용하던 엘미나는, 매우 슬픈 것처럼 입을 다물었다.

그런 그녀에게, 오르나는 시선을 향했다.

"너는 어떻게 할 거야, 엘미나?"

"나, 나는……."

갑작스러운 질문에, 여자는 갈팡질팡했다.

그녀의 얼굴은 라크리오스 왕과 마찬가지로 죄책감에 시달리는 표정이었다.

뭘 새삼스레, 라고 성격 삐딱한 점술사가 마음속에 나타났지만, 그것을 억누르고 오르나는 말을 걸었다.

"……『미노스 장군』은 사라졌고, 왕도의 수비는 흔들리고 있어. 인력이 절대적으로 부족해."

"어……?"

"할 일이 아무것도 없다면 마차 끄는 말처럼 일하라는 소리야. 이번엔 네가 왕도를 지켜야지. 음지에 숨어서가 아니라, 햇빛 아래에서."

“……!”

스스로도 놀랄 정도로, 그토록 원망을 품었던 그녀에게 손을 내밀고 있었다.

“……그다음은, 그래. 내 『경비원』은 어떨까. 너는 눈을 떼면 무슨 짓을 할지 모르니까.”

“그, 그래도 될까……?”

“내가 하라고 하잖아. 왜, 거절하게?”

이제까지의 빚을 갚으려는 것처럼 오만불손하게 거들먹거리자, 엘미나는 황급히 몸을 내밀었다.

“아니야! 아니라고!”

몇 번이나 고개를 가로젓고, 무슨 말을 해야 좋을지 한참을 고민하며 한동안 서 있다가.

여자는 베일 속에서, 뚜렷한 미소를 머금었다.

“…………고마워, 오르나.”

오르나도 조그맣게, 그러나 분명한 웃음으로 대답했다.

“오르나…… 하나만.”

“응, 뭔데?”

“너의 미소…… 정말, 아름다워.”

“!”

불쑥 던져진 말과 여자의 눈가에 맺힌 눈물에, 오르나는 눈을 크게 떴다.

“나는, 분명…… 너의 그 미소를, 보고 싶었던 거야……!!”

엘미나는 쥐어짜내듯, 오열과 함께 그렇게 말했다.

"미안해, 오르나……!"

자신도 무르다는 생각이 들었다.

이런 정도로, 과도한 암살을 거듭해온 그녀의 죄는 사라지지 않는다.

왕과 마찬가지로, 그녀는 평생을 걸쳐 속죄해야만 한다.

하지만 그것이 자신의 곁이어도 되지 않을까.

그녀를 막지 못하고, 그녀와 같은 죄를 짊어졌으며, 그녀에게 계속 보호받았던 오르나의 곁이어도.

"……괜찮아. 이젠, 괜찮아."

자신들은, 그렇다, 닮은꼴이다.

자신과 같은 이들을 뭐라고 하는지, 오르나는 알고 있다.

"가자, 『언니』."

조용히 다가온 『여동생』은, 눈물을 흘리는 『언니』의 손을 잡았다.

✢

"그래서, 너희들은 앞으로 어떻게 할 거냐?"

분수 소리가 울려 퍼진다.

햇볕을 반사하는 맑은 물이 튀어오르고 수면에 파문을 일으킨다.

『아르고노트의 황소 퇴치』로부터 열흘이 지나.

겨우 전투의 피로가 풀리고, 어수선했던 왕도의 정세가

안정되었을 무렵, 희극의 공로자들은 분수 광장에 모여 있었다. 없는 것은 아르고노트와 피나뿐.

백대리석 오벨리스크를 중심으로 세워진 정령의 분수 주변에서는 아무것도 모르는 아이들이 소리를 지르며 뛰어놀고 있다. 이쪽으로 손을 흔드는 소년 소녀들에게 마주 손을 흔들어 주면서, 크로조가 모두에게 물었다.

"약정대로, 우리 부족은 왕도로 임시 이주시킬 거다. 당연히 나는 이 도시를 지키는 방패가 될 거고."

부왕이 물러나고, 새로운 대관식 준비가 진행 중인 아리아드네에게는 이미 허락을 받았다.

구국의 영웅 중 한 명으로 인정받은 『늑대』 전사는 뜻을 새로이 다졌다.

"반드시 지켜내서, 이 땅을 『인류의 요새』로 만들어주지."

"나도 비슷해. 하지만 언젠가 수도의 수비가 반석에 오른다면 되면 『바깥』으로 나가겠다."

가름스는 염원하던 『원정』의 약속까지 덤으로 얻어냈다.

자신이 무훈을 세우면 뿔뿔이 흩어진 씨족도 모일 거라 생각하는 드워프 전사는 대담하게 웃으며 더 큰 전망을 말했다.

"고향만은 되찾고 말겠다느니, 그딴 쪼잔한 소리는 이제 하지 않기로 했다. 마물 놈들에게서 인류의 모든 영역을 되찾고 말겠어!"

"하하, 이거 세게 나오시는데요! 그건 역시 아르 공께 물들어서일까요?”

입을 벌리고 웃은 것은 다시 태어난 리라를 든 류루.

느물느물 웃는 엘프에게 미간을 찡그리면서도, 가름스는 고개를 끄덕였다.

“……인정하는 건 아니꼽다만, 그 말이 맞아. 그놈이『위업』을 이뤘는데, 우리도 주먹을 치켜들어야만 하겠지.”

“그래, 놈의 생각에 넘어가 주겠어. 다음에는 우리가 용자가 되어, 여기서부터『영웅신화』를 시작하자고.”

“……그거 좋군요. 네, 훌륭합니다. 여러분 같은 영걸이라면 틀림없이 해낼 수 있고말고요.”

유리와 함께 가름스도 류루도 환한 웃음을 나누었다.

분수의 정령들도 가호를 내리듯 물의 미소를 머금었다.

“나도 당분간은 이곳에 머물러야겠지만…… 언젠가 다시 여행을 떠나려고 해.”

그 속에서 크로조는 혼자 다른 길을 가겠다고 밝혔다.

“이 목숨이 사라지기 전에, 많은 세상을 보고, 많은 녀석들에게 내 무기를 쓰게 해주고 싶어.”

씨익 웃는 대장장이를 말리는 이는 아무도 없었다.

자신들을 구한 것처럼, 어딘가에서 또 그의 무기가 누군가를 구하리란 것을 알고 있기에.

“그것도 좋겠군. 그래서 엘프, 너는?

“저는 당장이라도 유랑의 여정을 떠나려고요. 네, 이제부터는 바빠질 테지요.”

짐짓 모자의 위치를 고친 음유시인은 리라의 줄을 퉁겼다.

"이 도시에서 본 것, 많은 용기와 많은 『희망』을, 세상 사람들에게 전할 겁니다."

초지일관.

그리고 새로이 발견한 빛의 조각.

여기에 눈을 반짝이며, 현의 선율과 함께 노래하기 시작했다.

"대륙의 중심, 『낙원』이라는 이름의 왕도가 일어난다. 들으라, 사람들이여! 보라, 세계여!"

울려 퍼지는 노래에 처음에는 아이들이.

다음에는 어른들이.

하늘을 나는 새와 하늘 그 자체가 귀를 기울였다.

"이제부터 시작될 이야기는 인류의 반격! 그저 서 있기만 하던 전사들이여, 분하다면 목소리를 높이라! 지금이야말로 존엄과 영광을 되찾을 때! 자아 배를 타라! 『영웅의 배』를!"

닻은 이미 올라갔다.

하얀 돛은 펼쳐졌다.

배는 바다를 가르며 웅대하게 나아간다.

겁쟁이는 어디 있느냐.

비겁자는 누구냐.

그런 자들을 더하고 곱해도 당해낼 수 없는 『광대』는 이미 전설을 세웠다.

기염을 토할 때가 곧 다가온다.

"한 명의 광대가 이룬『희극』을 초석으로, 시대의 바다를 건너, 이 암흑의 역사에 종지부를 찍자!"

노래의 마무리와 함께, 포로롱 하고 리라를 다시 한번 퉁겼다.

유리와 가름스가 어이없어하고, 크로조가 웃고, 주위에서는 박수 소리가 울려 퍼지는 가운데, 류루는 우아하게 인사를 했다.

"——『가로』는 맡겨주십시오, 오르나 공. 나의 진정한 이름, **위세**의 이름을 걸고, 세계로 퍼뜨리지요."

그리고 모자챙에 손을 대고 하늘을 올려다보며 숲색 눈을 가늘게 떴다.

"그러니 부디,『세로』를 맡아 주시기 바랍니다."

——그래, 내게 맡겨.

하늘에 녹아드는 소녀의 목소리가 미소로 대답한다.

떠도는『노래꾼』의 입을 통해,『가로』인 세상 속으로『희극』이 퍼져나갈 것이다.

그렇다면『세로』인 시간 속에 이야기를 엮는 것은, 붓과 종이를 사용하는『이야기꾼』의 몫.

"미래로 이어질『영웅시』는 제가 자아내도록 하지요."

푸른 하늘에 에워싸인 왕성의 창가에 걸터앉아, 성하마을을 바라보며, 소녀는 손에 들고 있던 쓰다 만 한 권의 책을 쓰다듬었다.

이곳은 거짓된 낙원 라크리오스.

그리고 어릿광대가 『희극』에서 활약했던 그 시작의 땅.

거짓말을 진짜로 바꾼 청년의 이름을, 오르나는 웃음과 함께 읊조렸다.

"우리에게 웃음과 희망을 준 『아르고노트』의 이름으로."

⊡

시간은 물처럼 흘러갔다.

대관식은 무사히 치러졌고, 새로운 여왕 아리아드네가 왕도에 태어났다.

열다섯 살의 어린 나이임에도 재난에 말려들어, 영웅에게 구출되었던 총명하고 아름다운 현왕을, 민중은 구국의 상징으로 받아들였으며, 신생 라크리오스가 탄생한 것이다.

백성들은 믿는다.

이 땅이 많은 영웅을 낳는 위대한 항구가 될 것을.

한 남자의 말을 믿고, 웃으며, 희망을 잊지 않고 있다.

"오빠! 준비는 다 끝났나요?! 왕도 분들이 기다리고 있어요!"

창밖에서 들려오는 시끌벅적한 소음을 느끼며, 피나는 두 손을 허리에 얹었다.

자신과 류루의 『마법』 덕에 무사히 나은 오른팔을 들고 검지를 척 세우자, 그녀의 눈앞에 있던 못난이 오빠는 유쾌하게 웃었다.

"노대에 나가 손 흔드는 게 고작인 편한 일이니 여유만만 하답니다 피나 씨! 준비 같은 거 안 해도 괜찮아 괜찮아! ──후게락?!"

즉시 옆구리에 꽂히는 엘프 춥.

눈이 보이지 않아도 봐주지 않고 이제까지처럼 응징을 가한 피나는, 아무리 그래도 얼굴을 다치게 짓은 냉정하게 피하면서도 적확하게 통렬한 일격을 가했다.

"언니도 같이 나가잖아요! 언니의 얼굴에 먹칠을 했다간 그냥 두지 않겠어요!"

"피나, 그쯤 해둬……. 이번 일의 전말과, 아르에 대한 이야기만 할 거니까, 걱정하지 마."

으어어어……?! 하고 가축처럼 신음소리를 내며 바닥에 쓰러진 오빠에게 노성을 터뜨렸다. 그런 피나를 보다 못한 아리아드네가 쓴웃음을 지으며 설득했다.

원래 같으면 아리아드네는 가장 먼저 아르고노트를 정식으로 소개하고 싶었다.

하지만 아르고노트 본인이 이를 거절했다.

순서를 착각해선 안 된다고.

먼저 백성을 이끄는 왕이 있어야 하고, 그다음이 말썽쟁이 영웅이라고 부드럽게 타일렀다.

우리가 밝힌 희망은 결코 사라지지 않는다는 말도 덧붙여서.

“구국의 영웅을 세계 사람들에게 알리는 것뿐이니까.”

아리아드네가 미소를 짓자, 아르고노트는 벌레 같은 도약력으로 폴~짝! 하고 부활했다.

“그렇고말고! 나의 망상이 드디어 현실이 되는 날! 영웅 아르고노트 탄생의 순간입죠 피나 씨! 다치게 하면 안 되는 거 아닙니까요~?!”

“큭, 물 만난 물고기처럼……!”

으하하! 하고 크게 웃는 오빠에게 여동생은 주먹을 부들부들 떨었다.

아리아드네는 이번에도 쓴웃음을 지었다.

“둘 다, 시간 됐어. 피나, 물러나.”

“아, 네, 오르나 씨.”

창가에서 밖을 살피던 오르나가 말했다.

지금은 여왕의 비서로 동석한 소녀에게 고개를 끄덕인 피나는, 다시 아르고노트를 보았다.

“……힘내세요, 오빠!”

감긴 눈을 보고, 뺨에 살짝 뻗으려 하던 손을 내리며 웃었다.

“그리고…… 축하해요! 내가 너무나 좋아하는 오빠!”

활짝 웃은 소녀는 방을 나갔다.

그녀의 앞에서는 시끌벅적했던 아르고노트는 그때까지의 분위기를 무산시키며, 여동생이 나간 쪽을 바라보았다.

“……멋진 여자로 성장했지. 이제는 내 밑에서 해방해줘야 해.”

“그녀는 계속 당신 옆에서, 계속 당신을 지켜보고 있을 것 같은데.”

“그럴까……? 그럴지도 모르겠네. 난감한걸. 동생도 오빠를, 오빠도 동생을 떠나지 못할 것 같으니.”

오빠의 표정을 짓고 있던 아르고노트가 아리아드네의 지적에 머리를 긁었다.

난처한 듯 입술을 일그러뜨린 청년을 보며 소녀는 쿡쿡 웃었다.

얼마 지나지 않아, 와아아아아! 하고 한층 커다란 목소리가 들려왔다.

바깥에서 진행을 맡고 있던 문관이 시간이 됐음을 알린 모양이다.

이제 창밖으로 엿보이는 성 앞 광장은 많은 사람들로 북적이고 있었다.

그곳에는 도성 주민 외에도, 황소 퇴치의 소문을 들은 타국 사람 또한 적지 않게 찾아왔을 것이다.

온 대륙의 관심이 지금, 왕도로 모이고 있다.

“아르…… 다시 한번, 고맙다는 말을 하고 싶어.”

사람들의 흥분을 피부로 느끼며, 아리아드네는 아르고노트를 다시 바라보았다.

“왕족이 품었던 어둠을 걷어내고, 미노타우로스를 물리치고, 진정한 빛을 가져다주었어. 당신에게는 아무리 감사해도 모자랄 거야.”

여기까지 말을 다한 후, 금색 머리를 찰랑이며 눈을 내리깔았다.

“하지만 그 대신 당신은…….”

그때.

“공주, 하늘이 맑아.”

“어?”

슬픔에 잠기려던 소녀의 목소리에, 아르고노트는 조용한 목소리를 겹쳤다.

노대 쪽으로 몸을 돌리며.

“마치 하늘이 축복해 주는 것 같아. 오늘이라는 이날을, 새로운 시대의 시작을.”

“……응, 하늘이 정말 아름다워. 하지만 알…… 너는, 눈이…….”

끝없이 펼쳐진 창공은 그 자체가 보석과도 같았다.

그러나 두 번 다시 뜨이지 않을 청년의 눈은 그것을 비추지 못한다.

그는 어떤 보물도, 무엇과도 바꿀 수 없는 아름다운 것도 보지 못하는 것이다.

아리아드네가 당황하고 있으려니, 아르고노트는 살짝 고개를 가로저었다.

“아니야, 공주. 나에게는 보여.”

눈을 감은 채 말한다.

“많은 사람들의 웃음이. 기쁨에 가득 차서 웃는 사람들이.”

“……!”

울려 퍼지는 환호성이 긍정한다.

아르고노트의 말이 옳다고.

그러므로 아르고노트에게는 보인다.

많은 사람들의 『웃음』이.

“지금도 다들 웃고 있어. 그렇지?”

눈을 감은 채 웃음 짓는 청년을 보고, 소녀는 움직임을 멈추었다.

이내 눈물을 머금으며, 미소를 지었다.

“……응, 웃고 있어.”

눈가를 닦으며, 웃었다.

“다들, 웃고 있어……!”

함께 손을 잡고, 노대로 향한다.

두 사람을 에워싼 것은 터질 듯한 기쁨의 목소리.

영웅과 여왕의 모습에, 모두가 새로운 시대의 개막을 꿈꾸었다.

“………….”

이를 뒤에서 지켜보는 오르나 역시 미소를 보냈다.

『희극』은 이것으로 끝.

왕도는 수많은 『영웅』들의 활약으로 마족의 침략을 물리치고, 『인류의 요새』로서 계속 존재했지. 적어도 내가 지켜본 범위에서는.

그리고 아르고노트는, 위대한 영웅으로 전해지는 일은 없었어.

다음 모험에서, 아르고노트는 너무 금방 죽었거든.

마르지도 않은 눈물을 흘린 사람도 없었고, 슬픔에 잠긴 사람도 없었어.

다들 입을 벌리고, 하늘을 바라보며, 함께 웃었으니까.

진짜냐고? 진짜라니까.

그래서 나는 그를 노래하지. 나만은 계속해서 노래하지.

　　──아아, 아르고노트. 당신은 광대, 우스꽝스러운 웃음거리.

　　──아아, 아르고노트. 당신은 시작의 영웅. 당신이야말로 진정한 영웅.

　　내가…… 아니.

　　우리가 사랑한 영웅.

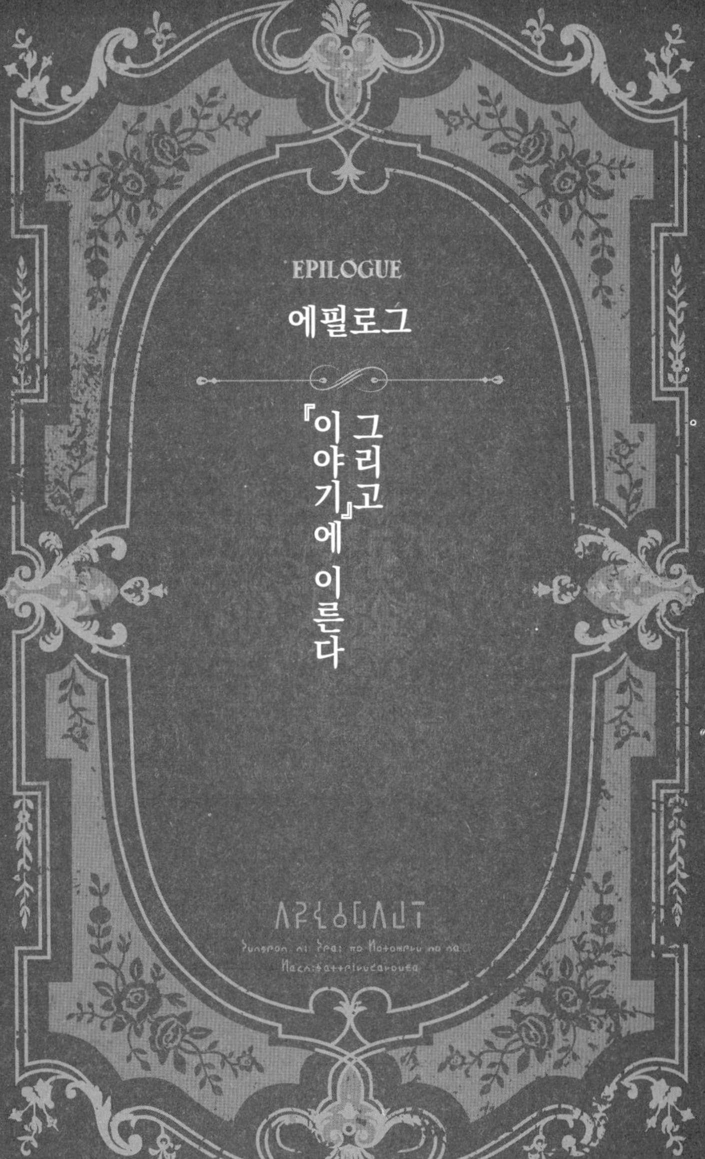
EPILOGUE
에필로그

그리고
『이야기』에 이른다

바람이 불고 있었다.

아무리 시대가 변해도 결코 변하지 않는 시원한 바람의 속삭임.

하늘은 쾌청.

머나먼 옛날, 수많은 사람들이 올려다보던 때와 똑같은, 평온한 창공이 어디까지고 펼쳐져 있다.

펄럭펄럭, 바람에 말려 넘어가던 페이지를 바라보며, 남신은 쓰고 있던 모자를 살짝 눌렀다.

"헤르메스 님, 이런 곳에 계셨군요……. 무엇을 하고 계셨습니까?"

그곳에 신의 권속이 나타났다.

찰랑이는 물색 머리카락.

은색 안경 너머에서 어이없다는 시선을 향하는, 아스피였다.

장소는 미궁도시 오라리오, 거대 시벽 위.

어떤 소년과 검희가 훈련을 하던 북서쪽과는 다른 남동쪽의 시벽 위에서, 헤르메스는 흉벽에 몸을 기댄 채 한 권의 『수기』를 읽고 있었다.

"아스피…… 영웅담『아르고노트』라고 알아?"

"무슨 말입니까, 느닷없이……. 물론 알고 있죠. 누구나 다 아는 동화 중 하나 아닙니까."

수기에 눈을 고정한 채 묻는 주신에게, 아스피는 의아한 표정을 지었다.

그것은 이 하계에서 유명한 동화 중 하나.

"많은 사람들에게 속으면서, 어쩌다 보니 미노타우로스를 퇴치하게 되는 우스꽝스러운 남자의 이야기 아닙니까?"

"아아, 그래. 구전으로 전해지는 『이야기』와 『진상』은 상당히 다르거든. 우리가 알고 있는 아르고노트는 전혀 비장감이 없는, 단순한 희극이지."

헤르메스는 고개를 끄덕이며 수기의 페이지를 넘겼다.

흥미롭다는 듯이, 그와 동시에 평소와는 다른 진지한 표정으로, 그곳에 엮인 문자를 눈으로 좇았다.

"왕국의 어둠은 말할 것도 없고, 수많은 『영웅』이 있었다는 말도 적혀 있지 않아. 영웅담 아르고노트는 우스꽝스러운 희극이어야 한다고, 의도적으로 후세에 전해졌던 거야."

"……아까부터 무슨 말씀을 하시는 겁니까?"

곤혹스러운 감정이 부풀어 올라 아스피가 묻자, 헤르메스는 수기를 덮고는 얼굴 옆으로 들어올렸다.

"전에 발견한 고대 왕국의 유적에서 수기가 발견됐는데…… 그게 『아르고노트』의 원전이었어."

"네? 원전……?"

도시를 자유롭게 드나들 수 있는 【헤르메스 파밀리아】는 주신의 취미로 길드의 심부름 외에 유적의 순찰 같은 것도 맡고 있다.

대륙 중앙부에 존재하는 유적을 탐색했던 것이 아스피의 기억에도 생생했다.

그곳에서 발견한『보물』을, 헤르메스는 혼자 이곳에서 열심히 읽고 있었던 것이다.

누구의 눈에도 뜨이지 않도록.

"정확하게는, 마음이 적힌 수기야. 작성자는『고대 3대 시인』중 하나로 꼽히는『이야기꾼 오르나』."

생각지도 못한 위인의 이름에 아스피는 놀라움을 드러냈다.

"드워프 대영웅 가르무자, 낭제(狼帝) 유리스, 쟁희(爭姬) 엘샤나 등등 많은 영웅들을, 같은 3대 시인인『노래꾼 위세』와 함께 세상에 알린 인물……?"

"그래. 그들이 엮은 시가 절멸할 뻔했던 인류에게 희망을 주고, 종족의 벽을 허물어 일치단결로 이끌었다고 전해지지."

신들이 강림하지 않았던『고대』에서, 그들의 역할은 가장 중요했다는 기록이 남아 있다.

자신의 목숨을 아끼지 않고 용감하게 싸웠던 영웅들은 물론이고,『이야기꾼』들이 없었다면 지금의 하계는 완전히 다른 곳이 되었으리라는 것이 학자와 연구자들의 통설이다.

"그런 위인이『아르고노트』의 진상을……? 뭐라고 적혀 있었습니까?"

"……말 안 할래. 퍼뜨릴 생각도 없어. 이건 덮어놔야만 하는 이야기야. 쓴 본인도 수기 속에서 그렇게 말하고 있고."

수기 서두의 인용문을 언급하며, 헤르메스는 묵비를 관

철했다.

이 『진실의 이야기』를 남긴 이야기꾼에게 경의를 표하려는 것처럼.

반면 눈앞에 있던 먹이를 빼앗긴 듯한 표정을 지은 아스피는 조금도 납득하지 못한 것처럼 말했다.

"……이해할 수 없군요. 알리고 싶지 않은 진상을 수기로 남겨놓다니. 모순 아닙니까."

"알아줬으면 했던 거겠지, 단 한 사람이라도 좋으니까. 광대라고 불린 영웅 아르고노트가, 사실은 무엇을 이루고 무엇을 성취했는지……."

그리고 헤르메스는 문득 웃었다.

평소의 분위기대로, 마치 소녀의 마음을 모르는 소년을 타이르듯, 로망을 이야기한다.

"모든 것은 사랑이야, 아스피. 남녀를 초월한, 신의 사랑보다 더 존엄한 사랑."

"……당신이 말하면 뭐든 수상쩍게 들립니다."

아스피에게서 돌아온 것은 진저리난다는 듯한 한숨.

목소리를 높여 한바탕 웃은 헤르메스는, 시선을 다시 수기에 돌렸다.

"하지만 『영웅시대』의 개막…… 영웅의 배, 아르고노트라. 그때는 **한참 바빠서** 하계 같은 건 볼 틈도 없었는데……."

사랑스럽다는 듯, 낡은 장정을 손가락으로 훑으며 웃음을 머금는다.

"혼자 지켜보던 그『호호할배』가 유난히 흥분하던 게 그런 이유였군."

그런 중얼거림이 바람에 흘러갔다.

신의 독백에 고개를 갸웃하면서도, 아스피는 한 손으로 안경의 위치를 고쳤다.

"……그 수기에 엮인 것이『아르고노트』의 진상이라 해도, 그들의 모험은 이미 오래 전에 끝났습니다."

헤르메스가 들려주지 않는 진실이란 것이 궁금했지만, 당연한 말을 입에 담았다.

정신이 아득해질 만한, 그야말로 수천 년 전의 사건이다.

그들에게 무언가를 가져오는 일은 없다고.

현실주의자의 표정으로 아스피는 단언했다.

"다른 분도 아닌 헤르메스 님과 같은 신들의 강림으로『영웅의 시대』도 끝나지 않았습니까. 이 신의 시대를 살고 있는 지금의 우리에게는——."

"아니."

하지만, 헤르메스는 그 말을 가로막았다.

수기를 손에 든 채, 흉벽에서 등을 떼고, 시야에 펼쳐진『영웅의 도시』를 바라본다.

신의 눈에 비친 것은, 어떤 모험자들.

"그들의『모험』은 아직 끝나지 않았어."

"아~!『아르고노트』다~!"

소녀의 목소리가 울려 퍼진다.

평소에는 지나가지 않을 골목길을 걷던 그녀는, 노점상에서 팔던 한 권의 낡은 책에 눈을 빛냈다.

"왜 그러세요, 티오나 씨?"

"아, 그거…… 티오나가 좋아한다고 했던…….."

"맞아! 나, 이 영웅담이 제일 좋아! 옛날에 살던 곳에서도 계속 읽었거든!"

아마조네스 소녀의 양쪽 어깨너머로 레피야와 아이즈가 들여다본다.

노점상에게 부탁해 책을 손에 든 티오나는 천진난만한 미소를 지었다.

"그러고 보니 그랬지~. 밤새도록 읽다가, 그만 좀 자라고 걷어찼던 기억이 나."

한 발짝 떨어진 곳에서 두 사람의 고향을 떠올리는 언니 티오네에게 잇힛힛 어깨를 흔들며 웃는 티오나.

그러고는 이내 눈을 책으로 되돌렸다.

"난 있지…… 힘들었을 때도, 울고 싶었을 때도 이 이야기 덕에 웃을 수 있었어."

기억하는 것과 같은 표지에는 맹우와 싸우는 영웅의 모습이 있었다.

이 표지를 볼 때마다, 티오나는 항상 신비한 느낌을 받았다.

울고 싶어지는 듯한, 쓸쓸해지는 듯한, 그러면서도 마지막에는 기뻐지는, 무엇과도 바꿀 수 없는 감정이 가슴에서 넘쳐나는 것이었다.

"웃자고, 늘 나를 격려해줬어!"

소녀의 환한 웃음에, 아이즈와 레피야도 이끌린 것처럼 함께 미소지었다.

"티오나가 늘 웃는 건……『아르고노트』덕분이겠네."

"응! 아~, 장정도 좋은데…… 저기이~ 티오네, 사면 안 될까~?"

"너 아직 무기 대출금 남아 있잖아! 나는 돈 안 빌려줄 거야!"

"우~! 노랭이!"

"뭐라고~!"

"두 분 다 진정하시고요……."

순식간에 시끄러워지는 아마조네스 자매를 레피야가 쓴 웃음으로 중재했다.

아이즈도 사이에 끼어드는 가운데, 문득 티오나가 고개를 들었다.

"응……? 아!"

들려오는 것은 경쾌한 발소리.

찰랑거리는 것은 토끼처럼 새하얀 머리카락.

시야에 들어오는 것은, 선명한 심홍색.

"아르고노트 군~! 던전 가는 거야?"

"네, 동료들이랑 같이요!"

폴짝 뛰는 티오나를 발견한 그는 놀랐다가 이내 웃음을

머금었다.

티오나가 응원하는 모험자.

던전에서 미노타우로스와 싸우는 모습을 보고, 가장 좋아하는 영웅의 이름으로 부르게 된 휴먼 소년.

"잘 다녀와……."

"흥이다…… 다치지나 않게 조심하라고요!"

"솔직하지 못하긴……."

미소를 지은 아이즈는 손을 흔들고, 뺨을 부풀린 레피야는 고개를 돌리고, 이번에는 티오네가 쓴웃음을 지었다.

같이 손을 흔들어준 소년은 멋쩍어하며 뺨을 붉히고 티오나 일행의 앞을 가로질렀다.

"아르고노트 군! 힘내!"

"네! 다녀오겠습니다!"

"응! 난 널 응원하고 있으니까!"

멀어지고, 그래도 연신 뒤를 돌아보며 달리는 소년에게 티오나는 계속 외쳤다.

가슴속에서 넘쳐나는 마음을, 감정을, 『약속』을 목소리로 바꾸어, 손을 흔들었다.

무뚝뚝하지도 않고, 서툴지도 않고, 차가움 따위는 모르는, 누구보다 따뜻한 태양 같은 웃음을 머금은 채.

"계속, 계~~속! 너를 지켜보고 있을 거니까!"

너의 이야기를 계속 지켜보겠다고, 언제까지고 웃고 있었던 것이다.

© kakage

후기

이야기의 끝에서는 감동이나 흥분, 그리고 일말의 쓸쓸함을 느끼는 경우가 많습니다.

영웅담이라 불리는 이야기는 특히 그래서, 영광과 쇠퇴를 수반하는 영웅들의 결말에는 허무함마저 품는 일도 있지 않을까요.

그러면 이것저것 생각하게 만든 끝에, 마지막에는 쓸쓸함이나 허무함, 실망만이 남는가 하면, 그렇지는 않다고 생각합니다.

펼쳐졌던 모험에 매료되어, 그들의 대사 하나하나에 감명을 받고, 혹은 의문이나 반발심을 품고, 때로는 함께 눈을 적시면서 이야기의 끝을 지켜본 독자, 다시 말해 우리가 태어나기 때문입니다. 조금 부끄러운 표현을 쓰자면, 주인공들의 마음이나 의지를 조금이라도 물려받았다는 뜻이 되려나요. 저는 그렇게 생각합니다. 그렇다면 좋겠다고 남몰래 생각합니다.

이야기의 주인공들처럼 행동했으면 하는 것은 아닙니다. 다만 조금이라도 좋으니, 고개를 들 수 있는 힘이 되었으면 좋겠다, 웃어주면 좋겠다는, 그런 생각입니다.

그런 바람에서 본작 『아르고노트』의 주인공이 태어난 것 같습니다.

누군가를 웃게 해주고자 광대가 되다니, 일반적인 영웅 상과는 거리가 먼 주인공.

그래도 시작의 영웅이 된, 저에게도 원초의 주인공.

이『아르고노트』라는 이야기를 쓸 수 있어서 다행이라고, 이 후기를 쓰면서 진심으로 생각했습니다.

던전만남이라는 작품 내에서는 1권 무렵부터『영웅신화』라는 말을 쓰고 있었는데요, 계속해서『순환하는 이야기』를 그려낼 수 있다면 좋겠습니다.

그러면 감사의 말씀으로 넘어가겠습니다.

담당 우사미 님, 이번에도 다망하신 가운데 힘을 빌려주셔서 진심으로 감사합니다. 일러스트레이터 카카게 선생님, 저에게는 소중한 이야기를 아름다운 일러스트로 장식해주셔서 감사합니다.『던전만남 메모리아 프레제』무렵부터 함께 아르고노트의 이야기를 만들어주신 WFS 님, 그리고 관계자 분들께도 최대급의 감사를. 마지막으로 아르고노트라는 이야기를 사랑해주신 독자 여러분. 여러분의 성원이 있기에 이 이야기가 책으로 나올 수 있었습니다. 거듭 거듭, 진심으로 감사드립니다.

광대의 이야기는 이것으로 끝.

앞으로는 부디, 희극의 뒷이야기가 엮어져 나가기를.

오모리 후지노

EXTRA

그것은 아무것도 아닌
어느 하루의 정경

그것은 영웅이 되고 싶은 청년이, 맹우에게 잡혀간 왕녀를 구하러 가는 이야기.

때로는 남에게 속고.

때로는 왕에게 이용당하고.

수많은 자들의 의도에 휘둘리는, 우스꽝스러운 남자의 이야기.

친구의 지혜를 빌려.

정령에게 무기를 받아.

결국에는 왕녀를 구해내고 마는…….

"……우스꽝스러운, 영웅의 이야기."

두 손에 든 그림책을 읽던 벨은, 입을 한껏 이상한 모양으로 일그러뜨렸다.

좋아하는 것도 아니거니와 싫어하는 음식을 먹어서도 아니고, 시지도 맵지도 쓰지도 않은, 생각도 못 했던 이상한 맛과 만나 말로 표현할 수가 없는, 그런 얼굴이었다.

"우~~~~~……."

난로가 부드러운 불꽃의 소리를 내는 어느 겨울날.

생가인 목조 집에서, 할아버지의 무릎 위에 앉아 있던 어린 벨은 작은 동물처럼 끙끙거리는 소리를 냈다.

"왜 그러느냐, 벨? 그렇게 귀여운 여자아이를 헌팅하는 데 실패한 것 같은 표정을 짓고."

머리 위에서 들리는 것은 벨이 가장 좋아하는 할아버지

의 목소리다.

자기 손으로 영웅담을 써서는 벨에게 선물하고 읽어주기까지 하는 할아버지는 가끔 이상한 말을 한다. 지금도 그렇다. 전혀 심경과 맞지 않는 뜬금없는 지적에, 벨은 입술을 비죽 내밀었다.

"이건 할애비가 가장 좋아하는 영웅담이란다."

"그치마안…… 멋없어……."

입술을 내민 채, 벨은 삽화가 들어간 이야기를 빤히 쳐다보았다.

어린 벨도 쉽게 이해할 수 있도록, 크고 쉬운 코이네 공통어로 적힌 영웅은, 결국 활약다운 활약도 하지 못한 채 마지막 페이지에 도달하고 말았다.

다른 영웅들처럼 멋있게 마물을 쓰러뜨리지도 않는다.

사로잡힌 공주님을 산뜻하게 구해내는 것도 아니다.

오히려 도움을 받기만 할 뿐이고, 특기라고 해봤자 노래와 춤, 그리고 벨도 어이없어할 정도의 말재간뿐.

펼쳐져 있던 삽화에는 사로잡힌 공주에게 자신만만하게 손을 내미는 영웅과, 영웅의 뒤를 황급히 손가락으로 가리키는 공주, 그리고 뒤에서 몰래 다가오는 커다란 우인 마물이 있었다.

전혀 알아차리지 못한 우스꽝스럽고 시원찮은 영웅의 모습에, 벨이 한숨을 쉬고 싶어지는 것도 무리는 아니었다.

"마지막에는 공주님한테도 도움을 받다니…… 이래도

돼~?”

보기 드물게 신음 같은 소리를 내는 벨에게, 할아버지는 껄껄 웃었다.

앉아 있던 안락의자를 천천히 흔들고, 커다란 손바닥으로 그 하얀 머리를 북북 헝클어주면서.

“하하하. 뭐, 이 녀석은 이제부터니까.”

“……벌써 얘기는 다 끝났는걸.”

눈을 감은 채 머리를 할아버지의 손에 맡기고 있던 벨은, 역시 입술을 내민 채 뒤를 돌아보았다.

그곳에는 평소와 다름없이 느물느물 웃는 얼굴이 있을 거라고 생각했던 벨은, 눈을 동그랗게 떴다.

수염이 덥수룩한 할아버지는 바다보다 깊은 지혜를 품고 미래를 내다보는 현자 같은 눈으로, 미소를 지으며 벨을 바라보고 있었다.

“아니다, 끝나지 않았고말고. 그래, 이어지고 있지. 전부 말이다.”

머리 위에 얹혔던 오른손을 책으로 옮기고, 마치 그리워하듯 손에 들었다.

“나는 이 녀석이 이번에는 무엇을 할지, 무슨 일을 벌일지…… 기대가 된단다. 처음 만났을 때부터 계속 말이다.”

“……할아버지?”

책을 보고, 다시 벨에게 시선을 돌리고는 씨익 웃는다.

어린아이 같은 미소로, 혹은 신 같은 미소로.

"잘 들으렴, 벨. 몇 번이든 말해주마. 남에게 의지를 맡기지 말거라."

천천히, 천천히 안락의자를 흔들며, 할아버지는 늘 같은 이야기를 들려주었다.

벨이 자주 듣는 이야기 중 하나.

닻을 올리고, 돛을 펼치고, 웅대한 바다를 나아가는 듯한, 자유로운 항해를 위한 나침반.

"누구의 지시도 아니다. 스스로 결정하거라. 너는 네가 하고 싶은 것을 해."

벨은 이 이야기를 들으면 늘 잠이 왔다.

지루해서는 아니었다.

눈꺼풀이 무거워지며, 반드시 꿈을 꾸게 되는 것이었다.

뱃머리에 서 있는 한 청년의 꿈을.

한 자루의 검을 발밑에 두고, 칼자루에 두 손을 얹고, 외투를 휘날리는 뒷모습을.

만나본 적도 없는 그와, 그의 뒤에 나란히 서, 뒤를 따라, 같은 방향을 응시하는 수많은 영웅들을.

빛의 수평선을 향해 나아가는 『영웅들의 배』의 꿈을.

"이건 너의 이야기다."

할아버지의 목소리가 들린다.

조용한 파도 소리와 겹쳐져서.

바다의 선율은 요람이 되어 벨을 꿈의 세계로 떠나보냈다.

벨은 그곳에서 항상 뿔피리를 불고 있었다.

뱃머리 위에서, 모르는 청년이 되어, 나팔 같은 소리를
냈다.

자아, 가자.
신화 너머로.
뭐, 다 함께 있으면 어떻게든 될 거야.
그러니 웃자.
아무리 바보 취급을 당한다 해도, 아무리 절망한다 해
도, 입가를 들어 올리자.
정령과 운명의 여신님이 미소지어줄 때까지, 소리 높여
웃는 거야.

이처럼 태평하게 말하고, 뒤를 따라와 준 사람들을 돌아
보며, 항상 웃는 것이다.
영웅들은 늘 웃음으로 대답한다.
일어나면 전부 잊어버릴 꿈.
유쾌한 노래와 웃음소리가 울려 퍼지는 소중한 환상.
감긴 벨의 눈에서 눈물이 흘러내렸다.
"이것은 네가 엮어가는—— 너만의 영웅담이다."
할아버지의 무릎 위에서, 어느샌가 영웅담을 품에 안고.
소년은, 순환하는 영웅선망을 잊지 않는다.